БОЛЬШАЯ ПРОЗА
ДИНЫ РУБИНОЙ

**Роман в трёх книгах
«Наполеонов обоз»:**

1. Рябиновый клин

2. Белые лошади

3. Ангельский рожок

Дина Рубина

НАПОЛЕОНОВ ОБОЗ
КНИГА 2. БЕЛЫЕ ЛОШАДИ

МОСКВА
2021

УДК 821.161.1-31
ББК 84(2Рос=Рус)6-44
Р82

Оформление серии *А. Дурасова*

В оформлении использована репродукция
картины *Б. Карафёлова*

Рубина, Дина.

Р82   Наполеонов обоз. Книга 2. Белые лошади / Дина Рубина. — Москва : Эксмо,
2021. — 480 с.

ISBN 978-5-04-157374-4

Вторая книга романа «Наполеонов обоз» — «Белые лошади» — затягивает читателя в воронку любви и предательства, счастья и горя двух главных ге-
роев — Аристарха и Надежды. За короткий срок на
них обрушивается груз сильнейших потрясений, которые нечасто и не всем выпадают в юности. Сильные, цельные натуры, оба они живут на такой высоте
чувств, которая ничего не прощает. Судьба буквально
расшвыривает в разные стороны двух влюбленных.
Каждый из них теперь идет своим отдельным путем,
оставаясь навсегда глубоко одиноким, раненным душевно.

По ходу романа продолжает приоткрываться давняя история предка Стаха Бугрова — Аристарха Бугеро, офицера наполеоновской армии, прожившего
в России свою трагическую и таинственную жизнь.
И парадоксальным образом оказывается, что история эта вовсе не завершилась полтораста лет назад.

УДК 821.161.1-31
ББК 84(2Рос=Рус)6-44

ISBN 978-5-04-157374-4

Часть первая

ЮНОСТЬ

Глава 1

ЦЫГАНЕ

Автобусную остановку так и объявляли: «Цыганские бараки», хотя официально она называлась «Совхоз «Пригородный». Но куда денешься от цепкой народной речи, от правдивости данных ею имён и названий. Минуя Верёвочную, Механизаторов и Свистихино, автобус подкатывал к сиротливому навесу над раздолбанной деревянной скамьёй, изрезанной ножиками, и кондукторша привычно выпевала: «Цы-и-га-анскаи бара-аки!» И всё пространство за «Пекинкой», от Комзяков до самого города, — весь этот обширнейший квадрат с прудами, лугами и берёзовыми колками, — молчаливо признавалось остальным населением посёлка «цыганским».

А ведь, по сути, барак был один: длинный бревенчатый, поровну разделённый на два отсека; в каждый заходили с торца. В каждом отсеке был свой хозяин, — на станции и в городе его называли «бароном», сами же цыгане звали «старшой».

8   Внутри барак выглядел как обычная коммуналка: печка для обогрева (хотя стряпали на электроплитках: две конфорки, открытая спираль), два-три сундука, накрытые цветастыми тряпками, стол с разноплемёнными стульями-табуретами и ярусные койки вдоль стен, точь-в-точь — лагерные нары. С порога шибавший запах натруженных портянок довершал это сходство, и оно понятно: в барак были утрамбованы четырнадцать многодетных семей. Конечно, цыгане, как и прочие обитатели здешних мест, мылись в бане — и станционной, и фабричной, так что запахи их тел гармонично сливались с прочими ароматами советской эпохи, а портянки — ну что портянки! — хромовых-то сапог у цыгана ещё никто не отменял.

Барак построили городские власти в 1956 году согласно хрущёвскому указу: отвлекать цыган от кочевого образа жизни, прививая им *оседлые привычки*.

Насчёт привычек всё обстояло не так гладко: пятнадцать веков *рома* всего мира с весны по осень наматывали вёрсты-мили-километры-лье... на колёса своих кибиток. Цыганская кибитка, *бардо,* была для этих людей и домом, и судьбой, и средством передвижения, и остовом их бродячей души, талантливо воспетой во многих романсах. Так что указ указом (мало ли чего Хрущу придёт в его лысую башку!), а вокруг барака всегда гуртовалась пара-тройка-пяток кибиток, некоторые — богато изукрашенные, и чуть поодаль обустроено было летнее стойло для лошадей — средоточие цыганской жизни, неизменный её оплот. Ибо каждый цыган должен иметь коня.

Каждый цыган должен иметь кумачовую атласную рубаху да хромовые сапоги, а вот штаны вполне могут быть магазинными, обычными чёрными портками советского человека: диагоналевыми или ратиновыми, в мелкий косой рубчик.

Но всё это — в тёплые месяцы; зимой цыгане все до единого ходили в тулупах с железнодорожного склада Клавы Солдаткиной.

Что до цыганских женщин, дома они держали себя неприметно, одевались в чёрное или в серое: простенькая юбка, скромная кофта, непременный фартук. Ну гребень в тяжёлых волосах да пара колец на пальцах, — когда не на промысел. Если же из дому, тогда, конечно: и пёстрые юбки, одна на другой, и красные бутоны роз наискось по роскошной шали на плечах... не говоря уж о немалом грузе семейного золота, которому только и доверяют цыгане, и носят его на себе, и звенят, и бренчат, и тихо позвякивают (по количеству золота на жене определяется достаток мужа). А у самых видных женщин — к примеру, у жены или дочки барона — ещё и массивный витой браслет надет поверх длинного рукава блескучей блузы.

«У меня жена — золото, и на ней — всё золото! — приговаривал Лачо, богатый цыган, *старшой по вторсырью*. — Если даже луна-звёзды погаснут, моя Зора будет сверкать, как ёлка, с макушки до пяточек!».

И вот что интересно: женщины никогда не курили. Кино, ясно-дело, важнейшее из искусств, и все мы в детстве насмотрелись, как табор уходит в небо, и в пронзительном кадре актриса подносит к алым губам мундштук романтической трубки, пуская вверх колечки прицельного дыма... Но в реальной жизни цыганки из «наших» бараков не курили — да и как можно! Они были заняты совсем другим.

В каждом многодетном семействе было по *смотрящему*, у каждого — свой удел для добычи на общий котёл. Кто-то отвечал за попрошайство, кто-то за гадательный промысел, кто-то за воровство в автобусах.

Тут надо представить картину: вот прибыл пригородный поезд — приличный состав, восемь вагонов, в каждом человек по семьдесят пассажиров, подавляющему большинству необходимо добраться до города, так что на единственной автобусной остановке, на привокзальной площади, скапливается народ. А автобусы — что, их два на линии, и каждый, мягко говоря, не чудо автомобильной промышленности... Да вы их помните: узконосые, дверь — одна, справа от водителя, открывается-закрывается тем же устало-осатанелым водителем при помощи рычага, закреплённого на стыке двух никелированных трубок: одна ведёт к двери, другая... «Ну-ка, уплотнились там в заду, кому я, блять, говорю?!.» Да что там растолковывать, все ездили, все колесили по дорогам, проулкам, по рытвинам и колдобинам родной страны. Повторим: на линии два ветерана отечественного автопарка, в каждом — тридцать сидячих мест, плюс сколько набьётся в проход. Так что пригородные пассажиры, усталые и раздражённые, с остановки рассасывались часа через два-три. Как же не потолкаться, не пошуровать в толчее!

Вообще-то, *наши* цыгане считались «полуосед-лыми». В тех самых бараках у них была «база», откуда на промысел выходила группа мужчин. Вернувшись, отсыпались, гуляли-бренчали... а на промысел в это время уходила другая группа. Но были среди них и работяги (потому-то городские власти им и выделили бараки). И если мужчины у цыган всё-таки работали — кто на сборе вторсырья, кто на пашнях совхоза «Пригородный», получая трудодни, как и остальные колхозники, кто у лесников на подхвате, кто на кирпичном заводе, кто лудил-паял-точил по дворам... — то женщинам, как известно, работать — грех! То есть, конечно, они баклуши-то не били, они трудились неустанно, чтобы семью прокормить: кур воровали, ездили в город гадать, заморачивая голову какой-нибудь наивной дурёхе; выуживали кошельки у матерей семейств — всё это не за грех считалось, а за добродетель: забота о детях, о семье — дело святое. («Наш бог, — говорил тот же Лачо, — нам всё разрешил: гулять-воровать, грабить-убивать!»)

Затем разнообразную добычу вносили в общак на три-четыре семьи, раскладывали на природе костёр, и какое-то время вкусное (всегда вкусное!) варево кипело в котле, разнося ароматы по округе. Тут же дети крутились, подтягивалась молодёжь с гитарами... И до поздней ночи на огромной обжитой, заставленной кибитками поляне звенели-гремели-дрожали-стонали струны, взмывали голоса, вплетаясь распевными лентами в гривы коней, в рассыпчатую листву берёзовых крон, в сизоватый дымок костра... (и прочее, и тому подобное — соответственно литературному штампу,

12 который, увы, есть не что иное, как многократный отпечаток жизни).

Разумеется, выпивали — винца, иногда и водки, но не вусмерть, для веселья. Бывало, что и дрались, но тоже — не вусмерть; скорей для задору, для удальства и укрепления авторитета.

По праздникам гуляли особенно жарко, и свой у них был реестр праздников: Рождество, Пасха, Старый Новый год — вот, пожалуй, и всё. Ни тебе дня рождения или там годовщины свадьбы, Первомая или, скажем, ноябрьских... Скудновато по датам, зато гуляли подолгу: неделя, а то и две, — ведь каждый у другого должен в гостях побывать.

* * *

Мама звала старьёвщика «хурды-мурды»...

Давно, в самом раннем детстве Сташека, время от времени возникал этот цыган. Въезжал во двор на телеге, запряжённой старой кобылой, и стопарился у чугунной колонки, откуда все соседи брали воду на полив огорода.

Если бы, скажем, некий художник-постановщик взялся набросать эскиз к пьесе из расхожей цыганской жизни, то и он бы не смог более убедительно воссоздать образ возчика и его лошади, странную конструкцию повозки, да и сам торг — занимательнейший спектакль, что регулярно игрался в декорациях обыденной жизни станционного двора.

Старьёвщик был совсем не стар: широкоплечий, кряжистый, с великолепной крутизной иссиня-чёрных кудрей на голове. Такой же иссинячёрной была и борода, но в ней отдельной яркой белизной сияли чисто-серебряные колечки ранней седины. Наверняка сам цыган знал и ценил природную красоту этакой нарядной бороды: она всегда была у него аккуратно подстрижена и расчёсана, не слишком длинна, но и не коротка — в самый раз, чтобы смотреть на нее и любоваться россыпью серебряных колечек чистейшей седины. Тем более, когда, усмехаясь, он приоткрывал рот, и оттуда высверком стрелял золотой зуб, вернее, золотая коронка, непременная для любого представителя данного национального меньшинства. Хотя рот он открывал не часто, был невозмутим, цену опускал лишь до какого-то своего, им себе установленного предела.

Одет был старьёвщик самым обычным для цыгана образом: сапоги, магазинные штаны, ватник (если жарко, то на голое тело).

А вот лошадь его...

Батя однажды назвал её «крылатой», пояснив, что это не поэтический образ, а такое определение у лошадников: если масть светлая — саврасая, мышастая или каурая, но с тёмным оплечьем, будто крылья сложены за спиной. Каждый раз, когда во дворе появлялся «хурды-мурды» со своей телегой, Сташек вспоминал батины слова и воображал, как крылатая лошадь старьёвщика вдруг расправляет тёмные крылья, взлетает (вместе с цыганом и телегой, гружённой изумительным барахлом) и парит в облаках, слегка задевая их крыльями.

Телега была необычная — скорее фургон, только вместо глухих бортов по краям её шёл частокол

14 обструганных колышков, по верху закреплённых длинными жердями. А задняя часть телеги была крытой: грязный зелёный брезент поверх трёх металлических дуг. При сильном ветре брезентовая крыша вздымалась, точно парус, и тоже просилась в небо.

Там-то, в укромной глубине фургона, цыган и копил свой улов, а в передней части, сразу за хвостом крылатой кобылы, раскладывал товары на обмен. Всякая мелочовка для детишек — глиняные свистульки, калейдоскопы, бумажные флажки, стеклянные шарики, надувные шары из тугой резины рыжих аптечных сосок — лежала в корзинке; товар посерьёзней он размещал зазывно, как хороший коробейник: китайские фонари, китайские кеды, керосиновые лампы, коврики с оленями и утками-лебедями, сковородки да кастрюли красовались наособицу, выгодной стороной к покупателю.

На что менял свой товар? Да на всё — ненужную бумагу, старые газеты-журналы, негодные вещи и мебельный хлам. Но особо ценились для обмена металлы: чугун, медь, железо. Неподалёку от цыганских бараков стояла скособоченная будка приёма вторсырья, напоминавшая деревенский нужник. Там обычно и восседал старьёвщик, принимая вещи от населения. (Вообще, сбыт металлолома цыгане держали в своих руках, и того наглеца, кто сдавал не им, а напрямую в государственные пункты скупки, били страшным боем.)

Однажды Сташек приволок из дому тяжеленный угольный утюг. Разыскал в кладовке и рассудил, что никому тот не нужен — гладили электрическим, лёгким и проворным утюгом, на который мама не могла нарадоваться: руки не болели после глажки. Ну и влетело ему! По первое число. Оказывается, мама приберегала эту драгоценность «для серьёзного обмена». «Сплавил! — восклицала она, всплёскивая руками. — Гляньте-ка на этого менялу: сплавил такую богатую чугунёвину за глиняную свистульку!»

Въехав во двор и обосновавшись у колонки, старьёвщик со своей телегой довольно долго оживлял скромный коммунальный пейзаж. Сначала к нему слеталась детвора с чем ни попадя — главным образом с пустыми бутылками, выцыганенными у родителей. Когда спадала первая бурная волна торговли с маленькими туземцами, из домов показывались взрослые, в основном хозяйки. Выносили старые одеяла и подушки, тащили покосившиеся этажерки и колченогие столики, несли отслужившие своё ухваты, чугунки с прогоревшим дном, ржавые топоры и колуны без топорищ, рулоны проржавелой сетки рабицы, прогоревшие паяльные лампы, ломы-лопаты, санки с выломанными жердями... Чего только не валялось по сараям да кладовкам, по чердакам и подвалам: разумный человек никогда не выкинет полезной вещи, пусть даже и выбывшей из хозяйства.

И начинался Великий Торг!

Дворовые бабы торговались крикливо и обидно, брали на горло, задирались. Им казалось, чем громче, тем убедительней и действенней, тем скорее цыган спустит цену. Он же только усмехался, выпуливая золотым высверком коронки из куста бороды. Вообще торговался молча, при помощи мимики и двух-трёх жестов: растопыренная пятерня, выкинутая чуть ли не в лицо человеку, означала: «уйди, женщина!» Или скривит презрительно губы: «Э-э! дураков нет!» Так что в воздухе звенели и скандалили только женские голоса, будто сороки слетелись на богатую помойку и дерутся, делят добычу.

Всё это время крылатая лошадь смиренно стояла в эпицентре громогласного торга, медленно мигая и вяло колыша чёрным хвостом, — видимо, не решалась сбросить с себя цыгана, его решётчатую телегу, дворовых баб, травяной двор... и весь этот муторный скарб, мешавший ей расправить крылья и взмыть под облака.

— Гляди, кто пожаловал, — говорила мама, бросая взгляд из окна кухни. — Твой «хурды-мурды». Возьми вон бутылки под раковиной, отнеси. Выменяй на свистульку.

— Свистулек до чёрта, — говорил Сташек, огорчённый скудным маминым предложением. Бутылки — подумаешь! «Хурды-мурды» любил обменивать стоящие вещи на подушки-перины, на старую мебель... — Может, отдать ему наш шифоньер?

Мама вытаращивала глаза и хохотала:

— Ты сдурел, мой милый?

— Так у него все дверцы скрипят, — бурчал Сташек и покорно лез под раковину доставать несчастные бутылки, бежать обменивать их на очередную, никому уже не нужную свистульку.

* * *

С «настоящим» цыганом впервые он столкнулся в питомнике, по аллеям которого любил носиться на своём «Орлёнке». Часами наворачивал круги совершенно один. Вообще, с раннего детства — и чем старше становился, тем это проявлялось всё более явно, — любил копошиться один. Никогда ему не нужна была компанейская поддержка сверстников, никогда не стремился ничего никому демонстрировать, никогда не скучал сам с собой.

Словом, катил себе Сташек по пихтовой аллее, ведущей к Комзякам, — пышная по обеим сторонам, усеянная длинными мягкими иголками, она напоминала чьё-то бесконечно вытянутое лицо в пушистых бакенбардах. Ему нравилось, что каждая аллея в регулярном парке была засажена «своей» породой деревьев: ясенями, берёзами, каштанами или клёнами. Во-первых, удобно: даже последний дурак не заблудится; во-вторых, красиво. В зависимости от породы высаженных деревьев менялся не только «портрет» аллеи — строй и уходящая даль посадок, — всё выглядело иначе. Разной плотности кроны всегда по-своему пропускали свет и тени, и потому на каждой аллее возникала своя солнечная вязь, свои петли и кружева; будто разные мастерицы, соревнуясь, вывязали из солнца и теней искусные дорожки и салфетки, узорные скатерти.

В то время к нему ещё не выбежала Огненная Пацанка из Рябинового клина, был он безмятежен и приветлив к жизни и к людям, искренне считая,

18 что у него покладистый нрав. Это потом жизнь и события резко поменяли масштаб, смысл и характер. И сам он, Сташек, поменял характер. Даже мама порой говорила: «Мне сына подменили, моего славного сыночка! Куда он делся и кто этот колючий репей в моём доме?» А батя тот вообще по разным поводам то и дело обещал «надрать жопу до медного блеска».

Так вот, катил себе славный-мирный-до-дылдинский Сташек на «Орлёнке» по пихтовой аллее, как вдруг кто-то сильной рукой ухватил сзади велик за седло, оборвав безмятежную прогулку.

— Дай покататься! — гортанно выкрикнули за спиной. — На минутку! На часик...

Сташек обернулся. Этого взрослого пацана он и раньше видал. Звали его как-то странно: Ц*а*гар. Хотя чего уж там: не человеку с именем Аристарх пожимать плечами, заслышав чьё-то непривычное имя. Цагар так Цагар, имя цыганское, наверняка означает что-то там... высокопарное. А вот чужой велик за седло хватать некрасиво. Примерно это Сташек и довёл до сведения захватчика. Парень был высоким, жилистым, со знатным носярой. И постарше так: лет тринадцати.

— Не-а, не дам, — резонно ответил Сташек. — Не вернёшь.

Но Цагар цепко держал седло, не давая уехать. Улыбался хитро-победно, типа: да слезешь ты, ласточка, а я на твоём велике погоню, куда потянет... И мы оба это знаем.

— Покатаюсь — верну, — и для убедительности цыкнул сгустком слюны, далеко пульнув его на обочину. Сташек вдруг вспомнил, что этот парняга, кажется, — средний сын ихнего цыганского барона. Значит, и старшие братья имеются. Искоса прикинул — насколько тот крепче. Ну да, плечи-кулаки... тут всё на месте. А вот кто шустрее, увидим.

Это был момент, когда слова должны уступить место действию. Сташек такие моменты всегда остро чуял. За несколько секунд успел мысленно пробежать ситуацию: может, дать этому почти-взрослому-Цагару-сыну-барона покататься, тем самым избежав стычки, а то и настоящего избиения? — кто знает, в каких кустах тут засела его цыганская кодла, — может, только и ждёт сигнала. Но сам же себе и возразил: нет, разок уступишь, и — «прощай, лю-уби-имы-ий велик...». Причём навсегда. Батя скажет: «Не сумел отстоять, бежи так!»

Рассудительным голосом Сташек продолжал что-то говорить, незаметно освобождая правую ногу, вроде как послушно слезая с седла. И не завершив этого мирного движения, с размаху долбанул Цагара ногой по коленке. Тот взвыл и велик отпустил; Сташек взлетел в седло и рванул по аллее.

Сейчас уехать от цыгана ничего не стоило. Надо было только крутить и крутить педали, ноги уносить, мчаться, тикать!.. «И потом, — подумал он внезапно, — никогда больше здесь не появляться? Потерять любимый кусок своих владений?» Ясно же, что рано или поздно цыгане обязательно его подстерегут.

Он повернул назад и покатил туда, где на обочине аллеи сидел, со стоном растирая коленку и страшно матерясь, долговязый Цагар.

Сташек спрыгнул с седла, повалил «Орлёнка» на землю. Подошёл.

— Ты один? — спросил, глядя сверху на цыгана. — И я один. Отойдём на пару слов? — И подал руку, помогая тому подняться.

С тех пор они с Цагаром дрались несколько лет, в самых разных местах и при свидетелях. Конечно, Цагар был сильнее, и кувалды у него были — будь здоров! Но Сташек гениально уворачивался — по системе, преподанной ему Володей Пу-И. Он мельче был и проворнее, и мог разозлить кого угодно, скача вокруг противника, будто на пружинах. «Обезьяна!!! — орал взбешённый Цагар, кидаясь за ним в попытках достать. — Мартышка *грёбанатвавврот*!»

Попадало, конечно, и тому и другому. В самые опасные моменты драки справа и слева вырастала стенка: то цыгане, то поселковые пацаны сбегались откуда-то с Лисьей горки. Но в драку не лез никто. Один на один — это было свято...

Физиономия Сташека в тот период претерпевала любопытные изменения в форме и цвете. То вырастала шишка на лбу, то опухал нос, то ухо наливалось сливой. А уж синяки разной степени спелости цвели-расцветали по всему телу, поживая желтизной и вновь расползаясь фиолетовыми разводами. Мама ужасалась, морщилась, смазывала «эти безобразия» лавандовым маслом (так что наутро он густо благоухал на весь класс, и девчонки морщили носы), порой обидно и смешно комментировала боевые увечья сына... Но никогда не позволяла себе удерживать его дома, прикрикнуть или что-то ему запретить.

Наконец, однажды летом, через год после смерти бати, они с Цагаром столкнулись на остановке. Драться там было не с руки, и значит (стал он привычно прикидывать), условимся на вечер в другом месте.

Но Цагар вдруг подошёл, подал руку, впервые назвал по имени: Стах, — и признался, что — пора кончать: надоело, да и устал — не спал со вчерашнего, в ночном был. И это привычное, вскользь произнесённое «в ночном» вдруг Сташека подкупило, как и рукопожатие давнего врага, как и честное «устал», поманило серебристой рябью на реке, дунуло рассветным ветерком, окликнуло тихим лошадиным ржанием под звяканье упряжи.

— А можно... мне с тобой... как-нибудь? — спросил он. И Цагар живо отозвался: «А чё, делов-то! Можно и порыбалить. Хочь со мной на Кщару?»

Вот это был подарок! Вот это было настоящее замирение — на всю жизнь! Сташек только слышал о Кщаре, о зачарованной красоте этого озера.

...Это по Кщаре скользил, будто призрак, плавучий дом из фильма «Зверобой», по книге Фенимора Купера. На одном берегу озера стоял смешанный лес, на другом высилась могучая стена соснового бора. А сосны — корабельные, мощные, древние — прямо из сказки. Только сильный ветер мог взъерошить им верхушки.

В начале девяностых один московский крутыш купил на Кщаре участок берега и приступил к строительству имения. Да что там — имения! Он замышлял настоящий замок возвести. Первым делом вырубил четверть гектара сосен, ближайших к воде, и планировал вырубить ещё столько же, а то, говорил, как-то... мрачновато получается: настоящая чащоба Ильи Муромца!

Несколько дней обнажённое озеро — как боярин с обритым лицом — ошарашенно стояло в оскорблённой тишине. И вдруг — ушло, утекло-сбежало! На далёком дне опустевшей огромной его чаши темнели бурые остатки водорослей. Видимо, карстовые породы втянули всю толщу воды — так потом знающие люди объясняли.

Тогда дом ушлого москвича сожгли. Местная милиция не слишком усердствовала в раскрытии данного преступления, и он уехал, бросив незавершённую стройку.

Прошло несколько лет, участок берега стал медленно зарастать, поднялся молодняк, вытянулись сосенки, устремляясь к грядущему бору. И озеро опамятовалось и простило людей: вернулось. И по-прежнему пленяет своей невинной, немного сумрачной красой.

— А добираться как? — заволновался Стах. — Не на лошадях же...

Цагар хитро прищурился, сказал:

— Зачем на лошадях. Не парься, чувак. Доставим твою жопу на место.

На другой день в уговорённое время за окнами прогрохотал мотоцикл, лихо и витиевато просви-

стал Цагар. Стах выскочил на крыльцо с приготов-
ленным рюкзаком, со снастями и... так и остался
стоять, таращась на фантастическое средство передвижения, понимая: главное сейчас — не трес-
нуть со смеху.

Этот чумовой мотоцикл с коляской был, вероятно, спаян и сбит из разных частей металло-
ломного старья, что насобирал по дворам цыганский коробейник «хурды-мурды». И коляска
явно чужая была: проржавелая, практически без
дна, а дыры в бортах залатаны зелёными и синими железными лоскутами... Мама, выйдя проводить сыночка, пробормотала ему в спину: «Это же
цыганский фаэтон!» — но лицо оставалось невозмутимым, пока сын укладывал в коляску своё ры-
бацкое хозяйство.

Однако взрёвывал смешной «фаэтон» неукротимо, и рвался на простор почище какого-нибудь
культово-киношного «Харли-Дэвидсона». Едва
Стах уселся позади Цагара, этот латаный кентавр
мощно взрыкнул, рванул и так ходко всю дорогу
пёр, треща пулемётными очередями и взлетая на
колдобинах в облаках пыли, что к вечеру, хоть
и с отбитыми задами, парни уже были на Кщаре
и расставляли палатку на пологом берегу, на стороне смешанного леса.

Напротив над зеркальной гладью воды высился
красавец сосновый бор, отражаясь в озере гигантским золочёным гребнем, над которым в закат-
ном небе золочёными пёрышками тлели редкие
облака. Вся картина казалась отлитой на заказ ис-
кусным ювелиром.

24   Чуть позже эти медальные облачка сдвинулись, огрузли, слились в длинное неповоротливое бревно, в чьей дымной плоти, как в догоравшем костре, ещё млело малиновое сердце огня, беспрестанно пульсируя и меняясь, неудержимо застывая чернозёмной бороздой на фиолетовом поле.

Одуряюще пахло свежестью озёрного простора, и даже сопутствующий воде запашок тины и гниющих водорослей не казался назойливым. Над неподвижной свинцовой гладью была разлита плотная шёлковая тишина, лишь слабая волна плескалась о прибрежную корягу да работяга-дятел глухо долбил какую-то дальнюю сосну.

К завтрашнему клёву всё было готово: червей Цагар накопал ещё утром, а Стах вчера самолично сварил на плите подкормку: перловку вперемешку с мукой.

В сумерках, вначале робких, будто ребёнок их надышал, но густеющих с каждой минутой, они развели костёр и вскипятили воду в древнем солдатском котелке (интересно, мельком отметил Стах, из чьей кладовки его выудили для обмена на китайские кеды). Цагар вывалил в котелок чуть не полпачки чаю, — Вера Самойловна его бы одобрила, — и, расстелив на земле газеты, они уселись ужинать. Стах выудил из рюкзака штук пять варёных яиц, целую торбу огурцов с собственных грядок и мамины фирменные бутерброды: «Хлеб-масло-чеснок, — приговаривала она всегда, — это и есть рай на земле».

Они почти не разговаривали, будто, завершив

историю вражды и чуть ли не еженедельных драк, исчерпали некий понятный и простой период жизни и пока лишь искоса разглядывали, примеривались, присматривались один к другому. Однако ни с кем из одноклассников, ни с кем из дворовых приятелей Стах не чувствовал себя так надёжно и спокойно, как сейчас, с этим долговязым и грубоватым цыганом, вчерашним заклятым врагом.

Влажный воздух, роящийся мошкарой, между тем сгустился до лилового киселя и быстро заливал озеро, лес, высоченную стену соснового бора на дальнем берегу, ближние кусты и палатку в трёх шагах от костра.

За длинной зубчатой стеной бора вынырнула и стала медленно восходить огромная раскалённая луна, над которой, видимо, трудился всё тот же усердный небесный ювелир. И легко было вообразить, как, выхватив гигантский диск луны из плавильного горна, он погружает его в прохладные воды тёмно-синих небес, где, стремительно остужаясь, меняя окрас с багряного на золотой, а там и на серебряный, луна поднимается всё выше, выше... пока не застрянет над землёй новенькой монетой какого-то редчайшего сверкающего сплава.

Над головами раскатилось чёрное серебро той особой ночной тишины, в которой копошатся тысячи шелестов и вздохов, камышовых шорохов и шепотков; нежный водяной зуммер озёрной жизни и потрескивание плавника в костре. Всё вокруг — и озеро, и лес — глубоко дышит и длится, длится и звучит...

26   Вдруг одинокая соловьиная трель тоненько просверлила воздух — справа? слева? — трудно определить; и с другой стороны кто-то кокетливо и ласково переспросил: «пи-и-и-во? пи-и-и-во?» В ответ уже с трёх сторон защёлкали, засвиристели, длинно завьюжили-заюлили, тренькнули, ойкнули и отбили сухую чечёточку — во как!

И словно занавес раздвинулся: соловьиный концерт был заявлен и нежными всполохами звени ахнул, стих... вновь пыхнул, распространяясь целой кавалькадой серебряных лошадок — цокотом, цокотом... по всему небу. Невидимый механик наладил аппаратуру, что-то подкрутил, добавил звука и подсветил ещё чуток примадонну-луну. Неистовый соловьиный ансамбль — причём неизвестно, три там их было или тридцать, и все солисты — загремел на полную мощь, чтобы не утихать до утра. Самым прекрасным было то, что это изумлённо-вдохновенное пение ни на йоту не нарушало озёрной тишины.

Пристально глядя в рваное нутро огня, Цагар вдруг стал рассказывать, как после смерти его шестнадцатилетней сестры отец сошёл с ума, и целых три месяца Цагар ходил за ним как пришитый.

— Зачем? — шёпотом спросил Стах.

— Нож отнимать, — охотно и спокойно объяснил тот, поигрывая длинным прутом, срезанным с ближайшей ольхи, то зажигая его от костра, то гася в траве. — Он себя резал по кусочкам. Отрежет кусок и выбросит... Три пальца так выбросил... с левой руки.

— Но... зачем?! — тихо воскликнул Стах.

— Так Настя же из-за него погибла. Её любимый украл... ну, как у нас принято. — Поднял голову, взглянул на Стаха: — Обычай такой. Недели через две явятся-повинятся, их и простят, и свадьбу играют. А тут... Отец не хотел её парня признать, давно договорился за Настю с другом, а у того сын, понимаешь? Только Настя его не любила... Если девка чует, что её не туда украдут, она сигает за любимым и — поминай. Для отцова друга это была обида, а для отца — позор. Он говорил: «Это ж как получается: моё слово для дочери — фуфло?» И не пускал Настю домой — с матерью повидаться. И мать к ней не пускал. Даже просить прощения — не пускал. Тогда Настя пошла и... легла на рельсы. Наказала так отца. А он потом решил сам себя наказать: мол, Настю поезд сразу зарезал, а он себя будет до-о-олго резать, пока вся кровь не вытечет.

Эту дикую историю Стах краем уха слышал, соседки во дворе судачили. Только не знал, что произошла она с семьёй Цагара и в то самое время, когда они, мальчишки, сшибались и мутузили друг друга до крови на каждом углу... Настю он не помнил, какие-то смутные цыганские девушки прошмыгивали в памяти, лиц не разобрать. Но представил фигурку на насыпи в последние мгновения до того, как налетит многотонная громада тепловоза... и — содрогнулся!

Вспомнил, как давным-давно, в совсем глупом детстве, укладывая его спать, мама ладонями, пальцами и кулаками разглаживала-пощипывала-

выбивала на его спине считалку: «Рель-сы, рель-сы... шпа-лы, шпа-лы... е-хал по-езд за-поз-далый... — приборматывала ритмично, ребром ладони очерчивая на его тощей спине продольные и поперечные линии. — Из пос-лед-него ва-го-на вдруг по-сы-пал-ся го-рох. Пришли гуси — пощипали; пришли куры — поклевали; пришёл слон — по-топ-тал; а лисички, две сестрички, всё чистенько подмели...»

К тому времени, когда тёплые мамины ладони, легонько поглаживая спину, стекали от позвоночника к бокам, Сташек уже спал.

Отрывисто переговариваясь в соловьиной тишине, они ещё посидели, то и дело напоминая друг другу, что надо бы маленько поспать, но всё сидели и говорили, осторожно, шаг за шагом вступая в пространство неизведанной пока дружбы, неспешно роняя слова в озёрную тишину.

Потом ещё не раз и не два они будут сидеть у костра — в ночном или на рыбалке, переговариваясь или просто молча глядя в заполошное нутро огня... Третий пруд, тот, что поближе к Комзякам, примыкал к цыганской поляне; там и объезжали коней, и в ночное их гоняли.

Это благодаря Цагару он полюбит лошадей: научится с ними возиться, прилично держаться в седле, — научится, говорил Цагар, «лошадок разуметь». Цагар лошадник был сумасшедший, прирождённый; часто изрекал что-нибудь лошадиное посреди разговора, ни к селу ни к городу: «А то, что ахалтекинцы прибегают по свисту хозяина, — то фуфло, байки».

«Лошадь не собака, — уверял Цагар, — ей всё равно, кого возить, но если чувствуешь её, если ты к ней со всей душой... она всегда ответит».

Раз десять сходив с Цагаром в ночное, Стах уже многое знал: что лошадь боится резких движений: взлетевшего воробья, собаки, выскочившей из кустов; шарахается от контрастных по цвету предметов: чёрного шланга в зелёной траве или красной варежки на снегу. И в то же время её можно ко всему приучить — даже к выстрелам над головой.

Однажды Цагар позвал его смотреть на объездку табунного молодняка. *«Три двухлетних жеребца, — сказал, — приходи, будет классно. Мы чуток запоздали, но Николай в этом деле — спец, он их обратает».*

Когда Стах явился на поляну, одна из лошадок была уже в «бочке» — носилась по кругу внутри огороженной высоким дощатым забором площадки. Старший брат Цагара Николай, стоя в центре круга, хлестал жеребца бичом.

Казалось, это никогда не кончится: взмыленный жеребец бежал по кругу, роняя пену с губ, над ним щёлкал бич, огуливая то круп, то спину. Но едва жеребец делал шаг к центру площадки, бич замирал в воздухе... Так постепенно он приближался к Николаю, стоявшему в центре площадки с бичом в руке. Наконец приблизился настолько, что тот достал из кармана брезентовой куртки половинку яблока и протянул его жеребцу... А жеребец стоял, бурно дыша, и мокрые бока ходили, как кузнечные мехи.

— Вот теперь, — возбуждённо проговорил Цагар, и чернущие его глаза азартно сверкали, — теперь можно надевать недоуздок и начинать объездку.

У него у самого была Майка, обожаемая лошадь — некрупная, но прекрасно сложённая кобыла арабо-орловских кровей, родом с Шаховского конного завода. Когда Стах увидел её впервые, в сумерках, Майка показалась ему призрачно белой, волшебной, почти мифологической — как Пегас... Бежала вдоль кромки пруда по воде, высоко вздымая ноги, красиво и гордо наклоняя голову на крутой шее — глаз не оторвать: белая кобыла в чернильно-звёздной ночи... Но Цагар сказал, что чисто белых лошадей не бывает, они рождаются «мышастыми», потом становятся серыми в яблоках и лишь с годами светлеют, «выстирываясь» до белизны. Майка была редкого, жемчужного окраса, кожа — как у липициана — розовая, и глаза невероятные: светло-зелёные. Половинка арабской крови одарила её не только бешеным темпераментом, но и кошачьей гибкостью движений, и мягким аллюром. А характер был прямодушный и отдатливый: бежать могла до полного изнеможения, если не остановить. К Цагару она попала через третьи руки и, несмотря на молодость, успела натерпеться от жестоких людей. Завидев седло, нервничала, принималась «стрелять» задними ногами, да так мощно, что в досках забора оставались круглые дыры от ударов копыт. То и дело закусывала трензель и пыталась убежать — неважно куда, лишь бы подальше... Почти месяц у Цагара ушёл на то, чтобы лаской убедить красавицу: никто её бить и гнать отныне не станет. «Знаешь, — рассказывал, — я никого к ней не подпускал, всё сам: чистил, кормил, расчёсывал, косы в гриве заплетал... Разговаривал как с человеком, и она мне поверила — голосу, рукам, — моей стала! Когда отец увидел меня на Майке — на брошенном поводу, — он прямо остолбенел: поверить не мог, что это та самая бешеная кобыла...»

Позже, скучая по родным местам и вызывая в памяти запахи Мещёры, одним из первых Стах вспоминал терпкий конский дух, солоноватый запах взмыленной лошадиной шкуры и душновато-сладкий запах прогретой солнцем Майкиной жемчужной гривы, всегда любовно расчёсанной рукой Цагара.

Наконец, резко вскочив на ноги, Цагар оборвал их негромкий разговор:

— Ну, харэ трындеть, вставать скоро!

Они затоптали костёр, забрались в палатку и нырнули в спальники...

Цагар почти сразу засопел, а Стах никак не мог заснуть. Представлял себе Настю: как она стоит у полотна, пропуская поезда... один, другой... ведь страшно как! — и вдруг, на третьем, гремящем издали составе неожиданно для самой себя быстро ложится на рельсы, прилаживается половчее, чтоб уж — сразу... Представил, как опустилась она на колени и, прежде чем лечь на железо, подобрала с шеи густые свои рыжие волосы...

Рыжие?!! Он вздрогнул, рванулся и сел, таращя глаза в темноте палатки, дыша заполошными рывками. Сердце тугими толчками заливало грудь непереносимым горем. «Сон, — сказал он себе чуть ли не вслух. — Это просто сон... Я задремал и не заметил». Повалился на спину и долго так лежал, приходя в себя... Нет-нет, это не про нас, говорил себе, у нас всё будет здорово: ясно и радостно. Никаких цыганских страданий. Никто не встанет между нами, — с какой стати? Мы же *положены друг другу*...

Это мама вполголоса говорила на кухне сестре Светлане, а он нечаянно услышал из своей комнаты: «Поразительная убеждённость обоих, что они положены друг другу, — негромко сказала мама, — и с такого малого возраста! И ведь не скрываются, не смущаются ничуть. Над ними и подшучивать неинтересно. Странно: будто обручили их с пеленок и они это знают и понимают как... неизбежность». Она помолчала и добавила: «Это, по крайней мере, заслуживает уважения». Светлана фыркнула и отозвалась: «Чушь, детство какое-то! Вот увидишь, сто раз у него всё переменится».

Снаружи по-прежнему разливались, соперничая друг с другом, соловьи, но уже подавали голоса и синички, и трясогузки, и прочая мелочь...

Видимо, он опять задремал, потому что растолкал его Цагар: бодрый и уже умытый озёрной водой, отряхивался, как пёс, с всклокоченной шевелюры веером летели Стаху на лицо холодные капли. «У меня, чувак, будильник прямо в мозг вставлен, — похвастался. — Приказываю себе изнутри: проснуться в три ночи, — и ровно за минуту... просыпаюсь!»

Есть не хотелось; они разобрали снасти, прихватили банки-коробочки и по тропинке спустились к ивняку. Над водой стояло невысокое, но беспокойное озеро тумана. Здесь сильнее пахло водорослями; толща воды была густой и настолько полной какой-то своей глубинной жизни, что казалось кощунством забрасывать в её утробу что-то постороннее.

Стах впервые рыбачил батиной удочкой — бамбуковой трёхколенной, очень удобной (батя со смешком называл её «мой главный прибор»): рукоять обёрнута чёрной изолентой, чтобы мокрые, а от рыбы и липкие руки не скользили, не упустили удочку в воду, что сплошь да рядом случалось с иными горе-рыбаками.

Осторожно размотав леску, он продел её во все колечки, вытянул ещё метра на полтора, закрепил поплавок, грузило, завязал узелок... Насадил червячка так, чтобы кончик болтался — якобы живой и свеженький, — этакое приглашение угоститься. Привычным «мягким забросом» закинул леску. Шлёпнувшись на воду, поплавок нырнул под тяжестью грузила, мгновенно выпрыгнул, поплясал на мелкой волне и успокоился, замер...

Цагар, азартный, как истинный цыган, в рыбалке «был король» — это подтверждалось каждым жестом: длинный, костлявый и жилистый, присаживаясь на минуту, тут же вскакивал, как на пружинах, — проверял свои удочки.

Он забросил два удилища и вдобавок донку. Покидал пригоршнями подкормку на воду.

— Постой... я и резинку замастырю.

— Что за резинка?

— Ты что, не знаешь? Гляди...

Стах глянул и буркнул: а, видел-видел...

Тоже — способ удить; на Удольском озере им с батей показал его один старичок-рыбак. Просто

34 длинная верёвка с тяжёлым грузилом на конце. К грузилу крепится авиационная резинка и толстая леска, на которой — множество отводков с небольшими крючками. На каждый наживляешь комочек скатанного хлеба, конец лески приматываешь к ноге, а грузило забрасываешь как можно дальше. За ним уходят под воду и верёвка, и резинка с леской-отводками... Сел, подтянул леску, чтобы всем телом ощущать напряжение жизни там, в глубине, — и ждёшь. Она дрогнула, ты резко выматываешь её из воды. На отводках — целый улов: карась, второй, третий!.. Богатый метод — одним забросом целый садок наполнить. Батя удивился тогда, не знал этого способа; но перенимать не стал. «Не-е, — сказал, — на рыбу надо ходить один на один».

Если вдуматься, батя был странный рыбак. Однажды на озере они поймали сома — маленького, ребятёнка. Сташек сразу его полюбил, такого славного, лобастого и уже усатенького! И всё волновался — довезут ли до дому, и где его растить, и вырастет ли тот до размеров кита? Уже и назвал его: Сомёнок Сёма. Домой его привезли в целлофановом пакете с водой, показали всем — целая делегация соседских пацанов и девчонок желала посмотреть на будущего кита. Сёма лежал в тазу до вечера, шевелил хвостом и усами и — Сташек уверял — уже чуть-чуточки вырос.

А потом... батя уговорил сына сходить на ближний пруд, выпустить Сёму.

— А как же я с ним видеться буду?! — горестно восклицал Сташек. — Он ещё имя своё не успел выучить... Я его буду звать-звать, а он — что?

— Он тебя по голосу узнает и выплывет, — успокоил батя. Лицо его было абсолютно серьёзным.

Стах подстелил куртку на росную траву, сел и уставился на противоположный берег.

Ночь истончалась... Дырявый туман над водой цвета оружейной стали прямо на глазах менял оттенки от опалового до бледно-пепельного; в прорехи его задувал свежий ветерок, сгоняя влажные охвостья тумана к тёмным краям выпуклого озера, и вскоре чистота этой глади стала совершенна и бестрепетна. Солнце ещё не показалось, но верхушки сосен на том берегу уже приобрели застывшую чёткость гравюры, лишь высверки птичьих голосов марали эту безупречную картину. Ещё несколько минут, и небо выгнуло золотую спину из-под бахромчатой гряды, над которой выполз чётко очерченный пылающий круг солнца, с каждой минутой взбиравшийся всё выше и выше... и всё вокруг сразу стало полниться запахом нагретой хвои.

Цагар метался от своих удочек к удочке Стаха, ругаясь как чёрт — тут тебе театр или что? Какого рожна запросился на рыбалку, если рыба тебя не колышет?!

Он уже выловил трёх ершей, пяток небольших окуньков, двух подлещиков, густеру и целую команду карасей.

А Стах всё сидел, околдованный блеском озера и неукротимой синевой, которой стремительно наливалось небо — почти до сливового оттенка. Сосны густым чёрным гребнем вонзались в лиловый горизонт, вычёсывая из него крохотные облачка.

— Чувак, — окликнул его Цагар, умиротворённый уловом. — А ты знал, что слово «чувак» — цыганское слово?

— Да ладно тебе...

— Ага. И «стырить» — тоже. И «хавать». И все слова, которыми прям чешут музыканты в кабаках, — все цыганские. «Лабать», например... от нашего слова «тэ дилабас» — значит, «исполнить».

— Надо же, — отозвался Стах уважительно.

Вчерашние рвущие душу ночные разговоры, его страшный сон, его сердцебиение — всё утонуло в солнечной глубине озера. Он изумлённо думал: как это так, что всё в жизни наваливается на человека разом: вот нет бати, и эта мысль каждый раз свинцовой пулькой пробивает сердце; бати нет, но в том же сердце дрожит и набухает кипучая радость: Дылда! Сегодня снова её увижу!

Позавчера она стибрила (неужели правда цыганское слово?) у сестры Анны лак для ногтей. Сидела на скамейке в Городском парке, упершись подбородком в поднятую коленку, и, склоняя голову то на правое, то на левое ухо, старательно покрывала ногти диким фиолетовым цветом. «Дуй!» — приказывала, и Стах опускался на красный песок площадки, набирал полные щёки воздуха и ду-у-у-ул. На соседней скамье сидела какая-то мымра библиотечного вида, злобно на них поглядывая. «Красиво?» — спросила Дылда, ткнув босую ступню чуть не в лицо ему. Он вскочил, схватил её за щиколотку, потянул на себя... Она визжала, хохотала, лягалась, цепляясь за спинку скамьи. Сжимая в железных тисках щиколотки и уперев в собственный живот её босые ноги, он чувствовал пружинящую силу всего её тела.

— Бесстыдники! — крикнула тётка, и Дылда задорно взвизгнула:

— О-ой, бабушка! Спасите мою девичью честь!

Тётка зашлась от злобы, а они вскочили, подхватили босоножки, бросились к лестнице, лихо сверзились по всем семидесяти восьми её ступеням и понеслись по «шалопаевке» — прогулочной аллее, что тянулась к центральной площади города.

Жизнь надвигалась приманчиво, сладко, волнующе исполненная запахом надежды. *Волнующе исполненная запахом Надежды*, — её смехом, голосом, и — телом, которое он ещё не видел полностью обнажённым, но уже сочинял его и в горячечном воображении сплетал со своим чуть не каждую минуту.

Это тело состояло из разных частей разных прекрасных тел...

На нижней полке книжного шкафа в родительской спальне стоял толстенный альбом живописи — подарок маме на день рождения от Броньки — подруги и бывшей сокурсницы по театральному училищу. Та *далеко пошла* — удачно зацепилась в Москве каким-то летучим и несчастливым браком и работала помощником режиссёра в театре Станиславского и Немировича-Данченко, благодаря чему десятилетний Сташек с мамой не только пересмотрели за весенние каникулы все спектакли, но и разглядели разных знаменитых

38 артистов в буфете ЦДРИ, куда Бронька однажды привела их с мамой обедать. «Не пяльтесь, искоса глядите, — шептала она, наклонясь над тарелкой. — Вон Смоктуновский стоит...». Сташек смотрел и ничего не чувствовал, а мама тихо ойкала и замирала.

Так вот, с этим альбомом живописи случилась такая... не очень приличная история. Сташек обнаружил его утром, когда, оставшись в квартире один «на пару часиков» (мама с Бронькой *метнулись по магазинам),* оторвался от телевизора и пошёл бродить вдоль полок широкого книжного стеллажа в Брониной спальне. Там на второй снизу полке он и углядел высокий синий корешок с чьей-то голой ногой. Присев на корточки и отодвинув стекло, потянул на себя томище, который оказался таким тяжеленным, что выскользнул из рук и свалился углом прямо на босую ступню — ужасно больно!

Сташек вскрикнул, заплясал на ковре и даже в ярости пнул книжищу ногой. Она раскрылась... Вдоль всего разворота на золотистых складках покрывала лежала голая тётенька. Обалденная! Молодая, не так чтобы худенькая — как мама примерно, только тёмно-рыжая. Она спокойно спала, закинув руку за голову, будто была на свете одна-одинёшенька; будто зелёный холм, далёкие дома и деревья на горизонте, каждый листик и каждая травинка принадлежали ей, и не о чем было волноваться, и некого стесняться, — настолько, что кисть левой руки сонно лежала прямо там, где обе ноги сходились в пухлой складке. Ей небось никто не орал на весь спортзал: «а ну, вынуть руку из штанов!!!» — едва тебе пришло в голову почесаться.

Сташека обдало жаром...

Он опустился на корточки, лёг рядом с раскрытым альбомом, подпёр ладонью голову и указательным пальцем стал водить по волнующим линиям этого тела. Они перетекали одна в другую, и сразу было видно, что две прекрасные руки, и приятный закруглённый локоток, и узкое колено, чуть сдвинутое вперёд, и круглые сисечки, и туманный бугорок в мягком углублении изножья — все заветные местечки, которые женщины на пляже прячут в купальник, думая, что этим можно отвести от своей фигуры взгляды и мысли мужчин (на самом деле наоборот!), — так плавно, так правильно образуют *целиком* всё тело...

Проснулся он от смеха Броньки и маминого озадаченного хмыканья: уснул на ковре, щекой на листе развёрнутого альбома.

— Ну что ж, — сказала Бронька, — мальчик в мире прекрасного! У него неплохой вкус. Джорджоне — это тебе не академик Налбандян.

И сказала, что помнит-помнит про мамин день рождения в следующую среду, и это как раз повод: всучить подруге данный альбом.

— Ни в коем случае! — воскликнула мама. — Дорогущий наверняка!

— Отнюдь, — улыбнулась Броня. — Мне и самой его подарили. Не скажу — кто, ты просто ахнешь... И знаешь, в какой момент? Когда мы оба могли бы позировать.

Они, подхихикивая, удалились на кухню — пить чай, рассматривать покупки и сплетничать. А Ста-

40 шек так и остался сидеть на ковре, не глядя на
длинную девушку в альбоме. Он даже сердито захлопнул этот огромный том, тащить который к по-
езду, словно в наказание, пришлось ему самому.

С тех пор Сташек никогда его не открывал —
во-первых, чтобы отвести от себя подозрения,
во-вторых, стеснялся возможных батиных насме-
шек...

Но вот он, батя, упал на перроне, ушёл в не-
постижимую зловещую пустоту; устранился из их
жизни, отрёкся от их боли, их трудностей, намерений и планов. Оставил сына обескураженным
и оглушённым, а маму какой-то даже горестно
оскорблённой (как смел?!). И побежали, потекли
дни и недели без бати; жизнь надо было продол-
жать, надо было тащиться дальше. Надо было —
идиотское слово! — *держаться*. И мама, будто
бы не в силах держаться сама по себе, вцепилась
в «небольшой ремонтик» с перестановкой мебели. Вызвали краснодеревца Илью Ефимыча, и тот
в память о бате бесплатно побелил и без того чистые стены.

Старшая сестра Светлана, особа куда более
жизненная, чем мама, получала в своём Новосибирске второе образование (подростковая психо-
логия), страшно была занята и потому приехать
смогла только на две недели («на целых две недели!» — поправила маму). После похорон каждое
утро, сидя за завтраком, она вдалбливала маме
ровным голосом:

— Ты хочешь заместить свою потерю иллюзи-
ей новой жизни. Это трусость. Ты должна привы-

кнуть к тому, что папы больше нет... Запишись в какой-нибудь кружок народного творчества, ты же талантливая. Вернись хотя бы в народный театр, вспомни профессию. Можно макраме вязать — я недавно была на выставке, это такая красота, и сосредоточению помогает...

В один из этих дней Стах застал обеих на кухне: помешивая ложкой сахар в кофе, Светлана втолковывала маме про «трезвую и логичную жизненную позицию», а мама глядела в окно и молча плакала.

Он заорал:

— Пошла в жопу со своей подростковой психологией!

У него уже сломался голос. Высокий мальчишеский говорок вдруг обернулся чуть ли не басом, что совершенно сбивало с толку Светлану, не видевшую брата и маму два года. Перед ней стоял её братик, мелочь пузатая, вымахавший в крепкого мускулистого парня, и басом орал немыслимые грубости.

— Что-о?! — выдохнула она, а мама повернула от окна заплаканное лицо к своим таким разным детям и засмеялась.

После отъезда Светланы они стали переставлять мебель. Мама активизировалась, во всяком случае, перестала плакать. Командовала, решала — как лучше, потом передумывала, и они всё переставляли заново, и снова Стах безропотно наваливался, тащил, отдувался, двигал «ещё маленько влево».

Так, книжный шкаф двигали от стены к стене раза три — всё было не так, всё не то, пока тот

42 не встал как прежде. Но когда, дребезжа стёкла-
ми, он в третий раз плыл по привычному марш-
руту, из-за съехавшего вбок стекла одной из полок вывалился тот самый живописный альбоми-
ще, вновь — это даже смешно! — ударив Стаха
по ноге и вновь — опять смешно! — открывшись
на той самой ослепительной голой девушке. Стах
опустил глаза и мысленно ахнул: это же Дылда
спала, закинув локоть за голову. Впрочем, нет, не
совсем... только первое впечатление, зато бьющее
наповал!

Он молча поставил альбом на место. Но когда
мамы не было дома, доставал его, листал и сопо-
ставлял. На каждой картине, у каждой женщины
какая-нибудь деталь: поворот шеи, каскад крас-
новатых волос, вскинутая обнажённая рука —
казались ему точь-в-точь... и нравились больше
остальных. Так что, мысленно создавая обнажён-
ную Дылду, он словно бы составлял её из какого-
то гибкого и сладостного конструктора, который,
в конечном счёте, не имел никакого отношения
к ней — живой, очень подвижной, смешливой
и цельной. Зато, умозрительно писанная маслом,
она принадлежала только ему.

Он уже знал эти имена: Веласкес, Джорджоне,
Рафаэль, Боттичелли и Тициан. Каждый из них
был представлен в альбоме той или иной картиной, где сидели, полулежали, стояли, выходили из
воды и даже летали обнажённые женщины.

Как ни странно, впервые эти имена — как
и многое другое в его жизни — возникли на уроках Веры Самойловны. Она ими разговаривала.

Склоняла, приделывала окончания, суффиксы... — в общем, поступала с ними свободней некуда.

— Вот тут у тебя слишком открытый звук, — говорила. — Ну-ка, приглуши, позолоти его, погрузи немного в тень, знаешь, сделай слегка таким... тицианистым.

Или кричала:

— Стоп, стоп! Что ты растянул глистой это «фа»? Да и всю фразу. Оживись, взбодрись и внутренне... ну, я не знаю! — усмехнись и прошмыгни так стаккаттисто: «Джор!джо!не!»

* * *

— Ну и вообще, — сказал Цагар, забрасывая донку, — много разных гениев цыгане породили на свет. Театр «Ромэн», Николай Сличенко... Эрденко, — слыхал, как она поёт? — охренеть! Бузылёвы те же... няня Пушкина — она ведь цыганкой была, потому и песни ему всё детство пела, а он потом припомнил их и написал: «Цыганы шумною толпой...»

Припекало... В садке густым тёмным серебром вскипала рыба. Солнце пробивало стволы могучих сосен. На васильковом небе томилась молочная пенка, удивлённо и нежно отражаясь в зеркале Кщары.

Стах уже страшно скучал, уже томился — и этой рыбалкой, и новым долговязым дружком, и даже таинственной и слегка пугающей красотой этого озера.

«Сматываем?» — спрашивал время от времени якобы небрежно, а Цагар в пылу удачной ловли кипятился и рявкал:

— Куда так рано! Посидим ещё, доедем засветло.

И Стах раздражённо думал, что уже не успеет сегодня оказаться на улице Киселёва, промчаться мимо дачи Сенькова с её полуразрушенной флорентийской галереей, взбежать на знакомое крыльцо, гадая — кто откроет на его звонок: сама Дылда, её сестра Анна или брат Богдан, мама Татьяна или отец, которого все дети, да и жена, ласково, но как-то несерьёзно звали: «папка».

Глава 2
АНГЕЛ МОЙ, ПЕТРУША

Папка говорил: «Первая жена от Бога, вторая от чёрта, третья — от людей».

Ну, ему виднее, ибо он самолично прошёл все эти круги, с тремя-то жёнами...

Но и до того ему выпало покарабкаться из тёмного мешка — на свет, к нормальной семье и нормальной жизни. Потому как мать его, Ефросинья Николаевна, выйдя замуж в зажиточную семью — на свою мельницу и свою крупорушку, да на землю, да на вдоволь скота... — пошла рожать мужу каждый год как подорванная. Но дети отчего-то мёрли. Позже она рассказывала Татьяне, Надюшкиной маме (своей третьей *окончательной* невестке), что в те времена смерть младенца была явлением обыденным. Умирали почему-то, когда цвёл горох.

— По весне эпидемий больше, — замечала умная невестка, представляя себе этак свою Надюшку и вздрагивая от мимолётной картины: крошечный нежный младенец, угасающий на твоих руках.

— Да и не очень горевали, — вздыхала бабушка. — Свёкор говорил: «Не плачь, Фрося, ещё родишь...»

А вот папка, четвёртый по счёту, — тот не умер. Пережил и весну, и лето. Верно, значит, назвали его Петром — будешь, мол, камнем. (Не угадали: живучим оказался, это да. А каменным его сердце так и не стало. К детям всегда обращался: «Детки мои, ангелочки мои...»)

В ноябре их раскулачили — как оно в то время водилось: всё отобрали, из дому выгнали, разрешили взять в дорогу немного одежды и тулуп. Ещё семейную икону-заступницу Фрося вымолила взять, Казанской Божьей Матери: большую, на морёной доске писанную.

(Она потом всюду за ними следовала, родненькая берегиня, а сейчас в доме, уже в Вязниках, висит. Папка только очистил её, согласно реставрационному канону и собственному методу: перво-наперво луковым соком протёр. Пока работал, трижды подзывал Надюшку: обнимет её локтем за шею — руки-то в масле да в скипидаре, — привалит к себе и тихо так кивнёт на доску: «Смотри на неё; смотри на лик, доча: не насмотришься...»)

Из дому, значит, их всех выгнали, посадили на телеги, повезли на станцию. Потом доо-о-олго в грузовых вагонах куда-то везли, на станциях наружу не выпускали, да и куда — в стужу-то? Очень холодно было, и есть так хотелось — ужас!

А папка всё не умирал... Баба Фрося его грудью кормила и заворачивала во что придётся. Плакала всё время, не верила, что довезёт. И что там их ждёт! Ну, приехали: соляной рудник под городом Соль-Илецк, Оренбургская область. Семей пятнадцать спецпереселенцев набилось в заброшенный барак с прохудившейся крышей. И мужики мгновенно — топоры в руки — крышу починили-подлатали, печь продули. Тряпицами отделили в бараке место каждой семье, сколотили топчаны и лавки, стали жить — а куда денешься. И папка опять не умер!

Жизнь, конечно, ужасной была. Работа для мужчин одна: соляной рудник. Баба Фрося ещё рожала, но дети все умирали. А папка опять — нет! Рахитом болел, облысел, ноги кривые стали, но — не умер! Пётр! Камень — в основании... «Детки мои, ангелочки мои...»

Когда через семь лет дед умер прямо в шахте, бабушке Фросе начальство позволило вернуться в родное село, в Пировы Городища. Она и приехала к своему брату, а больше некуда было. Тот сестру с племянником принял, и, по сути, он-то папку и вырастил — дядя Иван, хороший человек. Зашибал, правда, как оно водится в деревнях, но тут уж сказать нечего.

А рос папка, понятное дело, сыном врага народа.

К старости, когда уже сильно болел, рассказывал про своё детство Надежде — младшей, любимой дочери — и плакал. Он вообще сентиментальным, мягким был — папка, особенно когда выпивал. Вспоминал, как на Новый год в школе подарка ему не дали. Тощий подарок был: пара

48 карамелек, фунтик сахару, завернутый в газету. А и того не дали: сын врага народа!

В школе он проучился три класса и пошёл работать в колхоз, куда пошлют. Всю жизнь был до оторопи неграмотным. Руки золотые, всякие лаки-разбавители-краски-кисти знал, как отче наш, но вместо «счёт» писал СЫЧИЁТ. (Надежда потом помогала ему разные бумаги на работе в музее оформлять.) И вслух читал — медленно, чуть не по слогам. Но читать очень любил! И требовал, чтобы дети прилежно учились. Любимая присказка: «Учись, учись, мой сын! О, как сладок плод ученья!» Кто сказал?» И дети дружно должны были ответить: «Борис Годунов!»

Всегда что-то читал, потом рассказывал, советовал — что прочесть: «Алые паруса», «Повесть о настоящем человеке». В общем, эта его неразделённая любовь к книге, к учению передалась Надюшке какой-то необоримой страстью: вечная отличница и — как не раз повторяла их учительница по русскому и литературе: «врождённое чувство языка». Диктант или, скажем, сочинение какое — прямо удивительно: все запятые, тире, или что там полагается по законам грамоты, — все на своих незыблемых местах, а фразы такие длинные, ловкие и плавучие — особенно там, где о природе: облака плывут, грачи граят... — в общем, Надины сочинения учительница всегда перед учениками зачитывала вслух.

Так вот, насчет жён-то. От Бога, чёрта и людей...

Папка в колхозе так здорово себя показал — старательный был, смышлёный рукастый парнишка, — что председатель направил его в ФЗУ в Горький, плотницкое-столярное дело там постигать (которое позже папка возвёл на вершины виртуозного мастерства).

Армию, само собой, пропахал, как полагается — в Забайкалье, Дальневосточный военный округ... Вернулся домой с молодой женой. «Подцепил где-то на полустанке, — говорила баба Фрося. — С голодухи пал, с армейского перестоя». Однако девка оказалась — ничего, послушная и не выкобенистая... Лица её баба Фрося не помнила (хотя в одном из альбомов паспортная фотка валяется), — ибо с первой же беременности та — брык! — и умерла. Внематочная, да, — что поделаешь. Вот уж истинно: от Бога, только попользоваться Он ею не дал, себе забрал, от скупости, что ли, Господи прости! — прихватив вместе с едва зародившимся младенцем.

И вскоре папка опять женился (был он такой душевной нежности и склонности к семейным радостям, что один не хотел жить, не мог, сильно скучал); и звали эту самую вторую жену Тамарой.

Ух, какая женщина была: красивая, голосистая, и пела, и на баяне играла-разливала. Одним словом (это баба Фрося комментировала): «Не по зубам себе взял, вознёсся, вот и упал пребольнёхонько». Родился сын Кирилл, самый старший, и стала Тамара пропадать из дому. Попивала-погуливала... растягивала меха любому желающему. Баян, считала, всё спишет... От этих отлучек родила ещё сына — Дмитрия, и соседи судачили, что не от папки он, а так — от баяна... Неудачный сынок получился, психически больной, с тугой

50 соображалкой. Но папка очень его любил, жалел и растил как своего. Да и красавец тот был: ресницы длинные, глаза чёрные. «Видать, какому-то проезжему грузину она сыграла», — замечала баба Фрося.

Потом родилась ещё сестра, Люба... И тут уж, бабка рассказывала, Тамара пошла вразнос по всем статьям. Сильно озоровала. Пропадала где-то сутками — может, в городе шлялась, может, с кем застревала в какой-нибудь воровской малине. Когда домой забредала — сутками буянила.

А папка работал, растил детей, ну и баба Фрося помогала.

И однажды заявилась Тамара домой совсем нехорошая: дикая, воспалённая, будто в белой горячке. Выволокла из красного угла ту самую икону Казанской Божьей Матери, что сопровождала бабу Фросю под Соль-Илецк да обратно, и — в поганое корыто, с грязной водой... Бабка аж взвыла от ужаса: Божью Матерь — в поганое корыто?!! Как это Бог стерпит?!!

И не стерпел: через неделю Тамару мёртвой нашли. Весна была, апрель, разлив... Пьяная, она, видать, оступилась и упала в овраг. Катилась до самого дна и там в грязной воде захлебнулась. В грязной воде, как в поганом корыте. Господи, прости её...

Остался папка вдовцом с тремя детьми. А было ему сорок лет.

Работал он тогда на ферме за всё про всё — плотником, возчиком, мужиком на хозяйстве; а Татьяна там же работала заведующей фермой. И случилась меж ними поздняя задушевная лю-

бовь, из тех простодушных любовей, что у всех на
виду.

А чего скрывать-то? Вдовец и вдовица. «Третья
жена — от людей...»

* * *

Тут и о маме Тане надо непременно встрять-
рассказать. В Пировы Городища она попала в за-
мужество: встретила в поезде молодого-распре-
красного парня и приехала к нему из той самой
деревни Блонь, куда потом каждое лето, да и на
зимние каникулы Надюшка ездила к бабушке
«Якальне», где добрейший евангельский плотник-
дед рассказывал ей про мальчика-бога в огненном
шаре, где всё летнее и зимнее каникулярное детство она проводила под бабкину попевку о «рю-
мочке Христовой» — да так, что и по сей день ры-
щет по антикварным подвалам, разыскивая похожую рюмочку.

Да, про маму Таню рассказать надо непременно, потому как с неё начинается настоящая история их большой громокипящей семьи — ведь когда мама, заведующая фермой, обратила внимание
на папку, многодетного вдовца, она и сама уже
была вдовой с двумя детьми.

Распрекрасный парень, который «так меня любил, так любил: из дому не выйдет, пока не по-
целует!» — никак не мог найти работу по душе.
И пошла мама Таня доярить. А тогда как было:
вручную доили, в группе больше двадцати ко-
ров — труд адский. Родился брат Богдаша, а в доме крыша протекает — солома-то не черепица.

52 «Дождь пойдёт — на Богдашу капает. Я его в другой угол перетащу... Так и кочевали мы с люлькой по всей избе». Потом опять забеременела. Когда шесть месяцев натикало, мужу неудачно и запоздало вырезали аппендицит. И не поймёшь сейчас: то была врачебная ошибка или распрекрасный её муж просто оказался совсем непригоден для жизни, так что и жизнь от него отвернулась... Начался у него перитонит, и буквально в два дня мама Таня, девчонка двадцати четырёх лет, осталась вдовой, беременной на седьмом месяце. Анечка родилась, никогда не увидев отца.

Страшно мама Таня тосковала... Ночью встанет к окну, смотрит на кладбище — оно прямо за окнами: вот она и кончилась, жизнь. Дальше — куда? С двумя-то детьми? Думала вернуться к родителям — в Блонь. Но посмотрит на свекровь, бедную: как её последней радости лишить? К тому же свекровь очень помогала детей растить, никаких ведь яслей-садиков в их деревне в помине не было...

Беда пришла, когда свекровь в одночасье померла: вот стояла, ложкой для Анечки кисель из кастрюли в чашку черпала — и вот она уже на пол осела: глаза стеклянные, не дышит, не отзывается, и вся в киселе...

Жалко, конечно. Жили они душа в душу, дружнее, чем с собственной матерью. («Якальна» — та всегда была характерной особой. Это в старости она помягчела и «рыженькую щекоталку» Надюху баловала. А в молодости детей своих ой как гоняла! — как помойных котов.)

Конечно, жалко хорошего человека; но, главное, Танино положение стало совсем беспросветным: у доярок труд ежедневный, без выходных и праздников. Коровы тебе отпуск не дадут: вымя не терпит. Три раза летом и два раза зимой бежишь на ферму как миленькая, что бы ни стряслось.

Вот так три года мама-Таня вдовой и прокуковала. Зимой детей запирала в избе, а летом их не запрёшь, тем более Богдашу — тот был озорником. Она его на улице вожжами за пояс к электрическому столбу привязывала, чтобы не убежал. Когда вырос, Богдан сам вспоминал и похохатывал: «Я вскочу и — бежать! А вожжи — бац! Натянулись — и держат».

С Анечкой соседки помогали — то одной, то другой подбрасывала. Потом отдаривалась, ясно дело. Через три года стала заведующей фермой: грамоты, орден, всякое такое прочее. Председатель при встрече руку жмёт и фуражку снимает. Приятно, конечно, и гордо... но ведь — молодая ещё, сердце не утихло.

А тут, значит, — папка, Пётр Игнатьевич, вдовец. У него у самого — трое, да, прикинь, Таниных двое. И ничего, прикипели друг к другу, объяло их поздней, тихой и благодарной любовью — открытой и улыбчивой. Третья жена — от людей... И не побоялись, свели всех в одну семью, да ещё родили Надюшку, последнюю, шестую-шуструю. «Чтобы для всех остальных стала кровинкой, — говорил папка, — родной, скрепляющей. Вот теперь у нас настоящая семья! — повторял. — Теперь Надюшка всех собой окружила и собрала».

Ругались, конечно, мирились, рядились, но и помогали друг другу: семья же. Мать всех дер-

54 жала в строгости, с годами её характер очень стал напоминать «Якальну». Но порядок в доме был — не попляшешь; ведь иначе нельзя, когда столько детей. Бывало, и подзатыльник отвесит, причём чувствительный. А вот папка на детей никогда руки не поднимал, никогда не бранился грубыми словами. Самое страшное ругательство: «Безобразники!» Это означало у него крайнюю степень раздражения и гнева; дети притихали мгновенно. И любимая присказка: «Дети мои, ангелочки мои...» — да с таким протяжным вздохом, точно сердце отдавал. Его так и в селе звали: «Ангел мой Петруша» — с улыбкой, но без насмешки, с уважением. Потому что руки у папки были золотыми: всем всё чинил, вытачивал детали, часы любые — что настольные, что настенные — запускал с ходу; совсем мёртвый хлам оживлял, как Иисус — Лазаря. В сарае во дворе у него все-все инструменты были, немало денег он на них угрохал. Татьяна иногда ворчала — мол, столько денег да столько времени бог знает на что гробишь! И всё же когда подарил ей на Татьянин день зеркальце собственной работы — кружевное, совершенно невесомое! — вот тут она и оторопела, и растаяла. Зауважала... и уже помалкивала.

Да они всей семьёй в город перебрались благодаря его золотым рукам! Перевозил он со станции прибывший для музея контейнер с мебелью. Стал помогать разгружать, и оказалось, столик один — туалетный, старинный, с зеркалом, и к нему стул такой заковыристый — прибыли в самом плачевном виде. Директор, Николай Сергеевич Скорохваров, в ужас пришел! За голову хватался, какими-то накладными-сопроводительными тряс, что-то требовал... Кричал: «Как я отчитываться стану?! Мебель драгоценная, подлинная, девятнадцатый век!»

А папка ему спокойно так: «Погодите расстраиваться, Николай Сергеич, дайте мне эту меблишку дня на три. Спорю, не заметите — где переломы были». И сделал! Главное, как всё сработал: новую ножку выточил, и так краску-лак подобрал — не отличишь от первородных!

Тогда директор и пригласил его на работу в музей. Сказал: «Соглашайся, Пётр Игнатьич, со всех сторон тебе выгодно».

«И что за должность, — поинтересовался папка. — Как называется?»

«Называется: «ангел-хранитель музея», — глазом не моргнув, отозвался директор. — Хочешь, в трудовую книжку так и напишу?»

Тут ещё повезло: уезжал в Москву давний приятель директора, продавал дом на улице Киселёва — место прекрасное, самый центр, сектор частной застройки. С одной стороны боязно: это ведь только кажется, что легко переехать из села, где прожил чуть не всю жизнь, в город, в дом, который люди тоже обживали своим многолетним теплом. А сараюшки, а сад, а хозяйство, а мастерская во дворе? Как их доставить — по воздуху перенести?.. Мама прямо на дыбы: куда ещё, зачем?! Чего тебе не хватает?! Но папка хитростью вывез её в город, якобы погулять-осмотреться, а гуляючи, притащил на Киселёва «только глянуть на домик». Глянули... и оба влюбились. И словно кто дирижировал этой замечательной переменой в их жизни, всё так быстро свершилось, что и оглянуться, и испугаться не успели: на удивление быстро сыскались покупатели на всё деревенское хозяйство (в те годы их живописный район уже начали присматривать москвичи, дома покупали под дачи, и по ценам почти московским. Так что обмен и в деньгах получился вполне подъёмным).

А уж дом оказался волшебным! — папка говорил: «с душой и с фантазией». Стоял он на склоне, и потому с фасада был двухэтажным, а с тылу — одноэтажным, обращённым к прекрасному запущенному саду. Поднялся на крыльцо, вошёл в двери... и начинаются чудеса: на второй этаж ведёт лестница просторная, как в барском имении, а над ней — дубовые балки по всему потолку. Запрокинешь голову и смотришь — не оторваться! Папка их потом отчистил, лаком прошёлся, и дерево задышало: все глазки, все трещинки-улыбки... словом, жизнь в нём потухшая заиграла! На первом этаже прихожка была, удобства-кладовки всякие, и большущая кухня, где вся семья крутилась с утра до вечера: один ушёл, двое пришли, перекусили, посуду помыли... Богдан умчался на футбол, а из школы уже Аня и Надя явились — опять кормить, опять колготня, опять весело... За этим неохватным круглым столом и обедали, и уроки делали, и в «лото» вечерами играли, и пасьянсы раскладывали. А некий приблудный мальчишка рисовал портреты любого, кто соглашался посидеть пять минут, хоть и с бутербродом в зубах. В основном, конечно, Надюху рисовал: очень похоже, между прочим. Особенно акварельные портреты — она и улыбается на них, и хмурится, и задумалась-сидит, зачарованно так смотрит на литровую банку с водой, где тонкая кисть взметает цветные слои акварели, и те колышутся и сплетаются живописными хвостами... А когда портрет высохнет, он внизу непременно припишет мелким таким аккуратным почерком: «Дылда. 6-й класс».

В этой огромной кухне всё умещалось, даже место для швейной машинки нашлось между фикусом и посудной тумбой.

Спустя годы так и вспоминалось: мамина спина — вначале стройная, с возрастом пополневшая, — все выходные и праздники, как на посту: под листьями фикуса в контражуре, под успокаивающий стрёкот бессмертного «Зингера».

Машинка «Зингер» — чёрный китель с золотыми позументами, — добротная вещь, исполненная почти вековой значительности, — досталась Тане от первой свекрови, светлая ей память.

Вот бывают же предметы долгого срока жизни: наверняка не один владелец у машинки сменился, и обшивали на ней детей и взрослых на все торжества: рождения, годины, свадьбы и церковные праздники... Мама склоняется к раскроенной материи, выверяет уже сделанное. Бежит-бежит из-под лапки полотно-дорога, шовчик намечает разделительную полосу.

Вечерами и до поздней ночи мама стрекотала, не боясь никого разбудить, потому как все три спальни, мастерская отца, зала и веранда, обращённая в сад (светлейшая, в перекрёстных лучах жёлто-красного света — от цветных ромбовидных вставок в окнах), располагались на втором этаже.

Главное, до музея рукой подать: подняться по главной улице на первый взгорок, свернуть направо к Благовещенскому собору, а за ним сразу откроется музей — внушительное трёхэтажное здание, ряд белых колонн подпирают греческий портик; некогда купца Елизарова дом, а тот тридцать семь лет был городским головой, первым внедрил паровую машину Уатта... — то есть, как мы сейчас понимаем, всем купцам был купец и большой молодец на благо родного города.

* * *

...Историко-художественный музей города Вязники оказался той вселенной, вокруг которой прочно обосновалась жизнь всей семьи Прохоровых, ибо вскоре маме тоже предложили в музее должность — быть чем-то вроде сестры-хозяйки. Надюха, вечная семейная насмешница, говорила, что они сейчас как чета Бэрриморов в «Собаке Баскервиллей», и отца называла «дворецким». Но, дворец не дворец, а музей и в самом деле был хранилищем немалых ценностей.

Первый этаж, правда, отдан был под отдел природы и потому скучноват. Чего мы там не видали? Крокодилов, жирафов и чудо-змеи анаконды в нашей местности сроду не водилось, а чучела орлов, куропаток, фазанов, зайцев и лис только пыль собирали; время от времени их пылесосили. В застекленных стендах на стенах демонстрировались рисунки и засушенные веточки и цветы: флора Вязниковского края — та, что у жителей окрестных деревень по садам да огородам растёт. Ещё на первом этаже в одной из комнат располагался занудный Музей песни, позже переделанный в якобы кабинет того самого поэта Фатьянова. Не больно-то поэтическая обстановка: кожаные диван и кресла, письменный стол с зелёным сукном, на нём — казённая лампа... Короче, первый этаж Надюха всегда пробегала.

Зато второй этаж...

Там висели картины из коллекции купца Сенькова: «Этюд» Айвазовского, «Ночной пруд при луне» Куинджи (с лимонной луной-фонарём, гипнотически, пугающе яркой), «Портрет неизвестной» — рыженькой приветливой девушки. Художник тоже был неизвестный, и Надюха любила представлять, как оба они, безымянные — художник и модель — уходят в обнимку по какой-то туманной аллее, а портрет смотрит им в спины с негасимо грустной улыбкой. Ещё висела большая зимняя картина с сосной, возле которой тоже хотелось остаться, ну и целая стайка итальянских жанровых сценок, озарённых никогда не заходящим солнцем: Сеньков обожал Италию.

Но более всего её притягивала изящная мраморная кисть женской руки работы Лансере. Бог знает что можно было придумать о той женщине и о той руке: почему она отделена от тела? Как женщина умерла? Болела ли чахоткой — в прошлом веке все барышни умирали от чахотки...

Однажды, воровато оглянувшись на двери залы, девочка вплотную приблизилась к изящной ручке (что запрещалось музейным законом) и приложила рядом свою... Собственная живая рука выглядела ужасной лапищей. Да-а, подумала огорчённо, никакой аристократичности. Не графиня, ч-чёрт!

А ещё на втором этаже были воспроизведены настоящие комнаты XIX века со всей обстановкой: бело-голубая изразцовая печь в виде греческой колонны, вычурные столики-консоли-тумбы на львиных лапах, бронзовые светильники на стенах и на любой поверхности, и — в массивных золочёных рамах — портреты разных старинных людей. Мебель принадлежала когда-то купцу Демидову; посуда в витринах — купцу Елизарову; тончайшие скатерти, накидки и салфетки тоже были историческими (некоторые, пострадавшие от времени, мама так искусно восстановила-подштопала, что и не заметно даже). А стены комнат оклеены были штофом изготовления фабрики Сенькова — тканые льняные обои с цветным тиснением. Столько лет прошло, а они не потускнели ни на чуточку!

Работы в музее было — выше головы.

Во-первых, мебель прошлых веков постоянно нуждалась в подновлении и пригляде. А коллекция музыкальных агрегатов — это ж целая армия звучащих предметов, от шкатулок до механических фортепиано! Взять такой инструмент: башенка в форме больших напольных часов, инкрустированная разными породами дерева, — дивной красоты! В ней за стеклом вертится медная, вертикально закреплённая пластинка, испещрённая дырочками. Пластинка вращается, в дырочки проникает игла, попадая на металлическую плашку — дзинь! дзень! дза-а-ань! — звучит мелодия, в данном случае — «Полька» Глинки, но есть и другие мелодии, не хуже: грустные, напевные, хрупко-стеклянные.

Иногда папка запускает разом все музыкальные инструменты в зале — есть такой финт в экскурсии, такая музыкальная феерия — и большая зала наполняется звоном и дребезжанием, гуканьем и басовитым гулом; всё аукается, нежно позванивает, словно невидимая карусель медленно вращается вокруг серебряной оси. Тут, говорит папка, особенное удовольствие на детские лица смотреть: восхищённые блестящие глаза, приоткрытые губы... Наслушается такой пострел всей этой хрустальной красоты... и, может, потом в жизни никогда никого не убьёт!

Так вот, всему этому хозяйству требуется ремонт и профилактика. Не говоря уже о различных часах — напольных, настольных, настенных, каминных...

На втором этаже, в глубине анфилады комнат было несколько закрытых для посетителей помещений: запасников. Одну такую комнату — большую, квадратную, очень светлую — директор выделил папке под мастерскую. Сколько времени там Надюшка провела — особенно на каникулах, — не передать. Папка так интересно рассказывает и *показывает в действии* все инструменты,

62 учит, как правильно смотреть в такую специальную лупу — стакан на резинке: надеваешь на один
глаз, и механизм мелких часов перед тобой увели-
чен в десять раз. Или вот всевозможные реставра-
ционные материалы: шпатлёвка, мягкий воск, кисти, лаки-краски, полироль... Ведь разные породы
дерева требуют разного подхода.

*Спустя лет двадцать пять некий ушлый анти-
квар в некоем пыльном боровском подвале, задав-
шись целью продать Надежде Петровне туалетный
столик времён Людовика XIV (вещь изящная, орех
и дуб, и резьба сохранилась, но в состоянии ужаса-
ющем), заприметив азартный блеск в её глазах, немедленно пообещал прямо на дом прислать опытного
реставратора. Это, конечно, серьёзные деньги, но
и правильное их вложение...*

*— Да что там реставратор... — задумчиво про-
изнесла она, поглаживая резной завиток овальной
рамы. — Мы и сами с усами. — И подробно перечислила оторопевшему антиквару все этапы работ —
в материалах и инструментах, — которые намерена самолично провернуть у себя в Серединках, не
суетясь, от приезда к приезду. К чему торопиться...*

*— Ух, Надежда! — Боря-Канделябр аж при-
свистнул. — Ох, Надежда! Ну, вы и же-е-енщина!
Никогда ещё не встречал! Считайте, я у ваших ног.*

Несколько раз папка брал её с собой в Москву,
закупаться. Надюшка обожала эти поездки! Вот
уж они гуляли! Без матери папку на что угодно
можно было раскрутить. У него в Союзе художников, в подвальной лавочке на Беговой, работал

давний приятель, ещё с армейских времён. Во-первых, помогал добывать нужные материалы, что-то советуя, от чего-то отговаривая, и папка очень ему доверял. Во-вторых, был тот завсегдатаем ипподрома, что по соседству. Однажды уговорил их заглянуть на бега. Была б мама рядом — она бы показала им бега натуральные — аж до Вязников! Но вырвавшись из дому, эти двое находились в постоянном свободном полёте, в азарте обгоняли один другого и с большим воодушевлением подначивали друг друга на «безумную гульбу». В общем, дядя Стёпа Киржаков («Киржак» — называл его папка), затащил их таки на бега. Был он «тотошником», игроком. Папка говорил, такие субъекты всё равно что наркоманы: выигрывают редко, все деньги оставляя на ипподроме. Оно и правда: комната Киржака в коммунальной квартире, где остановились они с папкой, была почти пустой, а гостей он потчевал за самодельным «столом», составленным из шести перевёрнутых ящиков из-под пива. И всё равно с Киржаком было страшно интересно! До начала заезда он повёл их к своим друзьям на конюшни. Всюду бродили там декоративные курочки-бентамки, бесстрашно сновали меж лошадиных копыт, выклёвывая что-то в конских яблоках... «Прижились тут, даже несутся вон», — и Киржак показал на посылочные ящики, прибитые под потолком. Был очень возбуждён, говорил не переставая, сам себя перебивал, так что встреченные люди, факты, истории, увиденные картинки, сами трибуны, странным образом сочетавшие монументальность и аристократизм... — всё в Надином воображении слилось в какую-то праздничную пёструю ленту, в сплошной испуганный восторг: рысаки вблизи показались ей великанами!

«В рысистом деле гораздо больше тонкостей, чем в скаковом! — убеждённо говорил Киржак. — Тут надо и в медицине понимать, и знать специальную тактику езды для разных рысаков, и в конструкциях качалок разбираться — тут много всего, что ты! Наездники — это элита профессиональных конников!»

В конце концов, произошло неслыханное: Киржак уговорил папку поставить на Крахмала — изумительно белого коня. Единственного белого среди вороных, гнедых и бурых.

«Не пожалеешь! — говорил. — Ты глянь на экстерьер, оцени: великолепная стать, сухая голова, шея какая элегантная! А хвост как посажен! У этой породы знаешь какая особенность: жеребята рождаются тёмными, а со временем становятся прям-таки белоснежными лебедями!»

Надюха замерла от этих слов. Представила, как жеребёнок-подросток, ещё тёмный, влажный, взмывает с росистой зелёной земли в пенную стихию облаков, вылетая оттуда белоснежным стремительным победителем, благородным спасителем, на котором можно унестись куда захочется.

Они поставили и выиграли на этом самом Крахмале безумные деньги: шестьдесят пять рублей! Девочка сидела на трибуне между отцом и Киржаком, неотрывно глядя, как, запряжённый в легчайшую колесницу (все звали её несерьёзным словом «качалка»), несётся, выгибая шею и разметав гриву, белый лебедь Крахмал, — вот-вот взлетит, помашет крылом и растает в зелёном апрельском небе. У неё занялось дыхание, когда она увидела на дорожке коня — такого отдельного, текуче-стремительного, яркого, как гребешок пены на крутом гребне волны! Вдруг вспомнила, как баба Устя перед смертью звала: «Белые лошади... белые лошади».

Как же это так, думала: рождается тёмным, а потом, как из пены, восходит до такой белизны? Качалка показалась ей страшно знакомой: ну да, гонки на колесницах в Древней Греции! Лёгкая, с огромными, по-стрекозьи мелькавшими колёсами, с тонкими оглоблями и крошечным сиденьем — как только наездник удерживался?! — она неслась победно, радостно и чертовски красиво — так, что сердце трепыхалось и пело!

И посреди разноголосого ора, женского визга и ядрёного мата она и сама закричала, зашлась от восторга, зарыдала! Папка сначала испугался — не понял, что случилось, — потом засмеялся и прижал её к себе.

В общем, переживаний было — море! Океан!

В поезде, по дороге домой, она тихо сидела одна в коридоре на откидном стульчике, не обращая внимания на задевавших её локтями и коленями пассажиров, снующих в вагон-ресторан и обратно. Жёлтые огни фонарей ритмично взлетали на мелькавшие столбы; вдали мерцала россыпь огоньков, будто кто сыпанул курам пшена, и эта пульсирующая горстка плыла и слезилась, готовая испариться под тяжёлым светом неподвижно

летящей, загадочной луны... Девочка напряжённо, настойчиво обдумывала *жизнь, которая приходит*... Она себе *назначила Москву* — на будущее.
Всё присмотрела, всё по-хозяйски перечислила,
разве что в списочек не выстроила: жить надо на
Патриарших (там, где Киржак живёт: в коммунал-
ке в Малом Козихинском. Комната у него просторная и светлая, хотя и с идиотски срезанным
углом. Надежда с папкой спали на полу валетом,
на старом комковатом матрасе. Утром к её босо-
ножке подбежала крошечная отважная мышка,
обнюхала, куснула металлическую пряжку, пискнула и убежала).

Значит, решено, жить будем на Патриарших... — там красота, и булочная шикарная,
и театры рядом, и всё-всё-всё там есть. А стать
надо вот кем... Тут обдумывание стопорилось.
Тут дорога в будущее заманчиво разветвлялась
и коварно кружила петлями, предлагая на выбор
феерические возможности. Надя хотела быть ве-
теринаром, жокеем, чемпионкой по плаванию,
оперной певицей и следователем уголовки... Ещё
интересно, как делаются книги. Не пишутся, это
понятно и не очень интересно: ну, сидит писатель, смотрит в окошко на звёзды-луну, склонился к бумаге и пишет два слова... Подумает-посмо-
трит — и опять два слова... — а вот интересно, как
их делают: как художник рисует обложку, а кор-
ректор ищет пропущенные буквы и запятые; как
машины переплетают каждую-каждую книгу, и те
выплывают уточками одна за другой: а обложка
твёрдая, лаковая, как парадная туфелька, и на ней
золотом — название...

Она с детства была такой: мысленно давала самой себе задание — например, назначила доплыть первой в городских соревнованиях — и доплыла! Или вот, однажды, выбежав из Рябинового клина прямо на синеглазого кудрявого, оторопелого мальчишку, положила себе непременно встретить его опять... и встретила — на дне рождения Зинки-трофейки! И сказал он в точности то, что она перед сном назначала ему сказать: мол, «единственная моя возлюбленная графиня (тут фамилию бы пороскошнее: Мандрагорская? Бриллиантова? Сапфирова! — ладно, проехали, а то папка обидится)... графиня Прохорова! На коленях умоляю вас стать спутницей моей несчастной жизни!»

Он и сказал это... приблизительно. Не графиня, конечно, и не на коленях, но... имя-то у него оказалось самое что ни на есть графское: Аристарх!

Глава 3
ОСТРОВ

Вверх по Клязьме — в Южу, например, — плавала революционная «Зинаида Робеспьер». А вниз по Клязьме ходила простая самоходная баржа, переоборудованная для перевозки пассажиров: небольшая, метров тридцать в длину, некрашеная палуба, деревянные скамьи, синий тент... Может, поэтому её в народе звали «верандой».

Отходила от дебаркадера в девять утра, возвращалась вечером, подбирая отдыхающих, рассыпанных по пляжам, по укромным заводям и островам. «Веранду» было видно издалека. Медленно приближаясь к местам скопления отдыхающих, она издали суетливо гудела, давая гражданам время собрать манатки и натянуть одежду на мокрые плавки или купальник.

У этих двоих был свой песчаный остров. Он так и назывался: Остров, и не был обозначен ни на одной карте, являя, по сути, небольшой язык на середине Клязьмы, больше похожий на мель — метров сто пятьдесят в длину и пятьдесят в ширину.

Взрослые компании не любили Остров: развернуться особо негде, так, чтобы и шашлык, и волейбол, и выпивки добавить, если кончилась. Ни ларька, ни навесов, да ещё «веранда» не швартовалась там, а просто опускала сходни в воду, и бреди ты к берегу по колено в воде. Так что основная масса народу проплывала дальше по течению, где желающих отдыхать культурно ждал большой благоустроенный пляж. На Острове сходили редко, — если кому требовалась особая приватность.

Со стороны поймы он зарос ивняком, широкая протока, как кольчугой, затянулась кувшинками, и дно было илистым, неуютным. Зато с другой стороны почти во всю длину береговой линии тянулся песчаный пляж с хорошим твёрдо-песчаным дном, постепенно уходящим в глубину, и — о чудо цивилизации! — на узкой оконечности островка сидел дощатый грибок: сортирчик. Дылда назвала его «кабинка Робинзона»... А главное, у самой воды лохматой кикиморой раскорячилась одинокая старая ветла, иначе — *ива серебристая*, если припомнить картинки флоры нашего края на музейных стендах первого этажа. Лет ей, может, сто было, а может, и больше: мощный ствол покрыт серой трещиноватой корой, а крона разрослась в настоящий цыганский шатёр, драгоценный в летнюю жару. Молодые её побеги — тонкие, на концах серебристо-опушённые — мерцали среди более старых желтовато-бурых ветвей и при малейшем дуновении ветра принимались беспокоиться и лопотать тонкими шелковистыми листьями, так что на закате солнечного дня старая ветла казалась отлитой из чистого серебра.

Впервые они приглядели это диковатое местечко тем жарким летом, когда Дылда перешла в восьмой класс. «Давай здесь останемся, — предложила она, хотя вначале они собирались ехать до большого пляжа. — Смотри, здесь ни души...» Они сошли по сходням прямо в реку, по колено в воде добрели на песчаный берег и увидели старую ветлу. Заглянули в её высокий шатёр, полный серебристой, иссечённой солнечными лезвиями тени... — и прикипели к этому месту навечно.

Дылда прихватывала старое одеяльце, когда-то сшитое мамой из разных весёлых лоскутов (в него поочерёдно заворачивали трёх младших отпрысков семьи Прохоровых), — расстилала его в уютной зеленоватой глубине шатра, доставала из рюкзака полотенца, бутерброды, яблоки, маленькие деревянные шахматы «в дорогу» (она играла лучше Аристарха, поскольку два года посещала школьный шахматный кружок), «лото» в полотняном мешочке — тут он загадочным образом всегда её обыгрывал, — ну и две-три книги: в отличие от Стаха, который, открыв книгу, не выпускал её из рук до страницы «Содержание», Дылда спокойно лавировала между двумя-тремя совершенно разными книгами, уверяя, что отлично помнит сюжеты каждой и в любой момент может их пересказать, а страницы, на которых остановилась, помнит и без закладок. Он проверял: действительно помнит.

Она говорила с ухмылкой старого ковбоя: «Всё дело в физиологии, парень: обе половинки женского мозга фурычат равноценно и на сто оборотов».

В ветреные дни густая крона старой ветлы гуляла, как беспокойная пьяная вдова, вздыхая и волоча по земле подол ветвей. И тогда в шатёр проникали всполохи синего неба или, расталкивая гряду облаков, на секунду-другую солнце всаживало в серебристую плоть кинжальное лезвие луча.

Где-то там медленно ворочалась, переливалась бликами, накатывала на песок река, и жаворонок висел между облаком и ветлой на нити своей одинокой песни...

Целыми днями они загорали, купались, читали — каждый свою книжку, которыми потом обменивались. Спорили, ссорились — никогда не сходясь во мнениях; грызли яблоки и обсуждали самые насущные, срочные неразрешимые проблемы: есть ли загробная жизнь? «Конечно, есть!!!», «Конечно, нет!!!». А инопланетяне? «По-моему, чушь!» — «А по-моему, ты — упёртый баран!»

У неё был красный купальник — цельный, с глубоким клином на груди и высокими проймами для ног (мать сшила по вырезке из «Бурды»), отчего эти самые ноги, и без того офигенно длинные, сбоку выглядели бесконечными, особенно когда она шла к воде: вначале медленно, лениво, распарившись на жаре... затем разбегаясь и по-дельфиньи врываясь в воду узкой сильной торпедой! У неё было тонкое длинное тело с едва наметившейся грудью пловчихи, широкие плечи. А когда выходила из воды, Стах старался не глазеть на её мокрый купальник, и всё-таки искоса глазел, с обречённым волнением отмечая тёмно-золотистую тень подмышек и тени в паху, там, где купальник красным клювом входил между ног.

Сильно отжав волосы, она заплетала их в косу на манер индейской скво, и минут через пять вокруг лба взлетала корона мелких золотых спиралек, которым отзывались глаза — золотистые спинки пчёл.

Она была умопомрачительная, золотая, даже в голубой тени шатра она мерцала при каждом повороте головы!

Стах боялся отойти от неё на шаг, стерёг сокровище безмолвно и жадно, и, когда думал про её школьную жизнь (ненавистную ему, ибо он не мог ежеминутно контролировать — кто там вертится-вьётся-ошибается вокруг неё целыми днями, пока его нет рядом!) — в голове у него мутилось от бессильной ревности и на сердце накатывала тревожная тоска. Так же, как давным-давно, на дне рождения Зинки-трофейки, ему хотелось обхватить её десятью руками и уволочь в нору, куда-нибудь в подвал, в шалаш... в потаённую глубину кромешного схрона. Хотелось лечь сверху, закрыв своим телом от чужих хищных глаз, как закрывают ребёнка при артобстреле, и — сдохнуть. Квазимодо — вот кого он бесконечно понимал, кто был любимым героем, кто вызывал в душе горестное сочувственное эхо.

Смерть была обычным платоническим окончанием любого воображаемого сюжета. В мыслях он вообще был рыцарственно целомудрен. Чего нельзя было сказать о его снах (он бы и себе самому запретил их видеть, и потом весь день пересказывать самому себе и пересматривать с зажмуренными глазами)... — о его снах и его манере выражаться. Из него сыпались непристойности, как из рога помойного изобилия. Вспоминался матюгальник, руководивший маневровыми паро-

Белые лошади

возами; эти словесные усилия, без которых работа бы не совершалась.

Если бы не задиристые грубости, которые он вываливал перед ней при каждом удобном случае, его бы разорвало этой воспалённой любовью надвое, и ошмётки несчастного тела повисли бы на ветвях ближайших деревьев.

Этой словесной атакой, постоянной и изнурительной словесной осадой, он восполнял и уравновешивал внутреннюю глубинную робость: боязнь её охлаждения и простой страх при мысли, что в самый ответственный миг, когда наконец она повернётся к нему — распахнутая, переполненная всеми восхитительными дарами (ведь когда-то же наступит эта минута!), — он не сладит, струсит, даст слабину... Ведь он *не умеет*... ничего *в этом деле* не умеет и, по сути, ничего не знает, кроме какой-то примитивной механики, почерпнутой в детстве из похабных анекдотов и разухабистой трепотни мальчишек постарше — всё на том же дворе.

Сны были несусветными, томительно-гимнастическими: что он вытворял! что она выделывала! Беда в том, что, орошаемый этой, очень взрослой, страстью, он как-то стремительно вырос, и весь клокотал, понимая, что полное обладание предметом любви — это не поцелуйчики, до которых, кстати, тоже было далековато; нет, он рвался к полному обладанию: этим гибким плавучим телом, рыжей бурей волос, сердцем, животом (всегда закрытым — купальник-то цельный!), лодыжками, коленками, грудками (вот бы их потрогать, пока она спит — тихонько, осторожно: они мягкие? упругие? горячие?) — и тем обморочно тайным, золотистым островком, в глубине которого, подозревал он, таится настоящий вулкан, куда красным клювом наведывался её наглый купальник.

Ей исполнилось пятнадцать, ему — шестнадцать, и весь тот год она была очень строга, строга и насмешлива: убери-ка руки, а вот это ни к чему, можно и словами сказать... отступи-к на шажок... слыхали уже про Джульетту... — ну и прочий вздор. Они виделись каждый день, бесконечно говорили, перебивая друг друга, запальчиво ссорились, разбегались, хлопая дверьми, одновременно прибегали назад и хватались за руки, робея в примирении обнять друг друга (О невозможность, недопустимость простого объятия друзей! О исключающая простецкую дружбу — неподъёмная, суровая, пугливая любовь!).

И тем и другим родителям они надоели хуже горькой редьки. Надоели всем вокруг; даже сверстники перестали их поддевать, дразнить «влюблёнными пингвинами» и вообще уже не обращали на них внимания.

Что касается ревности и той жаркой боли, которой сопровождалось измышляемое им самим «кино» — яркие кадры её измены, — то мучался он напрасно: ни один соученик или товарищ по группе в плавательном бассейне даже помыслить не мог к ней приблизиться: все знали, что «тот бешеный» лезет в драку по любому поводу, и дерётся так хитро, странно так... — словом, по какой-то своей системе, — что его даже местное цыганьё не

одолело, а наоборот, задружилось с ним неразлейвода; так что от него, а заодно и от его пацанки
здоровее держаться подальше.

* * *

Семнадцатого июля, в пятнадцатый день её рождения, они, как обычно, усвистали с утра на «веранде» на Остров, — хотя с первой минуты встречи Стах оживлённо объявил, что в Гороховце умер
отцовский дядя Назар («Не делай постной физии,
он был древнее черепахи Тортиллы. Ходил по дому
в кальсонах: чистый Джавахарлал Неру. В общем,
завтра едем с батей в Гороховец — хоронить»).

Сегодня вообще затягивать было нельзя: вечером у Прохоровых собиралась родня. Праздновали
день рождения — её, младшенькой. Накануне весь
день они с мамой готовили-пекли-резали-строга-
ли-смешивали соусы. Одних салатов *настебали*,
как говорила соседка Марьроманна, — девять! Так
что, по возвращении с Острова, прямо с «веранды» надо было мчаться *сервировать праздничный
стол* — всё, что касалось домашнего обихода, там
всегда именовалось нужными словами, начища-
лось, вовремя подштопывалось и выглаживалось
под управлением мамы — верховного жреца красивой и правильной жизни.

У Стаха за спиной что-то тяжёленько позвяки-
вало, оттягивая рюкзак.

Едва они ввалились в свой ивовый шатёр —
своё любимое убежище, — Надежда извлекла из
сумки и расстелила многомудрое одеяльце и, на-

клонившись, принялась стягивать через голову сарафан, как всегда, на два-три мгновения представ во всём непринужденно-беззащитном изяществе, о котором вроде как не подозревала. (За эти контрабандные две-три секунды, пока голова ещё в сарафане, можно всю её обрыскать жадными глазами и вообразить совсем без купальника.)

Стах развязал рюкзак и извлёк бутылку рислинга.

— Смотри, какой улов! Две бутылки.

— С ума сошёл? — с любопытством спросила она, привычно складывая сарафан и большими пальцами оттягивая проймы купальника. — С какой это радости?

— Но ведь... день рожденья-ж! Выпить за новорождённую... За малюсенькую такую Дылду, два сорок росту... — и, откачнувшись от занесённого над ним сарафана: — Пошутил! Над младенцами не издеваются. Тяпнем чуток для проформы, невинно так, слегка. По глоточку. В общем, напьёмся как свиньи. Пора тебе взрослеть, детка. Доставай закусь.

Он разлил вино по алюминиевым кружкам, обнаруженным в кладовке, достал из бумажного кулька огурец и, стоя на коленях, дирижируя огурцом, торжественно провозгласил:

— Дылда! Когда ты вырастешь наконец к чертям собачьим...

— ...начина-а-а-ется...

— ...и мы поженимся, если к тому времени я не сдохну, — ведь это сколько ещё? три года!!! — тогда я за всё отомщу: я буду тебя законно лапать и хапать и трахать с утра до вечера...

— Прекрати немедленно, бесстыжий!

— ...лапать и хапать и трахать, — закрыв глаза, как в молитвенном трансе, назло ей повторил он речитативом.

— Это вся твоя программная речь?

— На сегодняшний день — да. Можно я тебя обниму, наконец, проклятая?! — И, угрожающе наставив на неё палец, прорычал: — Сегодня с утра ты уже взрослая тётка! Джульетта в твоём возрасте...

— М-м-м... попозже, если умудришься ни разу не вспомнить о Джульетте, тебе будет дозволено увидеть кончик моего носа. — Она глотнула вина, удивлённо качнула головой: — Слушай, вкусно!

— Ещё бы! Немецкий рислинг, Бронька из Москвы привезла. Подают к рыбным и мясным блюдам. Где тут у нас лобстер? Надо выловить...

— Не противно, нет! И пахнет... яблоками, зелёными. Правда? Налей-ка мне ещё. И дай огурца откусить... Сволочь, ты оттяпал здоровенный кусок!!!

Затем они пили дорогой немецкий рислинг, добытый Бронькой в буфете Дома актёра «по страшному блату», заедали его огурцами и яблоками, провозглашая скудеющие тосты; постепенно схомячили всё съестное, что нашли в рюкзаках, включая горсть тыквенных семечек в газетном кулёчке... Незаметно для самих себя опустошили обе драгоценные бутылки, которых мама когда-нибудь хватится, и не исключено, что — весьма скоро.

С утра сегодня парило... Небо затянуто было белёсой тиной облаков, в ивняке неподалёку неизвестная птица щёлкала жестяным клювом, будто садовник лязгал огромными ножницами. В отсутствие малейшего ветерка душно пахло рекой, мокрым песком, плавником, давно вынесенным на берег.

Дылда вздохнула и сильно, с удовольствием потянулась:

— О-ой... какая беспощадная качка! Как всё... вертится-вертится... Ты что, меня нарочно напоил?

— Ну... в общем, это входило в диверсионный план: посвящение в беспутную взрослую жизнь.

Он полулежал на одеяльце, как римский патриций, опираясь на локоть, то и дело соскальзывающий.

— А как я домой покажусь?

— Выветришься, прополощешься... Протрезвеешь. Станешь опять образцово-показательной, бездушной, как...

— ...как Джульетта. Да-а-а, вот теперь я совсем взрослая...

— Ты, к сожалению, не взрослая; ты просто пьяная. Так, что там с поздравлениями? Кто-то обещал объятие. Договор дороже денег. Ты честный человек?

— Я честный... я честная... человек. Хорошо, валяй, обними меня.

— Лапать и хапать? — уточнил он, в попытке приподняться и подволочь себя к ней поближе. Это не получалось. Всё было очень смешно, всё крутилось, как на деревянной карусели: верблюды-жирафы-пони...

— ...Не наглячай! Просто обними меня, как родную душу.

Он широко распахнул руки, не удержал равновесия и рухнул на неё.

— Видишь как... — запыхтел сокрушённо, — с родной душой...

— ...как-то не вышло, — согласилась она, спихивая его. И фыркнула: — ...А мы оба наклюкались, Аристарх! Какой ужас... Лежи вот так, смирно, как лежишь, — распорядилась она. — Ты недееспособен. — Приблизила к нему лицо, пахнущее «рислингом», огурцом, зелёным яблоком, жаркой испариной.

— Давай, приступай к поздравлениям.

Он задохнулся, осторожно потрогал пьяными губами уголок её рта... съехал к подбородку, промахнувшись... Высунул язык и освоил изнанку её нижней губы: гладкая, скользкая... Приподнялся на локте и припал к её щеке, боясь кувыркнуться в бездну... Всё крутилось в каком-то сладком киселе, в лаковой розовой пенке от варенья. Кровь колотилась во всех частях тела, как прибой о борт «Зинаиды Робеспьер».

— Вот стихи: зачем, с какого бодуна мы столько выпили вина...

— Ты мой щеночек... — нежно пробормотала она. — Ты совсем пьяненький и дурноватый... Тяф-тяф! Давай, я наставлю тебя на путь истинный.

Взяла обеими руками его лицо и вкусно, звучно, винно поцеловала в губы.

— Как, получилось?

— ...Виртуоз-на... — отозвался он, уплывая, качаясь, хватаясь за её плечи, чтобы не упасть, и, хотя лежал беспомощной тряпкой на траве, всё время куда-то летел и соскальзывал... Выпил он гораздо больше Дылды.

— Сейчас буду блевать, — сообщил огорчённо.

— Только не на меня! Ползи к воде, несчастный...

Но он никуда не уполз, а просто притих, положив голову ей на живот. Минуты через три оба уже спали... Вокруг стояла зудящая комарьём тишина, какая бывает перед сильной грозой; даже старая ветла притихла, придерживая свои пышные юбки, словно боялась потревожить двух нашкодивших детей, невинно спящих в её утробе.

Стаху снился душный речной сон — как плывет «веранда» вниз по течению, качаясь на волнах... Они с Дылдой одни на барже, совсем одни, а в центре палубы растёт их могучая ива и тоже мерно колышется — от ветра? от волн? В этой качке было что-то неуловимо сладкое и запретное, томительное и неизбежное, что нарастало и брезжило неописуемым наслаждением... Почему-то запрещено было говорить и даже думать о качке, но думать ужасно хотелось. «Надо обнять Дылду и качаться вместе, в одном ритме, — сообразил он во сне... — тогда всё получится. И надо её раздеть, потому что купальник... — он мешает качаться».

Тут же Дылда стала послушно выскальзывать из купальника. А вокруг уже — никакая не палуба, никакой ивы, они уже оба в воде, потому что речная мутная вода — лучшее из укрытий. Дылда скользила так близко от него, так послушно выпрастывалась из своего надоевшего им обоим купальника, ритмично поворачиваясь и показывая то спину, то грудь, то живот, — странно белые, всплывающие на поверхность воды какими-то музейно-мраморными обломками. И как полагается античной статуе, ладонью она прикрывала там, где... куда... От этого долгожданного обнажения его окатило во сне такой мощной волной желания, что на гребне очередного взмыва что-то блаженно лопнуло внизу живота, горячо растекаясь в паху. Он протяжно застонал, пытаясь плыть за ускользающей Дылдой, пытаясь урвать последнюю дрожь замирающего счастья...

...и открыл глаза.

Где-то вдали погромыхивало. Парило ужасно, томительно, голова раскалывалась от свинцовой тяжести... Дылда тоже проснулась и, кажется, в дурном настроении. Ошалевшие от духоты и жары, оба смурные, потные, они молча валялись в сумрачной глубине старой ивы, медленно приходя в себя, пытаясь понять — что там, снаружи — день? вечер? — и скоро ли появится «веранда»...

— На чём мы остановились... — пробурчал он, приподнялся и перехватил её удивлённый брезгливый взгляд, упёртый в его плавки.

— Ты описался... на моё одеяльце? — пролепетала она.

Он сел рывком, подняв колени, пытаясь укрыть от её взгляда область липкой мокрой материи. Не глядя на неё, бормотнул:

— Да нет, это... это бывает... когда приснится... Ты что, никогда не... Совсем маленькая, что ли?

Она вскочила на ноги, мгновенно став пунцовой, как её проклятый купальник.

— Да, я — маленькая! — крикнула она, и в другое время это было бы смешно: она возвышалась над ним, сидящим, как такая вот ива над берегом.

— Я — маленькая, и ничего не хочу знать! А ты — бесстыжий дурак, вот ты кто! Проваливай отсюда в воду, живо! Смывай свои... мерзкие пятна...

Он задохнулся — от стыда, от обиды. Молча поднялся, раздвинул ветви и понуро побрёл к воде... Нырнул, всплыл, отфыркиваясь, и долго упорно грёб на середину реки, пытаясь прийти в себя. Идиотский случай, блин! Паршивая история... Ну как объяснишь, что ты не виноват, что это организм бунтует... И со смущённой злостью подумал — а может, и не надо ничего объяснять, подождать лет пять, пока её собственное нутро не взовёт, пока она не повиснет на нём, умоляя...

Он обернулся: Дылда бродила по берегу, глядя под ноги — тонкая, одинокая, тоже какая-то потерянная. Большая девочка, отличница-пловчиха; второе сопрано... О чём она думала?

Наверное, он стал ей настолько противен, что сегодня по возвращении они разбегутся в разные стороны, и он уже будет для неё — никто и звать никак. Ничего не будет значить. Ничего?! Тогда лучше сейчас же утопиться.

Он поплыл в сторону заросшей протоки, медленно пробираясь между кувшинок, временами ощущая удары холодных ключей со дна реки. Ждал, когда она обернётся и позовёт его. Здесь вода была гораздо холоднее... Вот пока не позовёт, сказал себе, вообще из воды не выйду. И снова повернул на середину реки. Плыл и плыл, не глядя на берег.

Вдруг правую ногу свело дикой болью — он даже не сразу понял, что это такое, и вскрикнул: показалось, в воде его укусила неизвестная водяная тварь с зубами как пила. Потом понял: судорога. Однажды такое с ним приключилось, когда они с батей рыбачили на речке с подходящим именем Сурдога. Тогда тоже правую ногу свело, и надолго, но он собрался, сцепил зубы и дотянул до берега — батя потом одобрил «отменную выдержку»... Правда, речка была поуже... и течение не такое серьёзное...

«Ничего, доплыву... ничего...» Тело сразу огрузло, сведённая железным капканом нога тянула вниз, будто стала тяжелее всего остального. И всё же он плыл к берегу, заставляя себя ровно и спокойно дышать. Он был прекрасным пловцом — чепуха, пустяки, сейчас пройдёт...

Над головой глухим баском что-то проворчало, потом взрыкнуло, как цыганский фаэтон Цагара, и картаво рассыпалось за кромкой леса на том берегу. «Глубоко-ритмично дышать, просто дышать и плыть, дышать и плыть, и всё будет окей...»

Вдруг свело и левую ногу! Стах задохнулся, ушёл под воду, но всплыл, молотя кулаками по воде. И тут уже — испугался: понял, что — тонет.

Сдавленно крикнул: «На..! Надя!!!» — впервые в жизни назвав её по имени. Неосознанно, но точно: позови он её, как всегда, «Дылда!», она бы, может, и головы не повернула — знала, что он отличный пловец, решила бы, что придуривается. Но вопль его в полном безветрии принесло к берегу, и Надежда резко обернулась: было что-то необычное в этом задушенном вопле, в оборванном голосе, и главное — в беспомощном зове.

84 Он погружался и всплывал, погружался
и всплывал, с силой молотя по воде руками, уже
не понимая, где верх, где низ, уже не видя, как
Дылда ринулась к нему с берега и быстро приближается широкими гребками, молча, сильно, рывками выволакивая себя вперёд — куда ожесточён-
ней, чем на соревнованиях... Успел почувствовать
только, как что-то грубо и резко тянет его вверх,
выворачивая голову и... потерял сознание.

Они двигались к берегу тяжёлым кентавром,
Надежда гребла одной правой, локтем левой руки
обхватив его шею под подбородком; плыла, тяжело
дыша, молясь отрывочными внутренними стонами, неизвестно с какого дна поднявшимися, — из
детской памяти, из деревенских бабкиных причи-
таний, из дедовых вечерних вздохов: «святая-пре-
святая... спаси-помилуй нас... спаси-помилуй нас
обоих...» — и что-то ещё, ритмичное, что помогало
преодолевать последние метры до берега, а она всё
не кончалась и не кончалась, эта полоса мутной,
уносящей их, упругой тяжёлой воды... А вот силы
кончались. Мелькнуло даже: «Неужели утопнем...
вот так, у самого берега?» Наконец на исходе дыхания и сил Надежда нащупала дно. Встала на
дрожащие ноги, подхватила выскальзывающего из
рук тяжеленного Стаха, подхватила под мышками,
замком сцепив обе руки у него на груди — никакая
сила не могла бы этот замок расцепить! — и попятилась, поволокла, тоненько воя от усилий.
     Это было так трудно — тащить его, удерживая
голову над водой. Она останавливалась, хватала
воздух широко открытым ртом, снова подтягива-

ла его на себя — каменного, чугунного... Он вроде дышал, но глаз не открывал и был без памяти.

Вдруг над головой плеснуло ядовито-малиновым сполохом, и ужасно громко где-то за небом грохнули двести бомб. Кто-то широким кривым замахом вспорол небо снизу доверху, в эту прореху ломанулся оглушительный водопад: рванул беспощадный ливень, какой бывает раз в году, да и не во всякий год. Непроглядная стена дождя обнесла пятачок бурого-бурлящего потока реки, в котором оба они ещё жили, откуда Надежда силилась вытащить Стаха. Тугие бичи дождя больно хлестали по их спинам, плечам, по головам — будто водяное чудище, упустив добычу из реки, хотело наверстать своё через верхние шлюзы — оглушив и утопив у самого берега.

Надежда выволакивала Стаха, судорожно откашливаясь, захлёбываясь потоками дождя, ничего не видя в шумящей завесе ливня, направление — к берегу — чувствуя только по уровню и течению реки. Когда наконец вытянула на песок свою ношу — рухнула рядом вмёртвую.

Очнулся он не от боли в ногах, а от ритмичного воя, далёкого сквозь рёв какого-то водопада: «...вай-да-вай-да-вай!!!... да-вай-да-вай-ды!-ши!-ды!-ши! — что-то наваливалось, давило ему в грудь, наваливалось, снова и снова — движением из его недавнего сна, только резким и даже агрессивным. Его бурно вырвало то ли речной, то ли дождевой водой — казалось, река изливалась из него; и сразу стало просторнее, легче вдохнуть. Он застонал и открыл глаза, не понимая: где он, в воде?

По нему колотили, хлестали потоки, заливаясь в открытый рот, в нос, в глаза... Прямо над ним, в чаще свисающих мокрых волос ритмично двигалась маленькая озябшая грудь, от усилий выбившаяся из купальника. Возле соска, как спутник на орбите какого-нибудь Сатурна, сидело зёрнышко горчичной родинки. Он слабо улыбнулся и что-то промычал...

— Живо-о-ой!!! — крикнула она, зарыдала и упала на него, ловя губами его сведённые судорогой губы. — Живой... живой...

Ливень прекратился внезапно. В оглохлом мире ещё бормотала-рокотала река, несла вдаль свои обиды и ярость. Клочковатая синева в небе разрасталась с каждой минутой всё стремительней, и солнце ударило в воду снопами искр, и свежесть, ясность, чистота объяли остров, реку и засиявшую серебром старую ветлу.

Они целовались, не отрываясь друг от друга, — взахлёб, до боли, до пресечённого дыхания... Вот-вот должна была показаться «веранда». Надо было собраться, одеться, пусть даже и в мокрое... Но какая-то властная сила не позволяла им разомкнуть губы, руки, ноги... Они катались по песку, вновь и вновь жадно хватая губами друг друга, вдавливаясь друг в друга, будто губы оказались единственной частью их тел, единственным жадно разверстым входом, через который их благодарные души могли проникнуть одна в другую...

Когда издали гуднула «веранда», они медленно распались, выпрастываясь из объятия, как из борцового захвата; медленными сомнамбулами поднялись, и — раздетые, мокрые, в прилипшем к телу песке, — взошли на баржу и рухнули на скамью под заинтересованными взглядами таких же мокрых, но оживлённых пассажиров.

...В понедельник после репетиции хора она стояла на ступенях крыльца и ждала Стаха. Вышла Зинка-трофейка, недоуменно оглянулась на неё, спросила:

— Ты что, Стаха ждешь?! Он не придёт.

— Почему?! — Надежда подалась к ней, шагнула со ступени.

— А ты не слыхала? У Стаха же батя помер: стоял-стоял, бац — и рухнул! Прям на платформу. У нас там в клубе оркестр со вчера наяривает: Шопена репетируют, на похороны.

Надежда сделала шаг со ступени, другой, третий... и, не оборачиваясь на Зинку, бросилась бежать. И бежала, бежала... бежала к нему, задыхаясь, будто он до сих пор тонул; будто она одна в целом мире могла вытащить его из неумолимого, мутного и горького потока...

Глава 4

В ТАБОРЕ

Одним из самых тяжких его снов — даже много лет спустя, когда для страшных снов в его жизни появилось предостаточно причин и сюжетов, — был сон о его возвращении из табора. Он и начинался всегда одним и тем же: он стоял на углу улицы Киселёва у странно тёмного дома Дылды и ждал.

В воздухе была разлита мертвенная просинь августовских сумерек. Он ждал, теряясь в догадках — отчего всегда шумный, напоённый электричеством дом угрюмо заперт и где все, а главное — где она, та, ради которой он, как библейский Иаков, служил цыганской ведьме — ну, не семь лет, но два полных месяца? И сколько ещё ему здесь стоять, всем существом чувствуя, как этот дом погружается в беспросветную тоску и муку...

Наконец в конце переулка — о, как всплёскивало сердце, особенно во сне, когда по походке, по ногам, по копне волос он узнавал фигуру! — в конце пере-

улка показывалась она. И медленно, очень медленно приближалась...

Она несла какую-то тяжёлую сумку, но было что-то ещё в её облике — странное, тусклое, унылое, — так что две-три минуты, пока она подходила всё ближе, он пребывал в неуверенности — нет, не она... Или она? Неужели она?

Она подходила всё ближе. И странное дело: вместо того, чтобы броситься ей навстречу, стиснуть, сграбастать, ощупать, обдышать её страстным нетерпением, которое в разлуке выросло до высот какого-нибудь нью-йоркского небоскрёба, — он только стоит и смотрит, и не может ног оторвать от земли. Она проходит мимо, лишь скользнув по нему тусклым взглядом...

— Я вернулся! — кричит он ей в спину, глядя, как поднимается она на крыльцо запертого дома. — Я теперь всё умею! Ты слышишь, любимая?

Она не оборачивалась. Молча открывала ключом дверь, входила — самыми страшными были эти мгновения: броситься, не дать захлопнуть дверь! — а он двинуться не мог. Стоял и смотрел, как дверь захлопывается перед его лицом.

Проснувшись, он уже понимал: ему опять снился **тот сон** (в котором, к слову сказать, ничего особо страшного не происходило). Понимал, что весь предстоящий день отравлен, что тяжкий стон закрываемой двери опять надолго в нём застрял и в ближайшее время станет напоминать о себе в самые неожиданные минуты — тем более что событийно этот сон ничем не отличался от действительности.

* * *

Однажды с пригородным поездом прибыл чужой табор. Гомоня и громко перекликаясь, они высыпали на платформу, заполонили здание вокзала, широкой метлой невозмутимо пройдясь по буфету и столовой, сметая со столов всё, что на них стояло; просочились дальше, мгновенно занимая всё пространство и свободно располагаясь на траве в центральном сквере.

Гвалт стоял невероятный. Несколько молодых мамаш сидели на земле и, спокойно вывалив смуглые груди, кормили довольно крупных карапузов. Вокруг всего этого пёстрого нашествия бегал, будто в море нырял и выскакивал оттуда на гребне волны, местный милиционер Костя Печёнкин. Его просто выносило волной на окраину сквера. Он безуспешно требовал «очистить вокзал от присутствия». Но цыгане игнорировали суету и вопли стража порядка: цыгане, как собаки, прекрасно чуют страх и замешательство другого человека.

Наконец дело решилось: кто-то из станционного начальства послал за одним из местных баронов, тот подкатил на собственных «жигулях», безошибочно определил «равного по званию» и, отведя в сторонку, долго с ним говорил — о чём, никто не знает. Но к вечеру табор снялся и переместился на перрон — ждать следующую электричку...

Однако за эти пять или шесть часов кое-что произошло.

Стах пересекал сквер, направляясь к остановке автобуса, когда откуда-то сбоку возникла миниатюрная — сначала даже показалось: девочка-подросток — молодая цыганка. Ничего особенного, типичная представительница их племени: смуглая, черноволосая, чернобровая, вся унизанная браслетами-кольцами. Глаза только зелёные, вызывающе яркие и требовательные. Да ну её на фиг... Стах отвернулся, стараясь как-то обойти это препятствие. Он собирался наведаться в Учительскую библиотеку и поздновато вышел — через час она закрывалась, надо было спешить.

— А тебе, парень, про любовь потолковать, — поравнявшись, вдруг сообщила ему цыганка, не то чтобы дорогу заступая, но продолжая идти вровень с ним и как-то близко, словно были приятелями. Он ускорил шаги. Ничего плохого он ей не желал, занятие у неё такое. Просто торопился.

— Тебе — про любовь, а?

— Нет, — отозвался он через плечо, ускоряя шаги. — Отвали. Другому погадай.

— Да ты и сам цыган! — весело окликнула она.

— Нет, — огрызнулся он. — Я не цыган.

— А похож! Глаза только чужие, светлые... Хочешь, погадаю просто так, от души, за твою симпатичную личность.

— С чего это? — он остановился, впервые оглядывая всю её, с головы до многослойного пышного подола юбок; на ней было их надето три или даже четыре. А вот руки сквозь прозрачные рукава блузки казались тонкими, как прутики.

— А у тебя, вижу, загвоздка имеется. Маленькая, но в большом деле.

— Да брось, — он отмахнулся и дальше пошёл... — у всех загвоздки, и у всех дела, маленькие и большие.

— А такая любовь, рыжая-сладкая... тоже — у всех? — бросила она ему в спину.

Он резко развернулся и уставился на неё. Нет, чужая, пришлая... не могла она... не могла знать! Откуда?!

Он бросился к ней, схватил за руку:

— Молчи! — прошипел. — Пойдем... куда-нибудь. Не здесь!

И за дощатой стеной хлебного ларька они уселись на траве, цыганка извлекла откуда-то колоду карт, раскинула их, помолчала, покусывая нижнюю губу. Попросила левую руку и несколько мгновений, слегка поворачивая её, рассматривала. Подняла на Стаха невозмутимые зелёные глаза и деловито спросила:

— У тебя по утрам стоит?

Он вырвал руку, вскочил, проклиная себя за глупость... Какого чёрта... сам же напросился!..

Она проговорила ему в спину:

— А загвоздка одна: ты её пробить не можешь.

— Прибить?! — спросил он диковато, оборачиваясь.

— Да нет, — терпеливо отозвалась девушка, по-прежнему сидя на траве, собирая и тасуя в ладонях колоду карт. — Пробить боишься... Так любишь, что её же и боишься. А это плохо, когда оба не умеют. Кто-то один должен научить другого. Тебе, парнишка, поучиться надо, а то гляди, как бы она тебя не научила. Она у тебя кипучая: ещё чуток — искры во все стороны прыснут.

*Он стоял совершенно оглушённый: как?! Как мог-
ла узнать эта зеленоглазая цыганская оторва... Разве могла она видеть... этот позор его, эти жалкие
попытки... и милосердные лёгкие ладони Дылды на
его спине, и её лепечущий шёпот: «Ну, успокойся,
тише, тише... это не шаги, там никого нет... Сейчас всё получится. Просто сделай как правильно...
Не торопись, не бойся... Нет, мне не страшно... Совсем не страшно! Я очень этого хочу...»*

Он бросился к цыганке, спросил, задыхаясь:

— А ты можешь... как тебя звать... можешь —
научить?

Она ответила невозмутимо:

— Заплатишь — научу. Любое умение денег
стоит. А звать Папушей.

— У меня нет денег, Папуша, — угрюмо выдавил Стах.

— Заработаешь, — отозвалась она безмятежно.

* * *

За два летних месяца он прошёл с табором до
Самары. Такое условие поставила Папуша, перетерев со своими его внезапное среди цыган появ-
ление. «Делать, что скажут», — обронила она.

Папуша осталась вдовой в 14 лет, а замуж вышла в 13. Её мужа Николая через год после свадьбы забрали в армию.

— Наши от армии не косят! — гордо пояснила
в первую же ночь, когда ласково и обстоятельно
провела его первым и самым незамысловатым

маршрутом в мир чувственных соитий. — Не косят! Служить — это свято!

И убило Николая — не на учениях, не в бою,
а просто током зашибло в красном уголке, когда
пытался починить неисправную проводку. С тех
пор Папуша оставалась свободной и, хотя была
бездетной, то есть, по сложившемуся обиходу,
порченой, — в таборе её уважали за серьёзные добычи. Гадалкой, даже среди своих, считалась не-
сравненной, настоящей, без штучек и обмана:
просто видела правду. Когда женщины выходили
в городок на работу, местные бабы ждали её, ло-
вили и порой даже в табор наведывались — только бы сказала Папуша, куда делся любимый, и что
делать с алкоголиком-сыном, и когда уже сдохнет
злая свекруха.

— Не вздумай сбежать, — предупредила она
в первую их ночь, видимо прочитав его мысли;
он лежал на перине в её палатке, среди множества разновеликих подушек — мокрый от пота,
счастливый, что переступил наконец, перескочил
проклятую черту и сейчас свободен, силён и всё
может, и когда вернётся... завтра! поскорее бы оно
настало!..

— Даже не думай. Ты сейчас как щенок слепой,
на поводу своих нижних жил... Они тебя потянут,
ты вскочил и — скакать. Ты должен научиться вести, поводья натягивать, должен кучером стать,
и себе, и рыжей твоей: умным наездником, а не
глупым конём. Тупые ск*а*чки, это, хороший мой,
не любовь, а так, добыча хама, удовольствие на-
сильника.

Она называла это «уроками» (слегка лукавила, конечно, но и всерьёз: учила); и даже в самые горячие, задышливые минуты, когда не то что одежду — шкуру с себя хочется содрать, не снимала широкой шёлковой рубахи, не белой, а зелёной, кружавистой, гладкой и тяжёлой на ощупь. «Сними!» — просил он, которому осязания было мало, он, как художник, хотел и глазами владеть. Но она не уступила ни разу. «Нельзя, — говорила, — я вдова, только муж меня без одежды видел. Я его памяти верная».

Что-то она постоянно втирала в кожу — не духи, не мазь, а какое-то лёгкое травяное масло, душистое и терпкое, — сама готовила. Сливаясь с любовными соками, этот запах разгорался на пылающей коже обоих, заполоняя небольшое пространство палатки, плыл над головами и был навязчиво вездесущ, так что со второй или третьей ночи Стах выбирался на свежий воздух и бродил босиком по траве, прислушиваясь к далёким гудкам поездов (стоянку всегда делали неподалёку от железнодорожной ветки), подспудно тоскуя по запаху другого, невинного тела, мысленно убегая отсюда, ускользая, утекая прочь... Бог с ним, с учением, всему уже выучился, дело простое...

Но каждую ночь Папуша доказывала: нет, не простое! Каждую ночь увлекала его всё дальше, всё искуснее становилась, каждый раз поражала и всякий раз была полна новостей. Она казалась неисчерпаемой. Говорила много, размеренно, даже в разгар его охоты; даже покачиваясь на нём верхом, как амазонка на иноходце, продолжала говорить, сильно этим раздражая, будто хотела вдолбить необходимые навыки, слить смысл звучащего слова с дрожью и танцем скользящего, медленно нарастающего наслаждения.

— Думай о женщине; всегда думай о женщине: у неё другое тело, не твоё. Она по-другому чувствует. Это обманка — думать, если ты слился с ней, то она и есть — ты, и готова так же быстро словить общий огонь. Она медленней разгорается, но тяга внутри у неё сильнее... Она всегда — слышишь? — всегда сама по себе. Ты заслужи её радость. Ты сначала поработай-ка на неё, потому что твоя радость от её сильно зависит. Всё время слушай её глубину: женщина обмануть может, многие так и делают, чтобы любовник был доволен, но ты ничему не верь: стонам не верь! Стонать и заяц может. Её тело запеть должно, как дождёшься этого — ты свободен, и дальше лети себе ввысь один, как голубь, вонзайся в небо: выше, выше! Во-о-о-т... во-о-от... лети-и-и...

— Как это — запеть? тело? — спросил он полчаса спустя.

— Да... но не голосом её, а... покажу потом, ты поймёшь, почувствуешь... — И засмеялась: — Да погоди ты руки тянуть... постой, парень!.. Что ж ты жадный такой...

— Покажи! — потребовал он шёпотом. — Покажи сейчас!

— Ишь ты... — выдохнула она, с силой проводя ладонью по его потной груди, по животу, по бёдрам... И усмехнулась: — Как же ты её любишь! Как старательно для неё учишься...

* * *

С его появления прошло недели две, когда жизнь «кырдо», табора, его люди, их уклад и привычки, из беглых сценок и отрывистых реплик (а он довольно скоро стал кое-что разбирать по-ихнему), из непонятных жестов и, на сторонний взгляд, диковатых поступков — стали складываться в некий цельный и осмысленный образ жизни.

Табор был небольшим — палаток тридцать на стойбище — и кочевал не в полном составе. Родиной и основной базой цыгане считали городок Сенгилей в Ульяновской области. Там у них были кое-какие дома на окраине и большой обжитой луг на берегу богатого рыбой пруда, где и стояли кибитки. Там они зимовали, а весной, едва дороги просохнут, двигались в путь. На семью приходилось до десяти телег со скарбом; шли неторопливо, пыль курилась над дорогой медленным облаком, в котором постепенно, как в проявляемом снимке, проступали придорожные кусты, деревья и заборы.

Летняя и зимняя жизнь табора сильно различались. В пути даже свадеб не играли, всё оставляли на домашнюю оседлую жизнь в Сенгилее.

Как передовой отряд древнего войска, «кырдо» прокатывался на своих колесницах по городкам-деревням и колхозам в поисках добычи, и главными добытчицами были женщины. Сколько авансов-зарплат вытягивали они из карманов работяг своим извечным: «Ой, сглаз на тебе, болезный! Дай деньги подержать — но только все давай, и бумажные тоже, а то проклятье на них останется, да прямо на семью перейдёт!»

Вообще, как с удивлением приметил Стах, женщин в таборе побаивались. Была в отношении к женщине извечная двойственность. С одной стороны, не могла она прикасаться к чистым вещам, вроде мужнина-отцова-братнева кнута или ножа; держалась подальше от угла, где выставляли икону; вся её одежда, что ниже пояса, а также обувь, считалась скверной; мужчина не мог касаться, не мог продать женской юбки, не мог даже чинить женский сапожок. Может, потому в одежде цыганок такое значение имел фартук — всегда широкий и длинный, — непременный атрибут облика. Только так женщину можно было обнять, положить ей что-то в карман и при этом не оскверниться. Опять же, и она может тащить в руках нечто необходимое, прижав к себе: фартук защитит от скверны. Но уж если цыганка хочет оскорбить, смертельно унизить за какую-то обиду — ей достаточно мимо пройти, обмахнув обидчика подолом юбки, или просто переступить через лежащий на земле его кнут. Страшнее этого ничего нет, разве что обритая голова — символ бесчестья. Кого выгоняют из табора, тех стригут наголо. Именно потому, объяснила ему Папуша, в советской армии делают исключение для новобранцев-цыган: их наголо не бреют.

Так что роскошные, хотя и засаленные длинные космы в таборе были поголовно у всех, не только у женщин.

И очень быстро он привык к цыганскому жилью — кибитке, — их никогда не снимали с телег. Внутри там было удобно, полно подушек и мягчайших перин. И ковров вдоволь: ведь ковёр для цыган — особая деталь уюта. Чем больше их в шатре или в кибитке, тем наряднее и богаче жизнь. Когда останавливались на постой, часть подушек и ковров перекочёвывала в шатры-палатки, сшитые из кусков разной подобранной или украденной ткани, брезента, холстины; многие — с заплатами, тоже разномастными: прекрасная пестрота на зелёном лугу или лесной поляне...

На постое ночевали, где сон свалил: кто в палатках, кто в своих кибитках. Жильё было пропитано едва уловимым приятным ароматом всего лошадиного — пота, навоза, конской щетины. И всюду царил терпкий запах цыганского табака. Не покупного, а своего — настоящей махорки, накрошенной вручную. Выращивали в Сенгилее, там же и сушили его, затем рубили коротким широким резаком. Чудесный запах: вроде как и привычный запах табака, но более натуральный, более забористый и тонкий.

А ещё вечерами над разбросанными по лугу живописными кибитками и шатрами витали аппетитные ароматы цыганского варева — простого и сытного в своей незамысловатости. В вечерний котёл шло всё, что удавалось за день добыть: курица, гусь, картошка... — много чего ещё дармового и потому прекрасного, — что удалось стащить или выпросить. Похлёбка называлась «хабе»...

...Всю жизнь любой суп — а Стах научился в таборе готовить, так как много раз помогал на вечернем костре, — он так и называл, и в дорогих ресторанах иногда развлекался тем, что спокойно

*осведомлялся у официанта — нет ли в сегодняш-
нем меню «хорошего сытного хабе. Нет? Странно...
для такого эксклюзивного места». И лишь однажды в Будапеште официант — черноглазый тонкий
парнишка, пританцовывающий, как горячий конь, —
ухмыльнулся и принёс-таки нечто в глубокой тарел-
ке — густое, исходящее пряным паром...*

Баранина или говядина жарилась на костре,
насаженная на длинный шампур, овощи рубили
крупными кусками. И никаких тебе особенных
изысков, и никакой «детской еды» — все ели одно,
из одного котла. (Порой диву даёшься: сидит чуть
ли не пятимесячный младенец на руках у матери,
в ручонке зажал истекающий жиром кусок бара-
нины.) В продуктовых ларьках покупали разве что
хлеб и крупы, хотя сами пекли *пугачо* — хлебные,
чуть солоноватые шарики.

А после еды пили непременный чай, наби-
рая по округе чабреца. Впервые попробовав чай
с этой травкой (мама считала чабрец чуть ли не
сорняком и изгоняла с грядок), Стах очень удивился, потом привык, и много лет спустя в одном
из ресторанов южного Тель-Авива заказал этот
чай, углядев в меню.

Мужиков-добытчиков в таборе было немного.
В основном за лошадьми глядели, пасли их по ночам, когда кровососов нет. Ещё за стойбищем, за
костром следили, пока жёны-дочери «на работе»;
бывало, что и нанимались на сельскохозяйствен-
ные работы, и тогда пахали — дай боже, не чета
местным мужикам, ибо выгодно было закончить

побыстрее да получить трудодни, так что работали даже ночью.

Были в таборе и мастеровые: сапожник Джура, например, — хороший сапожник, в котором и нужда была немалая: в городках-посёлках отнюдь не всегда Дом быта найдёшь. Вот и ходил такой цыган по дворам со своим инвентарём: железной лапкой и молотком, с жестяной коробкой мелких гвоздиков, с банкой вара и рулоном тонкого каучука, от которого отрезал куски на заплаты. Недели две Стах ходил за ним по дворам (что велели, то и делал, тут Папуша не соврала), подавал клеёнчатый фартук, инструменты, терпеливо стоял рядом и даже кое-чему научился.

Был ещё Золтан — не то чтоб ветеринар (без образования, понятно), но животину чувствовал как бог, словно он её лично и создал на третий или какой там день творения. Мёртвых поднимал! Кое-кто из местных к нему и коней колхозных полудохлых приводил, а бывало, даже ночью к Золтану приходили в табор и уводили его к тяжело поросящейся матке.

Тогда, в конце восьмидесятых, фигура кузнеца-цыгана попадалась всё реже, да и кто её встречал, кто её помнит — передвижную кузню? Но железо, как и прочие металлы, совсем из жизни табора не ушло: из товаров, которыми подторговывали рома, были швейные иглы и обручальные кольца.

Иглы — толстенные и длинные — в советском обиходе были редкостью и пользовались огромным спросом в хозяйстве: подшить-зашить что-то кожаное, овчинку залатать, вязаные носки подштопать (в обычную иглу толстая нить не лезет).

А уж кольца, сверкающие кольца «самоварного золота»!..

Знали цыганские мастера секрет какого-то вульгарного сплава, который сиял-горел, как настоящее золото. Особенно успешно продавались обручальные (трёшка с коробочкой). Их расхватывали за милую душу, прекрасно понимая, что и крупицы золота в данной драгоценности не отыщешь. Сияли эти золотые кольца полдня, не дольше, затем тускнели на глазах и даже зеленели... Впрочем, изначальный благородный блеск легко возвращался: стоило лишь потереть кольцо о валенок или уголок кошмы, на худой конец — варежкой посучить. А куда деваться? Выбора-то нет: обычное обручальное кольцо стоило не меньше стольника, да и продавали его по справке из ЗАГСа, а в провинции — откуда такие деньги у честного человека?

Разные ещё в пути возникали краткие заработки. В одном селе под Костромой цыгане прошлись по дворам, потолковали с хозяевами, подрядились тачками возить яблоки-падалицу. Яблок в том краю — тьма, падалицу не знали куда девать, хозяева рады были, чтобы хоть что-то убрали. Неподалёку заводик был, выпускавший бормотуху — плодово-ягодное вино, куда за гроши и сдали падалицу. Гроши не гроши, а пяток мужиков за день и с хозяев взяли, и заводик кой-чего заплатил, так что неплохие деньги сделали. Стах тоже возил-таскал, и вечером, усталый и гордый, принёс Папуше заработок до копейки. Она взяла, молча пошелестела бумажками, сунула себе за пазуху и сказала:

— Ты бы не деньги... Ты бы серёжки мне подарил с зелёными камушками. Память бы осталась...

А Стах понятия не имел — где серёжки те взять, даже растерялся.

Если бы он внимательней присматривался к Папуше, если бы его сердце, его мысли — а не только тело — были в таборе, он бы, возможно, заметил неуловимую смену её настроений, внезапную тоску или внезапный необъяснимый хохот, а то и обидную издёвку; заметил бы, как странно искоса она за ним наблюдает.

Львиная доля добычи приходилась на женщин. Они, «жювля», безусловно обладали некой гипнотической силой, или артистической, или ещё какой чёртовой силой — неважно, как её назвать.

Возможно, поэтому главой табора в пути была Зина — пожилая кряжистая, очень смуглая, обвешанная золотом (притом настоящим, а не «цыганским») по самую макушку. Папуша как-то обронила, что отец Зины был богатым человеком — самым богатым барышником в Поволжье: одних маток-кобылиц двадцать штук держал. И каждый год жеребят продавал. Зина покровительствовала Папуше и была какой-то её родственницей — то ли тёткой, то ли крёстной... Во всяком случае, только укрывшись с Зиной в шатре на полчаса и «перетерев вопрос», Папуша смогла обеспечить бытование в таборе «гаджо», чужака. «Разрешили временно», — обронила она. (Ну и ладно: кто из нормальных людей станет всю жизнь за цыганами таскаться?)

Именно Зина направляла стайки женщин «на работу», и было бы заблуждением считать, что цыганки праздно болтаются по улицам. Они всегда знали, куда идти — у кого болеет мать, кто купил новый ковёр, у кого скоро свадьба, где можно подработать... кого обвести вокруг пальца.

В любом городке или крупном селе, в котором останавливались чавалы, у Зины обнаруживалась та или другая знакомица-подружка из оседлых цыган.

И если надо было срочно делать ноги из какого-нибудь местечка или вдруг возникало неотложное дело, часть цыган, как отдельный рой пчёл-разведчиков, могли спокойно запрыгнуть в поезд (обычно в товарный вагон) и доехать до нужной станции, где их уже поджидали либо нагоняли свои, кто катил в повозках...

* * *

Так они расстались с Папушей — внезапно и навсегда.

В последние дни она «пропускала уроки», заходила в шатёр поздно ночью, иногда под утро, когда Стах уже спал. Стала немногословна, и даже небрежна — порой, не отвечая на его вопросы или оклики. В один из этих дней будто нехотя обронила:

— Ты ж учёный уже, — вон сколько вокруг «жювля» ходит, на любой можешь жениться, если с нами останешься. — И увидев, как он изменился в лице, усмехнулась: — Ну да, рыжая твоя... Ты ж ради неё в табор пришёл! Не дождёшься встречи, да? Сейчас всю ласку, всю силу ей понесёшь.

И жадно смотрела, будто ожидая, что он возмутится, опровергнет, станет уверять её... в чём? Он лишь отвернулся. Чудовищная двойственность последних недель совершенно его измучила: он привык к Папуше, тело его всё сильнее тянулось к её смуглому ловкому телу, такому послушному, восхитительно ладному, и податливому, и упрямому, и властному — смотря по тому, как начиналась любовная игра, а она всегда затевала её по-новому. Ему уже недоставало обычного вечернего «урока», он набирал мужскую силу, с удовольствием отмечая неторопливое владение собственным желанием и растущее умение продлевать упоительную дорогу к манящей вершине, где ещё несколько мгновений ты балансируешь, пытаясь задержать сметающий все запруды обвал, и после катишься, катишься, катишься вместе, сплетённый корнями, сладко истекая последним мучительным всхлипом...

В то же время каждое его утро начиналось с приступа тоски и желания бежать не оглядываясь; с непроизвольного вздоха — мечты: смыться из *кырдо*, прыгнуть в поезд, примчаться домой... Вот только денег у него не было ни копья. Все деньги честно отдавал Папуше — за учение, и она забирала их, как и договорились, похрустывая бумажками и неизменно твердя своё:

— Ты бы мне лучше — серёжки... с зелёным камушком.

Может, и вправду ждала от него подарка? Может, тогда бы и отпустила с миром?

Он даже потерял счёт дням (часы, которые она сняла с его руки в первую ночь, сначала валялись где-то под периной, потом пропали бесследно). Понятия не имел, что будет дальше — через неделю, через две; никогда не знал — в какую сторону двинется табор, и спрашивать считал неудобным и неправильным.

Он завяз одурелой осой в сладкой капле варенья; его вроде как одурманили. Впоследствии всерьёз подозревал, что Папуша его привораживала, не то каким-то питьём, не то запахами: может, маслом, что втирала в тело перед «уроками», может, свечками, которые всюду затепливала в стеклянных баночках. Поверить потом не мог, осознать не мог, что сам, запросто, за каким-то бродячим дьяволом два месяца болтался с цыганами по дорогам и просёлкам страны, совершенно не думая ни о будущем, ни о последнем (и самом ответственном!) учебном годе.

Раза три звонил маме из будок каких-то случайно попавшихся на глаза уличных автоматов, но едва она поднимала измученный голос («Господи, да где же ты, что с тобой творится?!») — немедленно вешал трубку. И хотя ежеутренне просыпался со стоном и безмолвным заветным именем где-то в глубине гортани, в груди, в сведённом желудке... — продолжал тянуть и тянуть день за днём эту окаянную, чуждую ему жизнь, словно был каким-то кавказским пленником в железных оковах, прозябавшим в яме в ожидании спасения...

В один из дней конца августа табор оказался на станции Шахунья; ждали кировский поезд, в котором ехала часть *своих*. Из Шахуньи они должны были пройти через Сухобезводное в Балахну, где председатель местного совхоза уже много лет нанимал цыган косить, скирдовать и перевозить сено. Получали они те же трудодни, что и колхозники, но не деньгами, — откуда деньги в совхозе? — посудой, тканями, — всем, что могло пригодиться в хозяйстве табора.

Сидя на траве чахлого вокзального скверика и разглядывая деревянное здание вокзала, Сташек вдруг вспомнил, как батя, вернувшись после трёхдневной инспекции по местной желдорветке, шутил за ужином: звучит, мол, забавно — «Шахуньёвский район». Таким названием и ругаться можно.

«А кто там начальник?» — спросила мама, и батя презрительно отозвался:

«Да какой он начальник? Город молодой, построен зэками. Вот начальника колонии и перевели автоматом на станцию... А ничего тяжелее хера он в руках сроду не держал!» Отец опрокинул в рот ежевечернюю стопку водки и добавил: «Жалко его стало: многодетный... Кое-что втолковал, натаскал маленько. Ну и зама толкового подыскал».

Цыгане поднялись, как галки, прошли на перрон — вдали показался состав, медленно приближаясь к вокзалу.

Вдруг — как толкнули его! — Стах припомнил, что ведь кировский идёт в Питер через Вязники, Владимир, Москву... Ага, через Вязники идёт! И если сейчас дождаться, пока группа прибывших в нём цыган выйдет из вагона, и на последней минуте метнуться, взлететь по ступеням в...

Оглянулся, и — будто оплеуху ему залепили — наткнулся на пристальный взгляд стоявшей рядом Папуши. Странно она глядела: насмешливо, печально, понимающе... — насквозь видела! Мотнула головой в сторону вагонов и сказала:

— Беги!

— Как?! — оторопел он и страшно обрадовался, что она — гонит его, и оскорбился, что — гонит. — Как, почему — сейчас?

— Да потому что давно кончилось твоё учение. Всё уже ты умеешь... Беги, а то не пущу. Ещё влюблюсь в тебя, проклятого.

— Но... деньги ведь, долг мой...

— Да ты мне сполна заплатил, милый, — сказала она, улыбаясь и качая головой, и беззвучно прозрачно плача. — Я наше расставанье давно наметила, только тянула: ещё денек, думала, ещё недельку со мной побудешь. Только нельзя это! Против правил. Я же вижу — у тебя душа натянута, как струна. Ещё чуток, и лопнет... На вот, тут деньжат сколько-то... на билет, — и, достав из-за пазухи две трёшки, ещё тёплые от груди, сунула ему в руку.

Он стоял обескураженный, обиженный: так просто она от него отказалась? И подумал: а ведь тебе всё надо вместе, сукин ты сын, — и её, и Дылду твою ненаглядную...

— Папуша! — выдохнул благодарно, чуть не плача.

Сейчас ему уже было стыдно за свои мысли, за то, что обвинял её в колдовстве. Какое там колдовство: ты прилепился к ней, к её жаркому телу, к древней женской его мудрости. А сейчас — не оттолкни она тебя, так бы и таскался по вокзалам за табором, за её цветастой юбкой, за её шёлковой зелёной рубахой.

— Погоди, вот, — спохватилась она. Вынула из кармана коробочку, открыла... Там тесно лежали два обручальных кольца цыганского золота, — поблёскивали на солнце.

— Это вам, — сказала. — Ей и тебе. Подарок от меня. — И засмеялась: — А ты-то так и не подарил мне серёжки с зелёным камушком!

Он бросился к ней, крепко обнял.

— Сердце моё! — крикнула она. — Беги, беги... не успеешь...

Он метнулся к составу, вскочил на площадку, крикнул:

— Папуша! Я никогда тебя... я...!!!

Она махнула рукой, голову нагнула и пошла по перрону прочь, не оглядываясь...

* * *

...И всё было как в том ужасном сне, когда прямо с вокзала, не заходя домой, не показавшись маме, он примчался к Дылде, и в кармане его лежала коробочка с их обручальными кольцами из цыганского золота. И стоял, и стоял у крыльца, ни черта не понимая: почему всегда весёлый и открытый дом заперт, ни огонька за окнами, и где все они — вся семья? Но главное: где сама она, Дылда?!

«Где её носит!!!» — в ярости, в дикой ревности цедил сквозь зубы, словно забыл, что самого где только не носило, что сам-то ещё прошлой ночью катался с Папушей по жарким её перинам! Словно забыл, как только сегодня, стоя в продуваемом тамбуре, плакал о Папуше, с весёлым отчаянием поторапливая поезд — скорее, скорее к Дылде!

Он бы рванул в музей к дяде Пете, выяснить, что и как, но боялся, что лишь отойдёт, как появится Дылда собственной персоной. А вдруг появится в сопровождении какого-нибудь влюблённого гада?! Вот и пригодятся его кулаки... вот и пригодятся!

Но когда она всё-таки появилась, когда возникла на углу в мертвенной просини августовских сумерек — он её не узнал: ссутуленная, исхудалая, волосы стиснуты сзади в неряшливый хвост; в руках — огромная хозяйственная сумка. И смотрит как чужая, словно бы сквозь него, Стаха: взгляд тусклый, а в лице какая-то отупелость. Не узнала? Правда, он в таборе весь зарос — и волосьями, и настоящей мужской щетиной — страх посмотреть. Может, надо было сначала — в парикмахерскую...

Ноги его отяжелели, всё внутри обмякло.

— Это же я... — проговорил, не смея к ней шагнуть, ничего не понимая. — Вернулся, вот... Я же ради тебя... я всё теперь умею! Теперь у нас всё будет как надо!

Мимо прошла, не оборачиваясь. На крыльце как-то по-бабьи взвалила тяжёлую сумку за спину, достала ключ, отворила дверь, вошла в дом и заперлась.

...Как истукан стоял он, не в силах одолеть этот тягостный морок. Больше всего его поразило, что в доме не зажгли света. Ни лампы, ни свечки, ни фонарика, ни искорки огня! Будто, войдя внутрь, она сгинула там без следа, будто тёмный дом сожрал её, переварил, растворил в своей загадочной безмолвной утробе.

Его подмывало броситься к двери, заколотить, замолотить по ней кулаками, заорать, долбануть ногой... Что, что можно делать там одной в темноте?!

...только плакать. Она и плакала: тихо, безнадёжно, сутулясь за маминой швейной машинкой, которая уже никогда, никогда не застрекочет под мамиными руками.

И Стах, пропавший из её жизни на целых два месяца, оторопелый и раздавленный, стоявший по ту сторону двери, — просто не мог знать, что за это время случилось многое, и главное: они сравнялись в сиротстве. Что, так же как и он — отца, она внезапно, в считаные минуты, потеряла мать. Только в этом горе его не оказалось с нею рядом.

* * *

Мама скончалась за праздничным столом, в шестнадцатый день рождения Надежды: и было это как в страшном сне, после которого просыпаешься в холодном поту и ещё долго бормочешь: слава-богу-слава-богу, — твёрдо зная, что в жизни такого просто не могло произойти.

Но — произошло.

Уже подали десерт — ореховый пирог и фрукты; Аня с Надюхой сновали вокруг стола, разно-

112 сили десертные тарелочки, и к ним — мамины любимые мельхиоровые вилки с красно-зелёными эмалевыми попугаями на ручках. (На стол «попугайчики», обожаемые детьми, подавались в исключительных случаях, мама считала, что эмаль стирается.)

Мама пробовала сливы и нахваливала:

— Надо же, крупные какие, ты пробовал, Петя? Правильно я взяла два кило. И мягкие такие, и, главное, слад... — и, захрипев вдруг, задёргав головой, потрясённо вытаращив глаза, мама — нарядная и красиво накрашенная, с причёской, сделанной в лучшей парикмахерской города, — сползла на пол в окружении целой толпы людей: тут и муж, и дети, и гости, и кое-кто из соседей, — всего человек двадцать. (Дни рождения у Прохоровых считались самыми главными, неотменимыми праздниками...)

«Скорая» приехала довольно быстро, но оказалась — так, чем-то вроде почётного караула; мама уже не дышала... Врач объяснил оглушённой семье: сливовая косточка в дыхательное горло... Бывает, к сожалению. Вы и представить не можете, насколько часто.

«На миру и смерть красна», — приговаривала на поминках одна из соседок. Другая вздыхала и вторила: «Рано, конечно, зато какая лёгкая смерть у Танечки — и празднично, и вся семья вокруг...» Третья подхватывала: «И такая красивая в гробу лежала, и стрижка новая — будто готовилась!»

Папка в ответ на это цедил сквозь зубы:

— Дуры, курицы, идиотки народные! — и без конца плакал, и на похоронах, и на поминках, и на девятый день... Плакал, ничуть не стесняясь ни соседок, ни собственных детей: «Дети мои, ангелочки мои... Сиротки мои...»

Хотя под титул «сиротки» подходила, пожалуй, одна только школьница Надюха. Старшие были уже взрослыми людьми, каждый жил своей натруженной жизнью — кроме Димы, бедненького: тот много лет находился в специальном интернате «для безмозглых» — так, понизив голос, добавляла Анька, которой на язычок попасть — мало не покажется. (Дима, бедняга, никого не узнавал, распух и совсем потерял свою восточную красоту, да ещё и чесался весь — от лекарств, что ли, или тик это такой?.. Но папка с мамой непременно навещали его каждый месяц, а что сейчас будет — кто его знает.)

Старший брат, Кирилл, лет пять как жил своей семьёй в далёком Мурманске, куда его после института увезла жена — на свою родину. Прижился там, в тундровых сопках, работал механиком в порту и всем был доволен; по телефону зазывал к себе родителей, полюбоваться на красоты Кольского, заодно и с внуками познакомиться — с двухлетними близнецами.

Люба, третья по возрасту (если считать несчастного Диму), — тоже семейная, мать двух девочек-погодок, — жила в Твери и возглавляла армию бухгалтеров на каком-то продвинутом фармацевтическом предприятии. А Богдаша — пострел, которого мама когда-то привязывала вожжами к столбу, чтоб не убежал... о, Богдаша

114 стал знаменитостью! Вся его прыть, всё нетерпение в ноги ушли, в футбол. Закончив детскую спортивную школу, он несколько лет играл нападающим в «Торпедо» во Владимире, а три месяца назад его переманили в столичное «Торпедо». Вся семья гордилась своим футболистом, а мама — та даже купила отдельную папку, в которой хранила две вырезанные заметки из раздела спортивных новостей областной газеты, где Богдашу называли самым перспективным форвардом будущего футбольного сезона.

Вот и Анечка тоже: поступила в химико-технологический техникум во Владимире, успела познакомиться и подружиться с *основательным* аспирантом Ромой и правдами-неправдами отхватила себе место в общежитии. Она всегда была такая: напористо-обаятельная.

Грешно так говорить, но мама будто подгадала умереть именно к нынешней осени, когда младшие, внезапно повзрослевшие дети переступили некий житейский порог, а дом на улице Киселёва, всегда переполненный буйной горластой и хохотливой жизнью, затих и словно присмирел, — пустоватый и скучноватый. «Совсем семья обмелела», — вздыхала сама Таня...

И вот её тоже нет...

Нет больше мамы, молчит «зингер», скучают домашние растения в кадках. И не то чтобы не поливали их — а просто у мамы была такая заботливая «зелёная» рука — её даже растения любили.

После грустных, грустных похорон все старшие разъехались по своим делам и своим городам — жизнь-то не остановишь. Анечка, само собой, тоже умчалась во Владимир, полная забот и планов: готовиться к началу учёбы, обустроиться в общежитии; первый учебный год — не шутка. Ну, не могла она дома застрять! Да и зачем? С папкой Надюха остаётся, девка она ответственная, значит, за него можно не волноваться. Какие возражения?

Никаких, по сути. Кроме одного: волноваться за папку очень даже стоило. Он, который всю жизнь проповедовал умеренность в привычках и желаниях, в том числе и в спиртных искушениях... — он запил по-чёрному. Не мог понять, не мог принять самоуправство судьбы. За что?! Почему?! Сейчас, когда жизнь так правильно обустроилась, налилась уже накатанным счастьем, любимой работой, житейской радостью при мыслях о выросших детях, ожиданием ещё не скорой, но уютной старости?!

Папка запил и пошёл вразнос: неделя, другая... месяц прошёл в отупелом тумане. Когда приходил в себя, виновато лепетал: «Ты потерпи, ангел мой... Я очнусь, вот увидишь, я возьму себя в руки... Когда я в дыму, со мной мама говорит... И я отзываюсь. А так я ж её больше и не услышу...»

Он опух, почернел и уже не вставал с дивана в мастерской. Надежда стаскивала с него, беспамятного, обмочившегося, штаны и бельё, подстилала клеёночку, как под младенца, мыла его, переодевала, стирала-гладила...

И что ж это за наказание для девчонки, вполголоса говорили меж собой соседки, — обмывать естество родного отца!

116   Она выбивалась из сил. Почти перестала есть — не хотелось... Не справлялась с уходом за крупным, тяжёлым телом отца и стыдилась попросить у кого-то помощи.

Словом, когда к нему уже и войти нельзя было от тяжёлого запаха, по настоянию директора музея (тот явился проведать Петра Игнатьича, выяснить — отчего он никак не выйдет на работу, и был огорошен картиной этого распада) Надежда вызвала наконец «скорую».

Увозили папку в Народную больницу на носилках, и врач говорил:

— Что ж ты, красавица, припоздала... Такие вещи запускать нельзя. Давно надо было в набат бить.

А как бить в набат, когда и людей стыдно, и папку жалко, и каждый день надеешься, что завтра станет полегче. А главное, не признаешься же врачу, что ты, мол, не хотела их разлучать — папку и маму — и сама на его мольбы потихоньку таскала это проклятое зелье, лишь бы не плакал он, не звал свою Таню, а беседовал с ней, хотя бы и в пьяном бреду.

Каждый день с утра она уходила в больницу, сидела рядом с койкой отца, следила за капельницей, читала не пойми что, бессмысленно гуляя глазами по строчкам книги, завалявшейся в рюкзаке; вскакивала на слабый его зов, подкладывала судно, выносила, обтирала тощее тело влажной пелёнкой...

Она забыла, что в её жизни был Аристарх, забыла разузнать — куда он делся, и груз своего разнообразного горя просто волокла изо дня в день, сутулясь, медленно к нему привыкая. Сама себе она казалась таким кладбищенским пригорком, на котором берёзки да ёлочки пускают медленные корни в беззащитную глубину. Ядром её горячей боли оставался папка, его она тащила, его вытягивала, выносила из беды, догадываясь, что настоящая повседневная схватка с бедой для него лишь начнётся, когда — исхудалый, подавленный и трезвый — он вернётся домой, чтобы привыкать жить (не так уж и долго, впрочем) без жены, в опустелом доме, вдвоём с последней дочкой.

Глава 5
ЮНОСТЬ

Как вспомнишь, чего только в их юности не уместилось! Как задумаешься — почему неистово и неизбежно сплелись в ней любовь и самые главные в жизни потери? Почему проросли друг в друга — не разнять! — тоска расставаний и счастье первого пробуждения вместе в шатре наклонённой ивы, — когда на всю ночь они остались на своём Острове.

И ничем, и никогда уже не стереть из памяти обоих ни холодного песка, ни блеска золотой луны, раздробленной ветвями, ни шороха мерно катящейся реки, ни соловьиного рассвета.

Её тело светилось, как лампа, и грело его, и плавилось, растворяя в себе до сладкого изнеможения, до терпеливого и преданного его ожидания — когда же, когда она *запоёт*... И — ах, как она наконец закричала — запела: изумлённо, изнутри, впервые, всем телом, горячим животом, пульсирующей грудью, изгибаясь голосом мощной дуги и всё длясь и длясь под ним, постепенно замирая, стихая... — так что шелест ветвей подхватил этот вздох и всё звучал и дышал, и перебирал-перестирывал воздух над их распростёртыми влажными телами.

* * *

В эти именно месяцы заболела и стала медленно умирать Вера Самойловна Бадаат. К тому времени она как-то смиренно и необратимо поддалась старости, оставила уроки пения в младших классах, но оркестром ещё дирижировала, не желая сдавать последних позиций. «Умру на сцене, — говорила, — под аплодисменты».

Так или почти так и вышло.

Выступали на ежегодном Всероссийском празднике песни. Мероприятие ответственное, с традицией, да и место особенное: Фатьяновская поляна — просторная площадка с большой эстрадой среди берёз.

Как всегда, широким полукругом расставлял поодаль свои лавки и навесы Город мастеров, со всеми видами местного рукоделия. И такая живописная пестрота заполоняла все эти столы и лавки, что сердце радовалось, а у приезжих, и даже у местных, привычных, казалось бы, к этому набору чудес, глаза разбегались и рука тянулась к кошельку. Однако всего не купишь. Вот и стоишь, рассматривая это ярмарочное веселье, или просто ходишь вдоль рядов туда-обратно, сравниваешь, любуешься, прикидываешь, что выбрать: расписные деревянные ложки-плошки, лоскутные покрывала или половички из таких ярких

120 заплаток, — аж глаза разбегаются! А перламутровые шкатулки, а кружевное царство из Мстёры! Особенно кружевные вазочки — их для придания формы выдерживали в сахарном сиропе.

Бойкий, дружный праздник был: собиралось тысяч до пятнадцати народу, а исполнители наезжали самые известные — от Зыкиной и Бернеса до Золотухина и Хворостовского. Ведь на стихи Фатьянова кто только из композиторов не писал задушевных песен. Тут и память напрягать не надо, все они с детства на слуху, ну-ка, подпевайте: «Где же вы теперь, друзья-однополчане», «Если б гармошка умела...», «Соловьи, соловьи...», «Три года ты мне снилась...» — да места здесь не хватит всё перепеть! Сто десять песен — прикиньте-ка! А напоследок — конечно же, вот эта, родная-домашняя, справедливо любимая вязниковцами: «В городском саду играет ду-уховой оркестр...»

Кстати, духовые оркестры в этот день проходили по улицам один за другим, потому как, повторим, много их было в городе.

И наш школьный, тоже примечательный и уважаемый в городе оркестр, как всегда, блистал и гремел, исполняя попурри из песен Фатьянова. Юные солисты, пришедшие на смену прежним выпускникам школы, старательно выводили свои партии, а вечная старуха Баобаб — в своём не сносимом мужском пиджаке и чёрной бабочке — привычно махала и махала дирижёрской палочкой... И посреди самого яркого «тутти» оркестра — «Первым делом, первым делом самолёты!» — пауза... — «Ну а девушки?..» — вдруг качнулась, уронила руки...

(«В башке замутилось», — объясняла потом Стаху.)

...и стала оседать на деревянный помост...

Оркестр и хор разом сдулись и протяжно охнули. Уже ребята постарше бежали к ней — подхватить, уже ковылял по поляне, тряся брюхом, администратор мероприятия Афанасий Львович — звонить в «скорую»... Ну и далее по известному сюжету, с носилками да под сочувственные вздохи, понеслось спасение старухи, вплоть до койки в третьей палате отделения интенсивной терапии Народной больницы...

...где Стах её и нашёл.

Вера Самойловна лежала у окна, за которым росли старые липы и молодые ёлочки. Она была оживлена и настроена на скорую выписку. Сказала:

— Удачно, что я гигнулась в городе, а то бы куковала сейчас в нашей поселковой богадельне. Вид из окна здесь, конечно, чудесный, — ты обратил внимание, какие роскошные липы? Мы ещё погуляем, конечно. Но долго валяться я не намерена.

Обитательницы остальных пяти коек с интересом разглядывали Стаха, гадая — кем он приходится старухе, — внуком, что ли? Уважительный: «вы» бабке говорит.

— А придётся поваляться, — невозмутимо отозвался он (уже беседовал с врачом, знал результаты анализов: скверные по всем статьям). — И не советую скандалить.

122 — Ты с ума сошёл? У нас только три репетиции до заключительного концерта!

— Лежите смирно, — вздохнув, проговорил он, подтягивая на старухе одеяло и приподнимая подушку под её головой. — Что скажет доктор, то будем делать.

— Молодец, — вдруг подала голос старушка с соседней койки. — Правильно говорит. Он и сам доктором будет.

— Это Эльвира Самойловна, — пояснила Баобаб. — Моя *отчая тёзка*. Культурная женщина! Всю жизнь заведовала аптекой, потому никаких лекарств, кроме соды, не принимает... С чего вы решили, что он будет доктором?

— А похож, — отозвалась та. — Серьёзный такой, и руки заботливые.

— Это он дурака валяет. Вообще-то, он музыкант, и недурной, играет на английском рожке...

— Когда это в последний раз я на нём играл! — хмыкнул Стах.

* * *

На самом деле он удивился проницательности Эльвиры Самойловны, «отчей тёзки». То ли угадала, то ли, желая похвалить, не придумала — аптекарша! — другой профессии. А может, просто подвернулись на язык приятные слова?

Он ведь с детства знал, что станет медиком.

Как ни странно, на выбор этот повлиял батя, — вернее, случай, произошедший в один из воскресных дней, когда в очередной раз они возвращались из своей железнодорожной бани, которую батя уважал за «сухой пар». Он задержался тогда в буфете — пиво пил со Славой Козыриным. Десятилетний Сташек, уже демонстрирующий норов, ждал-ждал, да и заскучал. И, разозлившись на батю, отправился домой самостоятельно. Обогнув здание вокзала, свернул во двор и чуть не споткнулся: на асфальте поперёк дорожки валялся незнакомый пьяный (ну да, воскресенье!). Мужик корчился и что-то мычал... Сташек брезгливо переступил через него и пошёл себе дальше — дома ждал воскресный обед.

— А где отец? — рассеянно, через плечо спросила мама, перемешивая ложкой салат. — Я ж просила к обеду не опаздывать. У меня репетиция ровно в три.

Батя ворвался минут через пятнадцать — бешеный, с перекошенным лицом, дышал как паровоз. Бросился к сыну, в ожидании обеда засевшему с книжкой на диване, навис над ним и резко развернул к себе. Батя, в сущности, очень редко физически воздействовал на сына — так, отвесит лёгкий «поджопник» (по лицу и по голове никогда не бил), — и этого хватало. И голоса никогда не поднимал — не требовалось. Но тот свистящий шёпот, которым он сейчас заговорил с сыном, оглушил мальчика гораздо больше, чем оплеуха:

— Ты видел... там, на станции... человек лежал?

Стало так тихо, что «тик-трак» больших настенных часов затарахтел над самым ухом. Сташек поднялся с дивана, робко пытаясь не то что оправдаться, просто объяснить... Почему-то оцепенел от страха, ещё ничего не понимая.

124 — Лежал, мычал и дёргался?!. — перебил отец тем же зловещим шёпотом.

— Бать... это ж... пьяный какой-то...

— Дуррррак!!! — загремел батя. — Это эпилептик. Приступ его свалил! Ты что, не заметил пены у рта?!

Сташек молчал, не в силах выдавить ни слова, ни глаз поднять на отца.

Тот вышел, хлопнув дверью. Не стал обедать. И притихшая мама (её-то за что наказал?) с совершенно подавленным сыном быстро и неинтересно поели, заглатывая борщ ложку за ложкой и опасливо поглядывая на входную дверь.

А вечером, уже другой, сосредоточенный и спокойный, батя вошёл в комнату к сыну, сел напротив и подробно объяснил — как помогают при эпилептическом припадке. Так же обстоятельно всегда растолковывал ему *ситуации и положения*, в которых считал «жизненно необходимым (его любимое присловье) знать, как следует действовать».

Как грамотно спасать тонущего.

Как делать искусственное дыхание.

Как наложить шину на сломанную кость.

Однажды на Клязьме, на рыбалке (Сташеку было лет двенадцать), он преподал ещё один важный урок. Вытащив здоровенного серебристого красавца-леща, вдруг велел Сташеку отсечь тому голову, распороть брюхо и распластать рыбину.

— Что там видишь внутри? — спросил, не поворачивая головы, напряжённо глядя на воду.

Внутри рыбы оказался вязкий вонючий белый порошок. Сташек потрогал его и брезгливо вытер палец о штаны.

Батя кивнул на противоположный берег:

— А теперь глянь туда...

На том берегу вдоль зарослей камыша ползло по воде большое белое одеяло.

— Удобрения, мать их! Минеральные... — Он сплюнул. — Никто их не использует, вот и привозят сюда и сваливают в реку. Сматывай удочки — конец рыбалке на Клязьме!

И всю обратную дорогу матерился, успокоиться не мог, припоминал ещё и ещё «безобразия»:

— Болота осушили! Да вы хоть знаете, мать вашу, что без болот ручьи и речушки захиреют. А на них — тысячи плотинок и запруд, чтоб вода скапливалась, отстаивалась, а уж потом — в Клязьму, на радость стерлядочке! Ну, теперь — всё: Клязьме — конец, Мещёре — конец... Стране — конец!

Примерно в то же время он, батя, выписал для сына два «толковых», по его мнению, журнала: «Науку и жизнь» и «Химию и жизнь». Выписал, конечно, не на домашний адрес, а в желдорбиблиотеку, что было для него характерно: не один ты на свете, пусть люди пользуются. (Пользовались, впрочем, три человека: Сташек с мамой и закройщик городского ателье Вадим Вадимыч.) Сташек любил и прочитывал от корки до корки оба журнала, но особенно уважал «Химию и жизнь», считая его более «прогрессивным». Материал там подавали броско, *стильно*: с иллюстрациями в духе завораживающе-странных композиций Сальвадора Дали. Так что с химией он познакомился раньше школьного курса. Одни лишь *бензольные кольца* на какое-то время стали камнем преткновения,

126 но потом он и их осилил. А Перельман и Ландау с Китайгородским вообще долгое время были самыми важными *людьми-книгами*. Всё это вместе, плюс многолетняя дружба с Верой Самойловной, накопило годам к пятнадцати странноватый для его возраста нарост избыточной, хотя и несколько отрывистой эрудиции в самых неожиданных областях знаний. Примерно в это же время он оказался записан в Учительскую библиотеку. А как туда попал — тоже история.

Учился Сташек, не особенно себя обременяя: устные домашние задания игнорировал, к письменным снисходил время от времени. Школьный курс разных предметов пролетал между прочим, легко лавируя меж островками фактов, открытий, биографий и прочих сведений, добытых из разных книг и осевших в голове как попало — так стая перелётных птиц рассаживается передохнуть на крышах сараев, на кронах деревьев и на лодках у воды. Это касалось и языков. В школе преподавали только немецкий, и не то чтобы он старательно его зубрил, но когда загорелся прочитать Генриха Бёлля, то и прочитал — в подлиннике, со словарём; только такой и отыскался в библиотеке, а прочитать хотелось. Он прилично говорил и читал по-французски. Однажды Вера Самойловна целых три месяца демонстративно общалась с ним только по-французски, объявив это «сессией погружения в стихию языка». Он пытался восстать, огрызаясь по-русски, но в конце концов смирился, и вскоре обнаружил, что в бытовом разговоре уже с большей лёгкостью подыскивает нужные слова, а порой так и шпарит готовыми штампами. Но мечтал-то он об английском, и потому нашёл самоучитель, в котором медленно продирался сквозь надолбы абсолютно, считал он, идиотской грамматики.

Сидя за партой, всегда держал на коленях какую-нибудь книгу. Если учителя это замечали и требовали повторить только что сказанное, он повторял — практически дословно. И на него махнули рукой...

Хотя однажды Стах угодил на «проработку» в кабинет к директору школы Валентину Ивановичу — по забавному поводу: из-за «Руслана и Людмилы», вернее, из-за иллюстраций И. Я. Билибина к данному произведению А. С. Пушкина.

Там на толстой ветви узловатого дуба, в полном соответствии с текстом поэмы, сидела девица с мясистым, раздвоенным, как у щуки, хвостом. И опять же, в полном соответствии с текстом поэмы, Прасковья Сергеевна называла девицу «русалкой».

Сташек поднял руку и сказал:

— Это не русалка. Художник маху дал. У славянских русалок были ноги как ноги, а это — нимфа.

Прасковья Сергеевна залилась румянцем, бросила на стол ни в чём не повинную книгу — так что самописка подскочила и подкатилась к краю стола. Ребята замерли, глядя на пылавшее гневом лицо учительницы: видно, кончилось её терпение выслушивать мнения этого наглеца. Ведь началось всё давным-давно, когда они Тургенева проходили, незабвенную «Муму». Сташек тогда невинно поинтересовался — отчего же Герасим, вместо того чтобы топить любимого пса, не сбежал с ним в родную деревню?

128   Прасковья Сергеевна оторопела тогда, задумалась... и потом долго и многословно пыталась ответить на этот простой, в сущности, вопрос, который так и повис над головами учеников.

А уж с нимфой... то есть с русалкой этой... Уж Билибин-то, выдающийся мастер книжной графики... И вообще, кого интересуют эти физиологические различия мифических... девушек?!

— Да кто ты такой, — критиковать тут известных советских художников?! — выкрикнула она, полыхая лицом. — Ты сам-то что собой представляешь, псевдоэрудит несчастный?!

Псевдо... э... в общем, хорошо припечатала. Вероятно, годами копившаяся неприязнь взыграла, подсказав Прасковье Сергеевне острое и очень обидное почему-то словцо.

Влепила двойку и погнала к Валентину Ивановичу.

Впоследствии эта самая «двойка по нимфе» сыграла свою роковую роль: из-за пониженной четвертной отметки Сташеку не досталось золота. Серебро — оно тоже почётно, конечно, и мама успокаивала: мол, чепуха, к настоящей жизни всё это отношения не имеет. Но он-то знал: имеет. Ещё как имеет золото отношение к жизни — в самых разных своих видах и ипостасях. Ему, например, пришлось сдавать вступительные экзамены в институт, и он сдавал, и сдал как миленький.

А в тот незадавшийся день он стоял перед столом в кабинете Валентина Ивановича и бубнил своё унылое объясняло: Билибин, русалки, традиция, то-сё... извините, больше не повторится... Хотелось поскорее уйти: до конца урока оставалось минут десять, и в класс можно было не возвращаться — покурить за школой.

— А вот у Репина в картине «Садко» русалки тоже с хвостами, — вдруг заметил директор задумчиво.

— А у Маковского и у Крамского — нет! — запальчиво возразил Стах. — Они, наверное, сначала изучили историю предмета. Врубель — тот скрыл в воде нижнюю часть тела. Может, не был уверен, а может, просто, композиция картины требовала... — Он оборвал себя, подумав, что вот, опять выглядит наглым выскочкой. Добавил только: — Хвостатая нимфа — это, скорее, европейская традиция. Андерсен... и так далее...

Оба они помолчали.

— Тебе клубной библиотеки хватает? — неожиданно спросил Валентин Иванович.

— Нет, — ответил Сташек почти обрадованно. Он был записан и в фабричную, и в железнодорожную. Обе — скудноватые, обе прочитаны вдоль и поперёк, обе стали ему катастрофически малы.

— А что нужно?

— Античную литературу, — быстро проговорил он. — Например, поэму Лукреция Кара «О природе вещей».

К тому времени он уже норовил вместо «художки» взять что-нибудь «более питательное». Демокрита потом использовал для доклада по физике.

Валентин Иванович вырвал из блокнота листок, что-то на нём нацарапал и пустил пальцем по столу. Листок взвился, Стах его обеими руками цапнул.

Это оказалась птица счастья: лёгким отрывистым почерком в двух словах там значилась личная просьба к директору городской педагогической библиотеки (в просторечии — «учительской») — в порядке исключения внести Бугрова Аристарха в список постоянных читателей.

Вот где было раздолье!

Странное и замечательное оказалось книжное святилище, явно не для советских учителей; будто неким тайным указом обобрали академические библиотеки по городам и весям, изъяв всё редкое и ценное.

Добирался Сташек туда пешком: сбегаешь от оврага к центральной площади, пересекаешь её, поворачиваешь направо — за первым же переулком открывался дореволюционный двухэтажный особнячок с кое-где сохранившейся лепниной. По лестнице — каменной, с перилами стёртого дерева — взлетаешь на второй этаж, а там просто: стойка для посетителей, по обе стороны от неё — картотеки, за стойкой — читальный зальчик мест на пятнадцать-двадцать. А вот уже за ним — стеллажи, стеллажи, стеллажи... — улицы и переулки из книжных корешков, ведущие в глубь заповедной страны (а здание — глубокое!). По этим улицам и переулкам Сташек бродил часами.

Здесь хранились подшивки журналов двадцатых годов; в «Интернациональной литературе» Стах обнаружил «Улисса» Джойса. На дом такое не выдавали — читай здесь. И он приходил и читал, вернее, продирался, то и дело зависая в мерцающем мороке длинного дублинского дня.

Там же наткнулся на кумачовое собрание сочинений Ильфа и Петрова, где обрёл город Колоколамск, не включённый в позднейшие собрания вплоть до конца восьмидесятых.

Нашлись и классики римской литературы — те самые «двойные» дореволюционные книги: оригинальный текст на латыни — слева, перевод — справа. Он собирался к мучительному преодолению какой-то неизвестной вершины... и с изрядным удивлением обнаружил, что свободно оперирует многими словами и фразами на латыни, причём «источником» этого вновь оказалась Вера Самойловна. Это её громогласные: «Повтори дважды этот жалкий пассаж, что за «ля́пис оффэнсио́нис»! (Камень преткновения.) Или: «Позорно проскочил эту фразу. Куда ты мчался?! Ну-ка, снова, и «ле́гэ а́ртис»!.. (По всем правилам искусства.) А сколько раз после урока, заварив свой безумный чифирь и намазывая масло на ломти белой булки, она произносила назидательно: «Литтэра́рум ради́цэс ама́рэ, фру́ктус ду́льцэс сунт!» (Корни науки горьки, плоды — сладки.)

...Кстати, потом — в институте, на зачётах — этот домашний, бренчащий старой медью багаж пословиц и изречений пришёлся весьма кстати.

Библиотекарши — две бывшие учительницы пенсионного возраста — работали посменно. Поначалу он их даже не различал, принимая за сестёр. Обе худые, сутулые, с седыми клубками на затылках, они — ради смеха, не иначе — ещё и путались именем-фамилией. Одну звали Кира Васильевна, у другой фамилия была: Кирова. За глаза обеих так и звали: Кира Кирова. Душевные старушки, повидавшие за свою педагогическую жизнь невероятное множество характеров и судеб, детей они *прочитывали* мгновенно. Низкий им поклон за то, что с первого же дня, с первого взгляда сквозь очки перестали что-либо рекомендовать «соответственно возрасту» этому бычку-недомерку, просто запустили в закрома — бродить, листать и выбирать. Бодаться с самим собой. Пережёвывать на свободе самостоятельно добытый подножный корм. Со временем так привыкли к нему, что подкармливали буквально: поверить не могли, что он такой худющий «от природы». Всё им казалось, лишний бутерброд может спасти мальчика от голодной смерти.

В этих драгоценных, потаённых странствиях он наткнулся на «Грамматику фантазии» Дж. Родари, трактат о туалетах с древности до наших дней, на «Разговор о стихах» Эткинда. Нашёл и проглотил за два дня «Алхимию слова» Парандовского. Из физики — отыскал Ландау с Китайгородским и книг пять по теории Эйнштейна; обнаружил «Мнимости геометрии» — избежавший «чистки» том Павла Флоренского

А главное, в свободном доступе там находились неохватные залежи *научпопа*, причём увлекательного, доступно написанного... Огромный раздел замечательных книг, писанием которых зарабатывали на жизнь «прикрытые для науки» умницы под псевдонимами. Одна из таких, потрясших его, книг оказалась без обложки и без автора; в ней рассказывалось о различиях в домашнем обиходе эллинов и римлян: дом, еда, раб как член семьи; обучение и развлечения... Помнится, потом он долго обдумывал: какими разными они были, греки и римляне, и как же мучительно медленно в человечестве прорастает милосердие!

Глава 6

КОЛОКОЛА

— Смотри-ка, что у меня тут есть... — сказала Вера Самойловна, слегка кивнув в сторону тумбочки, на которой лежала какая-то книга. — Наследство... Эльвира Самойловна оставила, «отчая» моя тёзка. Вчера отмучилась... Просыпаюсь утром, а её уже на каталке увозят. И так резво повезли, с ветерком... Жаль, мы как-то... подружились, столько всего обсудили, поспорили. Представляешь, она оказалась неистовой сталинисткой, антисемиткой, почище Клавы Солдаткиной... В своём роде — «гений чистой красоты». Перед смертью, правда, дрогнула, взялась Евангелие читать. Потрясающий экземпляр: на полном серьёзе уверяла меня, что в нашей стране никогда никаких лагерей не было, что «эти позорные слухи плетут евреи». В общем, хорошо мы время провели... Вот бы и на тот свет под ручку отправиться, веселее как-то...

Её запавшие глаза задумчиво и ясно смотрели на Стаха из-под седых, каких-то встопорщенных, как у Льва Толстого, мужиковатых бровей. Седая щетина на голове, обычно выбритая чуть не под корень, проросла, и на лоб сейчас падал чуб, придававший Вере Самойловне слегка атаманский вид.

Он не успел удивиться тому, что впервые она заговорила о смерти, да так спокойно, обстоятельно, с доброй усмешкой. До того лишь отмахивалась и стремилась скорее «вернуться домой». Домой! Господи-боже-непостижимый: что такое «дом» в случае Веры Самойловны? Ну вот она и прекратила разговоры о скорой выписке и каких-то неотложных делах, поскольку с каждым днём всё яснее становилось — *какое дело* у неё самое неотложное.

— Знаешь, мне это *перемещение* представляется такой интересной авантюрой, и не сказать, чтобы нежеланной. Хоть куда-то податься... за пределы круга. В лагерях бывало: отмотал большую часть срока, годков пятнадцать, — вроде как и на волю рвёшься, и скоро уже, скоро! Но вдруг уже и... неохота. Сидишь и думаешь: на хрена мне эта воля сдалась... Так и у людей, так даже у целых народов бывает... — Она вновь кивнула подбородком на тумбочку с книгой. — Вон, Моисей водил беглых рабов по пустыне, родину им добывал, а они принялись базланить — мол, на хера ж ты нас взбаламутил, из домов вытащил, от привычной пайки... Да. Бывает и у народов. А Библия... Эльвира Самойловна говорила: семейная реликвия, от матери вроде осталась. Ты бы забрал её, Аристарх. Жалко: выбросят как пить дать.

Стах наклонился, потянул с тумбочки небольшой упитанный том, так ладно поместившийся в руке. Обложка твёрдая, тёмно-коричневая,

136 с оттиснутым золотым крестом. «Библія. Книги Священнаго Писанія Ветхаго и Новаго Завѣта въ русскомъ переводѣ». Раскрыл, отлистнул несколько тонюсеньких страниц папиросной бумаги: да, старая книга...

— Карманное издание, — пояснила старуха, скосив глаза на книгу в его руках. — И весьма любопытное. Там ведь 1889 год обозначен, верно? У меня в детстве такая же была.

Она помолчала и добавила, глядя не на Стаха, а в потолок:

— Папа ведь крестился, — как Рубинштейн, как многие... Иначе ему бы не видать оркестра как своих ушей... Тогда и жить-то в Питере разрешалось только крещёным... Что интересно: тут перевод не с греческого, а с первоисточника, с иврита и арамейского. Так что Синод на это дело смотрел косо. Если память не изменяет, ради этого издания некий священник-подвижник долго бодался с Синодом.

— Странно, — проговорил Стах, осторожно переворачивая почти прозрачные папиросные листы... — Мне эти ветхозаветные истории всегда казались полной чушью. В какие-то просто невозможно поверить.

— В какие же? — почти безучастно спросила Вера Самойловна.

Он пролистал ещё несколько страниц.

— ...В то, например, с какой готовностью Авраам вяжет единственного сына и заносит над ним скотобойный нож — во славу Господа...

— ...Но мальчик остался жив, не так ли? Всевышний подсуетился, и дрожащую руку полубезумного отца перехватил в замахе. И с тех пор были запрещены человеческие жертвоприношения. — Она дёрнула головой, казацкий чуб упал на глаза, и Стах наклонился и убрал его набок; на долю секунды показалось, что он не старухе, а ребёнку своему поправил волосы.

— Ты должен осознать величие этого прорыва в сознании, в морали некоего маленького народа, — упрямо чеканя слова, произнесла она. — Ещё и сегодня людей потрошат и коптят во славу очередного господа. А тут... почти четыре тысячи лет назад, в полнейшей кровавой мгле первобытного мира, когда в соседних племенах запросто, как поросёнка, резали первенца, чтобы заложить в фундамент дома — на удачу, — некая кучка людей совершает немыслимый скачок в установлении новой ступени божественного закона... К тому же это метафора, — добавила она усталым голосом.

— ...или взять этого Иакова, — продолжал он, как бы не слыша старуху, совсем как прежде, когда непременно возражал ей назло. — Работал за Рахиль семь лет, как вьючный осёл. Сто раз можно было сбежать с девчонкой! А когда отработал, ему всучили сестрицу. Ночью подсунули, и он её послушно покрыл, как овцу, якобы не отличив от сестры. Ни за что не поверю, чтобы в жизни он перепутал ту и эту...

Вошла медсестра Лидия, стала проверять капельницы на штативах, проговорила громко, задорно:

— Верочка Самолна! Как вы сегодня активно выступаете! И глазки острые. Это внук на вас такое влияние имеет?

— А ты понимаешь, — спросила Баобаб, глядя на Стаха сквозь мельтешащую Лидию, — *какая* то была древность? Когда наступала ночь, на людей обрушивалась глухая тьма. И если небо в тучах, то вообще полная темень — ни фонаря за окном, ни света фар.

— Прям как у нас в Болымотихе! — весело заметила Лидия. Сменила пакет на штативе и умчалась.

А старуха, кажется, завелась — вот она, сила духа на краю последнего вздоха. У неё даже слабая склеротическая сетка зарозовела на щеках.

— Не будь прямолинейным идиотом! — воскликнула она чуть ли не в ярости. — Включи воображение: окошки — крохотные, затянуты бычьими пузырями; ночью в комнатушке ни зги не видать. Как бы ты различил двух женщин одного роста — на ощупь?

— По запаху! — быстро, почти не думая, выпалил Стах, и горячая волна, как всегда, когда даже в памяти у него вставал одуряющий прохладный запах Дылды, окатила его всего. Он надеялся, что старуха не заметит.

— Сёстры... — медленно возразила она. — Родственные гены... У сестёр кожа излучает схожий запах, порой неотличимый.

— Я бы отличил! — упрямо повторил он.

Вдруг вспомнил Анну, сестрицу Дылды: миниатюрную пепельную блондинку с высоким голосом и манерой произносить слова будто она диктант диктует; вспомнил мелкие черты её лица, бледно-голубые, слишком светлые, слишком быстрые глаза. Ну как можно их спутать: этого пинчера и его Огненную Пацанку — его благоуханную, его рыжую любовь! «Чепуха, — подумал он, — библейский миф, старьё голимое...» И, хмыкнув, добавил:

— Только не говорите, что «всё это случится» со мной. *Этого* со мной уж точно не случится.

Вера Самойловна промолчала.

* * *

Разумеется, он прекрасно знал Анну, хотя, более взрослая, та всегда существовала *над* «мелюзгой», якобы не замечая младшую сестру с её вечным «хвостом». Сташек вечерами околачивался в *доме на Киселёва*, изрисовывал десятки блокнотов, разбрасывая по столу, прикнопливая к обоям, расставляя на полках портреты Дылды — то сидит она, то повернулась и что-то спрашивает, то надвинулась так стремительно, что прядь волос закрыла пол-лица. В восьмом классе (пик его художественных увлечений) к карандашным рисункам добавилась акварель, и вечно на кухонном круглом столе стоял гранёный стакан, внутри которого клубились серо-голубые и красно-золотые вихри, а к краям откинулись две-три кисти.

Разумеется, он прекрасно знал сестру Дылды.

С недавнего времени та училась во Владимире, в том же химико-технологическом техникуме, что когда-то окончила его собственная сестра Светлана. Домой Анна приезжала на выходные раз в две-три недели, время проводила, гуляя в своей компании, на приветствия отзывалась рассеянно.

Иногда, впрочем, она становилась как-то неукротимо общительна. Однажды, когда он зашёл за Дылдой (собирались в кино, а та запаздывала из бассейна), Стаху пришлось перетерпеть странную сцену: внезапный весёлый интерес Анны к бурьяну на его голове, который вечно пёр как на удобрениях, стриги его не стриги...

«Боже, вот это ку-у-удри! — приговаривала Анна, запустив в его волосы обе руки, будто надеясь выловить там рыбку. — Ита-алия! О Сор-р-р-енто! О со-о-оло ми-ио!..» Тянулась на цыпочках — игривая, миниатюрная, — шевеля всеми пальцами в его несчастной гриве (это было как нашествие бешеных тараканов!), а он стоял в прихожей — одеревенелый, опустив глаза в пол, слегка уклоняясь от её оживлённых ручек; молча молился, чтобы явилась Дылда и спасла его от этой пытки.

Как-то оказался с ней в одном вагоне электрички, но не подошёл — так только, издали кивнул (она полоснула по нему своими холодными, как у хаски, голубыми глазами); и чтобы не устремилась через весь вагон с ним общаться, достал из рюкзака книгу и демонстративно в неё уткнулся.

Ещё ему ужасно не нравилось, когда Анна принималась обкатывать на младшей сестре своё невеликое остроумие. То «Эйфелевой башней» назовёт, то пренебрежительно окликнет: «Эй, рыжий-конопатый!»

А не ревность ли это? — однажды пришло в голову. Не ревнует ли Анна папку к его любимице? И поправил себя: кстати, не папку, а отчима. Конечно, дядя Петя Аню воспитал, другого отца она и не знала, а он никогда не позволил бы хоть в чём-нибудь обделить кого-то из детей в пользу другого. Но... родное его отцовство, так ярко явленное в рыжей масти, и тщательно скрываемую нежность к младшей дочери Анна, конечно, не могла не чувствовать.

Вновь случилось встретиться однажды осенью, когда на выходные Стах с Дылдой решили махнуть во Владимир и Суздаль.

— Папка отпускает, только если остановимся у сеструхи, — потупившись, сообщила Дылда, и Стах весело подумал: «Эх, папка! Хороший ты мужик, но наи-и-вный... Нет, *своих* дочерей я буду пасти как овчара...»

(Почему-то, представляя будущих детей, он думал о дочерях. Две дочери. Нет, три! Три длинноногие дочери, домашний цветник огненно-рыжих пушистых затылков... У всех — золотые спиральки надо лбом, глаза горячие-пчелиные; и все языкатые, упёртые, умопомрачительные, — как мать!)

— Ладно, — сказал покладисто. — У сеструхи так у сеструхи.

Автобус на Владимир отходил в 6 утра, дороги часа два, ничего интересного, кроме названия деревень: Лихая Пожня, к примеру. Однажды Стах добирался до Владимира на попутке, и водитель, местный вдохновенный краевед, объяснял: здесь когда-то парни пошли стенка на стенку и знатно друг друга покромсали, «жатва» вышла лихая, отсюда и название... Указатели мелькали, будто соревнуясь в забавных именах: Чудиново. Коурково. Пожарницы...

— Смотри, прямо Шекспир, — сказала Дылда, кивнув на указатель: Лес Шермана. А дальше наперегонки восклицали, кто первым углядит:

— Дворики!

— Лемешки!

— Пенкино!

Весь день — а он был пасмурным, но мягким и рассеянным — шлялись по улицам, толклись в местном соборе, где Андрей Тарковский снимал эпизод с мечущимися лошадьми, рассматривали фрески Андрея Рублёва, и Стах разглагольствовал о живописных слоях, а Дылда, будучи в насмешливом настроении, поддевала его на каждом слове.

Поссорились, помирились... Минут сорок целовались в телефонной будке, пока цветистым матерным залпом их оттуда не выкурил бородатый дядька с чёрной тубой в руках (Стах уважительно заметил: «Архитектор!»).

Потом обедали пельменями в уютном подвальчике, оформленном под хохлому, отдыхали в скверике (Дылда легла на скамью, водрузила длинные ноги поперёк его колен и указательным пальцем очерчивала облака, всякий раз находя в них новые фигуры: «...а это похоже на морду Тенёлкиной, когда она клянчит списать... А вон то, смотри: пёс несётся к воде...»)... Все они, эти фигуристые облака, проплывали в её блестящих глазах, а ветер то и дело швырял ей на лоб рыжую прядь...

К «сеструхе» завалились усталые, окоченевшие, на ночь глядя.

Анна в то время уже встречалась с «Ромочкой», дожидались только его защиты, чтобы жениться, и потому из общежития она ушла. Серьёзный и ответственный Ромочка оплачивал невесте комнату с застеклённой верандой на втором этаже деревянного дома, на тихой улице неподалёку от техникума.

Здесь всюду росли великолепные старые липы, ближний парк так и назывался — Липки. А сама улица — Годова Гора — круто спускалась булыжной мостовой между Успенским собором и Палатами. Дом стоял на высокой каменной гривке, и потому вид из окон веранды открывался с одной стороны задушевно-провинциальный, с огромным пламенеющим клёном перед окнами, с другой же стороны царственный — на Успенский собор, с его золотыми куполами, посаженными на белокаменные барабаны.

Для Стаха расстелили раскладушку на веранде, однослойно застеклённой. Анна подмигнула ему и спросила: «Не замёрзнешь один?»

Он нахмурился и не ответил: ему не понравился намёк, не понравилось, как развязно она подмигнула, — в конце концов, подумал, мы не приятели, и давно уже для неё не «малышня». После вечернего чая чинно разошлись — сёстры легли на Анниной кровати, он отправился восвояси, на свою холодную веранду.

Попробовал обеими руками устойчивость хлипкой раскладушки, разделся и скользнул между тонким шерстяным одеялом и безбожно ледяной простынёй.

144   До поздней ночи глаз не сомкнул, и действительно мёрз как собака, помимо воли поглядывая на золотую струну света под дверью: там приглушённо звучали невнятные — такие непохожие! — голоса таких непохожих сестёр. Одна из них засмеялась, другая что-то бормотнула в ответ. Наконец золотая струна лопнула с громким щелчком выключателя, и вокруг воцарилась кромешная темень.

Затем чернильную тьму за окнами слегка разбавили воздухом, в ней проступили узкие переплёты окон, в которых проклюнулись, с каждой минутой сверкая всё ярче, звёзды над чёрными крестами. Внизу процокали каблучки, вспыхнул и растаял сдавленный смешок, — это была на редкость милая и тихая улочка.

Нет, не придёт, даже не думай, твердил он себе, безуспешно стараясь пригасить запал изнурительного, безысходного желания, сотрясавшего его куда сильнее озноба. Они давно уже пробавлялись только жадными беглыми поцелуями, страшно изголодались друг по другу, а впереди обречённо зияла долгая неприкаянная зима — на Остров не поедешь. У него дома она сжималась и панически вздрагивала от шороха занавески, а мама... — та могла, конечно, отлучиться из дому, но ведь и прийти могла когда угодно; не попросишь её задержаться подольше. У себя же дома Дылда вообще цепенела: всё ей чудились папкины шаги за окном: вот он идёт... вот отпирает дверь!

Каждое утро она готовила отцу «тормозок» на работу: кастрюльку, термос с чаем. В музее столовой не было, да и разоришься — по столовым питаться. Какое-то время Стах прибегал после школы с колотящимся сердцем, в предвкушении, что вот сейчас она откроет дверь и... Дылда открывала... Он нырял за порог, резко захлопывая дверь за собой, отсекая обоих от школьного дня, от улицы, от чужих глаз, от целого мира... Вжимался в неё там же, в прихожей, жадно втягивая ноздрями дразнящее облачко её запаха; смешно обцеловывал халатик, начиная с плеч и медленно опускаясь на колени, медленно разводя перед лицом фланелевые кулисы и оставляя жаркие отпечатки поцелуев на шёлковой изнанке этих длинных ног... И она смеялась, прихлопывала полы халата, кричала: «Стоять!» — и выдавала пару чувствительных щелбанов по его макушке; а через минуту они двумя стрижами чиркали вверх по лестнице, в её комнату, где над ними опрокидывалось небо и разворачивалась ребристая гармоника облаков...

Но однажды произошла ужасная штука, вернее, *чуть не произошла*: папка явился домой в обеденное время, простодушно объяснив дочери: «Просто увидеть тебя захотелось, ангелочек мой! Соскучился папка...» Повезло (и странно!), что они услышали — сквозь грохот прибоя сдвоенного сердцебиения, — как ключ провернулся в замке входной двери. И пока папка поднимался по лестнице, окликая: «Надюха, На-дюу-у!» — она успела накинуть халатик прямо на голое тело, а Стах, как в неприличном анекдоте, сиганул в открытое окно веранды и час проторчал полусогнутым за де-

146 ревянным барьером. Хорошо, сад был заросшим, как африканские джунгли, — а то развлёк бы он соседей сверкающей задницей.

С тех пор при одной мысли о подобной ситуации Надежда становилась белой как полотно и хватала его за руки, несмело пытавшиеся развязать поясок школьного фартука или расстегнуть молнию на джинсах.

Он и сам порой холодел, мысленно спрашивая себя, — что будет, если хоть кто-то заподозрит... хотя бы единая душа... «Ученица... — беззвучно шептал самому себе преступными губами. — Ученица! Девятый класс!»

Однажды мама спросила вскользь:

— Сынок... Ты же не обидишь Надю?

Дело было за ужином, и разговор шёл такой... разный-всякий-вечерний, так что фраза выскочила неожиданно и как-то... некстати. Но выстрелила наповал.

— Да ты что, мам?! — искренне изумился он её вопросу и — запнулся, как споткнулся, — поняв, *что* мама имеет в виду. Что он мог ей ответить! Мама, мама...

Оставались колодцы. Деревянные домики, почти кукольные, возведённые над обычными срубами. Один такой был на улице Школьная.

С одной стороны — укрытие, в том числе и от дождя; с другой стороны, сквозь щели в лёгком деревянном сооружении видно, если кто приближается или кто из таких же страдальцев уже засел внутри. Разумеется, в холода и колодцы были не лучшим выходом. Сколько там в них протянешь, томительно и обречённо продлевая слияние озябших губ, в то время как внутри тебя закипает взращённое поцелуями, не укротимое ни сном, ни мыслями, ни жизнью, — испепеляющее желание!

«Да не придёт она, угомонись, — твердил себе Стах. — Из-под бока старшей сестры?.. Нет, это уж слишком. И дверь, наверное, скрипит, и раскладуха под нами просто завизжит и рухнет. При её-то осторожности... при её пугливости... как тебе в голову могло прийти, совсем уже крыша поехала? Спи давай... козёл!»

...и уже засыпал, преодолевая лютый колотун на этой пррроклятой ррромантической веррранде, — как вдруг в его губы влились тёплые прерывистые губы Дылды.

Он взмыл с раскладушки (и правда грозно всхрапнувшей) — и в полной тишине, без единого звука, обеими руками взметнул на ней ночную рубаху, разом окунувшись в жар её сильного гибкого тела... Сердце её стучало, как бешеный будильник: ещё мгновение — и зазвенит! Она попятилась, запечатывая губами его рот, увлекая за собой к опоре, к стене...

Это неистовое молчаливое спряжение двух ненасытных тел так напоминало схватку, таким было воровским, сладостно-преступным, разбойничьим! И абсолютно беззвучно качались в окнах веранды луна и звёзды, вздымая всё выше, всё рискованней их лихую ладью, пока, наконец, истомно замычав-запев, она не обмякла в его руках и, оторвав губы, всем телом скользнула по нему на пол, а он так стиснул её, подхватывая и унимая, что с испугу показалось: задушил!

Весь следующий день не мог отойти от ночной молчаливой схватки на веранде, под многоочитым приглядом звёзд, под лунными крестами на куполах Успенского собора; весь день внутренне вспыхивал от прилива тайного сладостного жара; утром, когда спускались по лестнице, поражённо спросил: «Как ты решилась? А если бы дверь скрипнула?»

«Я её льняным маслом смазала, — спокойно отозвалась она. — Когда ты уже лёг, а Анна в туалет вышла».

Утром проснулся под колокольный звон; открыл глаза и первое, что увидел: над ним в синем небе парили пять золотых куполов Успенского собора. За прикрытой дверью веранды кто-то ходил, лилась вода в умывальнике, звякала посуда. «А будет Роман пересдавать, если не на отлично?» — услышал голос Дылды. И сразу накатила минувшая ночь, их молчаливая схватка — украденное сумасшедшее счастье! — её невесомая белая рубаха, обнимавшая его плечи, как спущенный парус, их лодочка на гребне штормовой волны.

Он вытянулся и застонал всем телом вместе с певучей раскладухой. Затем пружинно вскочил, мигом натянул треники и побежал в коридор — мыться под краном.

Он давно хотел свозить Дылду в Суздаль. Там в Спасо-Евфимьевом монастыре звонарём был Коля Баринов, старый батин приятель. Когда-то, ещё до армии, он работал механиком у бати на Сортировочной, потом что-то в жизни его стряслось, как это бывает сплошь да рядом: вроде погиб кто-то из близких. Короче: Коля *уверовал*... На несколько лет уехал в Архангельск, в один из монастырей, а вернулся оттуда — звонарём.

И на всю жизнь они с батей сохранили тепло промеж собой. Видались не часто, но когда батя со Сташеком наезжали по делам во Владимир, они на день-два задерживались и обязательно наведывались к Коле, в монастырь.

Стах помнил первую встречу — ему было лет восемь...

Стояла звонкая морозная зима, снег вокруг лежал такими щедрыми покровами, ломтями, шапками и караваями; и ворон было множество, а может, просто они чёрными своими телами выделялись на белом снегу, на белых деревьях, белых крышах, в белом небе... Казалось, вороны, как сторожевые псы, стерегут толстенные стены монастыря, по-своему взлаивая в такой глубокой и абсолютной тишине монастырского двора, что закладывало уши. Только грачи, давно изгнавшие голубей, иногда граяли в белом ватиновом небе.

Коля оказался длинным, голенастым, как подросток, с густыми чёрными бровями на остром худом лице, в коротком полушубке, в ушанке и в варежках. Спросил Сташека:

— Ты когда-нибудь стоял под колоколами, когда звонят?

Сташек помотал головой, а батя Коле сказал:

— Ты гляди, голову моему наследнику не снеси своим выдающимся звоном!

И Коля засмеялся и полез на звонницу, а Сташек с батей потащились за ним. Звонница необычная была: невысокая, но длинная и, как ни странно, сооружена перед собором. Колокола, сказал Коля, пожалованы Василием Третьим, под них и церковь возведена — девятигранная. А позже пристроили несколько арок звона, так и получилась эта звонница-галерея..

— Но ведь старые колокола не сохранились, — заметил батя.

— Куда там... Хотя знаете, Семён Аристархыч, ведь колокола в народе сохраняли сознательно. Если иконами — прости Господи! — бывало, и щели в стене заколачивали, то колокола хранили. Маленькие пользовали как гнёт на кадку с соленьями. Но чаще просто... душа не позволяла выкинуть. Вот и хранили. Я когда собирал старые колокола по округе, такие истории слышал — хоть садись и книгу пиши!

— Вот и сядь, и напиши, — серьёзно отозвался батя.

— Да кому, на что она нужна...

— Погоди, может, и станет когда-нибудь нужна...

Внутри башни вверх вели очень узкие ступени; поднимаясь, Коля через плечо отрывисто объяснил, извергая пар изо рта, что ступени построены неправильно, по часовой стрелке. Врагу, мол, наступать удобно: меч в правой руке, а вот защитники вынуждены перекладывать меч в левую руку.

«Ну, тут и стены какие, — заметил батя, — кто мог представить, что через эти мощные стены враг доберётся до звонницы!»

Свой «пульт управления» Коля оборудовал в дальнем конце галереи, куда сходились верёвки всех колоколов: средние — поодиночке, мелкие по три-четыре. Верёвки от двух самых больших колоколов крепились к доскам, торчащим из стены, похожим на педали органа. Бате и Сташеку Коля велел встать подальше, у слепой стены.

Все годы Сташек помнил тот первый громовый удар, когда над головой пронёсся вопль тысячи глоток, когда мощная вибрация протрясла тело, все внутренности-печёнки, весь костяк... Вслед первому густому гулу налетел тайфун: грозная конница понеслась, заголосили-подхватили пронзительными бабьими причитаниями малые колокола; угрюмо приседая, им возражали самые басовитые, самые основательные голоса, а Коля стоял на досках, переминаясь с ноги на ногу, и ладонями бил по верёвкам, вызывая звон. И вновь гудел, пронизывая голову от края земли до края неба, нутряной голос хозяина-колокола, захлёбывались-лепетали заполошные голоса и подголоски, а под ними — основой, фундаментом веры, сотрясали хлипкое человеческое тело мощные гулы... Звонница раскачивалась и летела в небо едино отлитым гигантским ядром...

Когда стих последний ликующий «г-у-у-ум!!!», остывая в облачном небе неистребимым эхом, батя наконец отпустил голову сына; оказывается, всё время колокольного перезвона прижимал её к себе — «а иначе ты б оглох, с этой концертной программой!».

Вот куда Стах мечтал отвезти Дылду. Узнавал через батиных знакомых, как там Коля. Ничего, говорили, помаленьку, что ему сделается! Монастырь же: тишина, воздух, святая жизнь без вредных привычек. Звонит себе Коля и звонит. Поседел только весь, и приглох, а так — ничего...

Завтракать у Анны они не стали, наскоро выпили чаю и выскочили, и, несмотря на рань, всю дорогу в автобусе простояли — туристов в эту пору набилась тьма-тьмущая: дни стояли сухие и солнечные, благостная пора бабьего лета.

Всю дорогу от Владимира до Суздаля под синим ярчайшим небом тянулась багряная россыпь непрерывной цепи рябин, урожайных в нынешнем году; дробная чечётка кровавых брызг вдоль дороги.

Стах помнил, что к воротам монастыря старушки выносят вкусные пироги с начинкой. И вовремя подоспели: как раз с тазиком на боку, с табуреткой в руке явилась бодрая старушенция, и сама круглолицая и сдобная, в форсистой жёлтой кепочке на голове, с готовым набором прибауток. Раскутывала на табурете тазик, увитый тремя тёплыми шалями, и выкрикивала балаганным петрушечным голоском:

— «Пироги-пирожки — животна-радость! Пирожок покупай, шире рот разевай! Кошелёк вынимай, да ещё добавляй!..» Не успела достать откуда-то из-за пазухи картонный транспарант с написанным от руки: «вязига-яйца-кура-не-дура!» — как они и налетели и забрали чуть не все бабкины рифмованные пирожки, горячие и вкуснючие! — тут она была права: настоящая «животна-радость».

Сидели на скамье под розовой монастырской стеной, наворачивали пирожки с «курой-не-дурой», и смотрели вниз на медленную речку Каменку, на серо-бурые островки деревенских крыш среди меди и киновари оскуделых, но всё ещё прекрасных крон, на арочно-белый, женственный, парящий над долиной Покровский монастырь. Издали, с этакой высоты, он казался нарисованным кем-то из холуйских мастеров.

Интересно, думал Стах, прыгнуть бы так лет через двадцать пять прямиком на эту скамью: много ли изменится вокруг, и там, внизу? Купола, деревня, луг — это всё неизменно... А мы с Дылдой? Мы точно не изменимся — чего нам меняться. Ну, может, у меня пара морщин добавится или лысина начнёт пробиваться. Но только не моя Дылда, нет! Она всегда будет... такая... Она всегда — будет! — сказал он себе, вспомнил минувшую ночь и мгновенно поплыл в горячем облаке пыхнувшего сердцебиения: представил, как они всю жизнь вместе — ненасытно, ярко, жадно... — она никогда ему не надоест!

— Ты о чём думаешь? — спросил, глядя на неё сбоку: профиль у неё простой такой, девчачий, какой-то очень... среднерусский. Волосы сегодня заплела в простую косу (незачем приукрашиваться — в монастырь едем, не на дискотеку), так что выглядела и моложе, и как-то... простонародней, что ли. Кофточка на ней была мамина, синяядомашняя, она её носила для памяти, говорила: «чтоб мамино тепло не ушло», а джинсы потёртые, слегка даже мешковатые. Если б не эта золотая масть, думал он, не жаркие пчелиные глаза, не этот рост... и это... и это — всё! — то моя Дылда была бы совсем незаметной.

— Я думаю: какая жизнь огромная, — тихо отозвалась она, — и какие мы блошки мимолётные

по сравнению... — кивнула на Покровский монастырь и повернулась к нему: — Правда? — в глазах
почему-то слёзы, а брови роскошные, тёмно-мед-
ные, и скулы высокие — распахивают лицо, как
церковный складень... а подбородок маленький
и упругий, как на иконах.

«Ты моя красавица...» — подумал он. Вслух задумчиво повторил:

— Ты! Моя! Красавица!

И как давным-давно, на дне рождения Зинки-
трофейки, она согласно склонила голову, и серьёзно отозвалась:

— Хорошо...

Коля, похоже, подумал теми же словами, ибо,
спустившись к ним по ступеням звонницы, остановился и чуть ли не осудительно протянул:

— О-о-й, какая! какой колокол... звонкий! —
и все трое рассмеялись.

Мама послала Коле целый баул батиных *приличных* вещей, которые так и висели в гардеробе,
тихо окликая Сташека родным батиным запахом,
когда он распахивал дверцы. Он бы никогда не
позволил раздать их абы кому или, не дай бог,
продать. Но на мамино предложение «приодеть
Колю» — не сразу, но согласился. И вот сейчас
передал ему плотно свёрнутые и упакованные
в старый брезентовый баул: короткую, по колени, дублёнку, перешитую из железнодорожного тулупа со склада Клавы Солдаткиной, серый
выходной костюм, купленный в универмаге за
полгода до батиной смерти, две пары почти но-
вых брюк — великоватых для Коли, но ничего,

ушьёт, он рукастый, — и три щёгольских рубашки в частую синюю полоску, — батя такие любил, и мама из года в год покупала ему «твою лагерную робу».

— Ух ты! — обрадовался Коля, принимая баул. — Целое приданое. Свезло. Может, женюсь...

И сразу повёл их наверх, в звонницу, «пока турист не набежал», попутно рассказывая про сооружения, из которых она состоит, и когда какое было построено, и про каждый из семнадцати колоколов, подвешенных в арках звона. Надежда просто смотрела на мощные старые липы с вороньими гнёздами, на почти игрушечную ротонду, сидевшую посреди газона, и на дорожки, засыпанные тёртым кирпичом.

Оказываясь в новом месте, выслушивая рассказы и объяснения экскурсоводов, она обычно не запоминала даты, а исторические факты всегда перемешивались и гасли в её памяти, как в догоравшем костре. У неё память была другая: звонкая, пахучая, удивлённая; смешливая или рыдающая...

И потому всю жизнь она помнила этот гудящий бронзой, синий суздальский день, и грай вороньей армады, поднявшейся в небо с первым же ударом, и грозный небесный гул большого колокола, и то, как языки малых колоколов высовывали шеи любопытными гусями.

На сей раз Коля, в виде особой привилегии, разрешил им стоять под самым большим колоколом. Когда, скинув куртку, он направился к своему «пульту управления», Стах вдруг обернулся к Надежде и схватил её голову — как батя когда-то, — плотно закрыв ей ладонями уши. Она упрямо дёрнулась, пытаясь освободиться... но тут грохнуло адским подземным гулом, сотряслась земля, качнулось небо, пронеслась над головой пылающая синим огнём колесница, громы покатились *во все пределы земли*... Она охнула, зажмурилась и привалилась к Стаху на ослабелых ногах: никогда ещё она не стояла под колоколами.

Запричитали, заголосили средние регистры, им вторил густым восторгом гигантский бас-колокол, сверкающий архангел, хозяин величавого звона, а поверху заполошно-жалобно полоскались бабьи голоса малых колоколов.

Коля-звонарь, как огромный паук в паутине, плясал в средостении верёвочных жил; бил-перебирал-тянул-вытягивал... и конца не было этому вихрю, этой буре ликования и плача, изнеможения и стона.

Зажимая Надежде уши, Стах крепко поцеловал её в губы каким-то отчаянным молящим поцелуем. Оторвался и беззвучно — в океане сине-зелёного гула семнадцати колоколов — одними губами спросил: «Не бросишь?» Она яростно замотала головой, припала, вжалась в него, крикнула:

— Люб-лю!!! — И, закинув голову, вслед мерным ударам большого колокола: — Люб-лю!!! Люб-лю!!! На-ве-ки!!!

Коля плясал, бился всем телом в вихре могучего гула, — седая шевелюра, лоб, щёки, лицо — всё в поту! — не видел, как самозабвенно целовались эти двое под колоколами, как кричали друг другу:

— Люблю! На-ве-ки! Люб-лю-у-у-у-у!!! — А Коля все бил, приседал, наседал и вставал, и опять приседал, то отпуская на волю, то вновь возвращая и мучая колокольно-бронзовые голоса...

...и не верилось, что через две-три минуты монастырский мир вернётся в глубокую тишину, как в тёмное озеро, куда канут и ликующий звон, и картавый вороний грай, и два юных голоса, клявшихся друг другу в вечной любви.

Глава 7

ЗОЛОТОЙ ОБОЗ НАПОЛЕОНА

Вера Самойловна подгадала умереть на зимние каникулы в последний учебный год Стаха, будто отпустив его душу на покаяние, ибо за месяцы её болезни он то и дело голову ломал — что делать-то и кого нанимать за старухой ухаживать, когда его завертит экзаменационная питерская центрифуга. Но уже в начале декабря стало ясно, что Питер далеко, а смерть — вот она, маячит в изголовье больничной койки.

За то, что её не выписали умирать дома, благодарить надо всё того же Валентина Ивановича и ещё двух-трёх людей в городской администрации, кто в своё время выдувал в её незабвенном школьном оркестре партию тромбона или, обвитый геликон-удавом, издавал за весь концерт пять утробных рыков. Да что говорить: за все эти годы Вера Самойловна Бадаат стала важным лицом, неотделимым — как говорилось в одной из вручённых ей грамот — «от музыкальной культуры Владимирской области».

Она не поднималась уже недели три, и Стах приходил каждый день, сидел в ногах у неё, на койке — так ей удобнее было на него смотреть. И они разговаривали, пока он не чувствовал, что она устала. Разговаривали обо всём, и это напоминало первые уроки, когда она обрушила на него целый мир, в котором музыка была отнюдь не единственной темой.

— Ну что, — спрашивала, — как твоя химия: вкалываешь?

— Как раб на галерах, — говорил он.

— Кстати, о галерах, — подхватывала старуха. — Не бросайся словами, когда не знаешь досконально сути вопроса. Галеры: быстроходные вёсельные венецианские барки. А гребцы на них — на-ни-ма-лись! Конкурс был — как в престижный университет. Им выплачивали вперёд четырёхмесячное жалованье. Условия, конечно, были ужасными, — они спали на вёслах. Но! В трюме везли товар, и каждый гребец имел право провезти немного своего на продажу. Это было очень выгодно: шёлк, специи — они много места не занимают, а прибыль колоссальная.

Последний их разговор Стах мог бы воспроизвести дословно спустя даже двадцать лет. И воспроизводил — мысленно, особенно в бессонные ночи, особенно в другой своей стране, пытаясь представить: что было бы и как повернулась бы его судьба, не произойди этого разговора?

* * *

Он вошёл и увидел, что старуха спит (в последние дни она почти всё время дремала), — и сел рядом на стул, чтобы не тревожить её. Так странно: под конец в её лице проявилось нечто патрицианское, особенно когда она лежала с закрытыми глазами. Впалые щёки, окостенелый высокий лоб, упрямый подбородок — этот неприступный образ годился на этрусское надгробье. Бывало, посидев так минут тридцать, Стах поднимался и покидал палату. Потом ей сообщали соседки: «Внук приходил, такой вежливый мальчик, — сидел, смотрел на вас, Вера Самойловна, а будить не стал». «Да, — отзывалась она, — он сообразительный. Поди, решил, что я концы отдала, а дел-то у него навалом». Соседки, которые часто сменялись — отделение было онкологическим, — считали, что старушка груба, невоспитанна и в целом недостойна такого хорошего внука.

Вдруг она открыла глаза. Увидев Стаха, сморщилась в улыбке, медленно прошептала:

— А я знаю, кто ты...

«Ну, здрасте!» — подумал он с горькой досадой: надеялся, что ум и память останутся с ней до последней минуты.

Сел в ногах у неё, терпеливо проговорил:

— Ясно, что знаете, Вера Самойловна. Я — Аристарх. Вот, явился рассказать, как...

— Погоди, — прошелестела она. — Прекрати говорить со мной как со слабоумной. Я подыхаю, конечно, но ещё не спятила... Просто сегодня ночью проснулась, думала о тебе и вдруг поняла. Странно, что раньше не сообразила, не сопоставила: имя-то редкое, и фамилия явно... перелицована. А на рассвете задремала... и вдруг меня будто растолкали и объяснили. Как вспыхнуло: вот начало этой истории.

— Ничего не понял, — криво улыбаясь, проговорил Стах, — кроме того, что после такой речуги вы скиснете.

— ...Конечно, скисну... У меня сил осталось с гулькин хер. Вот и не мешай. — Она шевельнулась и выпростала руку из-под одеяла. Наставила на него палец, как наставляла дирижёрскую палочку на репетициях оркестра:

— Помнишь, я упоминала: Аристарх Бугеро, адъютант-переводчик Эжена де Богарне, вице-короля Италии. Про Богарне точно рассказывала...

— ...раз пятьсот.

— ...блистательный полководец, пасынок Бонапарта. В двадцать четыре года фактически оказался правителем Италии — пацан, что такое двадцать четыре года! — а мощно начал: ввёл Гражданский кодекс, реорганизовал армию, строил школы, больницы, каналы... Государственный ум... подданные его обожали.

— Вера Самойловна, да хрен с ним, с этим Богарне, вы сейчас иглу потеряете...

— ...это он сопровождал «Золотой обоз»...

— ...и откуда у вас только силы берутся — руками махать! — воскликнул Стах. — Спрячьте руку под одеяло... вот так...

— ...тот самый легендарный обоз с фантастическими ценностями, который бесследно исчез.

По сей день его ищут... водолазы... гробокопатели... и вся эта воспалённая кодла... Романтики! Версий много, а истина та, что обоз попросту разграблен. Причём всеми желающими.

Стах приподнялся, поправил на тощей груди одеяло, проверил, как держится игла капельницы в дряблой старческой вене, отметил, что минут через двадцать нужно менять раствор.

— Так вот, Аристарх Бугеро при нём был. Точнее, он сопровождал обоз лишь в начале пути, затем по высочайшему приказу был отправлен один в дорогу с особым грузом...

— ...с алмазными подвесками королевы, — подхватил Стах, как обычно легко заводясь, — к герцогу Бекингему, надо полагать. Вера Самойловна, вам просто нельзя трепаться, вы отнимаете у себя же последние силы.

— А на черта они мне, эти силы, — ангелами дирижировать? Ты слушай-ка. Ему для тайной миссии предоставили лучшую лошадь белой масти, чуть не из-под зада самого императора. Впрочем, и её не пощадил русский мороз... Как Александр Первый обронил про своего фельдмаршала: «Старику весьма пособил «генерал Мороз». Ты погоди... ты слушай, это важно — для тебя.

— Ну да, — Стах усмехнулся. — Знаю-знаю. Всё это со мной произойдёт.

— Точно, потому что никакой он не Бугеро, это имя французское, для удобства переиначил... Имена как перчатки менял... А был он — Ари Бугерини, единственный сын-оболтус уважаемого венецианского врача. Ценимого местной знатью настолько, что его семье разрешено было жить за стенами гетто... Прикинь: ведь тогда все венецианские евреи с наступлением темноты должны были уползать, как раки, на территорию своего кичмана и ворота на ночь запирать. Лишь с того дня, как Наполеон высочайшим указом даровал свободу всем народам Европы... кстати, когда это свершилось, Аристарх?

— В 1797 году...

— Верно! Грандиозное деяние... тогда он даже велел сжечь ворота венецианского гетто, как символ: отныне иудеи свободны, как остальные народы...

— ...что особенно важно как раз сегодня, в пятницу, двадцать седьмого декабря... — насмешливо подхватил Стах. — Только не понимаю, при чём тут я!

— При том, — спокойно и тихо отозвалась старуха, поглядывая на него из-под отросшего седого чуба, — что этот парнишка, венецианец, докторский сынок... без сомнения, был твоим предком.

Стах засмеялся:

— Откуда вы взяли эту хрень?!

Он и сам не понимал — почему так раздражён, почему поднимает голос на умирающую старуху. Ведь она могла умереть каждую минуту, неужели нельзя терпеливо выслушать её оживлённый бред, хотя бы ради того, чтобы не грызть себя потом еженощно! И всё-таки изнутри у него поднималась волна раздражения и протеста — точно как в день последнего разговора с батей, на скамейке под засыхающей акацией в скверике гороховецкого вокзала. Он не хотел иметь никакого отношения к этим мутным иностранцам! Он был русским человеком, русским!

— Диссертация... — проговорила она с трудом. — Я перевернула тонны архивных документов: письма, донесения, рапорты... Я ничего не сочиняла, просто читала и делала выводы... Что у нас считалось каноническим о войне 1812 года? Труды академика Тарле?.. Академик! — Она презрительно хмыкнула: — Он от страха готов был что угодно писать. Когда его выпустили после ареста по «делу академиков», стал работать на НКВД. Сталин готовил вторжение в Европу, и ему до зарезу требовался патриотический миф «победоносной войны 1812 года». Вот Тарле и строгал этот миф во все лопатки, вернувшись из Алма-Аты... Впрочем, его знаменитая монография вышла, когда я уже толкала тачки с рудой...

Помнишь Сулу, Суламифь? Мою подружку... Она чудесным образом сохранилась после всех «чисток». К началу тридцатых из государственных архивов уволили всех толковых архивистов... Их заменили «пролетарским элементом», сплошь и рядом даже без среднего образования. Но Сулу оставили, она была незаменима. Кто-то должен был дело делать... Она и достала мне пропуск в Центрархив... Я приезжала в Москву из Питера... работала там... Однажды видела крысу... Я и сама была такой крысой... незаконной... лазутчиком истины. Истина не всегда блистает чистотой риз, учти это. Бывает, она рассылает своих лазутчиков... Я тихо сидела там, копалась в документах целыми днями. Тонны частных писем, дневников, каких-то вразнобой сваленных листов... воспоминаний... военных донесений...

Понимаешь, в двадцать девятом году были слиты два архива, Ленинградский и Московский, так что, в некоторой временной неразберихе... можно было сделать потрясающие открытия. Истории не всегда удаётся замыть следы кровавых преступлений... В общем, листы тех воспоминаний тоже — случайно глаз их выхватил: большие, желтоватые, бумага такая... приятная на ощупь... Несколько листов разрозненных, мало что поймёшь, но... Эпизоды этой истории завораживали!.. Я их спёрла, вынесла из помещения, спрятала под кофтой на животе. Ночью читала, не могла оторваться: там жизнь хлестала — мощно, увлекательно. Начало было таким: мол, под мою диктовку и при моём ясном сознании пишет историю моей жизни мой сын Симон...

Стах подскочил, как ужаленный:

— Симон?! Где?! Где эти листы?!

Она улыбнулась, сморщилась...

— Где-где... в Караганде! Там же, где и моя диссертация... Ты слушай, что произошло с этим ловкачом, пока ещё у меня язык... ворочается, и в башке что-то теплится... Он, похоже, был языковым пареньком, шустрым. Есть такие, знаешь: языки хватают из воздуха, особый талант. И образование получил самолучшее: единственный же сын, семья не бедная. Но папаня его к медицине готовил, а тот — не-ет! Ему — на лошади скакать, слава, сражения, странствия... и прочая дрянь по этой части. Ну, и доигрался. Там же, в Венеции, прибился к Эжену де Богарне... Это как случилось... Богарне с января 1806 года назначен главнокомандующим Итальянской армией, а с 12 января — генерал-губернатором Венеции... В тех

166 записках — целая история: папа-врач-Бугерини был вызван к больному Эжену, явился во дворец со своим юным сыном, и тот... короче, ошалел парнишка, подпал под обаяние власти, пропал! С родной семьёй порвал, французом заделался, стал *Бугеро*. Очень быстро взлетел-воспарил... Представляю, какой он... в юности-то... Эти его записки, хотя и под диктовку, — такие упругие, страстные... Столько в нём азарта — даже в старости... Жаль, не все листы я нашла. К началу русской кампании был он адъютантом и переводчиком при Богарне, должность блистательная — для такого сопляка. Сколько ему было — лет двадцать, двадцать два? Впрочем, тогда и жили стремительней, некогда и ни к чему было стариться... И он уже себя показал: пишет, к тому времени участвовал в боях, был ранен, представлен к наградам и прочая ля-ля и фу-фу... — Вера Самойловна закашлялась, долго выхрипывала обрывки слов, наконец стихла, махнула рукой:

— Не суть важно. А важно, что ему доверяли — так? — если снарядили с особым заданием. Там ведь как было: обоз выдвинулся из Москвы 16 октября, должен был пройти ускоренным маршем до Смоленска, а оттуда сокровища переправили бы в Саксонию. Но всё пошло наперекосяк: путаница с передвижениями войск, роковые случайности... нападения партизан и казаков... А главное: вдарил небывало ранний мороз, дороги обледенели... лошади дохли. Быстрый марш превратился в растянутую вереницу повозок... Не хватало продовольствия, солдаты были измучены, корма для коней — только солома с крыш... Ну и когда за ночь замёрзла чёртова пропасть и людей, и животных, французы стали бросать орудия и взрывать зарядные ящики, а пушки зарывать в землю... Думаю, тогда Богарне и решил послать вперёд своего адъютанта с самым ценным грузом. Может, и небольшой был баул, не знаю, не пишет, но драгоценности отобрали первостатейные, самые что ни на есть, старинные-царские, — из тайного схрона, из каких-нибудь царских ларцов. Тут даже думать — свихнёшься. И малой резво поскакал. А дальше-то всё и началось: потеря лошади, нападения казаков, стычки, засада, ранение, плен, побег... А главное: голод и чудовищный, нестерпимый для европейца мороз... Эх, память уже не держит деталей! Всех перипетий не помню, столько чёртовых лет прошло... Но там много у него разных напастей случилось. Помню только, что сутки он, с сабельным ранением, истекая кровью, просидел в озёрных камышах и — подробностей не пишет, но даёт понять: там же, в воде, припрятал баул. Зацепил за корягу ремнём, снятым с трупа французского солдата. Тут он не оригинален: многие в воде прятали свои заначки: поди обыщи все озёра на том пути... Когда выбрался, был пойман казаками, бежал из плена, снова пойман, снова бежал... Там чёрт ногу сломит, поверь, начнёшь читать — не оторвёшься. Вальтер Скотт рядом с ним — первоклашка... А описание людских страданий — куда там какому-нибудь классику. Пишет, как у людей пальцы ломались на морозе. Как в Вильно он видел замёрзших мертвецов, сидящих под стенами домов. Шутники вставляли им палочки в оскаленный рот — на манер трубки.

168 Когда бежал из плена вторично — а это уже холода чудовищные, — он всё-таки достиг того местечка под Вильной, приполз, обмороженный, к дому литейщика меди — того, что от смерти спас.

— Какого ещё литейщика?!

Стах был совершенно обескуражен — даже не этой, обрушенной на него историей его предка, или однофамильца, или тёзки — кто уже сейчас разберёт? — а тем, сколько лет старуха Баобаб хранила в памяти все эти баулы, озёра, ремни с убитых французских солдат... Имена и вещи давней истории давней войны... И сколько ж ещё в голове у неё неисчислимого добра, которое теперь должно уйти — навеки?

Сейчас он уже не мог бы ответить самому себе: вот эта история — она действительно вычитана старухой в тех самых листах или сочинена сегодня, на рассвете? Не последняя ли это фантазия, последнее творение яркого, но угасающего ума?.. Он только слушал, реплики подавая в обычном своём «рабочем» ритме, поскольку за годы она привыкла к его выкрикам и возражениям, к его недоверию и усмешкам, которые лишь добавляли энергии любому её рассказу, любому воспоминанию; подгоняли, открывали дополнительные шлюзы памяти. В каком-то смысле её воспоминания всегда были их общей работой, уже необходимой и самой старухе, и ему, Стаху. Вот на чём он возрос, вот что всегда будоражило, толкало его к поискам; порой унижало, порой одобряло и даже возносило: её похвала, её презрение, быстрота её мысли, беспощадность её суждений. И, конечно же, необъятность её эрудиции.

— Что за литейщик меди?!

— А, я не говорила?.. В самом начале похода, в Вильне, этот самый Аристарх спас человека, вырвал из рук разгулявшейся солдатни. Тот оказался не прост: литейщик меди, образованный человек. Подолгу живал в Бреславле, в Вене и Лейпциге... У него дочь-красотка была, Малка. Наш Бугеро, спаситель, был приглашён на субботний ужин и там присмотрелся к девице. Был впечатлён.

Так вот, приполз он, изувеченный, на порог их дома, и там уже упал и стал подыхать окончательно: не было сил по ступеням подняться. Сколько веревочка ни вейся... Мороз, вечер... Он пишет: мои, мол, несчастные отрепья, покрытые сосульками, «ничуть не согревали меня, а напротив, жгли ледяными жалами...» Как-то так... да. Выразительный стиль. Помню, читала, и чуть не заболела: холод ощущала физически. Ночь он бы точно не пережил, бедолага. Это я забегаю, устала как-то... Дай водички, ага...

Стах приподнял ладонью голову старухи, отметив, какой та стала лёгкой, дал попить... Она и пила, продолжая сверлить Стаха своими пристальными чёрными глазами из-под мужиковатых седых бровей. Горло его перехватило, он подумал: она всегда смотрела так требовательно, будто ожидала от него каких-то невероятных, из ряда-вон-успехов... исполнительских и прочих. А он ни черта этих ожиданий не оправдал.

— Если коротко, — продолжала Вера Самойловна невозмутимо, будто они по-прежнему сидели в её комнате и она просто рассказывала очередную историю, пришедшую на память. Вот только

170 голос её ослаб и осип и она чаще останавливалась, чтобы вдохнуть, и вдыхала судорожно, коротко, жадно. — На его счастье, Малка возвращалась домой от каких-то... родственников, не то соседей, и нашла его на крыльце — буквально споткнулась об него. Он еле дышал, показал знаками, где беда: мочиться не мог вторые сутки. А в тепло-то, в дом обмороженного тащить нельзя. Так она что: молодчина девка, скажу тебе, — прямо там рассупонила его отрепья, вытащила его «петушок» и снегом принялась энергично оттирать. Малосексуально, но эффективно... Короче — спасла парня! А потом уже его втащили в дом и выхаживали месяца два, и таки выходили — ошмётки Великой армии тогда уже были за Неманом... А «петушок» его спасённый после пригодился, ибо наш герой, вылеченный и откормленный, на Малке успел жениться и очень скоро сделал ей ляльку, вот этого самого Симона.

— Чушь! — возмутился Стах. — Всё не так! Батя не так рассказывал! При чём тут местечко и Вильно, и какой-то литейщик? Аристарх Бугров появился в Алфёрово, женился на дочери управляющим имением, и...

— Это всё потом, — слабо отозвалась Вера Самойловна. — В Алфёрово он вернулся за притопленным баулом, и не сразу, а только когда Малка умерла родами. Там всё описано. Две страницы сплошного рыдания: «Моя нежная супруга, в ком высокая душа сопутствовала женской прелести, покинула меня в три дня, не приходя в сознание, ни единым взором своим не увидев прекрасного младенца, коего в муках произвела на сей жестокий свет...» Женился-то, выходит, не из благодарности. Выходит, искренне полюбил спасительницу.

Стах сидел, в замешательстве, в досаде уставясь на старуху.

— Ты сердишься? — спросила она. — Чего нахохлился? Тебе кого в предки хотелось — Кутузова? Может, генерала Раевского — героя, полководца, который смерти не боялся, а боялся, чтоб Наполеон не дал вольную его крепостным рабам?

— Не порите ерунды, Вера Самойловна!

— Вообрази того пацана, его ситуацию, — тяжело дыша, прошептала она. — Его послали с тайной миссией; на нём неслыханные сокровища, которые вывезти из страны он не может; к тому времени, как приходит в себя, кампания проиграна, остатки Великой армии выведены за Неман... Твой предок просто застрял в России, увяз... В то время тьма-тьмущая французов позастревали в русских городах и деревнях — их потом нанимали в гувернёры, ведь русская аристократия продолжала говорить по-французски и преклоняться перед французской культурой — читай Грибоедова, «Горе от ума»... Но этот парень... он был особый, заковыристый человек и, когда Малка умерла, живенько понял, что не стоит связывать себя с местечком... со всем этим затхлым униженным еврейским миром черты оседлости... Да-да: стремительный и умный, вывёртливый человек. А русский язык знал ещё по знакомствам отца с какими-то путешественниками и русскими врачами в Венеции. Потом отточил его с пленными русскими. Думаю, из-за акцента выдавал себя за поляка, что логично... Да он за кого хочешь мог себя выдать. Ну и, не забывай: ему достаточно было продать один перстенёк, или подвеску из того баула, чтобы прослыть человеком богатым... Тогда фунт золота стоил 184 рубля, а корова — 55 копеек. Так всё и вышло... А новая жена, та, которая в Арфёрово... она выкидывала раз за разом... И когда стало ясно, что наследника от неё не дождёшься... Да и сокровища — как их в доме держать? Тут и с супругой объясняться, и от прислуги комоды запирать — не с руки, одним словом. Он и проделал этот финт: отвёз баул в то местечко под Вильно — тестю, меднику, которому только и доверял. А оттуда уж привёз в Алфёрово единственного наследника, трёхлетнего сыночка Шимона, то есть Симона, ну, понятно-дело — Семёна...

Вера Самойловна прикрыла глаза, медленно сглотнула и умолкла.

— И... что? — нетерпеливо спросил Стах, — дальше-то...

Старуха качнула головой. Она явно устала от стольких произнесенных слов. Ослабела.

— И всё. Буквально — всё... — проговорила с трудом. — Обрыв сюжета. Кончились листы. Может, с сыном плохое случилось, — ведь это ему диктовал свою жизнь Аристарх, Бугеро этот, Бугерини... А может, валяются другие листы где-то на чердаке... или в каком провинциальном музее в запасниках выцветают, в братской могиле прошлого... Или сгорели, сгнили... ведь это всего лишь бумага... — Она усмехнулась и умолкла, тихо лежала с закрытыми глазами.

И тотчас возникли звуки больничной жизни: голоса в коридоре, храп больной с соседней койки, звяканье ложки в стакане чая, который налила для матери бледная молодая женщина, более подходящая на роль пациентки, чем её упитанная, на вид вполне здоровая мамаша.

Стах вздохнул и поднялся на ноги. Несколько мгновений ещё постоял возле кровати, глядя на то, как еле заметно шевелятся бескровные губы Веры Самойловны. Прежде чем уйти, склонился к её подушке, прислушался — губы едва шелестели:

— Перед арестом... как чувствовала — отвезла кузине Бетти диссертацию, эти листы... Вот и пригодились... на растопку, в блокаду.

Нет! Не пригодились на растопку отсыревшие листы старухиной диссертации и воспоминаний Аристарха Бугеро. Не таким человеком была кузина Бетти, богиня пищеблока номер два, чтобы жечь чужое имущество. Она не только сохранила оставленную Верочкой «историческую ценность», но и позаботилась так искусно её упрятать, что, в конце концов, одна лишь случайность позволила потомку опознать руку прадеда в весьма витиеватом почерке, экономно заполнившем каждый лист сверху донизу.

Но и это случилось не сразу...

* * *

Разумеется, он был совершенно готов к тому, что в один из дней, взбежав, как обычно, по лестнице на второй этаж и толкнув дверь палаты, может увидеть пустую койку. Но никак не ожидал, что это неминуемое и логичное событие («Ну ей-же-богу! — сказала врач Алевтина Борисовна,

174 за которой сбегала нянечка Фрося. — Старый человек, и так долго держалась, и так достойно ушла, — возьмите же себя в руки, мой мальчик!») — никак не ожидал, что это событие настолько выбьет его из колеи. Да что там: выбьет воздух из лёгких. Он стоял перед койкой, аккуратно застеленной бурым войлочным, с зеленой солдатской полосой одеялом, смотрел куда-то в окно, где в заснеженных ветвях старых лип кувыркалась парочка нежногрудых снегирей, и просто пытался вдохнуть. И это плохо у него получалось...

А похороны неожиданно получились душевными и даже праздничными. Народу пришло! — половина города и весь посёлок. Оно и понятно — ученики, оркестранты, ну и вообще... «Даже не верится, — сказала мама, — что хоронят одинокую старуху».

Кладбище при Крестовоздвиженской церкви считалось уже закрытым, но для Веры Самойловны сделали исключение. И тут, конечно, сыграли роль расторопность и энергия Валентина Ивановича, директора школы — всё же он был уважаемым и известным в городе человеком. Вот и получилось такое славное упокоение, повторяла тётя Клара, «просто, супер-люкс, «Над вечным покоем», последний дом, и так далее...».

Тем более, подумал Стах, что при жизни дома у неё, почитай, и не было.

День был очень морозный и очень солнечный, снег шапками громоздился на кирпичных столбах кладбищенской ограды, на плитах могил, на избушке сторожа и на еловых лапах; а с наветренной стороны лежал на елях единым пластом.

Многие хотели сказать своё слово, маленько даже затянулась, как заметила тётя Клара, *оратория* (имея в виду, вероятно, выступления ораторов). Долго и проникновенно говорил директор школы, Валентин Иванович: он стоял без шапки, и в зимнем белёсом свете было заметно, как поредел его знаменитый «чижик» на затылке, как он ссутулился и постарел. Но говорил увлечённо, горячо, совсем как на занятиях, когда его мысль улетала далековато от темы урока. Говорил о том, что сегодня здесь *празднуется* — да, именно так! — празднуется победа хорошего человека над судьбой; что культура передаётся от человека к человеку и, как материя, не исчезает...

Хорошо, что ударили церковные колокола, обрывая суету слов и призывая поднять глаза на ярусную колокольню Крестовоздвиженской церкви; будто можно было узреть, как с колокольным звоном поднимается ввысь безгрешная душа Веры Самойловны Бадаат. Под этот звон хотелось её окликнуть напоследок: ну, как там? Видать ли нас во всех подробностях? Счастливой дороги!

Стах огляделся: на белом слепящем снеге пламенели: кумачовая обшивка гроба, огненная грива Дылды и румянец Клавы Солдаткиной — как всегда наведённый свёклой. Она плакала! Да, Клава Солдаткина плакала настоящими слезами, которые, стекая по щекам, марали круглый воротник её железнодорожного тулупа розовыми каплями...

Он не удержался, подошёл спросить — что привело, мол? — уж он-то знал всю долгую историю этой обоюдной неприязни. Клава всхлипнула, отёрла слёзы твёрдой и шершавой, как нестроганная дощечка, ладонью, и прогундосила:

— Музыку жалко! Душевную музыку намахивал жидовский сукалар.

* * *

Круглую коробку со старинным мини-оркестром Вера Самойловна отписала Сташеку. Действительно *отписала чёрным по белому* в той самой бумаге, где значился и оркестрион — слава богу, отданный музею. Мама советовала и коробку отдать в музей, это ведь народное добро. На что Сташек хмуро отозвался: какойского-такойского народа добро? — тем более что, рассматривая содержимое коробки — само собой, с детства ему знакомой, — увидел не замеченные ранее полустёртые от времени буковки, тиснённые золотом по ободу крышки: «A.Jarde Paris 1805 Fait sur commande spéciale de l'Armée de Sa Majesté l'Empereur Napoleon Ier» — «По специальному заказу армии его императорского величества Наполеона». (Париж, любила напоминать ему Баобаб к месту и не к месту, всегда шёл впереди всех по исполнительству и производству духовых инструментов.)

Он пришёл забрать свой мини-оркестр и попал на генеральную уборку: тучная Зося, уже сильно пожилая и усталая для подобных физических подвигов, подоткнув юбку выше парафиновых, с синими венами, колен, отмывала пустую комнату Веры Самойловны.

Оркестрион увезли в музей, и, по слухам, принесённым ему Дылдой, директор решил-таки пригласить из Москвы специалиста-реставратора подобных раритетов. Хотя, уверяла кипящая возмущением Дылда, лучше папки вряд ли кто может починить такую старину.

— Видал, — пропыхтела Зося, разгибаясь и поворачиваясь к Стаху той стороной лица, где на щеке пламенело родимое пятно. — Всё пораздавали, Валентин Иваныч позволил. Я диван забрала, Версамолна мне давно обещала, ещё как занеможела.

Она расстелила на полу мокрую тряпку и кивнула на подоконник:

— Вон твоё наследие, забирай, уж не знаю, что там за богатство.

Стах молча и аккуратно вытер о тряпку ноги и прошёл к окну, где коробка с мини-оркестриком не лежала, а стояла, как колесо автомобиля. Взял за потрепанный ремень, перевесил через плечо и пошёл к двери.

— Слышь, — вслед проговорила Зося. — Она тебе, говорят, все свои деньги оставила?

Он обернулся.

Зосино родимое пятно горело в светлой комнате как свекольный румянец Клавы Солдаткиной в пасмурный зимний день. И смотрела она жадно, подозрительно и заискивающе: надо же — наследник! Сколько этих шпингалетов тут у старухи ошивалось, а деньги достались одному... кудрявому. Видать, *своему*, а?

Она, вообще-то, понимала, что нехорошо выспрашивать, но поделать с собой ничего не могла.

— Много оставила-то?

— Миллион, — спокойно ответил Стах и вышел из комнаты.

Весь вечер сидел в своей берлоге, свинчивая и вновь разбирая инструменты. Эти тоже хорошо бы отреставрировать, — думал. Они рассохлись от времени и в подобном состоянии для игры, увы, непригодны.

«Есть ещё одно толкование имени, — прямо над ухом произнёс глуховатый голос Веры Самойловны. — Вот слушай: ан-гель-ский! Ангельский рожок...»

Он любовно разбирал и вновь собирал старинные инструменты, воображая тех щеголеватых, бравых, в шитых золотом мундирах, кто на них играл. Кто наяривал, выдувал, вытягивал и отдувался.

Разумеется, когда-то они шли впереди армии, поднимая дух бойцов.

Разумеется, голодные и обмороженные, тащились обратно из пустынной сгоревшей Москвы, и любой из них счёл за великую удачу обменять тяжёлую коробку на засаленную крестьянскую доху или буханку хлеба. А может, такой вот дуделкин пригрелся под боком вдовой крестьянки или кабатчицы, где и остался, а коробка — с ним.

Стах потом и сам встречал в Питере нескольких типов, утверждавших, что их предок — уцелевший в той военной кампании наполеоновский солдат. Он учился с ними в Первом меде — с Веней Деклерком, с Серёжей Лурие и Лёвкой Квинтом... О своём далёком *наполеонстве* они вспоминали с кривоватой ухмылкой, водяру глушили вполне по-русски, а с друзьями и сокурсницами изъяснялись, не чураясь родного материка.

Что касается денег, то — да, старуха Баобаб оставила ему четыреста тринадцать рублей на сберкнижке — что объяснимо, если вспомнить роскошный гардероб и богатое меню её стола.

Он сидел у себя в берлоге, в третий раз зачем-то разбирая и продувая инструменты, хрупкие и драгоценные, как память о том первом уроке, о первом звуке, что выдула перед ним стриженая седая старуха, смешно раздувая щёки и тараща чёрные глаза. Разбирал их и собирал, не обращая внимания на слёзы, не вытирая их — руки-то чистыми должны быть и сухими; да и кому нужны эти слёзы, и что они, блин, могут изменить...

Вспоминал, как обидел её в ответ на торжественное заявление: мол, оставляю те, паря, малость деньжат.

— Там не то чтоб миллион, ты же понимаешь, — пояснила она, — но какая-то сумма набежала за эти годы сама собой, а тебе пригодится. (Они и пригодились весьма — на первое время питерских прорывов и потрясений.) Но в ту минуту, когда она это произнесла, он прямо-таки взвился от досады:

— Вера Самойловна! — воскликнул, сам не понимая, почему в нём вспыхивает раздражение, когда она заговаривает о смерти, и почему вообще он *так злится*, что она умирает? — Ну, зачем это, за-чем?!

— В саване карманов нет, — спокойно отозвалась она.

«В саване карманов нет...»

В юности эта фраза казалась ему дикой: что за саваны, откуда она их взяла — когда хоронят-то ясно в чём: в лучших костюмах, в лаковых штиблетах или в туфлях-лодочках. Маму похоронили в её любимом платье, тёмно-синем. При чём тут какой-то патриархальный саван! И только оказавшись в новой, прокалённой солнцем стране, где к покойникам относились строго: не слишком с ними хороводились, не очень ими любовались и совсем с ними не фотографировались, перед кадром поправляя галстук на дорогом усопшем, — он понял, с какого языка Баобаб переводила эту пословицу.

Именно там, в краю карстовых пещер, дававших прибежище живым и мёртвым пророкам и разбойникам (что довольно часто совпадало), до сих пор, как и тысячи лет назад, покойников облачали в саван — в бесформенную хламиду: древнюю, как слёзы пустынных облаков, простую и белую, как стёртая память, — ветхое рубище на всю нашу вечную жизнь.

Часть вторая
ПРЕДАТЕЛЬСТВО

Глава 1

ПИТЕР

Противовес лифта напоминал дверь, снятую с дачного нужника. То есть с «уборной», — все местные говорили «уборная», здесь вообще было много местных слов, по которым опознавали своих — не своих, потому и Стаха в институте сразу определили в нахальные провинциалы. Значит, вызываешь лифт, он ползёт вниз, как навозный жук, а навстречу ему вверх улетает штуковина, где только сердечка выпиленного не хватает или сдавленного вопля «занято!» — изнутри.

Но сначала надо попасть в парадную дореволюционного дома на улице Жуковского. Толкаешь тяжёлую дверь и ступаешь, вернее, съезжаешь на подошвах по стоптанным ступеням в сырость и сумрак пещеры — просторный, даже торжественный вестибюль, некогда отделанный мрамором, ныне крашенный согласно вкусу жилконторы: в цвет солёного огурца. Летом перемещение с жаркой улицы в этот склеп даже бодрит, но в холодные месяцы, коих в году наплывает предостаточно, в парадной промозгло и неопрятно, ибо снаружи под дверь затекает мутная жижа.

Итак, проходишь мрачным вестибюлем к лестнице и по восьми ступеням поднимаешься на первый этаж. Здесь справа и слева облезлые двери в квартиры, а в центре — крошка-лифт, этакий спичечный коробок; встроен в лестничный пролёт давненько, в пятидесятые годы, и рассчитан на полторы истощённые персоны, да и те стоят либо в затылочек друг другу, либо нос к носу. Но и это — величайшее благо для *верхних* жильцов, при пятиметровых-то потолках здешних квартир: допереть на четвёртый этаж полную авоську всё равно что на восьмой советской многоэтажки.

В лифте довольно грязно, народ не то чтобы нарочно пачкает, но идёт с улицы, и потому в любое время года тут пахнет мокрой псиной, старым трамваем, зимней белёсой тоской... Заползаешь внутрь, умудрившись не уронить с плеча рюкзак, вручную закрываешь двери (они складываются гармошкой и заедают) и стоишь — в стенку лбом, поневоле изучая начертанное чернильным карандашом:

Интересно кошка серит: хвост дрожит и морду щерит.

Начертано грамотно — Ленинград! Лифт пыхтит, содрогается, мучительно втягиваясь на вершину Фудзи, дверь с дачной уборной летит противовесом вниз, кошка всё серит и, кажется, конца этому не будет. Но — будет! Вот он, четвёртый этаж. Вернее, четвёртый с половиной, ибо лифт останавливается на площадке между этажами. «Наша» квартира справа, там, где ступени заворачивают на пятый этаж.

Большая хлипкая дверь, никак не железная, а из сомнительного на вид дерева, чуть ли не из фанеры, выкрашена в почтовый коричневый цвет. Слева по традиции — ряд звонков (их пять), но половина не работает, и потому люди в остервенении тычут во все подряд, лишь бы кто отозвался. Наконец тебе открывают дверь и в двухсотый раз говорят одну и ту же фразу: «Фраерок, не разбейся!» И опять ты слегка раздражаешься: что я — дебил, не помню?! — и опять, споткнувшись о тот же подлый косой порожек, влетаешь в прихожую чуть не лбом о стену...

Но в жизни Стаха и эта квартира, и всё с нею связанное появилось не сразу.

* * *

Вначале, как в дореволюционной Библии Эльвиры Самойловны, отчей тёзки старухи Баобаб, из тверди земной и тверди небесной для Стаха был создан *Первый мед* — так в Ленинграде называли этот знаменитый вуз.

Его корпуса, как и весь город, надменные и одновременно обшарпанные, были построены в самом конце XIX века для первого в России, а может, и в Европе женского медицинского института. Высокие по тем временам, с каменными лестницами, год за годом они принимали толпу первокурсников — ещё робеющих, в хрустких от крахмала белых халатах. Профессора там были лучшие, именитые-избалованные, весь город к ним стремился, и случись беда с близкими, искал блата в Первом меде, где же ещё.

В клинике при институте мало что изменилось с начала века: палаты огромные, давно не видавшие ремонта, так что пациентов и родственников встречали всё тот же зелёный, местами драный линолеум, облупившиеся стены, рассохшиеся деревянные рамы и старые двери, с закрашенным белой масляной краской стеклом.

Но стены были мощные, построенные на века, а за большими окнами внизу лениво текла деревенская с виду речка Карповка, ибо, в отличие от воспетых Мойки-Фонтанки, её берега не заключены в гранит, а, покрытые чахлой северной травкой, спускаются прямо к воде. Зато на другом её берегу развернулся чудесный ботанический сад с дореволюционными оранжереями и безлюдными пасторальными уголками, куда сбегали студенты, влекомые разнообразными намерениями и страстями.

Институт огромный, все в нём теряются, особенно первокурсники в первые недели учёбы: бегают, как пуганные тараканы, но хорохорятся — мол, всё нипочём. Суматоха, неразбериха, толкотня... Корпуса, разумеется, пронумерованы, но бывалые люди называют по кафедрам: пройдёшь урологию, завернёшь за инфекционные болезни...

Улица Льва Толстого, ведущая к метро сквозь корпуса института-гиганта, всегда бела от халатов студентов и преподавателей: уже подъезжая на трамвае, видишь, как они мотыльками носятся по дорожкам между зданиями, даже зимой выскакивая без пальто — курнуть на крыльце. По первому времени именно курево помогает от напряжения, от страха не выдюжить, от тоски по дому, от запаха анатомички. От неподъёмного ужаса навалившейся на тебя новой жизни. Незнакомые стылые запахи — вот что ошеломляет в чужом городе, а уж тем более среди этого холодного гранита, постоянной текучести неба и воздуха, пролитого на булыжник мазута, лязга трамвайных колёс... Вечная хмарь, вечный недосып, вечная невозможность вовремя и толково пожрать. А время голодное, талонное: в продуктовых по всей стране — пирамиды из банок «салат дальневосточный» да ряды трёхлитровых баллонов с берёзовым соком; при одном взгляде на них в уме возникают стада отдоенных берёз.

А из студенческой столовой несёт безрадостными щами. Как представишь себе бледные водоросли в бурой водице, так и рванёшь за пирожками к метро, — это минут пять бодрой пробежки. Метро «Петроградская» — вроде и не самый центр, но место козырное. Павильона там нет, входишь-выходишь просто из первого этажа пятиэтажного дома. И всплывая на свет божий — ленинградский серый, как застиранная простынка, свет, так и рыщешь глазами по обеим сторонам Кировского проспекта, высматриваешь пищевого ангела в белом халате поверх телогрейки.

О! Вон она! Тётки продают с лотка жареные пирожки с мясом — вкусные до ужаса, никакой возможности мимо пройти, особенно зимой, когда лютая холодрыга, а ты после ночного дежурства на «скорой» не успел ни черта хватануть. И при виде облачка пара из горячей утробы лотка твои волчьи зубы начинают отбивать неуёмную чечётку, а твоё уже почти-медицинское сознание («По локоть в стафилококках!» — ужасается профессор Багрянцева) вступает в конфликт с голодным волчьим брюхом. «У-у-у-у, как па-ахнет!» — завывает брюхо и неизменно побеждает, тем более что пирожок — гривенник, позволить себе можно. «Два, пожалуйста!»

...Если от метро повернуть направо, пройти вдоль длинного дома и миновать сквер, где *Попов-изобретатель-радио* кого-то в чём-то убеждает бронзовой протянутой рукой, причалишь к популярному кафе «Рим», всегда забитому студентами. Название неофициальное: просто стены там внутри расписаны колоннами и прочей античной туфтой, и уютные такие диванчики оббиты красным дерматином. Место славится горячими бутербродами, чуть ли не первыми в городе, тоже туфтовыми: сиротский ломтик хлеба, на котором в три этажа балансируют: кусочек огурца, кусочек морковки и ржавая шпротина. Считалось шиком заглянуть сюда с девочкой «на пару бутеров». (Однако: семьдесят две копейки! Стах купил себе разок — побаловаться, потом зажался; экономил свой капитал, наследство Веры Самойловны. Ему было на что тратить.)

А для народа *без понтов* существует на Кировском знаменитая столовая «Белая ночь». Там и вкусно, и как-то элегантно: рыбу, к примеру, запекают в маленьких порционных сковородках. И сбоку при входе есть буфет, где — непозволительная роскошь! — продают развесное мороженое трёх сортов и подают в вазочке на высокой, как у аиста, ножке. Пообедать даже зимой можно за 40 копеек, — просто сожрать двести грамм крем-брюле, а запивать не обязательно.

Впрочем, когда накатывает особенно глухая хандра, в которой сольются и усталость, и недосып, и страшная ревность по недостижимой Дылде; когда просто необходимо пожрать от души, и тут как раз выпадут свободных часа полтора, — тогда только Сытный рынок. Прекрасный облезлый Сытный рынок, и пара улочек вокруг него, что приманивают истерзанный студенческий организм восхитительными, утробными, сладострастными миазмами своей огромной туши!

* * *

Рынок находился в глубине квартала за Александровским парком и внушительным, с башенкой, зданием ЛИТМО — института точной механики и оптики.

Надо перейти проспект Максима Горького, перебежать трамвайную линию, с рельсами, утопленными в булыжник, и повернуть на Сытнинскую площадь.

Собственно, *площади,* в ленинградском парадном понимании этого слова, никакой и нет — просто короткий, но довольно широкий обрубок пространства, переходящий в Сытнинскую улицу.

И прямо за институтом начинался каменный забор, а вдоль него — ларьки, ларьки, и тётеньки с тележками, где пирожки и всячинская радость для твоего тощего чрева. Иногда они заворачивали за угол и стояли уже на Сытнинской. А если

190 выдержка тебе не изменила и ты не клюнул на
первую пирожковую заманку, если свои четыре
сольдо держишь за щекой, как умненький-ра-
зумненький Буратино... тогда ты, пожалуй, и до
Сытного доживёшь. А там через широкие ворота
входишь на территорию рынка и попадаешь в от-
крытые ряды под навесами.

Здесь торговал народ попроще, и потому казалось, что дешевле просят. Но это видимость одна:
за пучок дохлой петрушки в четыре стебля (мама
в нашем огороде такую выпалывала) просили по
тридцать копеек. Так что — мимо, мимо! А вот
клюквы прикупить — толково и правильно: вита-
мины, ценная вещь. Залил её водой, она и стоит
всю зиму. Можно с сахаром перетереть и, если
простудился или, скажем, вирус какой — жри себе
полной ложкой.

Взбегаем по щербатым ступеням, оказываемся
внутри огромного рыночного павильона, где перво-
во-наперво тебя валит с ног духопробойный запах
квашеной капусты. Твой аппетит взмывает, как
струя шампанского, прямо в мозг, одновременно
скручивая желудок в сосульку. Но тут главное не
напасть на первую же бабку над первым же тазиком, а взять себя в руки и — дальше, дальше...
И пробуй на здоровье у каждой тётки из тазика
или бадейки, из банки или мисочки, вроде ты вы-
бираешь: головой покачивай, склоняй её набок,
прислушиваясь к вкусовым ощущениям, одобрительно мычи и рукой этак помавай неопределён-
но: мол, сейчас вернусь, скуплю оба таза. И пошёл
дальше круги накручивать: огурчики, капустка,

черемша, чеснок... опять же, корейская морковь, от которой можно лететь в открытый космос на огненной струе из собственной задницы. В конце концов, капустки можно и купить — чуток, не разгуливаясь. Она не сытная, а коварная, после неё аппетит лютует, как стая бешеных волков.

По другую сторону — мясной ряд. Пласты грязно-бурого мяса разложены на грязно-белых прилавках. Омерзительный натюрморт, цены издевательские, так что мимо, и к чёрту. Кровопийцы! Таких денег у порядочного человека и не водится. Справа — тётки с творогом, маслом-сметаной; всё завернуто в марлю, типа: у нас как на немецкой ферме. Тут тоже — пробовать, но не наглея; молочные тётки внимательные и менее сговорчивые, они по роже твоей видят: брать не станет, а ложку съест.

Ну а в центре — фрукты, и это уж вовсе не про нас: мандарины на веточках, чурчхелла, яблоки... Впрочем, ничего серьёзного. Рынок-то не богатый, не центральный Кузнечный. Тут уже ручонки при себе держать, тут товар не попробуешь: ходят по рынку упругие брюнеты, перебрасываясь словами на разных языках нашей необъятной родины. Небогатые старые дамы с блокадным прошлым от них шарахаются. В общем, место не для ассамблеи.

Но, так или иначе, а кое-что ты всё же прикупил, врать не надо, чересчур прибедняться — тоже.

Теперь — булочная. Она позади рынка на Сытнинской улице, вход с угла. Там кофейный уголок с бурым пойлом из бачка, по 22 копейки, и, если повезёт, изыск: пирожное «Суворовское» — два ломтя песочного теста с подошвой бурого застывшего крема. Здесь ступала нога человека.

192   Ленинградские булочные... о, это особый сюжет, поэма в камне! Это тебе не хлебный ларёк посёлка Нововязники. Ленинградские булочные устроены так: ты входишь и *шествуешь променадом* вдоль ряда полок с матерчатой авоськой в руке, куда кладёшь: французскую булку за 7 копеек, ржаной круглый хлеб или кирпич (круглый гораздо кислее), батон за 13 потемнее или за 16 тонкий, за 22 — нарезной. Дальше лежали ромовые бабы, кексы (под Пасху непременно «Кекс Весенний» — это кулич под псевдонимом); халы лежали, называемые «плетёнками», иногда калачи — серые, упругие, обсыпанные мукой... очень вкусные.

Всё это поддеваешь специальной длинной вилкой, уж ни в коем случае не рукой. А ежли ты сноб и желаешь проверить батон на мягкость, *пожалте*, культурненько: перевернув вилку, нажимаешь на батон полукруглым горбиком. И вот так, совершая круиз по периметру волшебного домика, любуясь, покупая не сразу всё здесь перечисленное — сразу зачем, всего не сожрёшь, зачерствеет только, — ты доходишь до кассы, и тётка тебе считает. На кассе, кстати, у неё лежат шоколадки, и это тоже искушение, и тоже — пустое. «Алёнка» за шестьдесят пять копеек и «Десертный» аж за рубль восемьдесят! Оно тебе надо? Безумных нет: дикие же деньги.

* * *

Полгода, до появления в его судьбе заветной коммуналки на улице Жуковского, он обитал в общаге.

У Первого меда было несколько общежитий. Стах попал в самое старое, возведённое специально для медиков в конце пятидесятых: советского вида пятиэтажка, но не хрущёвка, покрепче. И расположено буквально в двух шагах от института — на Большой Монетной. Внутри оно, конечно, было кошмарным: множество комнат, душ на этаже один на всех — в общем, классика жанра. Водопровод сработан был *ещё рабами Рима*: стоило тебе нырнуть под благодатную струю, кропотливо настроенную на приятную температуру лично тобой лично для себя, тёплого и беззащитного... как на плечи обрушивался крутой кипяток или хлестал ледяной водопад прямиком из Невы — это как повезёт.

Ну и прочие места общего пользования, согласно известной песне композитора Пахмутовой: «А кухни довольно одной...»

По всем углам и по всем поверхностям там с заплечными мешками деловито рыскали бывалые тараканы — эти выживали после любых дезинсекций. И пахло чёрт-те чем: рыбой, горелыми тряпками, прелыми носками, давно выпитым пивом, полным мусорным ведром... — будущие медики оказались не более опрятными, чем варвары из других учебных заведений. Не то чтобы на вынос ведра жребий бросали; просто выносил его тот, у кого первым не выдерживали нервы.

К тому же именно в общежитии на Большой Монетной селили студентов из дружественного Вьетнама, а те славились жареной селёдкой — изысканным деликатесом их национальной кухни. Ароматы анатомички по сравнению с этим

194 запахом были как дуновение ландыша на лесной опушке. В такие вечера (праздничные для их организаторов) ни на кухню, ни даже на этаж войти было невозможно. Решались на это либо смертники, кому совсем уж деваться некуда, либо страдальцы с хроническим гайморитом. Остальные разбегались ночевать по знакомым. Вьетнамцам внушали, их уговаривали, умоляли, предостерегали. Били, наконец... Пустые хлопоты! Становилось понятным, почему американцы проиграли ту войну.

Стаху повезло с самого начала, хотя и грех такое назвать везением: батин сослуживец по Сортировочной, тот самый полувоенный человек Марк Григорьевич, на которого возлагались временные жилищные надежды, принять его к себе даже на короткое время экзаменов не решился: судился с собственным сыном и невесткой за комнату — ту самую, где Стаху когда-то была обещана мимолётная раскладушка. Старик, коммунальный боец, старая гвардия, держал круговую оборону: врезал три дополнительных замка, на входную дверь изнутри прибил амбарный засов, не открывал никому и никогда. Впрочем, охотно пускался в объяснения и жалобы из-за двери.

Заслышав первые такты этого «плача Ярославны», Стах, с дороги измотанный и голодный, решил не вдаваться в дальнейшее и отвалить восвояси, обдумать, куда податься... Но тут Марк Григорьевич (по-прежнему из-за двери) сам предложил написать записку к коменданту общежития на Большой Монетной — якобы старому его знакомому. Дверь так и не открыл, а записку бросил с балкона, выходившего во двор-колодец. Для грузила использовал (нетипично для ленинградца!) кусок зачерствелой, слегка плесневелой булки. Записку Стах аккуратно выгладил, сложил вчетверо и спрятал в нагрудный карман пиджака, а сухарь сгрыз по дороге к метро — чего добру пропадать.

Комендант, вот досада, оказался не тем, другим: *тот* полтора года как уехал в деревню к осиротевшей внучке, но — магия блатной записки, пусть и от неизвестного человека! — преемник старого коменданта, бульдожка по имени Геннадий, не то чтобы выделил Стаха из напирающей толпы абитуриентов, алчущих койки на время экзаменов, но, спрятав записку, в уме-то парня держал... К вечеру, глазами отозвав в сторону, сунул в руку какой-то «бланк для заполнения» и грозно-интимно бормотнул: второй этаж, пятая комната, койка у окна справа. Там один засранец отвалил на лето, вроде не вернётся.

* * *

...Но засранец вернулся — аккурат к началу учебного года; видать, дома, в Пскове, родители намылили ему холку и погнали назад, в учение. Это был Лёвка Квинт — будущий навечный друг, конопатый коротышка с маленькими, близко поставленными конопатыми глазками, с толстым носом, но такой зубастой и обаятельной улыбкой, что спастись от неё не могли ни сокурсницы, ни преподаватели, ни — лет двадцать спустя — пре-

196 зидент Государства Израиль, чей жёлчный пузырь Лёвка отчикал и выкинул безо всякого почтения.

(С годами он облысел и парадоксальным образом, именно с этой полированной башкой да со своей славой выдающегося хирурга, приобрёл какое-то и вовсе необъяснимое дьявольское обаяние.)

Даже комендант общежития не был защищён от улыбчивой радиации этой вечно счастливой хари.

По просьбе двух мгновенно закорешившихся ковбоев комендант Геннадий позволил внести в тесную комнату лишнюю койку, которая сантиметр в сантиметр (предварительно измерили растопыренной пятернёй) приткнулась точнёхонько под окном, а тумбочкой они пользовались одной на двоих. Да и что в ней, собственно, хранить, я вас умоляю, говорил Лёвка: две зубные щётки да родимые презервативы.

В первый же день знакомства, добыв где-то пару бутылок пива, Лёвка затащил Стаха в некое тайное укрытие, где потом за годы учёбы они сиживали не раз, перемалывая, зубря, обмозговывая, постигая; каясь, проклиная и клянясь...

К тайному укрытию вела тропа в кустах. Надо было знать некий фокус — место, где срезать к набережной. Выйдя из метро «Горьковская», обогнуть огромный павильон и нырнуть в заветную дыру в заборе. Здесь течёт Кронверкская протока, по заросшему берегу которой вьётся тропка, та, что приведёт вас к месту казни декабристов.

Тропка хилая, петлястая, местами ластится к забору — тут надо вжиматься и пробираться боком. Но там, где она иссякает, где уже видна Петропавловка, протока становится шире, и открывается укромная гущина кустов, где деревенская тишина присыпана лишь воробьиным писком.

Здесь всегда можно было спокойно распить чего-нить горячительного, покурить, пожаловаться, посплетничать, выкипеть бессильной злобой на несправедливого *препода*.

А в самом конце тропы росло здоровенное наклонное дерево, практически горизонтально простёртое над каналом. Сидишь над водой, сквозь ветви маячат шпиль Петропавловки и краснокирпичная закруглённая стена Арсенала; впереди — приземистый мост через канал. В сумерках зажигаются фонари и колокол временами роняет своё увесистое слово, а то вдруг, под самое настроение да в нужный момент беседы, невнятный карильон Петропавловки примется перебирать *союз нерушимый*... — ну просто — пенсионер с плохо пригнанной челюстью ложку за ложкой уминает свою кашу.

— Слушай коллегу Квинта, и ты не пропадёшь! — говорил Лёвка, многозначительно подняв толстый и короткий палец. — Коллега Квинт! Хорошая фамилия для присяжного поверенного.

— И для рожкиста.

— А это что ещё? В смысле... что-то обувное?

— В смысле — английский рожок, невежда. Духовой инструмент, группа гобоев, нотируется на квинту выше.

— Ах ты интелектуа-а-ал, ядрить тя в анал!..

Коллега Квинт обещал новообращённому «быстренько ввести его под своды храма Асклепия и кентавра Хирона, и... кто там ещё был из славной компании древнего мудачья?»

— Задавай вопросы, не стесняйся своих тайных опасений, дядя всё расскажет — и про триппер, и про анатомичку. Анатоми-и-ичка! Я правильно мыслю? Ты дрейфишь невинной мертвечины?

— Да нет... — промычал Стах, зажёвывая пиво куском сухой колбасы... — Просто... запах...

— Ах, мы нежные... Тогда: перешиби себе нос, протри крупным наждаком все пять чувств, и ты готов к постижению тайн человеческого тела. Смотри на коллегу Квинта: практически нет такой вещи, которая лишила бы меня аппетита. А анатомичка — что? Это наш дом родной. Нас туда водят чуть не с первого дня, и правильно делают. Вот занятие: берём труп новорождённого, вводим синее красящее вещество, на коже проступает структура сосудов: учись, студент... У нас тут девочка одна — умненькая, золотая медалистка, всё при ней... — сомлела, ножки подогнулись, глазки закатились... Оттащили мы её в сторонку и больше уже никогда не видали. И правильно: пусть радуется, что мы её не препарировали. Зачем не в своё дело сунулась?.. Где занятия? Известно — в городском морге... Что ты вылупился? Открыт круглосуточно, очень удобно: заниматься позволяют даже ночью. Если что, там и переночевать можно — на кресле, на сдвинутых стульях.

Постучишь, тебе откроет бухой санитар, сунешь рубль, и пошёл расчленёнкой заниматься... Можно взять препарат домой на сутки, под залог студенческого билета. Можно и спереть на денёк, позубрить на свободе: я сам дважды череп брал. Вон, Костя Заикин вынес в чемоданчике ногу, поучить перед экзаменами: штука сложная, там же херова туча костей на ступне. Короче, в метро давка, время пик, народ напирает... В вагоне чемоданчик раскрылся...

...Они просидели до вечера на том здоровенном стволе над водой, дважды бегали в ларёк добавить *«жигуля»*. Время от времени припускал слабый дождик, высекая на воде крупные оспины, но Стах уже понимал, что в этом городе к воде — что снизу, что сверху — относиться надо философски.

Лёвка оказался отменным рассказчиком: журчал, улыбался, голос где надо понижал, где надо — усиливал; мастерски орнаментировал прямую речь персонажей национальными акцентами. И потому всё, им рассказанное, казалось кристальной правдой — в те минуты, пока рассказ длился.

— Всяко случается. Учёба напряжённая, нервы сдают. Вот перед прошлыми экзаменами ходили мы с Юркой Фельдманом в анатомичку — там есть один застарелый, подсохший от формалина, крепенький труп, бродяга один симпатичный: мышцы рельефные, видны хорошо. Кликуха: Тарзан. Мирно дремлет себе в формалиновой ванне, укутанный в тряпки. Придёшь за полночь, вытаскиваешь Тарзана, кладёшь на стол, изучаешь... Человеческое тело, оно, знаешь, забавная штука. А под утро башка уже совсем не варит: напряжение, нервный стресс перед экзаменами, мозг устаёт, требует разрядки... Ну и стали мы с Тарзаном танцевать танго, бросать его друг другу через бедро... В какой-то момент на пороге возникает профессор Кучин. Профессора — они ведь тоже... у них же свои исследования... Так Юрка, поверишь, от ужаса уронил Тарзана, прыгнул в его формалиновую ванну — спрятаться...

Стах преданно внимал столетним байкам студенческого фольклора. Поглощал атмосферу грядущей учёбы, примеривал на себя, волновался...

— ...А с комендантом Геной, — говорил Лёвка, аккуратно разрезая перочинным ножиком ломоть «российского» сыра на мелкие, как в баре, кубики и выкладывая их на газете, расстеленной на стволе дерева. — С жирной свиньёй по имени Геннадий — жирной, алчной и наглой, блять, свиньёй, — будешь поддерживать хрупкий баланс отношений. Подарки дарить, корешиться, лебезить перед ним. Ибо комендант общежития, он — кто? Он по власти *всёрно* что Гришка Распутин при царском дворе. Заполучить сию блатную должность труднее, чем стать, к примеру, кандидатом медицинских наук. Разные пути ведут в хозяйственный Рим. Часть первая: происхождение. Бери сыр, не стесняйся, мама его присылает с проводницей Ксенией Китаевной... Что? Папу у неё так звали: Китай Китаич. А матушка моя — известный в Псковской области гинеколог, коллега! Ибо женщины — наше всё. Ввела два пальца на осмотр — извлекла хрустальную вазу. Вторично ввела два пальца — извлекла французские духи. И, заметь, всё — исключительно в порядке благодарности за рождение здорового младенца... или за его же своевременную ликвидацию. Ешь, не таращь зенки... На чём мы? На происхождении. Слушай коллегу Квинта!

Пиво было разбавлено ещё с утра, зато сыр оказался отменным (вездесущая мама коллеги Квинта, как показало будущее, разбиралась не только в тонкостях своей профессии). Под напором упругого ветра по-над шпилями, крышами и мостами неслись нахрапистые тучи; но до самого вечера дождь только нехотя кропил крупными оспинами ленивую ленту канала, хляби небесные держа на запоре, будто кто там ответственный оберегал едва зародившуюся дружбу.

Позже затеплились фонари, отбрасывая в чёрную толщу протоки сияющие электрические столбы, озарилась жёлтым Петропавловка, и по мере того, как сгущался вечер, здесь, в кустах, едва различался расстеленный на стволе газетный лист — впрочем, сыр и так давно сожрали.

— Комендант... — твердил уже пьяненький Лёвка, маниакально возвращаясь к теме бытового просвещения новичка, — он решает, кто, где и с кем живёт. Может поставить новую плиту на кухне, может поселить в приличную комнату, а может, если ты испортил с ним отношения или вовремя не подмазал, заслать в клоповник с тремя вьетнамскими рыбаками...

Но и Генка — ещё не край, свинья пердячая, чтоб он был здоров. Всё ж таки он принял тебя, не выпер в Купчино? А в Купчино — кромешный ужас. Там комендантом — Марьяша Ватная, женщина с тяжёлой личной жизнью и опухолью в области сострадания — самый страшный вариант. Если она тебя невзлюбила — прощай, оружие: иди вешаться в уборной...

Стах как-то ездил в то самое общежитие в Купчино, за обещанным конспектом по общей химии. Покинутый богом край земли (конец Петроградской ветки метро, да на трамвае ещё минут двадцать) простирался между безотрадным ноябрьским небом и ноябрьским асфальтом. Серые девятиэтажки уходили в жуткую перспективу, на ветру гнулись прутики саженцев, всюду горбились оставшиеся от стройки кучи грунта, растекаясь у основания чавкающими лужами. Депрессивные улицы носили имена городов-побратимов из соцстран, и потерянные души, вроде Стаха, блуждали, как в Дантовом аду, в бесконечных просеках этого сумрачного леса в поисках какого-нибудь дома на Бухарестской, — когда на самом деле им нужна была Будапештская или вовсе даже Белградская. Особенно пугал Загребский бульвар. Так и представлялось: вот загребут тебя, и пиши пропало. Выжить там живому человеку без поллитры не представлялось возможным.

Он вернулся с ощущением, что побывал на другой планете. А у него с тех пор, как появился в Питере, и без того было стойкое ощущение, что он заслан на другую, необъяснимую и безлюдную, без Дылды, планету, откуда пока нет рейсов домой.

* * *

Он скучал по своей Мещёре...

Ему из ночи в ночь снились каскады пушистой таволги на всхолмьях — неохватный сиреневый букет, бескрайнее облако голубизны, пыльное солнце июля... Снились стайки прозрачных берёз на краю поля, бабочка, сражающаяся с ветром в попытке сесть на цветок, шёлковый блеск песка на речке с судорожным названием Сурдога — где однажды свело ему ногу. Снилась золотая закатная гладь на Кщаре, зачарованном озере в сосновом бору. Он скучал даже по озёрам болотным, чёрным; да и по самим болотам, с их подвижной гибельной почвой...

Часто вспоминалось ночное на берегу пруда: рдеющая на закате мелкая волна, блеск острой и тонкой луны и голос из детства: далёкий гудок проносящегося локомотива — прекрасный, чистый и одинокий...

И, обгоняя друг друга, в брызгах неслась по краю воды пятёрка лошадей, с призрачной белой Майкой впереди... Она мчалась — красавица! — посылая вперёд ноги и вытянутое тело с округлым крупом, чуть поворачивая вбок небольшую изящную голову на царственной шее, а Цагар, смутно маяча в зеленоватых лунных тенях, что-то неразборчиво и предостерегающе кричал по-цыгански.

Питера он пока не освоил, не почувствовал. Город, с его гранитной мрачноватой спесью, казался отстранённым и — в сердцевине своей — недоступным... — хотя, конечно же, прекрасным, кто бы возражал. Возможно, оторванность от дома, от мамы, потерянность и робость в краю воробьиных ночей, каменных хищников и бронзовых государей и полководцев — робость, усиленная тягучей тоской по Дылде, мешали ему всем сердцем ринуться в новую ошеломительную жизнь. Казалось, у него физически ноют какие-то внутренние жилы, которые, будто вожжи, держат его в постоянном любовном натяжении-тревоге, — так же, как те настоящие вожжи, которыми мать Дылды привязывала к столбу маленького сынишку, Богдана.

В назойливых шумах этого города: гудках машин, звонках стекающих с мостов трамваев, в тяжёлом плеске невского хода, в отрывистом гомоне толпы; в гуле и грохоте устрашающе глубокого метро (он и самому себе не признавался в этой фобии, но при малейшей возможности уклонялся от *схождения в Аид*, столь обыденного для коренных ленинградцев) ... — в шумах этого города ему не хватало любимых голосов. А в плотном воздухе стылых сумерек не хватало рыжего цвета, огненного всполоха волос под солнцем. И мучительно — порой это напоминало удушье! — не хватало родного запаха любимого существа.

Он как-то жил: двигался, сидел на лекциях, случалось, «брал по пиву» и засиживался с Лёвкой допоздна за разговорами. Как и все студенты, перед зачётом по анатомии ломился ночами в городской морг, где на старых, задубелых от формалина препаратах можно было позаниматься... Словом, он учился — ведь он и приехал учиться. Но ему казалось, что душа его затекла и занемела, как отсиженная нога. А впереди простиралась равнина безжалостно долгих месяцев, целого учебного года — последнего года *её* школьной учёбы.

* * *

Из вестибюля общежития звонить по межгороду нельзя, вернее, можно, но «вас таких много, а телефон один, и нужен на острый случай». Там в каптёрке за столом сидит дежурный Филя — усатенький хлипкий субъект с волчьим прикусом, отчего кажется, что сейчас он щёлкнет зубами и поймает пролетающую муху. Обойти его нереально, разве что убить, но это успеется.

На улицах стоят телефоны-автоматы за двушку, иногда даже действующие, но у них нет выхода на межгород. Кое-где существуют автоматы за пятнадцать копеек, но в основном в блатных местах, куда не пробиться. Один такой в Гостином дворе, понтовый: большая кабина внутри обита вагонкой, и даже сиденье вроде табурета имеется, а дверь наполовину стеклянная, чтобы видно было — кто там, сука, уже полчаса трындит. Очередь вытягивается будьте-нате, хрен достоишься, а время-то на вес золота.

Самое простое — попроситься к друзьям-знакомым, которых за первый месяц учёбы появилось у Стаха достаточно. Но ты ж не предложишь хозяевам дома удалиться на время разговора куда подальше из собственной квартиры. Они и сидят, доброжелательно ухмыляясь: у мальчика романтические шуры-муры. Весь разговор насмарку. Весь разговор! — когда для тебя каждый выдох её, каждый смешок или всхлип драгоценен и потом целый день обдуман, обцелован и правильно истолкован...

Вот и получалось, что дважды в неделю Стах ездил на телеграф — прямо за аркой Главного штаба на улице Герцена. Заказывал разговор и ждал, когда позовут в кабину. И сердце подскакивало от её голоса в трубке, когда — вполне ожидаемо, но каждый раз внезапно и чудесно — из гулкой пустоты выныривало её прерывистое мягкое «аль-лё-о-о!».

Взмывая, паря, плавясь в тоске и блаженстве, он перебивал: «лёлёлёлё!!!!» — после чего начинался полноценный разговор, вернее междометия, вздохи, молчание, и: «ну, скажи ещё что-нибудь...», и: «в чём ты сейчас, в зелёном платьице? в халатике?» — и прочая невесомая чепуха, важнее которой на тот момент ничего нет.

Она требовала «житейских» подробностей: где ты ешь, получается ли урвать минуту на передышку между занятиями, был ли в музеях, появились ли хорошие знакомые, и что за ребята, а преподы — нормальные люди? А в анатомичке не страшно? не противно? А девочки в группе — хорошенькие? (Он, пренебрежительно: «рожа на роже!» — хотя, если честно, были и очень стильные девочки, но она ведь ревнючая!)

Ему было скучно пересказывать всю эту тягомотину, давно уже для него обыденную; всё это к *их жизни* имело слишком отдалённое отношение; а интересовало только одно: когда наконец она приедет — надолго, навсегда?! Ну хотя бы на неделю! Главное: не крутится ли кто-то возле неё, кто мог подумать, что вот он, Стах, уехал и заветное место освободилось?!.

Почему это: «глупость»?! Напористым, гневным *впрок* голосом он требовал, чтоб она призналась! «В чём, господи, вот дурак!» — тихо говорила она. Но ведь не могло быть такого, чтобы она — она-а! — просто так проходила по улицам... одна?! Уж он-то помнит, как на неё оборачивались, даже когда он был рядом! Вот что терзало, что кормило отравленной пищей его воображение. Одно хорошо: после таких разговоров он засыпал, едва коснувшись головой подушки, и спал как убитый до рассвета, вернее, до времени подъёма, какой уж тут рассвет — хмарь, тощища, промозглый холод и жёлтая муть фонарей за окнами.

Учёба плотно занимала все дни, дважды в неделю выпадали ночные дежурства на «скорой», и слава богу: только так можно было пережить ещё один день без Дылды; только все эти химии, общая-неорганическая, биохимия и проклятая латынь, да ещё легендарная анатомичка с первых дней учёбы могли перешибить желание немедленно сорваться с места, рвануть на вокзал и лететь к ней сквозь мелькание столбов, деревьев, водокачек — к ней, к ней... — средоточием мечты лелея ту тёплую ямку за ухом, куда первым делом он сунется носом, — щенок в охоте за любимым запахом.

* * *

Через месяц не выдержал, сорвался на два дня, пропустив — преступник!— целый день занятий.

Им негде было укрыться. Разве что целоваться в колодце на улице Школьная, до одурения, до

208 онемевших губ, до полного отчаяния и сведённого узлом живота. Дома мама на радостях неотступно кружила вокруг него, не зная, что ещё приготовить, чем ублаготворить — хотя, измученный совсем другим голодом, он почти ничего не ел. А дома у Дылды...

Вот тут и огорошила его новость, которую она старательно от него скрывала. Вот тут он и понял, почему её голос в трубке казался неестественно бодрым. И эту свою грустную новость она выложила прямо на вокзале, когда, сорвавшись со ступеней вагона, он налетел, сграбастал её в охапку и замер, хищно вдыхая сквозь шёлковый шарфик запах её шеи, волос... — не обращая внимания на окружающих, даже на маму, что стояла в стороне, с улыбкой пережидая этот задышливый спазм.

Словом, когда там же, на вокзале, он объявил, что на осенние праздники Дылда едет в Питер (решено, и без разговоров, пожалуйста!), прихватив к каникулярным ещё пару учебных деньков (ничего, нагонишь!); когда, сжимая её ладонь, торопливо объяснял что-то про *снимем комнату у какой-нибудь старухи, облазим весь город, все музеи* (ой-ой-ой, расскажите это вашей бабушке — знал, что не выпустит её из-под одеяла)... — после этой его увлекательной программы она и выдавила, что вряд ли получится: «Папка заболел».

Как?! Чем заболел?!

«Просто приболел, — повторяла Дылда потерянно. — Ничего особенного. Не волнуйся. Наши главные планы остаются в силе».

Он буквально взбесился:

— В чём дело-то?! Дядя Петя?! Что с ним? — не отставал, добивался, не сходя с места: — Ну, выкладывай. Я ж всё равно узнаю!

И тогда оживлённая улыбка сползла с её лица, золотые брови сошлись домиком, задрожали, лоб наморщился.

— Онкология... — проговорила она и тихо заплакала.

* * *

Видимо, судьба решила добивать дядю Петю прицельным огнём. Хотя сам он считал иначе: «Эт как посмотреть, — говорил, — эт как сказать. Может, просто судьба меня пожалела, постаралась не разлучать надолго с Танечкой. Вот мы скоро и увидимся... Скоро, скоро уже я к ней прилягу».

Положенные медицинские процедуры, впрочем, проходил кротко, переживал их как неотменимые муки чистилища: ещё немного потерпеть, и встреча не за горами. И хотя очень ослабел и в полную силу, как бывало, часов по десять-двенадцать, работать не мог, ещё старался быть музею в чём-то полезным: каждый день с утра — если не в больницу на процедуры — просил дочь наведаться к директору, Николаю Сергеевичу Скорохварову, — принести хоть чего на починку. А Николай Сергеич готов был ради Петра Игнатьича на что угодно, хоть и механизм каких-нибудь вполне ходких часов специально испортачить, лишь бы тот был занят делом и о плохом не думал. Вот и таскала Надежда из музея домой, а потом обратно то шкатулку слоновой кости, то какие-нибудь каминные тяжеленые часы в коробке: ей доверяли под честное слово. И папка, слегка оклемавшись после обезболивающих, садился за свой необъятный стол-верстак, нацеплял стаканчик-линзу, вооружался инструментами и — вот же счастье! — работал. Руки пока не подводили — золотые его благословенные руки.

Учёба его отличницы, подозревал он, «дрогнула и покосилась». Да и когда тут уроки делать, если и приготовь, и убери, и за приёмом лекарств следи, а то забудет. Когда папку дважды брали в больницу, дочь дневала там и ночевала. Ей казалось, что он сильно скучает один, хотя почему — один? «Мужиков в палате предостаточно, — возражал он, — есть с кем лясы точить, и в шахматы сыграть, и вообще...»

Как бы не уплыла к кому другому наша золотая медаль, вздыхал он про себя, а ведь на меньшее, чем золото, Надюха не готова, она у нас такая во всём честолюбица!

За первые месяцы папкиной болезни приезжали по очереди все дети. Папка пережидал эти торжественные налёты с трудом. «Доча, — говорил, — они сидят здесь неделю с похоронными физиями, ты мечешься из школы на рынок, к плите-уборке, чтобы их ублажить. Бог с ними, ангел мой, с этими визитами к одру. Скажи им закругляться. Пусть уже к похоронам приедут».

Анечка тоже наведывалась из Владимира, гладила папку по спине и плечам, приникала к затылку щекой, плакала... Сквозь слёзы доложила, что «Рома сделал предложение»; на этих словах стеснительно, но и торжествуя, вытянула левую руку, до того слегка заведённую за спину. Помолвочное кольцо с веночком небольших, но колко блестящих бриллиантов выглядело сдержанно и благородно. Очаровательное колечко на красивой руке. (У Анечки руки всегда были изящные, аристократичные, пальцы тонкие — не в пример Надежде, у которой руки крупные и сильные, и очень умелые — в папку.)

Потупясь, будто виноватилась, Анечка добавила, что родители Ромы вступили в кооператив, начали строить большую четырёхкомнатную квартиру в центре Владимира. Так что сам бог велел с ними жить: единственный сын всё-таки. Это и удобно, и разумно: дети пойдут, пенсионеры очень пригодятся. Внуков же все любят. А потом... «спустя годы, конечно, и дай им бог здоровья на подольше, но никто же не вечен», — спустя годы естественным ходом квартира перейдёт к ним по наследству... Анна взглянула на папку и осеклась. Уж очень тема была актуальной, про наследство-то. А папка и бровью не повёл. Проговорил удовлетворённо: «Правильно, Анечка. Как ты славно всё рассудила».

Забегая немного вперёд, надо отметить, что папка, в болезни не растерявший ни здравого смысла, ни чувства юмора, отколол удивительный номер. Папка, никогда в жизни не интересовавшийся юридическими процедурами, далёкий от темы дележа какого бы то ни было семейного капитала (да и где он, тот капитал, не смешите!) — папка!

оставил! завещание! Причём проделал всё с виртуозностью персонажа какой-нибудь Агаты Кристи. Он собственной рукой написал короткий и исчерпывающе ясный текст на половину тетрадного листа, не забыв добавить неловкой фразы о «в полном уме и без намёка на старческий идиотизм». И подписал его — в музее, в кабинете директора Николая Сергеевича Скорохварова, — попросив того засвидетельствовать личность завещателя, а также дату. И директор всё это засвидетельствовал своей размашистой, уважаемой всеми подписью. После чего данный документ хранился в сейфе музея до самого дня похорон Петра Игнатьича, до той минуты, когда на поминках в доме усопшего, в присутствии собравшихся детей, Николай Сергеевич вынул листок из внутреннего кармана пиджака и, нацепив очки, звучно зачитал его содержание — в полновесной и ошеломлённой тишине.

Словом, все два дня своего вихревого налёта домой Стах просидел у Дылды, возле дяди Пети, смешно повествуя о студенческой жизни будущих медиков, избегая, впрочем, живописных ужасов анатомички. Помогал Дылде купать-переодевать папку, а вечером, когда она выходила его проводить к двери, успевал на минутку припасть, притянуть к себе, обшептать, обцеловать ненаглядное лицо, вдохнуть тепло благоуханной шеи...

После чего, проболтав с мамой полночи, валился на свой топчан, чтобы на рассвете подскочить как подорванному от сладкого миража, от мучительного спазма внизу живота, от позыва бежать, колотить в дверь и, когда откроет, — схватить её, жаркую со сна, и влиться в неё каждой клеточкой своего тела, воющего от месяцами накопленной любовной ярости.

Что касается Надежды, то жила она эти медленные и печальные месяцы папкиной болезни будто зажмурившись в ожидании удара.

Но так уж случилось, что ударило не её, и совсем с другой стороны.

Глава 2
МАМА

Телеграмма как раз и начиналась с этого слова, и вся была сплошным набором ошибок. «Ударило мать. Преедь быстре. Маша соседк».

Телеграмму, улыбаясь, принёс всегда услужливый вьетнамец Виен — вероятно, по просьбе дежурного Фили. Несколько мгновений Стах стоял в распахнутой двери своей комнаты, пытаясь понять смысл дикой вести, составленной из слепых неустойчивых буковок. Потом ринулся вниз, к телефонному аппарату, что стоял в «дежурке» как раз на такой вот «острый случай»...

Там он нелепо сшибся с Филей-волчарой, вскочившим традиционно запретить, толкнул его в грудь, бросил телеграмму на стол и набрал домашний номер. В животе трепыхался кролик, душу заколотили досками, как пляжный киоск «мороженое» — на зиму. Голова, впрочем, соображала неплохо: первым делом — в метро и на вокзал.

Поездов из Ленинграда через Вязники было два. Один долгий, с заездом в Москву, другой, горьковский, скашивал угол и шёл напрямки. Из Ленинграда уходил вечером, в Вязники прибывал чуть не на рассвете. Уходил через полтора часа! Вероятно, даже звонить не стоило, терять драгоценное время. Но он должен был немедля дознаться: кто или что «ударило» маму, дома она или в больнице, может ли говорить...

И трубку сразу сняли! Тётя Маша, соседка, Валеркина мать, будто ждала его звонка (потом утверждала, что — конечно, ждала, а как же! Сидела у них с самого утра, понимала, что он сразу позвонит, — после такой-то телеграммы. Тут большого ума не надо). А он растерялся от чужого голоса в трубке и две-три секунды только рот открывал, пытаясь исторгнуть звук из глотки.

— Что?! — крикнул наконец. — Где она?! — И следуя идиотскому тексту телеграммы: — Что, кто её ударил?!

— Так, это... удар её ударил, Сташек, — робко ответила на его ор тётя Маша. — В Народной мама, и дело неважнецкое... Я утром зашла соли попросить, а она — на полу, у двери, в ночнушке. Видать, пыталась до людей доползти, даже дверь успела отворить. Долго лежала... Ребята из «скорой»... они по-медицински говорили, я не поняла. Что-то с мозгом... нехорошее. Укол ей, конечно, сразу сделали, какой-то *правильный*... Ну, ты и сам почти врач, выяснишь. — Она горестно вздохнула: — Ты бы приехал прям вот щас, а? Как бы не поздно. Светлану я тоже вызвала. Кто знает, сколько она, Соня, протянет.

К себе в комнату он метнулся только за деньгами и паспортом, сверзился вниз по лестнице, на ходу натягивая свой знаменитый полушубок, укороченный и ушитый из железнодорожного тулупа. Толкнул дверь на улицу, выбежал в колючий снег, в мороз, опаливший лицо ледяным ожогом. И немедленно студёная воронка боли втянула, закрутила-понесла, не давая ни думать, ни вдохнуть: метро, вокзал, сложенный бланк телеграммы в заледенелой руке, беспамятный напор в очереди за билетом и готовность врезать первому подвернувшемуся. Такого не оказалось.

Добыл место в плацкартном, на которое даже не присел, всю дорогу мотаясь по вагону, выскакивая в морозный тамбур, закуривая, сминая сигарету и тут же закуривая новую...

Впоследствии он довольно часто думал о природе времени: о том, как искривляется оно в минуты и часы потрясений, как распадается, осыпается кусками отсыревшей штукатурки или растягивается гнусной резиной — до бесконечности. То ему казалось, что поезд невыносимо тащится, и он мычал от ненависти к кому-то неопределимо враждебному, кто тормозил, не пускал, не переводил стрелок на путях... А то вдруг (задремал, что ли, стоя, с сигаретой в руке?) к нему, стоявшему в тамбуре, привычно выкатились в сумраке студёного утра верзила-тополь, водонапорная башня родного вокзала, здание станции — всё в кипящей снежной каше, — и тут помнилось, что дороги всей минуло часа полтора. Вот, видишь, как вышло, подумал: никто тебя и не встречает...

Мелькнула крыша их дома; и на минуту не заглянув туда, прямо со станции он кинулся в больницу.

А ведь совсем недавно, год всего, после уроков он приходил сюда, как на работу, к Вере Самойловне. Сколько его шагов тут проложено-запутано — сквозь ворота во двор, по вестибюлю (фикус — кафель — окошко приёмной — пустая каталка — ряды стульев у стены) — на второй этаж...

Он и взлетел на второй этаж, и прямо в коридоре столкнулся с Алевтиной Борисовной. То был обход, она переходила от койки к койке — целый поезд составлен вдоль стен. Типичная зимняя, эпидемическая картина в любой отечественной клинике, уж он навидался на «скорой»: привезённых ночью температурных больных некуда класть. Неужели и мама в коридоре?

Алевтина Борисовна увидела его, подозвала кивком:

— Быстро добрался... Мама — в третьей, я распорядилась, чтобы устроили, хотя видишь, что в коридорах творится. Иди, побудь с ней, посиди рядом. Что тут сказать...

— Это инсульт?

— Острый инсульт. Видимо, долго лежала без помощи. Парез правой половины тела и... — она сочувственно глянула на него: — Прогноз плохой, Стах, обнадёживать не стану. Она без сознания, под капельницей, хотя, сам понимаешь, особо тут делать нечего: глюкоза, физраствор, гемостатики даём... Ну и кислород...

Он стоял на пороге палаты, первые две-три секунды растерянно переводя взгляд с одного лица на другое. Не узнавал, не видел мамы!

Наконец узнал, вернее, заставил себя узнать: мама лежала на первой койке у стены, как войдёшь — направо, и, в общем, это уже была не мама. Старуха с отёкшим лицом и скошенным на сторону ртом. Она бы ему мёртвой показалась, если б не тихо вздыхавшие трубки кислородной подачи.

Перемена была страшной и необратимой, только волосы её — смоляные, с яркой сединой последних лет, прекрасные по-прежнему, — были рассыпаны по подушке вокруг головы, как у Медузы горгоны.

Он подошёл, проверил иглу капельницы, натянул одеяло на угловато задранное плечо в больничной рубахе... Делать тут особо нечего, как абсолютно верно заметила Алевтина Борисовна, и прогноз плохой; он понимал это слишком хорошо, видал подобные случаи за месяцы своей работы на «скорой»... Но внутри всё безмолвно рычало и обрывалось — будто кто безуспешно пытался завести мотор застрявшей в кювете машины.

Он опустился на стул возле койки и сказал себе: всё. Просто сидеть. Просто ждать... неизбежного. В случае мамы — невероятного. Невозможного!

И вновь за окном палаты в заснеженных ветвях липы кувыркались какие-то птахи, тяжёлый свет больничных ламп заливал палату, по которой двигались люди, кто-то храпел, кто-то выносил утку из-под больной; одна нянечка сказала другой: «Ли-ид, а ты всё-тки взяла тот мохеровый лапсердин дорогущий?»

Какие банальные слова и мысли приходят в голову, думал он, как отшибает в минуты внезапного горя желание подобрать неизбитое слово. Становишься просто безымянной крупинкой боли, которую крутит в водовороте всемирной людской участи. Да какое тебе дело до всемирного! Становишься маленьким мальчиком, сидишь перед кроватью умирающей мамы и твердишь себе: «Как же так?! Почему — вдруг?! Почему — она?! Мама была такой... такой...»

«Какой? — спросил он себя, не отводя взгляда от перекошенного лица старухи на койке. — Какой же ты была, мама?..» Лёгкой, смешливой, неуёмной. Совершенно не похожей на тех грузных особ, которых врачи как раз и пугают возможными кошмарами инфарктов и инсультов.

Вспомнил её отражение в большом ростовом зеркале, в комнатушке ателье. Вся колкая от множества булавочек в «прихваченном» платье («Сташек, не подходи, я колючая!» — Да уж, однажды налетел, как всегда, обнять за талию, прижаться лицом, и вскрикнул: в щёку впилась булавка!), она медленно поворачивается перед зеркалом, одобрительно посматривая на отражение: тонкая, уверенная в себе, голова грациозно посажена на высокой шее. Она и выглядела всегда самой молодой «мамой» в классе — по сравнению с дебелыми мамашами других учеников. Была лет на пятнадцать старше этих толстух.

В ателье они часто ездили вместе — Сташек любил бывать в городе с мамой, с ней в знакомых пространствах всегда открывалось что-то *игровое*. Всегда кто-то встречался по пути, и они застревали в *тарах-барах-растабарах*, а Сташек наслаждался тем, как раскатывается мамин голос (она чуть-чуть картавила «по-вертински»), как заходится смехом случайный собеседник или приятельница в ответ на мамину шутку, на мгновенную картинку, показанную одной лишь гримаской на лице, одним беглым жестом... Он тайком прижимался щекой к рукаву её платья или пальто и совсем не скучал, наоборот, хотел, чтобы мамин голос раскатывался и длился, а хрипловатый, заразительный её смех вспыхивал посреди какой-нибудь фразы.

После примерки заглядывали в музей, это была их с мамой традиция, хотя Сташек наперечёт знал картины, обстановку, выставленную на столах посуду и даже скучные стенды с птичками и змеями на первом этаже... Он помнил на память мелодии всех музыкальных механизмов — шкатулок, кабацких оркестрионов, хитрых вазочек и сигаретниц, — которые, едва сотрудница музея нажимала на тайную пружинку или поворачивала ключик, принимались названивать, нахрюкивать, погремливать, вытренькивать или чванливо бомбомкать.

После музея шли просто гулять «пока нос не смёрзнется», и непременно выходили к реке. Он даже зимой тащил маму к дебаркадеру, к затону, где искрючий на солнце лёд похож был на монолитный серый гранит. Стоял, втягивая ноздрями обжигающий ветер, уже мечтая о лете, о Юже, о ничем не стиснутой свободе... продолжая стискивать мамину руку в варежке, точно вот сейчас мама должна собраться и уехать назад в Вязники.

Самым захватывающим, странным, слегка таинственным спектаклем его раннего детства была Примерка Нового Платья.

Ателье находилось в самом центре города, за сквером, рядом с книжным магазином. Помещение скромное: две кабинки с матерчатой занавеской на кольцах, два потёртых зелёных кресла, ростовые зеркала по стенам и стойка, за которой мастер выписывал квитанции. Ещё был «цех» — смежная комнатка за зелёной шторкой, с огромным столом, где Вадим Вадимыч кроил материю и где в уголке сидела «на лёгкой работе» его крошечная древняя мать, пришивая какую-нибудь пуговицу, молнию, замшевую заплату на локоть джемпера или пиджака.

Вообще-то мама не шиковала, она не была мотовкой. Она покупала по случаю готовое платье в универмаге, причём за три минуты, даже не покрутившись вдосталь перед зеркалом. Подходила, снимала «плечики» с товаром, примеряла... И всегда получалось: как влитое! Продавщицы удивлялись, объясняя друг другу: «Фигура стандартная, выбрала-одела-пошла...» Сташеку это замечание почему-то казалось обидным: ничего, ничего у мамы не было «стандартным»: ни фигура, ни лицо, ни слова, произносимые хрипловатым, чуть насмешливым голосом.

Купив магазинные платье или блузку, мама говорила: «возьмём за основу». После чего ехала в Мстёру — там была знаменитая кружевная фабрика, а при ней магазин, где продавались кружева на воротнички и обшлага: нежные, невесомо связанные между собой звёздочка-

222 ми-розочками-листиками, — снежинчатого вида чудеса.

(Когда, много лет спустя, Стаху приходилось наблюдать биологические структуры под микроскопом, первым делом в его памяти всплывали кружева на горловинах, лифах и обшлагах маминых платьев.)

Многое мама сама перешивала-дошивала на свой вкус. Но когда купленные кружева казались особо ценными, особо невесомыми и прекрасными и она боялась напортачить, тогда и ехали в город к Вадиму Вадимычу: заказывать новое платье.

Лысоватый, седоватый, с лёгкой косиной в левом глазу, Вадим Вадимыч был, говорила мама, первым встреченным ею в жизни мужчиной, у которого стрелки на брюках отглажены лучше, чем это делала она для бати. Он и на рабочем месте бывал неизменно одет в белоснежную рубашку с бабочкой, в жилетку; на голове — чёрная круглая тюбетейка. Все заказчики обращались к нему: «Вадим Вадимыч», хотя Сташек несколько раз слышал, как старенькая мать звала его «Вэлвеле» — поди разберись. В семье у Сташека мастер проходил под кличкой «Косой крой» — это батя навесил. Батя считал, что портной в маму влюблён (а иначе зачем столько примерок?), и постоянно поддевал её, выдумывая какие-то дурацкие портновские термины, в которых ничего не понимал: как там, спрашивал, поживает твой «Косой крой»?

Может, Вадим Вадимыч и правда был в маму влюблён? Стах вспомнил, как, сдвинув занавеску на кольцах, тот на вытянутых руках подавал ей скроенное и «прихваченное» платье внутрь примерочной, где мама стояла в белой, как сметана, комбинации на тонких бретельках, поёживаясь от холода (ателье отапливалось скудновато). «Осторожненько! — говорил Вадим Вадимыч. — Булавочки!» Он-то никогда не называл мамину фигуру «стандартной»; он говорил: «Софья Яковлевна, шить на вашу безупречную фигурку — профессиональное наслаждение».

Настоящий спектакль начинался, когда мама выходила из-за шторки в «прихваченном» платье. Вадим Вадимыч отбегал, пятясь спиной на два-три шага, замирал, склонял голову, оценивая картину взглядом художника. Затем принимался медленно кружить вокруг мамы, иногда припадая перед ней на одно колено, чтобы прихватить где-нибудь подол, переколоть булавку... Вскакивал, вновь отбегал, осторожно приближался... восхищённо что-то бормоча. Был необычайно куртуазен. Сташеку всё это почему-то напоминало танец. Он видел такой на новогоднем концерте в Клубе железнодорожников, назывался «танго». Было что-то неприличное в том, как танцор отшвыривал от себя даму, продолжая удерживать её на вытянутой руке; как она опрокидывалась, высоко задирая прямую ногу, как потом, на последних аккордах, перебросила свою ногу через колено партнёра. И хотя на примерках мама стояла неподвижная и послушная, как овечка, в предвкушении обновки, и была в высшей степени сдержанна, даже чопорна, оба они — и мама, и Вадим Вадимыч — напоминали партнёров в том странном манерном танце, «танго».

Сташек обожал мамины платья! Особенно синее, сшитое Вадим Вадимычем по случаю свадьбы старшей сестры Светланы. Лиф гладкий, с деликатной стоечкой, украшенной лёгкими и таинственными, как древние письмена, кружевами; юбка — плиссированная, с узким пояском на талии...

Господи!!! — возопил кто-то внутри него, отбивая милое видение, швыряя его в сегодня, в палату, к железной койке, на которой лежала умирающая старуха. — Как, как такое могло случиться?!

Нервное напряжение почему-то вытеснялось у него в переполненный мочевой пузырь. Он просто не мог сидеть у её кровати, то и дело выскакивая в туалет на этаже. Странно, думал, я ж не пил ни черта, откуда столько берётся... Будто жидкость, переливаемая по капельнице в вены матери, истекала ручьём из него. Он чувствовал себя странно соединённым с нею — так страшно соединённым, что, пожалуй, мог поверить, что и его сейчас хватит не то инфаркт, не то инсульт. Его колотила какая-то смертная дрожь, кисловатая слабость струилась по телу, и он снова и снова выскакивал из палаты — отлить... Весь мир был выключен, вместе с родным городом, вместе с далёким, канувшим куда-то Питером и очень далёкой, сейчас недостижимой Дылдой, — хотя добежать к ней отсюда можно было минут за двадцать. Можно было спуститься и позвонить ей из вестибюля больницы... Но то, что сейчас происходило с ним... и уже произошло с мамой, было так неподъёмно и так необъяснимо, не-вы-го-ва-ри-ва-е-мо... что никаким иным чувствам и людям, даже самым любимым, — просто не находилось места ни в мыслях, ни в душе.

Много лет спустя, в других совсем краях, в гостях у друзей, Стах, не большой ценитель и знаток кинематографа, однажды увидит кадры из культового фильма «Криминальное чтиво». Скептически посматривая на экран, где лихие мордовороты отстреливали друг друга почём зря, он, в те годы уже навидавшийся в тюрьме настоящих мордоворотов, в одном из следующих эпизодов увидит вдруг... маму! И — рухнет в кресло, впиваясь глазами в экран.

Там, на небольшом танцполе какого-то ресторана, гениально отжигали твист мужчина и девушка. И это была молодая мама: её лицо, с таким родным, таким знакомым ему выражением лукавства и отваги, прямой бесшабашный взгляд её синих глаз: гори оно огнём!

Потом много раз наедине с собой прокручивал на ютьюбе легендарный танец Умы Турман с Джоном Траволтой. Наглядеться не мог. Не мог насмотреться на маму своего детства. На её тонкую фигуру, насмешливую пластику, юмор жестикуляции. И говорил себе, что мамин твист на их кухне в Нововязниках был ещё лучше, ещё талантливей!

Каким очаровательным согласованным зигзагом двигались её ноги, руки, всё тело. Как она учила: «ступни параллельно и скользят вправо-влево: раз-раз-раз-раз! Сначала ввинчиваешься пятками в пол... так... так, а локти ходят поршнями вокруг

226 *тела... Попу отклячить — не бойся быть смешным,
люди обожают клоунов! А теперь на носочках, колени согнуты-и-и-и... па-а-шёл: ти-ра-рам-та-рам,
туру-ру-рум-ту-рум... ти-ра-ра-ра-ра-пум-тира-
тира-ра-ра-а-а!»*

*Какой она была молодой в свои пятьдесят, как
хотела жить, и быть на виду! А это её хриплова-
тое-шальное: «Мурка, ты мой Мурёначек! Мурка,
ты мой катёна-чек!» — и «Окрестись, мамаша,
маленьким кресточком...» — от которого мурашки по телу, мурашки... И самое дорогое воспоми-
нание: как танцевально-грациозно она раскатыва-
ла по ноге тонкие чулки, вытягивая носок ступни,
как, пройдясь по деревянным половицам, склоня-
лась, доставая из нижнего ящика шифоньера туф-
ли-лодочки, тщательно их надевала и — непременно! — отчебучивала несколько залихватских вы-
ступок!*

*А как, работая на станции кассиром, она вече-
рами изображала разных типов в окошке: меняла
голоса, придумывала уморительные до колик реплики! — тут сказывались три курса театрального
училища в Горьком, которое она так и не успела
закончить.*

*А ведь она совсем, совсем из другого мира была,
подумал он вдруг. Ей бы не на станции Вязники, ей
бы в Москве жить, играть в каком-нибудь театре
Моссовета, или где там ещё... Да она бы звездой была, примой — с её-то слухом, с её голосом... с её при-
танцовывающей грацией, скользящей танцевальной
пластикой и ежеминутной шальной готовностью
«сбацать»! Вспомнил, как в детстве на пляже они
усаживались спинами друг к другу, тесно прижима-*

лись, и она говорила: «Хочешь послушать, что я го-ворю тебе в сердце?» Он сидел и слушал спиной, как хрипловато и глухо звучал в сердце её голос...

Впервые подумал: погубленная жизнь; погублен-ная мама!

В это самое мгновение, когда судьбе как будто надоело томить его в туманной горечи безнадёж-ных мыслей, мама вдруг открыла глаза, вернее — глаз. Правое веко почти не поднималось, но ле-вый глаз глядел вроде бы разумно, и казалось, мама наблюдает за сыном: как он, примет ли её такой или брезгливо отвернётся?.. С минуту смо-трела на него, затем чуть вытянула подбородок, силясь что-то сказать. Он склонился к её лицу, взял в свои ладони сухие горячие руки:

— Мама, ты меня слышишь? — спросил неж-но. — Ты узнаёшь меня?

— Грав... — медленно прошелестела она угол-ком рта. — Грав...

— Граф? — нервно переспросил он. — Что за граф?

— Гра... ев...

Он наклонился ещё ниже, совсем близко к её неузнаваемому, как-то смещённому на сторону одутловатому бедному лицу:

— Граев? Это фамилия — Граев? Чья?

Она пыталась облизнуть губы разбухшим по-синелым языком, проскрипела чужим кожаным голосом:

— Гра... евс... ка...

— Граев-ска? В смысле — Граевская?.. Не знаю. Я не помню, не знаю... Кто это, мама?

— Я, — сказала она.

Он смотрел на мать, ещё ничего не понимая, не уверенный, что правильно расслышал нечто, к чему стоит прислушаться, что стоит понять. Но мама неотрывно смотрела разумным левым глазом прямо в лицо сыну, и он неотрывно смотрел в этот глаз, который единственный связывал сейчас его с прежней мамой, растерянным шёпотом повторяя: «Граевская?.. Граевская... Граевская?» — ничего не понимая, но всем сердцем веря ей, потому что...

...нечто неуловимо детское-летнее-давнее, что бежало любого слова, но исподволь, оказывается, брезжило в душе, тихо тронуло сердце и взметнулось, и зажило-задрожало... Вдруг словно ослепило его: неприязнь гороховецкой родни — «чернявый, в мать!», и её (и его) смоляные кудри кольцами, столь отличные от пшеничной масти всей южской двоюродной ребятни... И голос бабы Вали: «Эт что у нас тут за красавчики ходят! Эт что у нас тут за кино-ален-делон!»

— Ты... ты? — пульсирующим шёпотом вытолкнул он. — Ты-и-и?!

Она шевельнула нижней губой, прикрыла глаз, мучительно пытаясь выговорить:

— Удо... удо... че...

— Удочерили?!

Он судорожно перевел дыхание, выпустил её руки, выпрямился на стуле. Воздуху... здесь не хватало воздуху! Духота, как и мертвенный искусственный свет, заливала палату. Хотелось вышибить раму окна, хватануть ртом огромный глоток обжигающего зимнего ветра.

— Мама... — выдохнул он с горечью. — Почему? Почему я должен узнать это сейчас, когда ты... Почему ты оставила это на... — хотел сказать: «на смертный час, на последний разговор...» — и запнулся, не сказал, пожалел её. — Так кто же твои родители? — спросил он. — Кого искать, по каким следам?!. — хрипло закашлялся, ударил кулаком по колену: — Чёрт, чёрт, чёрт!!!

Она закрыла глаза и уже их не открывала. Он сидел, наклонясь над мамой, сторожа следующий миг просветления, время от времени вскакивая и покидая её на минуту-две, ибо изнутри его распирало отравными потоками...

Так прошло ещё часа два... Заглянула Алевтина Борисовна, сказала:

— Ты бы хоть кофе выпил. Поди в мой кабинет... Я скажу Фросе, она сварит. Эта история может долго продлиться.

— А может, и недолго, — отозвался он, не отрывая глаз от мамы. Алевтина Борисовна согласно кивнула.

— Ты же всё понимаешь, — мягко проговорила она. — Ты же... без пяти минут медик.

— Я хочу быть рядом с ней, когда... — он прокашлялся, прочищая спазм в горле.

Однако не усидел, не уследил — что-то происходило с ним странное, физически необъяснимое. Он убегал от неё... будто не хотел, чтобы мама подтвердила, чтобы ещё раз назвала постороннее имя, превратив его, своего сына, в... чужого самому себе человека. Когда через полчаса в очередной раз он вернулся из туалета, проклиная себя за малодушие, за подлость, за все, что вспомнил, смертные грехи... — мама уже тихо хрипела, угасая, уплывая в неизвестную даль вместе с нерассказанной своей историей...

Он стоял и смотрел, до конца смотрел — в её внезапно открывшийся и застывший глаз, не в силах отвести взгляда.

Это была не мама. Это настолько ужасающе была *не мама*, что внутри у него только перекатывался колючий сухой репей. Это не Сонечка Устинова лежала на больничной койке. Это лежала мёртвая, высохшая и скособоченная старая женщина, какая-то Софья Граевская, и он ещё не совсем понимал, как к ней относиться.

Получалось, что его вечно молодая мама куда-то исчезла, и при наличии некоторого воображения можно было представить, как, кружась и ввинчивая в облака узкие босые пятки, озорно крылышкуя локтями, она уносится в кружевную снежинчатую круговерть, оставляя вместо себя незнакомую старуху, которую ему почему-то надо хоронить и, видимо, оплакать...

* * *

Сестра не успевала добраться до завтрашнего утра, так что хоронить договорились на четвёртый день. И как только каталку с мамой, отключённой от приборов, повезли по коридору куда-то прочь, он поднял рюкзак, так и валявшийся все эти часы возле ножки кровати, схватил полушубок и сбежал вниз, на ходу продевая руки в рукава. Ему необходимо было добраться сегодня в Южу.

Сейчас в его памяти зазвучали голоса, вспыхнули бликами, ожили речными запахами долгие путешествия с мамой по Клязьме; воскресла во всём своём великолепии «Зинаида Робеспьер», маневрирующая в устье Тезы; весёлыми ребячьими воплями и гоготом взрослых зашумел милый сердцу клан южской родни. Засмеялась, по-цыгански передёрнула загорелыми плечами в сарафане поразительно молодая — над возрастом своим — мама. Как она отличалась от всей родни, вспомнил он, и будто плыла надо всеми: смуглая, черноволосая, гибкая... Какой всегда начинался тарарам с её появлением в Юже — помнишь все эти застолья, перебивающих друг дружку сестёр, братьев, с обожанием смотревших на старшую сестру? Так к кому же бросаться со своими вопросами и что выяснять? Дед с бабкой уже умерли. Тётя Наташа?.. Он лишь недавно выяснил, что на самом деле Наталья не тёткой приходилась ему, а двоюродной бабушкой: она была младшей — и сильно младшей, с разницей в девятнадцать лет, — сестрой бабы Вали. Вот разве Наталья что-то знает. Но захочет ли рассказать?

Дорога до Южи проста, но утомительна, особенно зимой: электричка до Коврова, оттуда автобус Ковров — Холуй — Южа. Он сидел в электричке, смотрел — и не видел — в залепленном снегом окне — фрагменты забелённых полей, мутные острова чёрного леса, сизые ростки дымов над трубами, бурые горбыли заборов. И столбы, столбы... вечно убегающие за спину столбы. Он так и не дошёл, так и не позвонил Дылде — боялся, голос подведёт. Надеялся, кто-то из знакомых, из соседей или школьных подруг донесёт до неё

232 весть, у нас эти вести разлетаются быстро. Если бы два дня назад кто-то сказал ему, что, оказавшись в родном городе, в двух шагах от любимой, он не примчится к ней сразу же очертя голову, он бы только усмехнулся: придёт же такая мысль! Но оказывается, всё, что терзало его последние месяцы разлуки, в одну минуту может скукожиться, отплыть на дальний план, может вообще исчезнуть из мыслей. (Значит, наше так называемое либидо, наши гормоны, подумал он, и все эти подземные толчки неуёмного вулкана молодых наших тел не так уж и главенствуют над гибельными событиями жизни?) Сейчас он думать не мог ни о чём, кроме мамы, её внезапной смерти, её запоздалого — на краю последнего вздоха — признания; он мог лишь глядеть, не отводя взгляда, в ту пропасть, что перед ним разверзлась, и пропасть сумрачно глядела в него, пялясь чужими глазами. Не мог ни о чём думать, кроме этого... предательства.

Предательства?! — и ужаснулся слову, пришедшему в голову. Кто же тебя предал — родная мать? Да, сказал себе, да! Она предала меня, она скрывала... скрывалась! Она была не той, кем всю жизнь представлялась. У неё, как у шпиона, была легенда. Она и батю предала, с ожесточением думал он. Батя много лет прожил с женщиной, которая... И оборвал себя: «Постой! С чего ты взял, что батя не знал маминой тайны? Что вообще ты знаешь о своих родителях — ты, случайно возникший на излёте их затухающей супружеской жизни?»

Трясся в автобусе, колченого преодолевавшем снежную дорогу, и опять — не видел, не видел ничего...

Южа встретила его мёрзлой отчуждённостью, теми же горбылями вдоль серых домов, теми же кучами грязно-серых облаков над кучами грязного снега. Впрочем, новый снег с утра уже полоскал в воздухе марлевый подол, а к обеду повалил гуще и настойчивей. Чёрное овальное озеро Вазаль, зимой не замерзавшее из-за тёплой воды от фабричной ТЭЦ, сквозь снежную кисею напоминало завешенное зеркало в доме покойника. Он подумал: нет ничего тоскливей зимних пейзажей российской провинции, — и тотчас усмехнулся: ишь, ленинградский житель!

Дорожка от калитки к дому была недавно чищена, хотя уже вновь неудержимо покрывалась слоем невесомого снега. Стах не был здесь года три, с похорон деда Якова, тоже случившихся зимой. Дорожка и тогда была чищена, чтобы не споткнулись, не поскользнулись мужчины, выносившие из дому гроб. Стах как раз и выносил, с дядьями и братьями. Дед Яков умер хорошо: во сне, после баньки, «выбритый и чистенький такой — обмывать не пришлось!» — умильно говорила Наталья и добавляла: «Потому что святым был, настоящим святым!»

Ну-ну... Посмотрим, что скажут мне в доме святого.

Дверь открыл мальчишка, один из младших племянников, — Стах не помнил имени. В последние годы две сестры и двоюродный брат как-то дружно женились, и так же дружно понарожали, одна из сестёр даже двойню, и Стах, новоиспечённый дядя, как-то мысленно отпустил эту длинную и махристую родственную нить: после смерти стариков оказалось невозможным жить такой же бурной родственной ватагой. Расстояние, заботы... Новая, как сейчас пишут в газетах, *реальность*.

— Привет, — сказал он, рассматривая вихор на круглой пацаньей голове. — Ты сегодня за старшого?

И тут же из комнат в прихожую прихромала тётка Наталья — в валенках, в шерстяной юбке и толстой вязаной кофте, а поверх — меховая кацавейка; седые волосы распушились, — видно, платок только сняла. Значит, выходила, может, дорожку и чистила, хотя возраст-то, ноги-то...

Он повторил:

— Привет, привет вам, деревенские люди...

— Господи! — выкрикнула Наталья. — Сташек!

Подалась встретить-обнять и — застыла, всматриваясь в него с тревогой: Наталья, она всегда приметливой была.

— Какими судь... ты не...

— Мама умерла, — сказал он, не переступая порога. Стоял в открытой двери, за спиной уже густо валил снег, перебеливая двор. У тётки беспомощно открылся рот, она выдавила короткий стон и ладонью закрыла глаза. Стах продолжал стоять, не двигаясь, по-прежнему не переступая порога, внимательно тётку рассматривая. Та тихо плакала, привалившись к стене и мелко вздрагивая седой головой. Прошла длинная минута... Пацан убежал в глубину дома, и там заспорили, зачастили, взвизгнули... Девчачий голос выкрикнул: «Жадина-говядина — солёный огурец!!!»

Он проговорил, из последних сил стараясь держать себя в руках:

— Скончалась некая Софья Граевская. Ты её, случайно, не знала?

Тётка отняла мокрую ладонь, взглянула прямо в глаза его:

— Это она тебе рассказала? В дом войди. Не стой как чужой.

Он бросил на пол в прихожей рюкзак, стянул полушубок — в доме было натоплено, — повесил его на вешалку, вошёл в залу и огляделся. Здесь всё оставалось на своих местах. Старый буфет пятидесятых годов, всегда натёртый с таким тщанием, что все выпуклости и грани маслянисто поблёскивали, соперничая с хрусталём за стеклянными дверцами. Вязаные салфетки лежали на всех поверхностях, даже под телевизором и на телевизоре — кстати, новом, ему неизвестном, — даже под хрустальной пепельницей, хотя в доме, боже упаси, не курили. Стулья, диваны, глубокое кресло деда Якова — всё было укрыто, застелено, объято заботой. Всё как всегда: ковёр влажноват — только со снегу, недавно чистила, ай молодец старуха! На хрустальной люстре уже лет десять не хватает одной подвески — это они с братом Севкой перебрасывались ботинками, за что славно получили от деда по загривкам. Всё здесь было родным, и вещи, и запахи. Всё пахло детством...

Он присел к столу боком, как незваный гость, и молча ждал, когда тётка вернётся из кухни. Да, всё здесь оставалось верным укладу: она вернулась минут через пять с чашкой чая и глубокой тарелкой, в которой лежали три пирожка. Вспомнилось бабы-Валино: «Съешь кусочек... с коровий носочек».

— С капустой? — спросил, вдруг ощутив, что страшно голоден — не ел со вчерашнего дня.

— Круглые с яйцом и луком, длинный с кислой капустой, — сказала она. — Расскажи по-человечески, по порядку: что стряслось?.. Как Сонечка умерла?

— Нет, Наташа, — он замотал головой, проглотил кусок и опустил пирожок обратно в тарелку. — Порядка такого не будет. Ты поняла, зачем я приехал?

— Сташек, — ровно проговорила она. — Остынь. Здесь все тебя любят. — И вздохнула. — Ладно. Поскольку Сонечки больше нет... — Голос её осёкся. Она поднялась. — Сиди, я всё принесу. — Уже выходя из столовой в соседнюю комнату, с силой произнесла: — И не дури, поешь, чаю выпей — с холода ведь!

Минуты через три вернулась с коричневым конвертом, какие сто лет назад выдавали в сберкассах, положила его на стол и придвинула к племяннику — словно все годы ждала инспекции и держала всё наготове: объясняться. Может, и держала, — после бабы-Валиной-то смерти; ведь Наталья оказалась старшей над всем этим многолюдным кланом.

— Не думала, что она помнит... — проговорила убитым голосом. — Она была совсем ребёнком. Шесть лет, маленькая, запуганная, вся в чирьях... На голове — вшивый домик. Она даже выглядела... недоразвитой.

Он усмехнулся, молча открыл конверт, вытащил оттуда ветхую коричневатую бумажную створу — свидетельство о рождении ещё довоенного типа. Граевская София Аркадьевна. Отец — Аркадий Израилевич Граевский. Мать: Дора Ефимовна Граевская. Национальность — та самая.

— Ясненько... Что там ещё?

Ещё был сложенный вчетверо линованный лист из школьной тетради, где на строчке безукоризненным, каким-то педантичным почерком было вписано: «Ленинград, Жуковского, 15, квартира 8. Умоляю после моей смерти разыскать мою дочь Дору и передать Сонечку матери».

Подпись была размашистая, с тремя упругими завитками — «профессорская», почему-то подумал он, который уже навидался профессорских росчерков.

— Кто это умоляет? — сухо уточнил он, и тётя Наташа, глубоко вздохнув (инспекция: надо отвечать!), торопливо объяснила:

— Бабушка её... Не помню уж, как звали. Безумная, бесстрашная старуха: Сониного отца до войны арестовали и сразу расстреляли — вроде был он генерал не генерал, но... какая-то военная шишка. Потом и мать, вот эту самую Дору, тоже увели. Тогда старуха, бабушка Сонина... — это что я помню, Сташек, мне ведь тогда тоже было не много лет, двенадцать или тринадцать, — в общем, старуха в ту же ночь, как забрали Дору, собрала узел, схватила внучку и — бежать.

— Куда?

— Да куда-нибудь... Метались с девочкой на поездах и прочих перекладных. По всей стране их несло. Сначала по знакомым, потом она и вовсе стала следы заметать, — наверное, спятила... Бежали из города в город, из деревни в деревню...

С одного полустанка на другой. Где только не останавливались, — она перед смертью всё рассказала. Валя эту историю отлично помнила, а я уж... прости... — Она закусила губу, покачала головой:

— Страшно представить, как зимовали они, где спали, на что жили. Сначала прожили какое-то семейное золотце: пару колечек, цепочку. Потом бабка нанималась на случайные работы — что кому помыть или ребёнка посмотреть... А Сонечка всегда с ней, старуха боялась её куда-то определять — боялась, что отнимут, сдадут в интернат для детей врагов народа; всё повторяла: «Замучают! Замучают!..» Старуха явно была уже не в своём уме, знаешь... Волосы как воронье гнездо, глаза шныряют, очки разбиты, ниткой перевязаны — прямо бомж, как есть. Всех подозревала, требовала, чтобы дверь всегда была заперта на ключ. Одно время в Курске подрабатывала на предприятии, ей платили сковородками, и она ездила на поездах — продавать их по деревням. Упала на вокзале, сломала руку, но в больницу — отказалась. Из-за Сони. Так и ездила со сломанной рукой, ветку ей кто-то сердобольный к руке привязал... И девчонку за собой всюду волокла... А к нам как попала — в медпункт на вокзале, Валя же там — медсестрой до самой пенсии. Поезд пришёл в Южу, и старуха поняла, что заболела не на шутку, дальше ехать не может. У неё, знаешь, руки примёрзли к железным поручням. Сели в переполненный поезд, она висела на ступенях, закрывая Соню... ну и, когда оторвала руки — кожа осталась на поручнях... Её привезли к нам, руки — сплошное мясо... Валя ей — ванночки из марганцовки. Ты же знаешь свою бабу Валю...

Да, подумал он, *я знаю свою бабу Валю*.

— Вот... а девчоночку мы забрали домой — помыть там, вычесать вши... Первый вечер она даже не разговаривала. Сидела в тазике, я её намыливала, мочалкой тёрла... и она плакала — от тепла. От блаженства... Валя прямо там, пока она в тазике сидела, клала ей в рот по кусочку хлеба с вареньем, и она жевала, жевала... Не глотала, жаль было глотать. Жевала и плакала... наша Сонечка...

Наталья уже не сдерживалась, сама плакала чуть не в голос. А он сидел, прямой, как жердь, смотрел на недоеденный пирожок и тупо чувствовал всё то же: колючий сухой репей где-то за грудиной.

Тётка высморкалась, вздохнула.

— Ну, и вот. А бабушку её — жаль, имени не помню — не удалось вытянуть. Воспаление лёгких, плюс недоедание, бродячая жизнь, старость. И эти руки страшные...

— А как же она — записку — этими руками? «умоляю»... «моей дочери Доре»... И точный адрес указан... И такой ррросчерк роскошный.

— Записка раньше была! — торопливо объяснила Наталья. — Она её, видать, с самого начала написала на случай своей смерти. Верила, что дочь вернётся. Тогда, знаешь, многие думали, что после войны людей из лагерей станут отпускать, особенно ленинградцев... Такие страдания город прошёл в блокаду!

— Но Дору — не отпустили, — утвердительно проговорил Стах, исподлобья внимательно глядя на тётку, изучая, казалось, каждую морщину на её искреннем, виноватом почему-то лице. — Вы ведь наводили справки.

Она потупилась, глубоко вздохнула, будто решаясь, готовясь рассказать всё, как есть.

— Ты... должен понять: время было такое, что... — Она решительно тряхнула головой и проговорила с вызовом: — Да. Да! Валентина — бог её будет судить, — ослушалась! Она привязалась к девочке. Мы все привязались. Девчоночка такая умница оказалась, и покладистая, и помощница... И личико такое, знаешь: «Люби меня!» Ну, и... потом мы через знакомую в ЗАГСе переписали её на свою фамилию. Стала она Софья Яковлевна Устинова. И всё.

Стах будто не слушал тётку. Слушал что-то внутри себя — тяжело, неприятно обдумывая.

— Вот почему она так умильно крестила меня... — вдруг пробормотал он. — Баба-то Валя, сердечная... Втайне от мамы. И просила меня не говорить никому, а крестик у себя держала, вон там — в верхнем ящике комода, в носовом платочке. — Он вскинул голову, пристально посмотрел на тётку: — Помнишь? Надевала его благоговейно на мою тощую шейку, только мама уедет из Южи.

— Она просто... она боялась Семёну навредить! — запальчиво возразила Наташа. — Семён же на такой должности был — начальник станции! В те годы...

— Нет. Она еврейского ребёнка крестила, вот в чём заслуга, — задумчиво продолжал он. — Спасение души, так оно, кажется? — и криво усмехнулся одними губами. — Так радовалась, что плакала от счастья. И курица... Помнишь, как ты рубила ей голову, той несчастной курице?

— Она тебя больше всех внуков любила! — крикнула Наташа и сникла, робко пробормотав: — Как ты запомнил всё это, боже мой! Ты был таким маленьким.

— Память хорошая, — сухо проговорил он и вновь дёрнул уголком рта. — Еврейская.

Тётка отмахнулась, будто он чепуху городит, вновь торопливо заговорила, стараясь держать тон — душевный и извиняющийся; Наталья, бедная, подумал он, извиняется не за свою вину.

— ...Она так пригрелась в семье, бедняжка, — Наталья всхлипнула. — Представь её детство: поезда, вши, экзема по всему телу — мы выводили её полгода! бог знает, где они с бабушкой ночевали-зимовали... в каких сараях, ангарах... Когда и куда их добрые люди пускали помыться? А тут она оказалась в семье, в душевности, в сытости... в чистоте! И не одна, а среди детишек — сестрёнок и братьев. Она всей душой своей заледенелой к нам подалась... она... Ты просто не понимаешь! — выкрикнула Наталья. — Ты того времени не знал! Может, баба Валя сердцем чуяла, что внутри себя Сонечка и не хотела помнить правды, боялась опять куда-то угодить, где холод и бродяжничество. Боялась — назад, в темноту, в грязь, в поезда! А если б старуха померла на каком-то вокзале — ты можешь представить, что случилось бы с девочкой?! С твоей мамой?!

— Понятно! — оборвал Стах. — Вы определили ей правильные детские воспоминания. Позаботились... — Он забрал коричневый конверт, прошёл в прихожую, поднял с пола и закинул рюкзак на плечо: — А ты понимаешь, Наталья, что вы её просто... украли?

— Мы её спасли! — выкрикнула она.

— Спасли и украли. Прикарманили девчонку. Спрятали в семье, за чужой фамилией. При живой-то матери...

— Её мать сидела в лагере, никто не знал — жива она или нет!

— И никто так и не узнал...

— Ты... жестокий! — отозвалась тётка. Она плакала, уже не таясь, отирая слёзы обеими ладонями. Он стоял у двери, как чужой — рюкзак на плече; смотрел на тётку, на своё, оставленное здесь, счастливое летнее детство.

— Нет, — ответил устало. — Я — обобранный. Со всех сторон обобранный.

Повернулся и молча вышел в снежную морочь.

* * *

Эта ночь в родном доме, где впервые в жизни он остался один, бесконечная эта ночь тянулась, как запряжённая в тяжёлый воз памяти.

Он всюду включил свет и ходил из комнаты в комнату, застревая в каких-то уголках, задумываясь перед знакомыми предметами... Прилёг на неубранную мамину кровать, полежал, мысленно пытаясь представить последнюю её перед ударом минуты. Здесь. Вот здесь лежала... почувствовала приближение чего-то страшного, может, ещё не понимая... Поднялась, прошла несколько шагов... даже дверь успела открыть. Зашаталась и сползла на пол... А ведь он даже не знал, принимала ли она таблетки от давления. Будущий врач! Ни разу не поинтересовался — как ты, мама, себя чувствуешь. Просто она всегда была молода, всегда далека от... всех этих физических немощей. Он знать не знал, что мама состарилась. Ему никто не доложил. Он и не желал этого знать.

— Ма-а-ама... — позвал шёпотом в тишине комнаты. — Ма-а-ам!

Не в силах заснуть, часа два разбирал барахло в кладовке, в холодной прихожей, надеясь найти ещё какие-то бумаги, следы, незнакомые вещи в пошарпанной шкатулке, — что-нибудь, что могло содержать подробности маминого происхождения, её семьи... Да он и сам не знал, что ищет. Зато обнаружил множество разных предметов, в которых память мгновенно воскресила его детство, и даже то время, родительское и Светланино, которое уже пребывало только в вещах: детскую серебряную ложку с эмалированным коричневым медведем на витой рукоятке; сахарницу с надбитой ручкой и бархатно-бордовой розой на боку — понятно, что мама не могла с ней расстаться: она обожала насыщенные цвета. Половник с вылезающим на потёртостях сквозь тонкий слой посеребрения жёлтым металлом (вспомнилось: мама называла это «фраже»); железную коробочку с иголками для патефона, множество аптечных пузырьков тёмного стекла с рецептом, прикреплённым резинкой... В глубине широкой полки ещё батиной рукой была выстроена пирамида из кусков старого хозяйственного мыла, бог знает сколько лет невостребованного.

Ещё обнаружилась цветастая тряпичная «баба на чайник», с торчащими ушками платка надо лбом, в очках и с вязаньем, — в детстве это казалось очень остроумным. Она стояла на большой круглой коробке, той самой, французской, музейной, обтянутой бычьей кожей, оставленной ему в наследство Верой Самойловной.

Зачем-то он вытащил её из-под чайной бабы, снял с полки, смахнул ладонью пыль, расстегнул потрескавшиеся кожаные ремешки, и откинул крышку.

Вот тоже — морока... Куда всё это девать? И что значила эта коробка для старухи? Что-то надо с этим делать, подумал он, — в музей отнести? Мама советовала. Вот и надо отнести.

Не вынимая хрупких частей валторны, флейты, рожка... он молча сидел над коробкой, вспоминая тот вечер после похорон Веры Самойловны, когда, протирая тряпочкой детали старинных инструментов, он, не скрываясь, плакал... Он мог плакать! И мама, умница, нос не казала в его берлогу. Мама всегда была поразительно чутка, подумал он. А сейчас понятно, почему она всюду отпускала его одного, даже в раннем детстве: на собственной шкуре знала, что и в пять лет можно быть взрослым человеком.

Вдруг его ладонь, бесцельно блуждавшая по малиновому плюшу откинутой крышки, наткнулась на какое-то уплотнение. Он снова провёл рукой, нащупывая очертания плоского прямоугольного предмета внутри обшивки. Что ещё за новости — в коробке, которую он с детства знал как свои пять пальцев! Он вскочил, принёс из своей комнаты настольную «буржуйскую» лампу, ту самую, с абажуром зелёного стекла, привезённую из батиного кабинета на Сортировочной, и при двойном свете принялся за внимательный осмотр. Вот оно! Там действительно что-то есть, внутри! Просто ловко уложено, практически неощутимо для прощупывания. Вдоль шёлкового чёрного шнура обивки проходит еле заметный, явно вручную сделанный шов. Немудрено, что раньше никто его не заметил: очень тонкий, прямо-таки виртуозный шов. Вновь он вскочил как подорванный, сбегал к маминому трюмо в спальне, выудил из косметички миниатюрные ножницы, принялся осторожно поддевать нитки и распарывать этот давний-давний шов, скрывающий...

Распоров небольшой отрезок, просунул внутрь руку, нащупал пачку листов... продолжил распарывать дальше. Наконец вытащил всё наружу, осмотрел, листая. Вот те на! Кто бы мог подумать: запоздалая находка... Это была та самая, отпечатанная на пишущей машинке, злосчастная диссертация Веры Самойловны Бадаат — о чём и титульный лист уведомлял каждого, кто брал в руки сей сброшюрованный труд. Та диссертация, о которой свистящим шёпотом когда-то поведала ему Вера Самойловна.

Он приоткотнул одну из страниц: «...дивизия новая Неверовского так храбро дралась, что и не слыхано. Но подлец, мерзавец, тварь Барклай отдал даром преславную позицию...» Выдержка была длинная, вся в таком роде, — из письма Багратиона графу Ростопчину, генерал-губернатору Москвы. Хм... Стах пролистнул несколько страниц. А вот ещё, из письма того же графа Ростопчина — уже Михаилу Воронцову: «...Единственное, о чём я сожалею из прошлых событий, — это стечение обстоятельств, сделавшее главнокомандующим этого мерзавца Кутузова, который тем самым через фальшивые ворота вошёл в храм бессмертия».

Ого! Ну, если в данной революционной диссертации были только две эти, не канонические, не советские цитаты, то и они вполне тянули на двадцать лет старухиных лагерей... Жаль, что старуха явно не знала об этом тайнике — интересно, кто его устроил, кто спасал эту взрывоопасную диссертацию — не легендарная ли кузина Бетти, богиня пищеблока номер два? Не она ли засадила за плюшевую обивку страниц сто, плюс ещё какие-то жёлтые листы, с мелким от руки бегучим истёртым почерком, с ятями и прочим непроходимым лесом, абсолютно сейчас не желаемым и не читаемым... Бог с ним, это старьё занимало не так уж много места на полке в холодной прихожей; вот пусть и лежит, пока железнодорожное начальство не велит освободить дом. А там посмотрим.

У него просто рука не поднималась выкинуть эти старые пожелтелые бумаги: кушать не просит, говорила его южская баба Валя... счастливо избежавшая сегодня разборки с любимым внуком.

Баба Валя, укравшая у него его настоящую мать.

«Господи, что ты городишь?! Какая тебе разница, как её звали — женщину, которая тебя родила, которая выплетала на твоей детской спине считалочку «рельсы-шпалы», которая учила тебя на кухне «грамотно» танцевать твист, вкручивая в пол пятки, отклячивая попу и шуруя локтями, как поршнями?!»

А ночь, невероятной протяженности морозная ночь, всё длилась. Судя по мягкому шороху за окнами, с которым валились на землю снежные пласты с деревьев, снег зарядил надолго... Утром Стах должен снять с поезда сестру Светлану, и тогда уже не посидишь в чуткой тишине, перебирая памятливыми пальцами любимые с детства предметы. Закрутится похоронная тягота, оформление бумаг, поиски транспорта, гроб, венки и прочее, прочее, — тошнотворное... Мама всё это ненавидела. Главное, надо пережить все эти поминальные речи, приметы-обряды и соседские слёзы.

(Поселковое кладбище находилось недалеко от станции, за ткацкой фабрикой. Поминки можно было устроить и в станционной столовой. Вот так, мама. Не Новодевичье уж, прости; даже не Востряковское. Где жизнь прожила... Где прожила ты не свою жизнь под не своим именем, там и будешь лежать, — неподалёку от дому... На краю елового леса.)

Меж тем освещённые комнаты дома были такими уютными, такими привычно-родными, привычно — мамиными... Он не стал занавешивать зеркал, знал, что мама терпеть не может этого слепого обряда, и сейчас её трюмо с овальным зеркалом трогало его до слёз: на ребристой раме рядком, как птички на ветке, сидели три её любимые заколки: черепаховая, подарок бати; резная-деревянная с синими стёклышками (привёз из туристической поездки в Прагу мамин младший брат); и серебряная, длиннозубая, что так победно, на испанский манер сидела в её густых волосах, в последние годы перекликаясь с яркой сединой.

Здесь всё было насыщено маминым запахом, лёгкой ландышевой отдушкой ее любимых простеньких духов. И — классика подсознания! — чудилось, что мама отлучилась на репетицию в Народный театр фабрики Паркоммуны (она годами играла там «характерные» роли в пьесах Островского и Горького) и сейчас вернётся, откроет ключом входную дверь или постучит. Зная, что Сташек засел за уроки или валяется-читает, она оставляла тяжёлую связку ключей дома и тогда, вернувшись, отбивала костяшками пальцев такой виртуозный степ, что сын порой даже медлил в прихожей, не торопился открывать, с улыбкой слушая: чем она завершит дробный пассаж.

...Когда раздался дробный стук в дверь, он вздрогнул так, что из рук его вывалилась на пол очередная картонная коробка. Несколько мгновений оцепенело сидел на табурете — с колотящимся сердцем, не в силах подняться.

За тёмным окном, как в детстве, вились снежные фигуры, тряся головой и рукавами, и в щели, которые они с мамой безуспешно из года в год пытались законопатить, засвистывал кто-то щербатый и косоротый.

Снаружи постучали громче, нетерпеливей... Он встал и открыл.

На крыльце, объятая снежным парусом, с лыжами в руках стояла Дылда — в меховой заснеженной шапочке, в тёплой куртке и лыжных штанах, в лыжных ботинках. И на Стаха от неё хлынул такой поток снежного света, что он даже зажмурился и захлебнулся — от морозного скола в лёгких, от сердцебиения, от пережитого потрясения... — молча привалившись к косяку.

— Так что, — спросила она... — мне не место в твоём горе?

Он замычал, шагнул к ней и обнял — холодную, снежно-колючую. И — обмяк. Она обхватила его за плечи, сноровисто заталкивая в дом, одновременно занося свои лыжи; захлопнула дверь, быстро освободилась от куртки, шапки, ботинок... Распрямилась и с силой обняла его, прижалась к лицу ледяной щекой и ледяными губами, что-то горячо бормотала в ухо...

— Надя... — прошептал он... — Надя...

И тут вот впервые заплакал... Будто лопнул нарыв в груди и боль наконец хлынула горлом, носом, слезами... Минувшие ночь и день: нескончаемая дорога домой, смертные мамины часы, муторная поездка в Южу и такой же муторный и стократ мучительный — после разговора с Натальей — путь назад исторгались из него не то стыдным лающим плачем, не то хриплым чаячьим хохотом. Он рыдал так, как не мог бы представить себе никогда, разве что в малом детстве от какой-то невыносимой обиды. Замечательно бурно рыдал, выкашливая, выхрипывая, вымывая отчаяние, разрывая все узлы и путы внутри...

Надежда оставила его, молча ушла в кухню, грохнула на плиту чайник, стала возиться с заваркой... И это звяканье чашек и треньканье ложек, и пыхтенье пара уняли его внезапную истерику быстрее, чем сочувственный лепет.

Ему, только что извергнувшему из себя весь гной и всю тухлую речную тину недавних событий, чудилось, что вот он снова плыл и тонул, скрученный безжалостным капканом душевной судороги, и снова Дылда ринулась, подхватила, властно поволокла, чуть не вывернув голову, вынося его на себе... Впервые он ощутил её присутствие не как будоражащий жар во всём теле, а как спасительную, благодатную родную силу. Мельком подумал: наверное, это и есть — настоящая любовь, вот это, а не набат пульса промеж ног.

Потом долго сидели на краю маминой кровати, тесно обнявшись, по очереди прихлёбывали чай из одной чашки, говорили, говорили... Он всё рассказал про маму, всю *новую дикую свою историю* — бестолково, по-детски заикаясь, перебивая себя, повышая голос, когда ему казалось, что он неубедителен или снова расплачется; будто не её убеждал, а себя. Не стыдился выглядеть перед ней покинутым сыном, покинутым, потерянным, преданным человеком в теснинах неизвестных корней. *Неизвестной, ненужной ему, не просимой крови...* И Дылда яростно возражала ему, и тоже повышала голос: никто не виноват, поимей жалость ко всем, ты ещё жизни не нюхал, судить не имеешь права... Сидели так, пока не стали стихать их голоса и прерываться реплики, пока наконец не заснули оба, как были — в одежде, поперёк кровати, свернувшись кренделем, лбами друг в друга. Снаружи в это время весь сад гудел и гнулся под снежной свистопляской, но к утру ветер стих, снег унялся, и хрусткую морозную тишину пробуравливали только железнодорожные шумы и хрип матюгальников.

Под утро она спохватилась (она теперь привыкла просыпаться рано), тихо разняла его руки, поднялась и, бесшумно выскользнув на крыльцо, стала торопливо надевать лыжи. Надо было скорее добираться домой, папку умывать-прибирать-кормить. По утрам он соглашался чего-то поесть. Наверняка уже просыпается...

Снег лежал ровный, толстый, буран унялся, — бежать будет даже приятно: пересечь пакгауз, поле, потом Свистихино, а там уже парк и Комзяки. Ну и дальше — по краю оврага. По краю оврага...

Глава 3

ЖУКОВСКОГО, ПЯТНАДЦАТЬ

И всё же по возвращении в Питер недели три ещё, мысленно твердя «Жуковского, пятнадцать», Стах не решался туда нагрянуть. Его *родная* бабушка Дора вполне могла жить-себе-поживать; говорят же, что у людей, прошедших лагеря, крепкая закваска. Ей — так он прикинул — могло быть за восемьдесят. И вполне вероятно, что мозги у неё на месте. Он по «скорой» навидался такого старичья: с высоким давлением, чуть ли не в диабетической коме, одной ногой в могиле... они командовали с носилок — как ловчее вдвигать их в машину.

В общем, думал, крутил так и сяк... выстраивал диалог: что он скажет, что, предположительно, ответит она. Интересно, думал, обнимут ли они друг друга? Пожалуй, трусил. Да что там: сильно бздел, ощущая внутреннюю дрожь при одной лишь мысли о встрече: с одной стороны — жгучее желание обрести *настоящее-кровное*, — родная бабушка всё же, не хухры-мухры. С другой стороны...

Другая сторона всяко-разно торчала из всех его доводов. С чего ты взял, бесстыжая твоя рожа, спрашивала *эта другая сторона*, что баба Валя, сотни раз подтиравшая твою детскую жопку, — тебе *не родная*? Или яснее ясного вдруг представлял: если Дора жива и в своём уме, если она *ещё человек*... то, как ни крути, он несёт ей весть о смерти дочери, и никуда от этого не деться, и для старухи это — не новогодний подарок.

Но желание узнать, ощутить... заглянуть в другую пьесу... Выцыганить из жизни второй шанс...

Да чем тебе первый-то не годится? — тут же спрашивал себя с издёвкой, и не знал, что на это сказать. А чувствовал вот что: стрелка его внутреннего компаса сбилась и мечется-дрожит. Не проходило дня... да что там — часа не проходило! — чтобы его мысли снова и снова не возвращались к трагедии погибших, посаженных, измордованных и загубленных неизвестных родственников; кровных, понимаешь ли, родственников!.. Вообще, это новое, обрушившееся на него чувство буквально сводило с ума. Ночами он лежал, прислушиваясь к току собственной крови, и ему казалось, что это уже другая кровь, что он превращается в какого-нибудь Вадим Вадимыча, или даже в Вэлвеле, и отныне судьба его — примётывать пальто и платья, и отбегать, и пританцовывать... А даже если и не примётывать! Всё равно: *пританцовывать*.

Хотел ли он этого? Готов ли был преобразиться в иное существо — а он точно знал: хочешь не хочешь, придётся преобразиться. Так кто он —

Бугров? Бугеро-Бугерини? Граевский? Ё-моё, кто ещё свалится на единственную привычно-личную его голову?!

Наконец в воскресенье отговорился от дежурства на «скорой», отложил конспекты, с утра побрился, натянул нарядный свитер, брюки, самолично отглаженные на общежитской кухне... За последние месяцы он прикупил кой-чего из шмоток, а Дылде купил настоящую дамскую сумочку из красного кожзаменителя с псевдозолотым замочком. (Когда выбирал, подумал: опять — цыганское золото.)

Короче, собрался и пошёл.

Дом оказался старопетербургским, облезло-монументальным, жёлто-песочного цвета... — *наш славный старый дом*. В парадную вели несколько ступеней вниз, истёртых до такого состояния, словно пару веков назад они были сотворены из остывающей и не вполне застывшей лавы, впоследствии волнисто закаменевшей и в непогоду — скользкой. Стах вошёл и чуть не растянулся...

Зачаточный лифт — ласточкино гнездо — натруженно сновал вверх-вниз. Складные хлипкие двери-шторки стягивались руками, как полы старенького пальто.

Он ошибся и вышел на третьем этаже. Бегом взмыл по ступеням до нужной двери, пробежал глазами по фамилиям-звонкам, и как толкнули его: «Д. Граевская». Нажал... опять нажал... Выждал пару секунд, притоптывая на коврике, и вновь погрузил палец в серую кнопку. Звонок, мать его за ногу!!! — не работал. Он стал нажимать все кнопки подряд, матерясь сквозь зубы.

Наконец — шагов не расслышал — замки стали крякать, цепочки шевелиться, дверь приотворилась. Выглянула бледная остроносая старуха в буреньком фланелевом халате, ноги в тёплых тапках, на голове пучок волос заколот частоколом шпилек. Он жадно обежал взглядом *это лицо* — неприязненно-равнодушное, успел ужаснуться: неужели — *моя*? — отбросить это, понестись в мыслях дальше...

— Кого вам? — спросила она.

— Мне... я... я хотел бы увидеть Дору... — выдохнул Стах.

— Дору? — подозрительно щурясь, переспросила старуха и обернулась в глубь квартиры, глядя почему-то на пол.

— Где-то она тут ползала... Подождите... — И пошла вдаль, мимо дверей, под каждой из которых лежал свой коврик или тряпка, тягуче выкрикивая:

— Муса-а! Здесь пришли Дору смотреть.

Жива, слава богу, — мелькнуло, — пусть инвалид, пусть на коляске, пусть ползает...

— Из кружка? — послышался устрашающий, какой-то вулканический рык: «иссс кррррушшшка?!»

— Вроде нет, — отвечала старуха. — Посторонний какой-то парень.

Третья справа дверь отворилась, оттуда выскочил краб: полусогнутый, сутулый, на кривых ногах, с длинной шеей — мощный (даже в слабом жёлтом свете коридорной лампочки видно — мощный!) старик. Когда он приблизился, Стах увидел нечто поразительное: кожа его дублёного, иссечённого морщинами лица была как шкура слона — такого же тёмно-серого цвета. Но голые руки (краб был в майке) пузырились незаурядными мышцами, сплошь покрытыми татуировкой. Стах, уже насмотревшийся в «скорой» самых разных персонажей и живописнейших алкашей, всё-таки был изумлён столь штучным типом. В груди у старика перекатывалась, дребезжала и рокотала мокрота: старый курильщик.

— Ну?! — спросил он, умудрившись и это коротенькое гладкое междометие пророкотать.

— Здравствуйте, Муса... э-э-э... — вежливо проговорил Стах (сразу просёк, что расписной старичина уважает воспитанных). — Мне бы Дору повидать.

В отличие от соседки, старик не удивился и, видимо, не заподозрил в желании «постороннего парня» ничего крамольного.

— Пойдём, — он мотнул головой в сторону двери. Стах двинулся за ним, с невероятной скоростью перебирая варианты и картины предстоящей ему встречи с бабушкой. С родной бабушкой. Родной. Что это значит?

Самой родной была покойная баба Валя: он всегда помнил тепло её пухлой ладони на своей макушке, и как она купала его, маленького, осторожно перекрывая ладонью его ноги, когда подливала в тазик из чайника горячую струю, и как потом, голого, нежно промокала чистой простынёй, увещевая:

— Не рыпайся! Красиво стой... А вот, жопка ещё мокрая... а крантик наш маленький просушить?..

Насчёт крови там, наследственности-генов... он всё понимал — умом; а кожа, тело, сердце тосковало по мягким рукам бабы Вали. Так что же сейчас?..

За те несколько мгновений, пока шёл по коридору, упершись взглядом в застиранную, колыхавшуюся на спине старика дырчатую майку, он вспомнил разговор с сестрой Светланой наутро после маминых похорон, — когда, сильно волнуясь, вывалил ей всё про *нашу семейную тайну*. Про *вот что оказывается... мама наша, выходит...* Вспомнил непроницаемое лицо сестры и то, как на его вопрос — что, мол, со всем этим делать? — она ответила:

— Забыть, и как можно скорее.

— Почему? — спросил он озадаченно.

— Потому, — дёрнулась она, — что именно Виталику, с его допуском, эти торжественные преображения совершенно ни к чему. И Ксанке с Антоном это на фиг не сдалось, они в Израиль не собираются. Так что ты не фанфарь с этим, ага? Тоже мне — аристократические предки!

Он помолчал, выжидая, что ещё скажет единоутробная сестрица, какую весть донесёт к нему эта на редкость удалённая родственная связь. Задумчиво наблюдал, как она складывает посуду в раковину — высокая, сутуловатая, слегка лопоухая, когда закладывает за уши тощие пряди, и в общем, некрасивая — в батю. Почти не слушал, как она рассуждает, упирая на секретность допуска мужа, на интересы детей: пятнадцатилетняя дочь наметила поступать в МГИМО, двенадцатилетний сын мечтал о военно-морской карьере.

Он подумал вдруг: как неразумно всё же распорядилась природа в их случае: отчего бы не выдать девочке мамины васильковые глаза, мамины изобильные кудри... На черта ему, парню, идиотская роскошь этих зарослей на башке, — всё равно всю жизнь стричься под машинку.

Он вздохнул и сказал:

— Ну... у меня-то секретов поменьше. Так что извини. Мне бы хотелось разобраться: откуда, собственно, я взялся и частью чего являюсь.

...Перед дверью старик посторонился, пропуская его вперёд. Стах хватанул губами затхлого коридорного воздуху и вошёл.

Комната оказалась большой, свободной, в два окна, с тремя или четырьмя предметами мебели: кровать у стенки, стол, нечто вроде комода и пара стульев, — и потому просматривалась насквозь и по всем углам, чем-то напоминая школьную комнату старухи Баобаб. Она была пустой. В смысле — без единого живого существа.

Стах недоуменно обернулся:

— А... где?

— Да вон же, — кивнул ворсистым седым подбородком Муса куда-то в угол, где под стулом стоял небольшой перевёрнутый тазик.

— До-ора... До-рочка, лапонька моя! — ласково прорычал он. — К тебе пришли, моё солнце...

Из бурого тазика выдвинулись четыре чешуйчатых подставки, высунулась змеиная башка, покрытая седоватой коркой, и всё сооружение медленно двинулось из-под стула с жестяным цокотом когтистых лап.

Ну что, пронеслось в уме, рожу ему раскроить? Отзвездить так, чтоб неповадно было над людьми подшучивать?.. За месяцы работы в «скорой» ему пришлось научиться усмирять разных алкашей и окровавленных хулиганов, которые, несмотря на увечья, не давались в руки врачей. (Собственно, его обязанностью на «скорой» было таскать за врачом сумку с лекарствами, делать уколы и ругаться с родственниками больных, бывало, что и морды бить — родственникам, — смотря по тому, в каком состоянии они вызывали бригаду и в каком состоянии оказался пострадавший.)

— Это Дора? — спросил Стах необычайно кротко, как начинал обычно разбег к дальнейшему мордобою.

— До-ора, Доронька... — ласково пел-рокотал старикан, склоняясь к огромной черепашине и указательным пальцем поглаживая омерзительную древнюю змеиную голову с полузакрытыми плёнчатыми глазами. Черепаху, кажется, действительно звали Дорой. Но не её же, чёрт побери, имя было прописано под дверным звонком!

— Я, к сожалению, ищу другую Дору, — сдержанно произнёс Стах. — Женщину. Старую женщину. Дору Граевскую.

Старик резко выпрямился.

— А на что она тебе? — сухо поинтересовался он.

Вновь захотелось измордовать этого типа, заставить говорить по-человечески, отвечать на вопросы, предъявить настоящую Дору Граевскую, которую, судя по реакции, он отлично знает. Из последних сил сдерживаясь, Стах проговорил:

— Послушайте, Муса... э-э-э... уважаемый. Если вы знаете, как мне найти Дору Граевскую, то скажите, пожалуйста, пока я такой вежливый. Я не всегда вежливый. Но вы пожилой человек, и мне не хотелось бы... э-э-э... конфликта. Дело в том, что я её внук.

Вместо ответа старик довольно жёстко взял Стаха за плечо, потянул к окну и молча всмотрелся в его лицо. Помолчал...

— Похоже на то... — проговорил медленно. Отпустил плечо парня, ухватил левой клешнёй стул, подтащил к заднице и тяжело на него опустился.

— Значит, Сонечка выжила... — проговорил самому себе.

— Сонечка... мама, да... Она умерла месяц назад, но *тогда* — вы имеете в виду войну? — да, *тогда* она...

— Я имею в виду, — прорычал старик, — где она была?! Почему не искала мать?! Почему до самой смерти Дора мучилась, и рыскала, и тосковала, и плакала, и посылала запросы на Соню Граевскую во все города и посёлки... до последнего дня! Ничего! Ни слова! Ниоткуда! Столько лет!!!

Он трясся так, что слишком большая майка, свободно висящая на засаленных лямках, колыхалась на груди от глубинных взрывов его хриплых воплей, и каждый вопль он припечатывал кулаком по собственному узловатому колену.

Стах положил руку на каменное, синее от татуировки плечо старика.

— Её удочерили, — тихо проговорил он. — Сменили фамилию. Она попала в семью очень хороших людей, и... согрелась. Мало что помнила, кроме скитаний и ужаса... Видимо, боялась. Мне, сыну, открылась в самом конце, перед смертью. Только имя. Послушайте, Муса... э-э-э... я бы хотел кое о чем вас расспросить... только напомните, пожалуйста, ваше отчество.

Задрав щетинистый подбородок, старикан смотрел на гостя долгим пристальным взглядом, неумолимо приближаясь откуда-то издалека, словно сейчас налетит смерчем, завалит обломками, так что уже и не выбраться.

— Зови меня Гинзбург, — сказал старик.

И комната подалась куда-то вбок, уплывая и крутясь, как та огромная бобина от электрокабеля, что неслась на Сташека в детстве, запущенная хоботом старого морщинистого слона. А навстречу выплыл плечистый оркестрион-гренадёр, выкашливая свою коронную «Шумел-гудел пожар московский». И где-то совсем близко старуха Баобаб, с шумом втянув хлебок своего чифиря, проговорила: «Это *Зови-меня-Гинзбург* подсуетился. Решил, что сие кабацкое развлекалово должно осенять местный интерьер. Да. *Зови-меня-Гинзбург*. Он же — Муса Алиевич Бакшеев, свирепый зэка, поборовший судьбу...»

Глава 4

ЗОВИ-МЕНЯ-ГИНЗБУРГ

Старикан не силён был в говорильне. Он вообще по-человечески редко изъяснялся. Даже предложив Стаху перебраться из общежития сюда, в дом на Жуковского, — то есть, по сути, совершив беспрецедентно, а возможно, и самоубийственно благородный поступок, — сделал это как-то невнятно, походя и бестолково, за завтраком, — после того, как, засидевшись накануне, Стах в очередной раз остался здесь ночевать.

— Ладно те у чужих торчать, — буркнул. — Портки в очередь полоскать.

— В смысле? — спросил Стах, держа на весу полную десертную ложку мёда, зачерпнутого из литровой банки на столе.

— А без мыслей, — отозвался старик. — Если не брезгуешь с Дорой квартировать.

Тяжёлая ликующая капля мёда сорвалась с ложки и плюхнулась в стакан, выплеснув победоносный фонтанчик. Здесь, в центре Питера?! С Дорой — кроткой бронебойной машиной, которая круглые сутки мирно спит в коконе своих пятидесяти лет?! Кто скажет о Доре худое слово! Она не жарит селёдки, не блюёт в коридоре, не ссыт в кухонную раковину и в пьяном виде не материт каждого встречного-поперечного. Правда, ночами она громыхает по полу жестяными когтями и время от времени к ней наведываются шумные юннаты из соседней школы, — как некогда явился Стах, требуя Дору, но другую.

Зови-меня-Гинзбургу принадлежали в квартире аж две комнаты. Одна шикарная, с двумя окнами на улицу, с предбанником, от пола до потолка заставленным книжными полками. Другая — узкий асимметричный пенал с половинкой окна, выходящего в глухой угол двора. В шикарной проживал он сам, в пенале некогда жила (до своей кончины в позапрошлом ноябре) его вторая, случайно-судьбинная жена Дора Граевская, чья древняя черепаха и тёзка, чудом не съеденная в блокаду, по праву занимала свободную жилплощадь. Собственно говоря, призывая на эти девять метров законного внука покойной Доры Ефимовны и великодушно его на них прописывая, *Зови-меня-Гинзбург* убивал двух зайцев: и комнату сохранял, и милость к падшим призывал.

Короче, старикан не склонен был витийствовать, так что сведения о бабушке Стах вытягивал из него клещами по словечку, в хорошие минуты, в свободный от дежурства на «скорой» вечерок за чаем; тот был великим чаёвником и всё, что удобряет и украшает сию церемонию, всегда имел под рукой: мёд, перетёртую клюкву, колотый сахар; а для простуды — имбирь и молотый кардамон.

После третьего примерно стакана, разогревшись и изнемогая от желания немедленно завалиться спать, Стах тянул с подоконника тетрадку, раскрывал её на последней записанной фразе и говорил:

— Поехали, Гинзбург... Значит, в войну она была пилоправом...

Через месяц на базе отрывистых рыков и громокипящих полуфраз-междометий *Зови-меня-Гинзбурга* Стах соорудил нечто вроде рассказа о бабушке, — намеренно используя стиль отстранённый, спокойный, биографически-анкетный. В общем, малохудожественный. Возможно, ему претили эпитеты и восклицательные знаки, любой сентиментальный нажим, любые попытки душевного взлома. Возможно, опасался открыть в себе какой-нибудь запретный клапан. Тот взрыв истеричного гавканья в ночь после маминой смерти, свидетелем и утешителем которого стала Дылда, так испугал его самого, обнажив неведомые пропасти и пики в собственной душе, что отныне он старался держаться «подальше от эмоций».

Вот эта недлинная запись в серой тетрадке, брошенной им в рюкзак в последнюю минуту перед бегством в далёкую и в то время совершенно не интересную ему страну.

«Дора Граевская. Маленькая хрупкая женщина, легкомысленная хохотушка, — за что её осуждала мать, Ирина Абрамовна Гинзбург, профессор-фенолог, видная фигура отечественной науки. Кстати, происходила Ирина Абрамовна из разветвлённого и могучего клана баронов ГинЦбургов и попутно приходилась двоюродной тёткой *Зови-меня-Гинзбургу* (*З* и *Ц* *в этой фамилии уклончиво плыли и цокали с шестнадцатого века, с тех пор как уроженцы баварского города Гюнцбург стали возникать в разных местностях и землях, блистая и завоёвывая высокие позиции в торговле, в банковском деле и науке — что не мешало им из века в век получать по шапке и по голове — когда от ударов шапка падала и катилась по мостовой*).

Дора выскочила замуж рано, и тоже — легкомысленно. Три закадычные подружки вышли пройтись по сосновой аллее посёлка Серебряные пруды, повстречали троих кавалеров, образовалась весёлая компания, и вскоре все переженились. Самой известной парой впоследствии оказались маршал Василий Чуйков с женой Валентиной. А Дора вышла за подающего надежды молодцеватого Аркадия Граевского, высоченного красавца-военного, которому покровительствовал, по слухам, сам Феликс Эдмундович Дзержинский (возможно, тут сказались общие польские корни). Кстати, Дзержинский и поспособствовал назначению Граевского на службу в Ленинград, полагая, что начинаются времена, когда лучше от Москвы быть подальше.

В юные годы угодив в новую элиту общества, Дора с шиком прожигала жизнь. Была не то чтобы красива, но притягивала взгляды всюду, где появлялась, — возможно, потому, что любила одеваться броско, артистично, «по заграничному»: носила широкие светлые плащи, ходила на высоких каблуках, вызывающе красила губы то малиновой,

266 то пунцовой помадой, не убирала пышных волос, увенчанных широкополыми шляпами, тоже светлыми.

Её мужа Аркадия Граевского арестовали в 37-м, и сразу расстреляли. Саму Дору взяли тем же вечером...

Она засиделась допоздна у подружки — та хорошо гадала на картах. Но гадание в тот день получалось какое-то унылое: всё время выпадал казённый дом. «Ты сегодня не в ударе!» — заметила Дора, доставая из сумочки пудреницу и помаду. Перед высоким зеркалом в прихожей накрасила губы, не подозревая, что губную помаду держит в руке последний раз в жизни.

Её взяли прямо в парадной их дома на улице Жуковского — в том же светло-сером плаще, в широкополой шляпе, на высоченных каблуках... — роскошную, благоухающую дорогими духами светскую львицу, слегка огорчённую неудачным гаданием.

Народу в тот день забрали много, так что, когда Дору привезли в Большой дом на Литейном, две женщины, которые сидели там в ожидании допроса, пересели от неё подальше, обменявшись выразительными взглядами: «проститутку подобрали». Это были жены двух высокопоставленных военачальников, и позже, когда все трое они тянули срок в Сиблаге НКВД, их вместе запрягали в волокушу, перетаскивающую брёвна — в лагерях не хватало ни лошадей, ни тракторов; и те оценили Дорину доброту, благородство и какую-то удивительную безмятежную стойкость, словно эта миниатюрная женщина сделана была из небольшого, но цельного куска особо твёрдой породы. Дали ей восемь лет исправительно-трудовых лагерей, как члену семьи изменника Родины.

В лагере политические («контрики») содержались вместе с уголовниками; так вот, самым загадочным образом уголовники Дору уважали. Свинец, старейший петербургский медвежатник, именовал её по имени-отчеству и говорил: «Дора Ефимовна — человек с большой буквы!»

Далее произошло совершенное чудо: перед самой войной Дору выпустили. Она склонна была объяснять это тем, что старая её подруга Валентина Чуйкова написала личное письмо Калинину, под которым умолила поставить подпись и самого Василия. Что ж, вполне возможно. В общем, перед самой войной она оказалась в Ленинграде, где их пятикомнатная квартира на Жуковского, пятнадцать, вся уже была поделена и обжита чужими людьми и где она обнаружила кого угодно, только не собственную дочь Сонечку и не маму, Ирину Абрамовну Гинзбург, на руках которой Сонечка осталась. Обе они исчезли, и никто — ни родственники, ни друзья, ни соседи — понятия не имел, куда испарились старуха с девочкой. Впрочем, это отдельная — как говорил *Зови-меня-Гинзбург* — «писчебумажная история»: запросы, запросы, запросы... — которыми, если вытянуть их лентой, можно опоясать, ну, не земной, положим, шар, но Ленинградскую область — точно.

Словом, перед войной Дору выпустили, и в первые месяцы, пока ей не вернули комнату (бывшую кладовку) в прежней её квартире на Жуковского, она жила у троюродного брата с женой его Бетей...»

«Стоп! — крикнул в этом месте Стах. — Кузина Бетти, богиня пищеблока номер два?!»

«Что-то одно, — невозмутимо отозвался Зовименя-Гинзбург. — Имей культуру! Имей терпение...»

«Сначала Дора устроилась в кинотеатр «Аврора» буфетчицей, но уже через три месяца перешла работать в Ленинградский Дом техники, где проработала до пенсии на разных должностях — диспетчером, секретарём, контролером... Её там все обожали. Она и блокаду пережила самым чудесным образом: в ноябре сорок первого, когда норму хлеба для служащих сократили до 125 грамм, пришла в Дом техники разнарядка — отправить кого-нибудь в распоряжение Леспромтреста. Мужчин посылать не хотели, каждый специалист на счету. Вот и отправили самого «могучего работника»: миниатюрную, почти кукольную Дору Ефимовну. Впрочем, она сама вызвалась. Тут надо отдать должное её смекалке: в лагере она уже работала с брёвнами, лес уважала, умела вести себя на морозе, умела беречь тепло в теле...

Её поставили на должность пилоправа. По рабочей карточке каждому лесорубу полагались миска каши и пайка хлеба, 250 грамм, — в то время как остальные ленинградцы получали вполовину того. Изящная женщина с лагерным опытом, много ли надо... — ей каши хватало, а хлеб она меняла на молоко в деревне. «Плюс свежий воздух!» — добавляла победно. Так вот и выжила. А все сотрудники Дома техники, кто оставался в Ленинграде, умерли от голода».

— Вообще-то я не врубаюсь: буфетчица... контролёр... Она же в совершенстве знала три языка! Она прекрасно играла на фортепиано...

— Ах, ты не вруба-аешься... — насмешливо протянул старик. Фыркнул, выхаркнул ржавым кашлем презрительный рокот.

— Она искала Соню! — гаркнул он. — Как безумная! Изо дня в день. *Это* была её работа, а что кушать и чем этот кусок добыть — неважно. Ей в Доме техники позволяли уезжать, срываться с места, когда она слышала, что где-то, может быть... когда ей казалось, что это, похоже... Она искала Соню. Могилу Сони. Говорила: «Так не бывает, чтобы человек испарился!» Хотя все мы знаем, что бывает. Испарились миллионы людей. Об этом позаботились товарищ Сталин и геноссе Гитлер...

* * *

Зови-меня-Гинзбург знал, что говорит, потому как своего горя хлебнул — по уши, выше макушки, и ещё чуток, чтоб не казалось мало. Впрочем, о себе говорить он умел даже меньше, чем о Доре, с которой прожил после смерти Бетти ни много ни мало — тридцать три года. А ведь сошёлся так только, жилищным образом: переехал к сеструхе, пусть троюродной, но доброй. Обменял комнату: всё поближе к родне, думал.

Дора оказалась для него хорошей женой. А что, разве Бетти была не хорошей? Бетти любила его самозабвенно, как курица, с той минуты, когда он вошёл в машинописное бюро завода «Электросила», где она, с синими от переутомления кругами под глазами, тарахтела с утра до ночи на

«Ремингтоне»; вошёл и запер дверь на ключ. Положив на стол маузер, одолженный у друга Зямы, оперативника угрозыска, сказал ей: «Бетя! Или ты выходишь отсюда моей женой, или мы не выходим отсюда оба». Да что там! Бетя и Дора! Эти две женщины... они в жизни *Зови-меня-Гинзбурга* высились словно два собора, словно два величавых и светлых павильона на взморье — такие курзалы он видел на побережье в Германии, где оказался — будучи евреем — в годы войны.

Впрочем, в годы войны он уже был татарином.

В той же серой тетрадке, которая проследовала за Стахом ко всем святым местам (включая израильские тюрьмы строгого режима), красовался рассказ о странствиях этого чокнутого Одиссея. Записан в той же отстранённой манере, и нет у нас оснований не ознакомиться с этим трудом — настоящим *трудом*, ибо вытащить из *Зови-меня-Гинзбурга* скудные факты его биографии было сущим наказанием.

А Стах — странное дело! — угодив в абсолютно непривычное для себя корыто с постоянно вздыбленным девятым валом и находясь по этому поводу в постоянно повышенном градусе изумления, — вдруг ощутил позыв заделаться летописцем своей новообретённой невероятной родни.

Для него, всем существом и воображением возросшем в средней, эмоционально и климатически уравновешенной полосе России, среди объяснимых людей (пусть даже те и рисовали свёклой малиновые круги на щеках), новостью оказывалось всё, что сваливалось на него с горы по имени Зови-меня-Гинзбург. *Со страшной скоростью, на большой звуковой высоте покатилась на него, гремя и полыхая, целая толпа разных родственников, живых и мёртвых, с которыми надо было знакомиться, понимать их и принимать, вместе с ними вариться в этом кипящем супе, вздыматься на гребень девятого вала... или уже бежать от них без оглядки.*

Выражался *Зови-меня-Гинзбург* как дворовый хулиган пристанционного двора посёлка Нововязники. Стах, с детства привыкший к батиным — в моменты подпития, ярости или душевного напора — высказываниям, состоявшим из модулей канонических народных восклицаний, первое время любовался штучными словесными экзерсисами, которые старик скручивал так же мастерски и вроде даже не задумываясь, как руки старого курильщика ловко скручивают свою штучную папиросу. Впервые услышав от него угрюмо-бесшабашное: «А срать-пердеть, колесо вертеть!» — он даже записал данный перл в серую тетрадь, — дабы не забыть.

Потом в этой тетради много чего появилось...

* * *

Фотографии Моисея Гинзбурга в молодости и в старости различались так кардинально, будто запечатлены на них даже не знакомые друг с другом люди. С молодой фотографии Моисей Гинзбург смотрит прямым светлым взглядом арийца из-под русой чёлки. Единственный из восьми сыновей полоцкого *шойхета*, он был совершенно не похож на еврея.

На своей последней фотографии Муса Алиевич Бакшеев — лысый и сутулый, с типичным вислым носом, лохматыми бровями и седой щетиной — вполне сгодился бы для персонажа любого антисемитского комикса. Похоже, судьба не мытьём, так катаньем проросла в глубину личности, формируя гены и наводя упущенный порядок.

Сложись его судьба иначе, Гинзбург мог бы стать недюжинным разведчиком. А стал учителем немецкого в школе для трудновоспитуемых подростков.

Но по порядку.

Итак, родился и вырос он в большой и состоятельной семье, после революции подался в Питер и поступил в Третий Петроградский педагогический институт, на факультет иностранных языков. Профильным языком выбрал немецкий, что и понятно: глупо человеку, чей родной язык — идиш, не воспользоваться прикупом судьбы. Он и воспользовался, все годы учения демонстрируя поразительные успехи. Судя по всему, парень обладал ещё и абсолютным слухом, способностями к воспроизведению различных акцентов и отменной памятью — наследием длинной цепи головастых заморышей, забивающих в хедерах головы целыми вёрстами святых закорючек.

Всё это ему весьма пригодилось, когда в начале войны его в составе отряда ополченцев бросили на «Невский пятачок» — место ныне знаменитое, почитаемое, с надлежащим монументом. Ещё бы: средняя продолжительность жизни бойцов на этих двух километрах колебалась от пяти минут до пятидесяти часов, и за день на головы новоприбывших сыпалось более пятидесяти тысяч снарядов и бомб. Так вот, «Невский пятачок», деревня Арбузово, отряд ополченцев, винтовка на всех одна, ну — две. А бои — самые кровопролитные, самые бессмысленные за всю войну. И всё, что там ещё шевелилось, было даже не пушечным мясом, ибо и пушек не было, а так — глиной под ногами, живым прахом, брызгами под ураганом взрывов. Погибали там все, просто — все. Полегло тысяч двести, не меньше. Гинзбург оказался везучим, его только контузило. Перед тем, как жахнуло, он увидел летящую на него по воздуху деревенскую печь...

Так он попал в плен... И началась его великая одиссея по немецким лагерям — самым разным, поскольку он всегда бежал.

Бежал он много раз.

Будь он евреем (каким, собственно, и был: обрезанным еврей-евреичем), его бы давно расстреляли. Но ему опять повезло в первом же лагере.

Очухавшись в углу какого-то барака, со звоном в башке и одним полностью отключённым от мира глазом, ещё безымянный, он притулился к одному доходяге-татарину. Тот уже загибался — от голода, от давнего туберкулёза, от тоски по семье, оставленной где-то в татарском селе Абуляисово Зианчуринского района. В первую же ночь, едва в себя пришёл, Гинзбург подполз к татарину, сунул тому в руку сухой, заныканный кусок хлеба и шёпотом попросил научить его мусульманским молитвам. И тот, жадно разгрызая и глотая пайку ополченца, эти молитвы ему набормотывал.

274   Оба тощие, небритые, с клочковатыми бровями и рыжеватыми кустами на щеках, они были похожи как братья. Время от времени Гинзбург останавливал Мусу и просил кое-что повторить. Тот охотно повторял, не протестуя, рассудив, что лишний раз произнесённое имя Аллаха никому повредить не может. И был потрясён, обнаружив, что Гинзбург запомнил ВСЁ. Утром тот уже истово бил в уголке барака поклоны своему новому, а впрочем, старому богу, даже не задумываясь, что сказал бы на это папа-шойхет. Дня через три Муса помер, угас естественной смертью, хотя надо же и правду сказать: Гинзбург таки задумывался над тем, чтобы ускорить процесс национальной идентификации, пока окружающие люди — и охрана, и пленные — не научились различать, кто из них кто. Но удержался, слава Аллаху. Когда мёртвого Мусу волокли из барака, мало кто мог назвать его личность, кроме Гинзбурга, который и произнёс своё имя в этом странном контексте. Так он стал Мусой Алиевичем Бакшеевым, татарином из деревни Абуляисово Зианчуринского района. Где это находится, он забыл у Мусы спросить. Но молитвы помнил твёрдо, имя носил всю жизнь с достоинством и благодарностью, тем более что, в сущности, они с татарином оказались тёзками. «Моисей, Муса... — говорил себе дед, — один чёрт». Правда, *для своих* делал исключение, веля называть его всё-таки родным именем. Ощутив к человеку некий родственный отзыв, говорил: «Зови меня Гинзбург», из всех своих мытарств вынесши одно программное убеждение: «Пусть гои горят в аду!» Вряд ли это относилось к покойному

Мусе Бакшееву, который на том свете в тамошних ведомостях прописан был в райских кущах под именем Моисея Гинзбурга. Так уж получилось.

Короче, татарин Гинзбург многократно бежал из самых разных лагерей. Три пули, настигшие его в разное время, вели себя тоже по-разному. Одна угодила в плечо — он сам на каком-то хуторе выковырял её прокалённым в огне сапожным шилом; вторая (уже во время другой погони) прошила бедро и улетела в поля; третья до сих пор сидела в икре правой ноги, и потому он прихрамывал.

(Тут самое время заметить, что татарин Гинзбург физически был таким здоровым, таким, в сущности, бугаём был, что его фантастическая выживаемость в лагерях не казалась Стаху необъяснимой. Достаточно сказать, забегая вперёд, что за пять минут до смерти *Зови-меня-Гинзбург* рукой закрутил на стиральной машине шайбу шланга так, что потом внук его Горик раскручивал её плоскогубцами. А Горик, между прочим, был мастером спорта по вольной борьбе.)

Словом, в побегах из лагерей удача напрочь его оставила. Вернее, наподдав ласковой ногой под зад, сначала отпускала его восвояси, после чего, будто забавляясь, накидывала удавку на шею и волокла назад. Каждый раз, выловив в лесах, его отправляли всё дальше, пока наконец он не очутился в лагере где-то на Украине, откуда уже его угнали в Германию.

Там он работал батраком на фермах, и тоже успешно сбегал, выдавая себя уже не за татари-

276 на, а — в зависимости от местностей, где оказывался, — то за баварца, то за саксонца. Время от времени предпринимал радикальные шаги по пресечению «этой комедии». Например, вешался. Но тоже — неудачно: видимо, в Германии, терпящей к тому времени одно поражение за другим, в негодность приходила не только военная машина тысячелетнего рейха, но и обычные верёвки, сгнившие за зиму в сарае.

Освободили его американцы.

В принципе, он мог бы уехать в Америку, но решил вернуться в Советский Союз.

Когда, много лет спустя, Стах задумывался — был ли *Зови-меня-Гинзбург* умным человеком, он всегда спотыкался об этот поступок. Спрашивал у внука его, Горика, Горация Гинзбурга, начальника диспетчерской связи аэропорта Бен-Гурион: зачем дед вернулся, что за помешательство? Гораций говорил: заскучал по бабушке. Пойми: она ведь понятия не имела, что дед не погиб на «Невском пятачке», а жив-здоров и мускулы нарастил чугунные, в работе-то на свежем немецком воздухе. Зато потом ей тоже было куда прогуляться, потому что, когда дед вернулся, он, не попав домой, прямиком отправился в лагерь под Нижний Тагил («у нас пленных нет, у нас только предатели»), — где и стал успешно подыхать по-настоящему, ибо на охрану советские лагеря были покруче немецких, этого он не учёл.

Убивали его там много раз — из-за склочного характера. Живот, плечи, горло его пересекали разной плотности и длины канатные, нитяные и даже кружевные шрамы. А спустя три года принялся он подыхать уже всерьёз, не желая вновь «ломать комедию»: то есть попросту отказывался от пайки, надеясь заморить себя до смерти — наконец. Когда его уже переправили в лагерный медпункт помирать культурно (тяжёлый человек, мусульманин, пищу нашу не принимает, перевоспитанию не поддаётся) — на него там наткнулась — кто бы мог подумать? — Верочка Бадаат, старинная подружка и кузина его жены Бетти. Верочка досиживала свой второй срок, у начальства пользовалась авторитетом и потому третий год *кантовалась в придурках* в лагерной больничке. Увидев доходягу-зэка, поразительно похожего на Моисея Гинзбурга, она застыла над анкетой Мусы Алиевича Бакшеева, размышляя, как быть.

Она-то и попросила «вольняшку»-доктора дать телеграмму своей кузине Бетти, из которой та выяснила, что муж её Моисей жив, с чем и стала собираться в дорогу. Далее сведения туманно расплываются, являя какие-то загадочные мизансцены при вечернем, а то и ночном освещении. То, что Мусу Бакшеева Верочка возродила к жизни, подкормила, встряхнула — это понятно, а вот каким преступным путём и в виде какого трупа удалось его выкупить и вывести (или вынести?) за ворота лагеря — тем самым увенчав победой последний побег легендарного беглеца, — так и повисло в воздухе, и ни за какие коврижки *Зови-меня-Гинзбург* не отзывался на въедливые вопросы.

Интересно, кого он — в наши-то дни — боялся подставить!

Потом уже, после реабилитации, ему присылали какие-то медали — как и положено человеку его возраста. Он отрывал их от планки и бросал в алюминиевую проржавелую банку. Вообще, был жутким мизантропом: совсем уже в старости месяцами жил на даче, что на станции Дунай, целыми днями сидя в душегрейке и по старой советской привычке слушая вражьи голоса: «Голос Америки», Би-би-си, «Немецкую волну». После каждого репортажа говорил удовлетворённо: «Пусть гои горят в аду». Между прочим, в старости оставался абсолютно здоров, но выглядел абсолютно чокнутым; даже близкие родственники — брат Лазарь, сын, невестка и внук — считали его неуправляемым и опасным.

На даче у него на столе всегда лежал топор. В огороде росла грядка с маками (невестка Рива любила красные цветочки), и потому ночами время от времени туда наведывались соседские парни. Однажды ночью, услышав на огороде какую-то возню, Зови-меня-Гинзбург, прихватив топор, вышел к гостям. Внук его Горик, в то время двенадцатилетний призёр физических олимпиад города Ленинграда, мирно спавший до сей минуты, был разбужен воплями, стонами и визгом за окнами. «Я лежал и трясся, — рассказывал он Стаху лет двадцать спустя, — ко всему готовый, понимаешь? Совершенно ко всему. Но минуты через три дед вернулся, положил топор на стол — не окровавленный, это я с облегчением отметил, видимо, бил топорищем по затылкам, — сел и продолжал слушать «голоса». Я приподнял голову с подушки и робко спросил: «Кто там был?» Дед, не оборачиваясь, легко ответил: «Ерунда, гопота балует, спи... Пусть гои горят в аду».

Свою военную историю *Зови-меня-Гинзбург* рассказывал Стаху по-своему: скачками, отрывистым рявканьем, скрипучим кашлем, харканьем... сплошными недоговорками... Почему вообще въехал в тему? От ошеломления: буквально онемел, узнав, что Стах не только знаком с Верой Самойловной Бадаат, но и, можно сказать, вырос под её чутким приглядом.

— Хватит вопросов, колючка в жопе, — наконец буркнул *Зови-меня-Гинзбург*.

— Ладно, — согласился Стах, нехотя закрывая тетрадь. — Последний — можно?

— Ха.

— Что за пищеблок номер два?

— А, ну это — херня, — с облегчением отозвался *Зови-меня-Гинзбург*, — это просто. Фабрика-кухня, слыхал такое? Исторический факт. Первая была — на Невской заставе...

— Пищеблок номер два?

— Ну... Бетти там технологом работала. Начало тридцатых, карточная система... нормальной еды — днём с огнём. Точно как сейчас... Что жрали тогда! Как китайцы — ВСЁ. Бетти придумывала полуфабрикаты из... ты не поверишь...

— ...птичьего говна?

— Вроде того: одуванчики, соя... иногда мясо — тюленье. Ну и тюльку шарашила в разной кондиции. Тюльку и хамсу.

Он пожевал принесённое Стахом из булочной «арахисовое кольцо», выждал ещё минут пять, будто вслушивался — в ощущения или воспоминания. И сказал:

— Знаешь, было вкусно...

Глава 5

РАЗЛИВ

Обычная коммуналка была, в Питере таких — тысячи, и описаны все сотни раз и в разных жанрах: трагедиях, драмах, романтических и лирических пьесах, особенно в советских комедиях, хотя, казалось бы, ничего забавного жизнь в стадном загоне навеять не может. Обстановочку тоже особо не разнообразишь: коридоры и комнаты оклеены засаленными обоями неопределённого цвета, зато ванная и уборная раз и навсегда исполнены в классическом тёмно-зелёном. В уборной на стенке — четыре штырька для бумаги, у каждого — свой. Стах переехал и вбил пятый, во избежание недоразумений.

В ванной всё по-спартански: газовая колонка и две полочки для мелочей. Все соседи — *хорошие*, но дешёвый шампунь, как и в общежитии, хранится в комнатах, чтоб чужие не попользовались. Сама ванна, священный общественный сосуд, потрясает воображение: вся в чёрных пятнах и натёках ржавчины, ибо пережила революцию и Гражданскую войну, НЭП и гордые пятилетки, блокаду... и вновь пятилетки. Идут неторопливые разговоры о складчине и замене; кое-где уже в домах люди так и делают, но для этого нужны государственный замах и нешуточная отвага.

Ну, и запах... — вот бы что тут сменить. Сорвать со стен старые тряпки, под которыми на полуметровых гвоздях развешаны лысоватые лисьи шубы и довоенные драповые пальто. Выкинуть с антресолей перевязанные пачки старых газет. Выбросить, наконец, галоши и ботики времён борьбы с космополитизмом — словом, выкорчевать корень этого застойного, с пыльной нотой дешёвой бумаги запаха преющих тряпок и едкого старья.

Едой, кстати, не пахло — кухня находилась в самом конце коридора, в дальнем углу: старая плита, раковина с отбитой эмалью, в которую с пушечным грохотом бьёт струя из крана... Обедали в комнатах, унося кастрюли с супами и сковородки с котлетами каждый в свою нору. Комнаты — вот где пахло едой. Тем более и холодильники уже держали каждый у себя, и тумбочку с непременным электрическим чайником на ней — технический прогресс, хочешь не хочешь, проникал в неизбывно затянувшееся коммунальное бытие.

Но главное, что изменилось в судьбе Стаха, в самом градусе жизни: ежеминутная возможность услышать Дылду. Телефон в квартире! Он стоял на облезлой колченогой тумбочке, ровно посередине длинного общего коридора, чтоб каждому бежать примерно одинаково. Тумбочка шаталась, аппа-

282 рат кренился и съезжал в минуты бурных дебатов или пылких скандалов, иногда падал, и тогда от него откалывались и крошились под ногами кусочки типа окаменелой глины. И вечно вокруг на полу валялись обрывки бумаги с чьими-то телефонами и адресами, и вечно кто-то замусоленным огрызком карандаша записывал что-то на обоях, и тогда неприятная старуха Ксения Филипповна кричала на кухне, что она, как ответственная по квартире, вообще кое-кому запретит пользование телефоном, раз обои портят.

Стах же всем сердцем благословлял эту коричневую тупую коробку с липкой трубкой, противно пахнущей смесью нагретого железа, старого пластика, перхоти и пота (и вечно в дырочках застревали ошмётки, вылетевшие из чьих-то гнилых зубов). Чёрный пластиковый шнур перетёрся лет восемь назад, и *Зови-меня-Гинзбург* обмотал его синей изолентой. Шнур был довольно длинен, метра полтора, так что счастливчик Понурин, инженер-электронщик лет пятидесяти, который жил «коло тумбочки», мог утащить телефон в своё холостяцкое логово, сесть на пол, прижавшись спиной к закрытой двери, и говорить в относительном уединении. Правда, Ксения Филипповна, ответственная по квартире, возмущалась, когда телефон сбегал с поста, объясняла, что «шнур перетрётся». Завидовала и бесилась.

Но — это был Великий Прорыв на воссоединение! Драгоценное чудо под тусклой бульбой настенной лампочки. Космическая труба, на выходе которой бился и дрожал любимый голос, любимый выдох, пульсация сердца в любимой груди (левой, с крошечным горчичным зёрнышком возле розового глазка).

Свет в коридоре — «уютный», то есть ублюдочный, поэтому кажется, что и голос твой звучит приглушённо. Но это иллюзия. После начального полушёпота — всхлипа, когда там, далеко, в доме на улице Киселёва она снимает трубку и, слегка запыхавшись (сбегала по лестнице), спрашивает: «Ты?!» — его голос пробует звук, перебирает струны... готовится рассесться. Всё нутро разогревается и млеет, истекая неосуществимым желанием воплотить — сию же минуту! — её далёкий голос в тело: лицо, волосы, плечи... (он слабел, когда в мыслях спускался ниже); могучим усилием воображения выудить Дылду из потной коричневой трубки, прижать к себе, долбануть пустой трубкой о стену и не позволить вернуться в мерзкую лягушачью шкурку!!! Всё нутро его кипит, возмущаясь необитаемой пропастью между ними, бездонной дырой в сколько-то там сотен километров. Голос отвердевает и рвётся пронзить расстояние...

— Почему ты кричишь? — интересуется Дылда.

— Я — кричу?! — удивляется он. — Я — шепчу!

Но судя по тому, что все обитатели квартиры: и *Зови-меня-Гинзбург*, и противная байковая старуха Ксения Филипповна, и Кулаковы, мать с дочкой-дауном Катюшей, и даже Понурин, который, по его словам, *вообще всех в гробу видал и на всех болт забил*, — деликатно попрятались по своим комнатам, — он понимает, что всё-таки кричит. Что он уже кричит, наплевав на приличия, задыхаясь, доказывая, что она может, может!.. на три

284 дня!.. ну на два, хорошо, на два — приехать, оставив отца заботам Анны! А что (колотя кулаком по стенке): разве Анна — не дочь, чёрт побери, не такая же дочь, как ты?!

— Не кричи, ради бога, — просит она, и он слышит, вернее чувствует, как Дылда изо всех сил сдерживает слёзы. Вот опять довёл эту невинную душу — эгоист, мерзавец, скот, животное, — посмотри на свои штаны! Господи, ну что делать, когда без неё уже ничего на свете не катит...

Он съезжает по стенке на пол, и так сидит, двигая желваками и цедя разумные, по его убеждению, слова.

— Ты не понимаешь, Аристарх! Просто папка, он... никого, кроме меня, не подпускает... И слабеет, слабеет... Ты потерпи... — и умоляюще: — Потерпи! Ты же знаешь, уже недолго... — (Ну вот, добился, что она вслух произнесла, назвала своими словами это горестное ожидание!) — Папка давно не встаёт и почти не ест.

Она торопится опустить трубку, чтобы он не услышал тоненького, безнадёжного и почти беззвучного плача-скулежа, от которого переворачивается душа.

Первым не выдержал *Зови-меня-Гинзбург.*

Он возник посреди очередного разговора, столбом стоял перед жестикулирующим Стахом, молча ожидая, пока тот выплеснет, вывернет себя наизнанку. После чего отобрал трубку и положил её на рычаг.

— Езжай и женись, — сказал. — Женись на ней. Тебе станет легче.

Стах стоял, привалившись к стене спиной и затылком, раскидав по сторонам кулаки, — как распятый.

— Ей ещё нет восемнадцати, — огрызнулся он мрачно. Вообще, это была тайна. *Зови-меня-Гинзбург* даже имени Дылды не знал, не должен был знать. Но Стах уже до ручки дошёл, до той черты, когда ты готов не только телефон раздолбать, но и всё, и всех вокруг.

— Она школьница. И у неё умирает отец.

— Ёшь твою в брошь! Бедная девчонка. Отец умирает, хахаль — придурок, каждый вечер — телефонный террор.

— Кто это говорит! Человек с маузером!

— Попадёшь в психушку. Она тебя бросит.

— Гинзбург... отойдите подальше!

— Да срать-пердеть, колесо вертеть! — выдал старик своё коронное, отходя подальше — в комнату. И оттуда донеслось: — Езжай и женись!

И Стах как-то застрял на этом разговоре, застопорился, как цыган «Хурды-мурды» со своей телегой у водяной колонки в центре двора. Иногда спрашивал себя — как тогда, на дне рождения Зинки-трофейки: ты чего добиваешься?

Жалкие остатки его былой рассудительности ещё цеплялись за разумные доводы: их никто сейчас не распишет, ни одна душа не решится, ни за какие деньги — подсудное же дело! Да она и сама не захочет такой печальной скоропалительной свадьбы... Пройдёт время, завершится её скорбное бдение над умирающим отцом, и всё произойдёт само собой. Да: но как пересилить это время!

286   Он был — наркоман, у которого отняли ежедневную дозу.

Его измучили холодные, с издёвочкой, сны, в которых Дылда проходила мимо, рассеянно, как чужому, ему кивая, вежливо объясняя, что сейчас, к сожалению, ей совершенно некогда поболтать... Он просыпался с тяжёлым сердцебиением, до утра метался по комнате в трусах, околевая от холода, пытаясь преодолеть в себе суеверный страх перед какой-то неизвестной бедой, катящейся на них грозным валом. Он устал от внутренних монологов и придуманных для неё реплик-обвинений и реплик-оправданий. Его точили отравные подловатые мысли, всё чудилось: крутится некто, крутится возле неё, дожидается у двери, суетится: мол, не помочь ли с тяжёлой сумкой? — и тихой сапой вползает в дом, — помощничек! А ведь мужские руки там сейчас ой как нужны...

Чушь, говорил себе, бабская истеричность. Ты лучше, чем кто другой, знаешь этот характер: раздражающую прямоту и невыносимую честность. В конце концов, дожидаются невесты женихов из армии, с многолетней войны... Так в чём же дело?!

Не мог себе ответить.

Он даже про себя не называл вещи своими именами, изобретая идиотские эвфемизмы; презирал себя за то, что подсознательно, сам того не желая, всё-таки мысленно *поторапливает* её отца. Сволочь, говорил себе, ты — настоящая сволочь! И вновь пытался понять: почему внутри бестолково мечется слепой душный страх? что должно случиться с ней — там, без него? что должно произойти между ними?! Папуша, — думал, — вот бы кто помог, кто раскинул бы карты и всё рассказал...

В апреле, совсем уже съехав с катушек, примчался в Вязники.

* * *

Вёз *подарок*: пять ампул морфина, оставшихся после смерти Лёвкиной тёти, скончавшейся месяц назад в клинике Первого меда.

Увидел свою Дылду — исхудалое лицо, обтянутые, как после болезни, скулы, искусанные губы и руки, докрасна растёртые хозяйственным мылом, — и сначала даже испытал странное облегчение: вот откуда его страх и ожидание беды — он же всегда чувствовал её на расстоянии! В детстве и отрочестве они даже болели одновременно, как близнецы. Вот что здесь происходит, повторял себе ожесточённо: она попросту измучена непосильным трудом. И помимо тяжкого домашнего воза, ещё и учёбу тянет — последний год, решающий.

Кому ж это выдюжить?!

Да что это за родня, *ёшь твою в брошь*, поминутно вскипал он, что за дети?! Как получилось, что раскатилась по сторонам дружная семья, и каждый занят исключительно собой, своими делами и своими планами. Как не примчаться — помочь сестре?!

И тут же себя обрывал: а ты — примчался? Без тебя мама не лежала всю ночь на полу в одной сорочке, пока соседка соли не хватилась?

Он сразу взял на себя основные тяжести: первым делом основательно искупал дядю Петю в ванне. Впервые за много недель вынес его на веранду, усадил в кресло, чтобы, сквозь густую вязку пока ещё голых деревьев, тот смотрел на голубое, в лёгких пёрышках, апрельское небо. Главное, кашей накормил — виртуозно, как упрямого ребёнка: с шуточками, упорно не замечая слабой отводящей руки больного, терпеливо зависая у жующего рта с очередной ложкой... «Как тебе удалось скормить ему целую тарелку!» — радовалась Дылда. Радовалась, что «вся каша удержалась» — значит, на пользу пошла! Стах улыбался, но прятал глаза: *доктором* он себя, разумеется, ещё не считал, но тут и не надо быть специалистом, чтобы видеть: немного дяде Пете осталось, несколько недель от силы; так что особой пользы от каши ждать не стоило.

Они сидели втроём на веранде, когда-то нарядной, пёстрой, с цветными стёклышками в верхней части окон, даже зимой увитой остролистным плющом с мелкими белыми цветками; сейчас — запущенной, с единственным скучающим фикусом в керамической кадке. И всё же первое весеннее солнце так приветливо заглядывало сквозь красные и жёлтые ромбы окон, выплёскивало арлекинные цвета на плетёное кресло-качалку, в котором — скрип-скрип — покачивалась Дылда, придавало её волосам гранатовое сияние — как у ангелов в церковных витражах. Рослая, исхудалая, — она сейчас казалась старше своих лет; молча и задумчиво (скрип, скрип), поверх седой головы отца, глядела на своего Аристарха...

Ему же, ежесекундно ловящему её взгляд, сладко было думать, как сегодня ночью она заснёт, положив голову ему на грудь и заведя колено ему на живот, а он зароется носом в её волосы, как пёс, выуживая аромат её сна. Подумал с волнением: никогда ещё они не спали в нормальной постели — заложники шорохов, шагов, стука в дверь или поворота ключа в замке — скрип, скрип... — преступники, шалеющие от жаркой тяги запретной любви.

Больной же притих, отрешённо глядя в окно, где за спутанными ветвями простиралась последняя, за пределами жизни, дорога: небесная...

Звонкий леденцовый свет этой веранды, воздух её, настоянный на боли, неутолённой любви и близкой смерти, сгустился до такой ненасытной, пронзительной жажды жизни, что все трое молчали, боясь нарушить — скрип, скрип, — дрожащую проникновенную тишину...

Впрочем, Стах сейчас думал не о хрупкой тишине этих минут.

Он был напряжён и ждал подходящего момента: удобного поворота темы, смягчения (после укола) болей у дяди Пети. Он ждал, когда сможет произнести слова, с которыми приехал — всю дорогу повторяя их на разные лады и с разной интонацией, — и всякий раз получалось другое: то убедительно и неопровержимо, то из рук вон плохо или даже совсем безнадёжно.

Пока же пустился травить смешные и «ужасные» байки со «скорой» — вот этого добра было у него навалом: тысяча и одно дежурство на Первой подстанции Петроградского района.

— Работа ещё та, — заводил он неспешно, — и отпечаток на человека накладывает, конечно... — Все свои коронные истории рассказывал обычно невозмутимым тоном, так что в первые минуты невозможно было понять, о чём речь: о трогательном, трагическом или смешном.

— Ночь-день смешались, вызовы такие — любой писатель за сюжет последнюю рубаху отдаст. Каждый божий день — алкашня. Валяется такой в канаве или в луже. Ну, мы — что? Милицию вызывать или, скажем, везти его в вытрезвитель — опасно, менты забьют. В больницу надо бы, но что ты ему припишешь, кроме алкогольного опьянения? И мы из положения как выходим: у нас прямо в машине, на верёвочке дубинка висит, «таблетка» называется, или — «расширитель диагноза». Долбанёшь пациента разок-другой по башке, наставишь пару синяков — вот тебе основание везти паразита в больницу, на курорт.

Рассказывать он умел и любил — мамина артистическая жилка. Да и батя, бывало, если выпьет чуток, да в хорошем настроении, тоже умел историю рассказать «с подвохом», с изюминкой и с неожиданной концовкой.

— Однажды приезжаем по вызову: «улица». Это диспетчер пишет: «улица». Там парк не парк... садик такой недалеко от «Авроры». Сидит на скамейке старушенция, божий одуван, шляпка старорежимная с вуалькой, скатилась с головы и лежит на коленях. Сомлела старушка, дурно ей. Ну, доктор Оксана Борисовна щупает пульс, а я склонился к бабке, спрашиваю: что, мол, бабуля, как вы? Что с вами стряслось?

Угадайте, кем она оказалась. Единственным в истории страны женщиной — контр-адмиралом Российского флота! Мы, как услышали, навытяжку встали. «Повезём вас в больницу», — говорим. А она: «Боже упаси, домой, только домой. Ко мне сегодня должны приехать за библиотекой, оставляю её в дар детскому дому номер семь».

А книги-то нынче в каком дефиците! Люди по подписке дикие очереди выстаивают, а у нас — где время в очередях стоять? Привезли контр-адмирала домой, вкатили дибазол с папаверином, она задремала... А я тихонько так, на цыпочках, пробираюсь в соседнюю комнату, в библиотеку, гляжу на полки и, как батя говорил, *коломытно мне*: такое богатство! Снимаю том «Республики «Шкид», любимую книгу детства. Что, думаю, бабуля не огорчится, если сострадательный доктор позаимствует книжку? Открываю: там на форзаце надпись карандашом: «Кто способен украсть книгу, тот способен стать убийцей». Затрясся я от ужаса, потом от смеха, захлопнул книгу и поставил на полку.

Но через час бабуля пришла в себя, приободрилась, спрашивает: «Молодой человек, вы любите сказки?» — «А как же, — говорю, — кто на Руси не любит сказок». Она велит мне снять с полки два тома Пушкина — то самое, роскошное красное издание. «Возьмите на память, — говорит, — почитаете когда-нибудь своему сыночку. Жаль только, третий том не успела получить».

Ну, я-то, понятно, от счастья воспарил! Обидно, что третьего тома нет, но дарёному коню, как говорится, по зубам не двинешь...

Когда бы что он кому ни рассказывал — даже и много лет спустя, в другой стране, и совсем иные истории, — он всегда рассказывал их Дылде и представлял её в том кресле-качалке на веранде (скрип, скрип) — исхудалую, со счастливой улыбкой на искусанных губах, в витражном сиянии гранатовых волос.

— Так вот, насчёт третьего тома. В тот же день — и вся пикантность, всё волшебство истории именно в потрясающей синхронности событий! — диспетчер опять передаёт: «улица». Вызов на сей раз от милиции. Когда менты не хотят пачкаться, они вызывают неотложку. Тут надо пояснить, что водитель наш, Федя, бывший афганец, чистюля какой-то сверхъестественный. У него занавески в машине жена вышивает крестиком, еженедельно их стирает-выглаживает, бережёт, как брюссельские кружева. Бывает, только соберёшься в машину лезть, Федя орёт: «Ноги, сволочь!..»

Ну, лады: приезжаем по вызову на улицу Бармалеева. В огромной луже у пивного ларька отдыхает ханыга: практически весь в воде, рожа только выступает над поверхностью, и парок из ноздрей — дышит; значит, до известной степени тоже контр-адмирал. Грязный, обоссанный, облёванный, мокрый... описать я не в силах.

Короче, надо забирать этого водяного, сдохнет он тут, замёрзнет или в луже захлебнётся. А Федя в ужасе: «Ко мне в машину?! Это чмо болотное?! Да я вас всех...» — и далее непроизносимо.

Всё-таки подняли, погрузили бездыханное тело на носилки, уже и сами все грязные и вонючие.

Но мы ж гуманисты, мы — *скорая помощь*. Вдвигаем носилки внутрь, едем... А этот паря наш вдруг очнулся, оглядывается, тянется к священной занавеске и... высмаркивается в неё. Ну, Федя тут просто сознание потерял за рулём. Не знаю, как мы не перевернулись. Всё, говорит, теперь тебе точно...!!! — и далее ни одного произносимого слова. И если бы ханыга был в сознании, то ему бы захотелось обратно в лужу. Останавливает Федя наш катафалк, обегает его, с грохотом вываливает носилки, хватает «расширитель диагноза» и начинает со всех сторон огуливать пациента. И главное, всё ему мало, всё мало... Мы с доктором Оксаной Борисовной тоже вываливаемся из машины, орём, пытаемся Федю образумить, умолить... хватаем за руки, подставляем собственные бока... Каждому достаётся от нашего «расширителя»; лично у меня синяки три недели держались! Вокруг народ собрался, интересуется: кого так страстно убивают врачи неотложки? Наш ханыга, серьёзно избитый Федей, валится нам на руки совершенно уже готовый к стационару, и даже непосредственно к погребению... И в этом мельтешении рук и ног, в сверкающем колесе дубинки, из глубин пациента выпархивает — внимание! — дивная тропическая бабочка: марка! на третий том! того самого собрания сочинений Пушкина!!! Угадайте, кто подобрал в грязи эту марку, и куда она перекочевала в качестве трофея...

От этой дурацкой, художественно обработанной им истории Дылда почему-то расплакалась. Хохотала-хохотала... и заплакала.

— Ты что?! — растерялся он; вполне допускал, что она плачет над участью ханыги. Но Дылда кивнула на отца, проговорила:

— Смотри, папка улыбается. Впервые за последние два месяца. Это всё ты... ты...

Папка и в самом деле улыбался. Тут и качественный морфин подействовал, и радовался он красно-жёлтому солнышку почти забытой веранды, и дочкой любовался — видел же, как она счастлива, что Аристарх приехал. Этот парень рос на его глазах, сколько там было детям, когда они подружились — лет одиннадцать-двенадцать? И вот такая крепкая оказалась дружба, думал он в мягком рассеянии боли, и какой же он молодец, Аристарх, что выбрался, и руки у него хорошие, сильные — руки настоящего доктора!

Но Стах — будто ему вдруг надоело веселить обоих и в одно мгновение он устал, даже осунулся — подался к креслу, в котором полулежал больной, и (забыв все приготовления, все отрепетированные слова и интонации, все правильные «подъезды и подходы», все уверения...) — выпалил:

— Пётр Игнатьевич! А ведь я приехал просить руки вашей дочери Надежды.

Настала тишина, в которой хрустнул — как выстрелил — обод бамбукового кресла-качалки под Дылдой. Она вскочила: ошеломлённая, ладони мечутся вдоль тела, бестолково оглаживая юбку... Не ожидала, подумал Стах, и тоже поднялся, не отрывая взгляда от её побледневшего лица. Она рванулась — сбежать, но он перехватил её локоть, с силой потянул на себя, притянул к себе, обнял — впервые перед отцом — и заставил рядом стоять.

— Как — рук*и*?.. — растерянно пробормотал Пётр Игнатьевич. — Какое там, ведь она — девочка, девочка... Аристарх, ты что это... Вас не распишут.

— Пока не распишут, — согласился Стах. — Но обвенчают. Я ездил сегодня в Холуй, в Троицкую... Договорился с батюшкой: завтра в десять. — Он повернул к ней голову, твёрдо повторил в самые глаза её, в золотые спинки пчёл: — Завтра, в десять... Просто я хотел, Пётр Игнатьевич... хотел, чтобы вы знали, поверили: с вашей дочерью всё будет хорошо. Она станет мне женой... — он сглотнул, и завершил фразу неловко, как в старых романах: — До могилы. А я ей — мужем. Вот. И это ничто не изменит. И никто! Это как... жизнь и смерть. Благословляйте, Пётр Игнатьевич, деваться вам некуда.

— Что ты говоришь! — пискнула рядом Дылда, он лишь сильнее прижал её к себе — самому больно стало. И она стихла, только смотрела во все глаза на папку.

Пётр Игнатьевич молчал. У Стаха даже мелькнуло в смятении: понял ли тот, что сказано? Молчал и, опустив голову, медленно, бесплотными ладонями разглаживал одеяло на коленях.

(Одеялко-то было *родным-островным*: тем самым, на котором подростками валялись, сомлевшие от жары, на котором Надежда впервые запела-закричала, выгибаясь всем телом...)

— Вот оно как... — проговорил наконец Пётр Игнатьевич. — Всё ты, значит, решил, всё устроил. Распорядился... Это правильно, по-мужски. Я, дети, сам так трижды женился: невмоготу, и гори всё огнём. Доча, ангел мой, а ты ведь давно любишь этого... начальника?

Она молча кивнула, не спуская с отца влажных заблестевших глаз.

— Любишь... Я, дурак старый, давно должен был догадаться. Столько лет под ногами здесь крутились, неразлейвода. Значит, то была любовь. Ничего мы о детях своих не знаем... — Он поднял голову, задумчиво, ясно и очень спокойно смотрел на застывших перед ним Надежду и Аристарха.

— Так не я же буду вам запрудой, не я. Принесите... — он что-то показал рукой в воздухе. — Доча, принеси...

Стах не понял, а Дылда рванулась, сверзилась вниз по лестнице и через минуту осторожно поднялась, возникла в дверях — с иконой, которая вибрировала в её руках, как щит в руке юного воина, впервые поскакавшего в бой.

«Всё по-настоящему, — думал Аристарх ошарашенно. — Ёлы-палы, всё у них по-настоящему!» Минуту назад произнося привычное-книжное: «благословите», он и не предполагал, не имел в виду... он же — в переносном смысле!..

Конечно, он знал эту их семейную икону: Казанскую Божьей Матери, — связанную с дикой историей очередного растерзанного падшего ангела, с каким-то страшным последующим отмщением. Глядя на неё — хотя всегда смотрел как-то вскользь, всегда глаза отводил — верилось: такая может отомстить. Прекрасно отреставрированная Петром Игнатьевичем,

*она висела на парадной стене в столовой, в окруже-
нии семейного фотографического иконостаса: все дети в разных возрастах, в знаменательные дни своего
триумфа, — кто в парадной школьной форме, кто
в хоре, кто на футбольном поле.*

*Казалось, эта скорбная женщина в золотисто-
коричневом плате на гладкой, как яйцо, голове,
склонённой к своему сыночку (тот стоял подле неё
навытяжку, будто, как и все, побаивался матери), — тоже суровая родственница, покровитель-
ница и руководительница семьи.*

Сегодняшний уговор со священником казался ему каким-то свершённым чудом. Для начала
Стах долго и утомительно, постепенно раздра-
жаясь, искал того по разным помещениям храма
(каждый встречный-спрошенный посылал по своему разумению), наконец столкнулся с ним в дверях трапезной.

Отец Николай — нестарый, рыжебородый,
с длинными плоскими волосами, стянутыми резинкой на затылке, — выглядел как-то запущен-
но и устало, говорил не особенно приветливо,
глядел в сторону. И только когда Стах упомянул,
что крещён в этой церкви, и вспомнил старичка-
батюшку (хорошо, что про курицу смолчал!), отец
Николай улыбнулся и проговорил:

— Ну как же. Это вас мой покойный отец кре-
стил. Хорошо, давайте ваше свидетельство о браке.

— Нет, — сказал Стах.

— Что — нет?

— Его нет, — торопливо объяснил Стах. —
Моей невесте ещё не исполнилось восемнадцати.

Батюшка поднял брови, покачал головой и шагнул со ступени мимо Стаха.

— Вот как исполнится, приходите...

— Подождите! — Стах кинулся следом, заступил батюшке дорогу, стал горячо объяснять: он сейчас далеко живёт, в Ленинграде, учится на врача... А она здесь одна, не на кого опереться, и... невозможно оставить... больше нельзя — так, врозь... невыносимо... — и прочую нёс околесицу, какие-то жалкие глупости, понимая, что сейчас его справедливо турнут.

Священник остановился, внимательно посмотрел на него, жестикулирующего:

— Куда вы торопитесь? У вас что — обстоятельства? — и голосом присел на этом слове, и осудительно прищурился, глядя из-под рыжих бровей.

— Нет! — воскликнул Стах. — Я мог бы вам соврать, но — нет! Просто... — и выдохнул: — Просто я не могу больше. Измучился. И она тоже... Мы давно, с детства вместе и привыкли быть близко друг к другу... и это... давняя история.

Священник усмехнулся, оглядел позади себя давно не крашенную колокольню, облупившиеся, с островками обнажённой кирпичной кладки ворота, в которые на территорию комплекса въезжал старый «москвич».

— Узы церковного брака, молодой человек, — проговорил он, — не гарантируют вам безмятежной жизни вдвоём.

Стах перехватил его взгляд и тоже отметил и помятый «москвич», и обшарпанные службы, и переполненный помойный бак у дальней стены... Спросил:

— А у вас дети есть?

— Есть, пятеро, — буднично ответил тот.

Стах вытащил из внутреннего кармана куртки свёрнутые в трубочку восемь купюр по двадцать пять рублей и протянул:

— Вот, возьмите вперёд за... таинство.

Тот деньги взял, невозмутимо пересчитал, вновь поднял брови:

— Здесь... слишком много, — проговорил сдержанно. — Вдвое больше, чем надо. Венчание обойдётся вам в сотню. И это не мне, а на храм.

— Возьмите, пожалуйста, всё, — настойчиво повторил Стах. — Сами разберётесь — куда и на что.

— Ну, хорошо, — ответил священник, приподняв подол рясы и пряча деньги в карман брюк. — Понимаю вас. Тогда тут и на венчальные свечи будет. И вот ещё: у нас недавно столовая для художников-миниатюристов открылась. Там вкусно, по-домашнему так, и красиво. Вон, за колокольней направо. Можно после венчания отметить. Приезжайте завтра, часам к десяти; чистый плат нужен, и... кольца есть?

— Есть! — торопливо проговорил Стах, доставая коробочку с подарком Папуши. — Это, конечно, не золото, но...

Священник отвёл его руку:

— Завтра и отдадите. — Спустился по ступеням и, не оглядываясь, пошёл по двору к машине, из окна которой высовывался мужик и, энергично жестикулируя, что-то объяснял отцу Николаю.

Холодный ветер ерошил огромную лужу, посреди которой «москвич» остановился, и отец Николай, стоя у кромки её, что-то негромко отвечал. Реплики их заглушал грай с ближнего тополя, обжитого семейством грачей. Они поднимались в воздух, вздымаясь до колокольни, над которой быстро и легко неслись грязноватые облака, медленной каруселью кружили вокруг неё, спускались и снова усаживались на ветви тополя.

Пахло холодной водой, гниловатой затопленной почвой, дымом и хлебами из невидимой отсюда печи...

Удержать в руках тяжёлую доску Пётр Игнатьевич не смог бы. Дочь просто поставила её отцу на колени, прислонив к его груди — ликом к себе и Аристарху, — и измождённое лицо больного как-то удивительно рифмовалось, странно подходило иконе, будто являло её продолжение. Золотисто-коричневый плат засиял под витражным светом цветных окошек веранды; лики Божьей Матери и её вышколенного мальчика со взрослым лысоватым обликом зажили, задвигались — закивали в нетвёрдых руках Петра Игнатьевича, — будто одобряли момент.

Тот глубоко вздохнул, собираясь со словами.

— Ну, так... живите... порядочно, — проговорил слабым дребезжащим голосом. — Вот пусть она смотрит на вас всю жизнь, как смотрела на нас. Живите...

И заплакал... Разом ослабел, откинулся головой на спинку кресла.

Трудно ему далась эта новость, да и боль постепенно возвращалась.

И, конечно, не сбылись вожделенные мечты Стаха об объятиях сна в спокойной постели — ибо всю ночь Дылда ушивала для венчания бледно-салатное свадебное платье старшей сестры Любы, которое в заполошных поисках обнаружила в мамином платяном шкафу. Люба была гораздо полнее и ниже ростом младшей сестры, так что беготня вверх-вниз по лестнице в поисках маминой портновской шкатулки, затем примерки-булавки, стрекотание «зингера», и — боже, ошиблась! — распускание неверного шва, и вновь неумолчный стрёкот машинки... — продолжались до самого утра.

Стах посидел у постели Петра Игнатьевича, дождался, пока тот заснул, спустился вниз, попробовал — паук! — уволочь свою муху-цокотуху в уголок «на минутку» — но встретил такой возмущённый отпор, что заради священного венчального обряда отступился до завтра, понимая, как трепещет она — в каждом слове дрожали слёзы! — и какое значение придаёт всей этой, считал он, *ритуальной мишуре*...

(Хотя внутренне звенел-ликовал: как здорово он придумал, спасибо татарину Гинзбургу! Как правильно всё устроил!)

Уставший за весь этот трудный, густой-счастливый день, опустился на пол рядом со стулом Дылды, ткнулся головой ей в колени... Так и уснул под стрёкот машинки, изредка чувствуя на затылке и щеке её ладонь — рука у неё как у бабы Вали была: родная, крупная и очень ласковая.

Проснулся от шутливого толчка:

— Хватит дрыхнуть. Смотри!

Он с трудом проморгался, поднял тяжёлую голову и уставился на чудесное видение. А ведь и правда: дыхание перехватывало. Взбежав до пятой ступеньки лестницы, Дылда стояла под светом всех включённых потолочных ламп — в простом по крою, но каком-то очень нежном, воздушном платье длиной не до полу, а до середины икры — прямо гимназистка! — в талии перетянутом широким поясом. На тёмно-рыжих, рябиновых под лампами, волосах приколот дымчатый лоскут типа фаты, выцыганенный из подола всё того же платья.

— Как?! — спросила требовательно, победно. Знала, что — прекрасна!

И он театрально простёрся ниц (очень хотелось спать), перекатился на спину, вскинул обе руки, как бы сдаваясь на милость, и провыл:

— Царица! Повелительница гремучих змей!

* * *

Смешно: из них двоих он-то как раз и волновался как дурак. Волновался так, что потом не помнил из обряда ничего, кроме жарких огней венчальных свечей, что плыли в увлажнённых глазах; кроме ладанного запаха и красное, торжественного облачения священника, который — в разительном контрасте со вчерашним днём — выглядел просто великолепно, как полководец великой армии на параде.

Он выпевал густым и грозным голосом прекрасные слова, казавшиеся Стаху безграмотными и потому особенно таинственными: «Венчается раб Божий Аристарх рабе Божьей Надежде...», а мысли метались: «Почему — рабе венчается, а не с рабой?» А когда батюшка тем же грозным требовательным голосом спросил: «Не обещался ли ты другой невесте...» — у него даже вылетел сдавленный нервный смешок: господи, да какая другая невеста?!

А вся эта суета — с расстиланием коврика, на который нужно было ступить, с тройным перебиранием цыганских колец, с целованием образов и поочерёдным прихлёбыванием сладкой наливки, — всё это куда-то улетело.

Зато в памяти Надежды, с виду очень спокойной — по сравнению со вчерашней заполошной беготнёй, — отпечаталось каждое слово, каждый благочинный поцелуй на холодных торжественных губах; красивый громкоголосый отец Николай, коробовый свод алтаря и звучные ярко-бирюзовые, синие, золотистые цвета росписей на нём. Всю жизнь это снилось, особенно перед важными решениями...

...например, перед тем, как с Сергеем Робе́ртовичем они — два юных олуха, два лихих коммерсанта — зарегистрировали своё издательство в разгар всеобщего развала и разбоя...

*...*всю жизнь это снилось, и плавилось-плыло и пело в золотом сиянии венчальных свечей — так что потом, просыпаясь, она долго плакала, даже и двадцать лет спустя.

Кому досталось трудов, так это Цагару, их единственному свидетелю: пришлось ему держать венец над головами и жениха и невесты.

Но он был строг, и тоже торжествен, пригляды-
вался к обряду, запоминал каждый шаг, ибо уже
знал, кого украдёт ближайшей осенью. Храм ему
понравился, батюшка — тоже. Потом, когда все
трое они, с облегчением покинув каменные своды храма, обосновались в уютном углу той самой
столовой для художников-иконописцев, присове-
тованной отцом Николаем, Цагар признался, что
рука у него не уставала так, даже когда лошадей
объезжал.

Носатый, накануне выбритый и подстрижен-
ный в парикмахерской, он к просьбе Стаха отнёсся со всей ответственностью. Между прочим, ради
такого дела этой ночью и ему младшая сестрёнка
Мария перешивала отцовский костюм — да вручную! — швейной машинки у неё не было (вернее,
пока не было: брат обещал за такой героизм машинку ей купить). Она вообще оказалась девуш-
кой героической: после бессонной портновской
ночи согласилась посидеть с больным Петром Игнатьевичем, пока *свадебный кортеж* (возвышен-
ный образ: добирались, конечно, на автобусах)
совершит свой круиз до Холуя и обратно. И на
удивление деликатно, после кратких посиделок,
Цагар отвалил, понимая, как важно сейчас этим
двоим остаться наедине друг с другом. А шесте-
рых богомазов, галдящих в противоположном углу
помещения, в расчёт не берём.

Хороша была эта зала: стены расписаны хо-
луйским письмом, но без лака. Похоже на опер-
ные декорации, только прописано всё на совесть,
с огромным мастерством. Со стен надвигалась

на людей всеми гранями славная древнерусская жизнь: красивой дугой плыли по небу белые лебеди, вдалеке круглились купола церквей; добрый молодец в роскошном малахае да в сафьяновых сапожках (удивительно маленьких и изящных для его роста) держал под уздцы белого коня, а тот длинной балетной ногой бил по травянистому берегу реки, где выстроились вёсельные древние ладьи с лебедиными шеями. Деревянные столы — большие и крепкие — были рассчитаны на артель. И окна большие были, и потолок — высокий, белёный.

Весёлые богомазы в углу шумели, смеялись, громко что-то обсуждая, — они ж не монахи, и пообщаться рады, и наливочки пропустить. Пока работают, каждый погружён в своё, а вот время обеда — единственный час на разговоры. Впрочем, и они вскоре стали расходиться, и за большим столом осталось лишь трое художников, допивающих кофе...

Цагар ушёл, а Надежда и Аристарх всё сидели в почти пустом помещении, молча и даже слегка ошарашенно глядя друг на друга — как глядели когда-то под оглушительный гул колоколов, — но уже совсем, совсем иначе.

— Помнишь... как кричали: «На-ве-ки! На-ве-ки!»

— ...и было навеки, и будет — навеки...

— ...нет, вот сейчас: навеки... потому что: повязаны великой тайной — на земле и на небе. Ты чего улыбаешься?!

— ...*того*, что ты — рыжая Дылда...

— Перестань! Я о том, что сейчас мы — по закону нерушимой клятвы. А клятва... она такая... она может выдержать вес... вон той колокольни, что в окне.

— Э-эй, Дылда! — позвал он, до смешного боясь расплакаться. Она-то, спокойная-спокойная, как раз и плакала в два ручья. Он протянул руку над недоеденным салатом и отёр ладонью обе её щеки. На пальце тонким обручем сверкало цыганское золото, накануне церемонии надраенное им о рукав пиджака: нечто новое, к чему надо привыкнуть. Он уже мог, мог купить и настоящие кольца, но память о Папуше, о Наставнице, спасшей их любовь, о её печальной улыбке, о её щедрости... казалась ему более надёжной охраной; казалась оберегом их союза.

— Тушь потекла? — спросила Дылда.

— Пока нет, но скоро...

— Мы — венчанные?

— Похоже, так...

— Мы — венчанные... Когда мы были маленькими, я мечтала, что ты встанешь на колени и скажешь: «Графиня...» — голос её оборвался, она засмеялась, заплакала.

Он встал, опустился на колени... Богомазы за столом у дальней стены умолкли и уставились на них.

— Графиня... — сказал Аристарх. — Позвольте пригласить вас в увлекательное свадебное путешествие.

— Господи, сейчас же поднимись, куда это?

— Увидишь...

Однажды они уже катались в разлив. Выпросили на пристани лодку на часик, — под честное слово, «в память о Семёне Аристархыче».

Маршрут там незамысловатый: пересекли затон, обогнули драгу, рассевшуюся в воде, как неутешная вдова... и оказались в низине, куда с Фатьяновской поляны сбегает белая дружная стая берёз. Их-то и затопляет Клязьма. Деревья стоят по колено в разливе, их рукописные тела покрыты странными письменами, а по воде стелется сизоватая дымка, и ты отодвигаешь её веслом, тревожа чёрно-белую графику отражений.

День уже засиял нестерпимым блеском апрельских небес — ярко синих, с полновесными кляксами жирных белил; перекликаясь с берёзовыми стволами внизу, те отражались в воде, и тоже колыхались от движения лодки, и непонятно было: где небо, где вода, где деревья, а где их опрокинутые в воду стволы...

...Отталкиваясь шестом, Аристарх направлял лодку между берёз, поминутно переводя взгляд на сидящую впереди рыжеволосую девочку, Огненную Пацанку из Рябинового клина. Это была... его жена!

В длинном чёрном пальто, накинутом на плечи, она была очень тиха, и очень счастлива. Тишина этого счастья выплеснулась далеко вокруг весенним разливом Клязьмы; она стояла меж белых стволов и всё длилась, и необъятно простиралась вдаль, заключая целый мир в гигантскую капсулу светлого покоя.

С самого утра в его голове неуёмный английский рожок усердно выпевал «Мелодию» Глюка, лишь на время венчания уступив голосовому набату священника. И направляя лодку меж белых стволов, он думал о том, что сегодня вывел свою Эвридику *из гиблой пещеры Аида*, а скоро, очень скоро вернётся, и заберёт её с собой навсегда...

— Ой, смотри! — сказала она, взмахнув рукой. Он поднял голову.

На толстых скрученных верёвках висели над неподвижной водой самодельные качели: простая автомобильная шина, привязанная к двум старым берёзам.

— Подкати-ка, — велела Дылда.

Он подвёл лодку ближе... Скинув пальто, она схватилась обеими руками за верёвки, вскарабкалась на шину, уселась на ней, как на плоту... и всем телом по-девчоночьи нырнула, послав качели вперёд; откинулась и с силой выбросила перед собой прямые ноги, так что они просвистели над головой Стаха. Он засмеялся и отпрянул, подавшись с лодкой назад.

Она раскачивалась всё сильнее, то поджимая ноги над самой водой, то с силой их выпрямляя, когда шина летела вверх.

— Побереги-и-ись!!!

Выше, выше... ещё, ещё!!!

— Смотри, не улети! — крикнул он, любуясь, как вспархивает подол платья, обнажая ноги, как ликует она, взмывая меж двух высоких матёрых берёз, сверху глядя на воду, на деревья, на лодку, на макушку любимого... мужа? Му-жа!!! Му-жа!!! Му-у-у-ужа!!! — как кружатся вокруг белые стволы и вместе с ними кружатся в воде облака и деревья, и чёрная на фоне этой белизны автомобильная шина, и длинные ноги с взлетающим подолом платья...

Её грудь распирало от вопля, запертого внутри, и больше всего на свете ей хотелось выпустить этот вопль наружу; а может, самой вылететь из клетки тела и петлять-метаться меж берёз, взлететь к пышным сметанным облакам, раствориться там без следа. Она дышала рывками, жадно хватая раскрытыми губами холодный воздух апреля, половодья, грядущей весны и грядущего долгого лета, — взлетая всё выше, заглядывая всё дальше и всё-таки не в силах разглядеть дальних берегов своего счастья. Как громадна жизнь!

Как громадна жизнь...

На следующее утро Стах вернулся в Питер.

* * *

Про венчание она рассказала только Анне, сестре. Да и той бы не сказала. Но огромное, разбухшее в горле, в груди, *событие* горячей лавой грозило выплеснуться за пределы её существа. Она была исполнена огромной тайной силы: *благословением*. Над ней витало старинное, вычитанное где-то: «Благословенна ты в женах» — и всё, что она делала, казалось ей несравнимо более значительным, более тайным, чем всё то же, что делали окружающие.

С детства прилежная, даже истовая ученица, она на уроках — любимое учительское присловье: «витала в облаках». Иногда, не в силах высидеть лишних полчаса среди соучеников, *среди этих беспечных детей,* она закрывала глаза и тайным шёпотом говорила себе: «я — венчана!» — и это помогало.

Нет, конечно: её память, накопленные знания, умение в устном ответе у доски выигрышно подать материал — держали на плаву; а привычка первой вылетать с ответом срабатывала почти автоматически. Для неё по-прежнему не существовало отметки ниже пятёрки. Но то и дело мыслями она уносилась туда, где под святыми венцами они стояли с Аристархом, словно навеки воздвигнутые, и она чувствовала дрожащий жар, исходящий от его руки, державшей венчальную свечу.

Ежедневно она делала всё, что от неё требовала жизнь: поднимала, мыла, переодевала и кормила папку, делала укол, убегала в школу, высиживала там несколько уроков и мчалась домой, переодевала, кормила, делала укол... — и всё это время над ней продолжало сиять *благословение.* Она была венчана! Она плыла под венцом — навеки, в свет, в радость, в такую любовь, какой ещё не было — ни у кого прежде! И с каждым днём впечатление, произведённое на неё обрядом — словами, проговорёнными-пропетыми священником, движениями его суховатых рук, — не притуплялось, не укладывалось в свершённое, не отдалялось в днях и неделях... а как бы длилось и росло, оставаясь всё время *свершающимся.*

Когда ей уже хотелось хватать за рукава прохожих на остановке, она не выдержала и рассказала о венчании Анне.

Та как раз приехала на воскресенье — помочь. Очень себя за то уважала. И хотя так и не прикоснулась к папке и даже выходила из комнаты, когда Надежда мыла его и переодевала («чтобы не смущать»), считала, что пожертвовала воскресным днём... Ну что ж. Так и поступает хорошая дочь.

Тут она и выслушала на кухне новость.

— Ха! — сказала. — Обалдеть! Какой решительный мальчик! И что папка — прямо так покорно и отдал свою драгоценную девочку?

— Почему «покорно»? Он понял... он всей душой принял и благословил — перед иконой.

Анна расхохоталась:

— Доску снимали? Ты пыль хоть вытерла? Ну, вы рома-а-антики, ой, не могу! Романтики — все как один, включая папку. А он, бедный... Нет, я понимаю, — продолжала она, понимающе улыбаясь: — Перед концом каждый себе вымаливает... пощаду. Представляю, как он радовался: такой случай — благословить двух мальков под святыми, можно сказать, знамёнами...

Надежда вспыхнула:

— Как ты всё умеешь!..

— ...обосрать, — та опять засмеялась, довольно подмигнула: — Ну, скажи уже полным текстом, не стесняйся, я тебя только поддержу: да, я — циничная сука. Ладно! Шучу... — Подошла, обняла сестру за шею, развернула к себе и смачно поцеловала в губы. — Поз-драв-ляю! Я-то думала, мы с Ромочкой будем первыми... По старшинству.

Отклонилась, оглядела сестру оценивающим взглядом своих сквозистых глаз:

— Ну, рассказывай: вы, надеюсь, уже траха-
лись? Надеюсь, не сунулись под венец святыми
мощами...

Надежда отшатнулась и залилась пунцовой
волной.

— Разве об этом говорят! — укоризненно пробормотала она.

Анна снова расхохоталась:

— Ой, я умираю с этими несовершеннолетни-
ми! Ещё как говорят! Говорят обо всём на свете,
обсуждают подробности, советуются — дурочка
ты моя просветлённая. Ну, расскажи, расскажи:
как он в этом деле, твой неприкасаемый Аристарх,
как его погремушка, всё ли на месте, не нужна ли
инспекция более опытных товарищей...

— Прекрати! — вскрикнула та, раздосадован-
ная и рассерженная. Её огорчила реакция сестры.

Анна вообще приехала какая-то... *кислая*. Яз-
вительная. За обедом проговорилась, что защита
диссертации её жениха отодвинулась, так что со
свадьбой, видимо, придётся подождать ещё с полгода. Добавила, усмехнувшись: «Это только вы,
бедные студенты-школьники, рвётесь под венец
на голом энтузиазме. Серьёзные люди, вроде Ро-
мочки, всегда готовят экономическую базу. К тому же...»

...к тому же, криво усмехнувшись, добавила
она, сейчас уже неясно — так ли ей хочется жить
с его родителями. Отец ещё ничего — угрюмый,
занятой, большой начальник... фиг с ним, уходит
рано, приходит поздно. А вот мать — та ещё вели-
косветская зараза.

— Ты же говорила — приятные люди...

— Люди, моя святая сестренция, приятны только на расстоянии, — особенно если это родители мужа. Повезло тебе, что Аристарх — сирота.

Она и уехала наутро в понедельник такая же кислая, но будто притихшая, озадаченная... и, показалось Надежде, более мрачная, чем прежде.

Перед экзаменами Надежда, как мама любила говорить, «подсобралась», — хотя папка слабел всё больше и уже требовал постоянного её присутствия. Ночи теперь все были рваными-баламутными: с малейшим его стоном она вскакивала, а спала теперь рядом, на раскладушке... Но её характер «честолюбицы» не давал расслабиться, не позволял ни малейшей поблажки: кольцо у меня может быть цыганским, думала она, а вот медаль должна быть золотой.

Через неделю начинались экзамены...

Аристарх звонил чуть не каждый день, но совсем иначе теперь заканчивал разговор; даже голос у него изменился, и говорил он взахлёб, неостановимо, горячо... — будто то, что свершилось, в чём они открылись перед отцом и были им *благословлены*, как-то освободило его душу, успокоило, отпустило его тревогу.

В один из этих дней, переодевая утром папку, она вдруг замерла от подкатившей к горлу тошноты. Это было неожиданно и — неприятно. Да, за последние две недели папка сильно ослабел, лежал в забытьи и уже не просил утку, так что по утрам необходимо было самой подложить утку и ждать... Если дожидалась, считала день удачным.

314 Если нет... ну что ж, обтирала, мыла, переодевала в чистое, замачивала бельё и простыни в марганцовке и соде, стирала бурым хозяйственным мылом — мама учила, что оно лучше всего отстирывает пятна... Никогда, никогда не воротила нос, не морщилась, не проклинала свою долю — это же папка! «Это же папка! — укоризненно сказала себе, своему взбунтовавшемуся нутру. — Подсоберись!»

Но на другое утро приступ тошноты повторился (и без всякой причины, удивлённо отметила она)... И затем уже каждый день, открыв глаза, она пересиливала эту неприятную волну, прежде чем подняться.

На вторую неделю утром её буквально подбросил рвотный спазм — она едва добежала до туалета. Умывшись и прополоскав рот, подняла голову к зеркалу и взглянула наконец себе в глаза, расширенные от страха и тоски. Боже мой, подумала, боже мой... что я наделала! Что. Мы. Наделали...

Тут и вспомнилась ночь после венчания, как еле дождались её, высидели у папкиной кровати, как разом выдохнули, когда он смежил веки... Как на цыпочках ринулись за дверь, где прямо в коридоре он принялся стаскивать с неё кофту... И как потом уже, после-после... она всполохнулась, вздрогнула, обеими руками сжав его плечи, с тревогой спросила:

— А ты ведь забыл... эту штуку. Эту дрянь резиновую...

И он тоже замер, помедлил... Сгрёб её в охапку и выдохнул в ухо:

— Плевать! Ты ведь моя жена.

Ничего-ничего, уверяла она себя. Ну случилось, ну рано, некстати... Всё равно — не катастрофа. Нужно перетерпеть (будто беременность и рождение ребёнка были чем-то вроде болезни). Про ребёнка она вообще не думала — это было так ново, так странно, так пока им *не ко времени*... Среди мощного потока разных неотменимых событий и дел (экзамены! папка! ежедневные утомительные сражения с бытом) — она откладывала обдумывание *происшествия*... Он же... в смысле, малыш... он же не сразу появится?.. Есть ещё время, да? К тому же в этих делах... разное случается. И подумав этими словами, тут же суеверно спохватывалась: «Господи, прости-прости, я не то хотела! Пусть он будет!.. Пусть он будет, конечно, уж если так вышло! Просто...»

...просто она совсем не представляла себе этого ребёнка. Конечно, он замечательный — будет, будет? Похожий на неё или на Аристарха. Пока от него только тошнило, так что даже учительница математики, остановив её вчера в коридоре, сказала:

— Надя, ну ты уж себя так не мучай. Не зарывайся так в учебники. Тебе-то волноваться нечего. Погуляй на свежем воздухе, я смотрю, ты бледная такая...

Говорить Аристарху по телефону про *новость* она категорически не хотела — ей нужны были его глаза: посмотреть, как воспримет. Огорчится? А может, наоборот, — обрадуется? Добился же своего: «Я хочу в тебе поселиться!» — жарким шёпотом. Вот и поселился...

Почти каждый вечер говорила с ним по телефону — аккуратно, на разные темы, некстати умолкая: пересиливала тошноту... Пыталась казаться бодрой:

— Ты прогуляешь меня по Невскому... в первый же день?

— По Невскому гуляют только лохи, — хмыкал он. — Настоящая шпана знает места получше. А знаешь, что такое «лох»? Это «лосось» по-фински. Прёт на нерест, как я — к тебе, ни черта не видит, хватай его, кто хошь... Лёгкая добыча, короче: лох.

— А где ты гуляешь?

— Я, в основном, в анатомичке. А люди, — коллега Квинт, например, гуляет своих девочек вдоль Фонтанки и Мойки...

— ...там, где Чижик-Пыжик?

— ...там где у него несколько тайных мест, где на заинтересованную барышню удобно напасть... Кстати, «чижиками» звали студентов-правоведов. У них такие шинели были, жёлто-зелёные... А мы с тобой «на крышу» пойдём, это сейчас модно... Там сидят, выпивают, стихи читают... всю ночь. И виды обалденные. Правда, жильцы в подъезде уже полностью озверели.

— А как же мосты... их же на ночь разводят?

— Их посреди ночи минут на двадцать сводят, можно проскочить. Когда опаздываешь, таксист несётся вдоль Невы: не успел на один, птицей летит к другому...

Она закрывала глаза, проглатывала противный ком, вздымавшийся из глубин желудка, представляла, как мчатся они на такси вдоль Невы — птицей, птицей... Очень сильно тошнило.

— Когда ты приедешь, — заговорщицким тоном говорил Аристарх, — клёны в Ботаническом саду будут красными-красными... Это так красиво — до слёз! Красными, как... — и дальше горячечной бормотнёй разговор катился в сладкую головокружительную бездну воображаемых объятий, и бурного шёпота, и невыразимого, непереводимого на человеческий язык воробьиного счастья...

Первый экзамен, сочинение, она написала блестяще! Взяла свободную тему и вылила весь восторг: апрель, разлив, старая автомобильная шина вместо обычной качели, и та высота, на которую поднимается душа и остаётся там трепетать, когда ты ухаешь вниз, чуть ли не в воду... В этом тексте отсутствовали: Аристарх, венчальные свечи, протяжный голос батюшки и весёлый говор художников в столовой, расписанной как холуйская шкатулка; но всё равно получилось так, будто апрельский ветер гулял по страницам, заполненным её крупным наклонным почерком. Комиссия отметила поэтичность стиля, абсолютную грамотность, умение «создать из несущественных деталей картину весны в родной Мещёре...» Пятёрка!

Она готовилась к остальным экзаменам, пересиливала тошноту, а главное: перестилала постель, мыла, колола, кормила... — да нет, почти уже и не кормила, разве что кисель клюквенный варила... — провожала, неуклонно и неостановимо провожала папку.

Глава 6

ПОДМЕНА

Звонок Анны застал её врасплох и как-то... озадачил. Она выслушала просьбу, помолчала мгновение и уточнила:

— Ты едешь одна? Без Ромы?

— А что?.. Все зачёты сдала, свободна как птичка. — Голос сестры звучал легко, даже задорно, но Надежда, с её отличным слухом — второе сопрано в хоре, — различила в знакомом голосе некоторую взвинченность.

— Не привязана я тут — сидеть выслушивать нотации от будущей свекрухи, — продолжала та. — Ромка пусть сдаёт свои минимумы-максимумы, а я — что, каторжная? Я ему ещё успею быть рабой любви. В Ленинграде никогда не была, охота приобщиться к восторгам публики. Короче: тебе удобно спросить, или мне самой звонить-навязываться, как новой родственнице? Надеюсь, ты охрану к нему не приставила? Из пулемёта не метёшь каждого, кто приблизится на километр?

— Ох, ну что ты несёшь... — вздохнула Надежда. — Разумеется, удобно. Я узнаю сегодня же. Правда, сейчас у Аристарха очень напряжённое время, экзамен за экзаменом...

Анна фыркнула, и Надежда поспешила вновь уверить сестру, что — конечно же, конечно...

...хотя сама совсем не была уверена, что Аристарх с восторгом отнесётся к идее стать организатором визита Анны в Северную столицу — в горячую-то пору экзаменов. Так оно и оказалось, причём давно она не слышала в его голосе такой нескрываемой злости. Вот уж она всегда чуяла мельчайшие оттенки настроения в любой его фразе, в любом междометии. Обычно, разозлённый, он говорил медленно, внятно и очень вежливо. Но она-то знала: он сейчас едва не скрежещет зубами от ярости.

— А что бы наоборот, — мягко спросил он, и в трубке звенело от напряжения. — Что бы Ане три дня посидеть с отцом, а тебя, ради разнообразия, отпустить воздуху глотнуть?

И вполне понимая его настрой и его возмущение, сама умирая от желания обнять его, особенно сейчас, когда так тяжко одной и так тошнит, что ни один проглоченный кусок не остаётся безнаказанным, Надежда торопливо принялась объяснять, что... это никак не получается, Аристарх... Анна не может, не умеет с папкой. Ни сноровки, ни терпения. А он совсем тяжёлым стал... и она, когда приезжает, даже брезгует за руку его взять. Ты понимаешь...

— Вот это я как раз понимаю! — рявкнул он, уже не сдерживаясь. — Отлично понимаю, как удобно

320 некоторым бесстыжим валить на младшую сестру всю пахоту по умирающему отцу! — И оборвал себя, умолк. Виновато проговорил: — Прости. Я как-то... расстроился. Соскучился ужасно! Извини.

— Аристарх... — сдавленно проговорила она. — Ты же сам знаешь: мы скоро увидимся. Папка, он... потерпи.

— Извини, — опять буркнул виновато. — Ладно, я встречу её с поезда. Ну, и... может, в Эрмитаж прогуляю, или в Русский... Полдня, не больше! Я тут закопался по уши, даже от дежурств отказываюсь. А где она остановится?

— Не знаю... — растерянно произнесла Надежда. — Я не спрашивала. Может, она надеется...

— На что? — оборвал он раздражённо. — Лечь со мной валетом? Или с Гинзбургом?

И поскольку Дылда подавленно молчала, как только она умела — глубоким исчерпывающим молчанием, — он тут же и осознал, что он хам и говнюк и что с родственниками так себя не ведут. Даже с малоприятными родственниками, которые небось тебя-то принимали, пусть и на холодной веранде. Вдруг вспомнил, что Гинзбург вроде на дачу к брату перебирается на недельку? Намеревался, по крайней мере.

— Ладно, — повторил, вздохнув. — Вроде тут Гинзбург на дачу к Лазарю собрался, тогда освободится его одиночная камера. Попробую с ним договориться. Обольстить: когда ещё в его постели окажется юная особа. Правда, это такой клоповник! Ты предупреди её...

— Хорошо! — обрадовалась Дылда. — Ой, спасибо тебе, Аристарх!

Она порой ужасно смешила его своей старомодной церемонностью. Полюбуйтесь: благодарит, как высокопоставленного благодетеля.

— Дурочка! — сказал он и засмеялся. И дальше уже побежал нормальный разговор: моя любимая дурочка, мой учебный паровоз... ну как ты, как ты, как ты... моя любимая...

* * *

Анна поразила его сразу — тем, как стильно и дорого была одета. И это в наше время повсеместной ужасающей нищеты во всём. Лёгкий, с жемчужным блеском, плащ, сапожки на каблуках. Даже небольшой чемодан красно-коричневой кожи и такая же сумочка через плечо были импортными, подобранными в цвет сапогам. Бледно-голубой невесомый шарфик отзывался её прозрачным глазам сибирской хаски.

Держала она себя в высшей степени дружески. Страшно благодарила, что встретил «при такой занятости».

— Как я тебе, — спросила по-свойски, покрутившись на каблучках. — Гожусь в родственницы? — из чего он заключил, что Дылда успела рассказать сестре о венчании. Ну, что ж, подумал, это ведь правда, чего тут скрывать. Вслух проговорил:

— Ты прямо с подиума итальянского дома моды. Гуччи, Прада, Версаче... что там ещё...

— Именно! — подтвердила она весело. — Имеем потрясающую спекулянтку Розу, с сестрой в Турине; а Ромочка по-прежнему уверен, что его без-пяти-минут-жена должна быть одета как куколка.

И в этом заявлении ему послышался намёк на то, как плохо, откровенно говоря, была одета его Дылда. А он, откровенно говоря, никогда не обращал на это внимания, — тупица! Замечание Анны, якобы невинное, но с ощутимым подтекстом, сразу испортило ему настроение, и без того не блестящее: послезавтра был последний срок сдачи латыни, и день, скормленный на променад приезжей гостьи, очень бы ему пригодился. Ладно, сегодня он, как пристойный шурин... или зять? или свояк? — прогуляет девушку, а завтра — шалишь. Завтра с утра он просто слиняет в общежитие к Лёвке, они возьмут по пиву и переберутся на своё бревно с видом на Петропавловку — зубрить каждый своё. А большая девочка вполне себе погуляет с картой города самостоятельно.

— Хорошо, — вздохнул он и принял из руки её чемодан — не тяжёлый. — Предлагаю начать с Эрмитажа.

— Ну, не вздыхай так трагично! — засмеялась она. — Понимаю, сейчас ты предпочёл бы вместо меня вести в Эрмитаж кое-кого другого. Но и я не такое уж наказание!

Он разозлился и промолчал: не на того напала. Он не кинется её разуверять. Да: он не куртуазный, он хам, и — да: она на фиг ему не нужна.

Но часа через полтора, когда они прошли уже немалое количество залов, когда разговорились и даже в чём-то сошлись (конечно же, Ван Гог: «Хижины», «Прогулка в Арле»... этот свет, эти жёлтые, синие, эта луна над полем...), — настроение его стало меняться. Выяснилось, что многие имена Анне знакомы, и она увлеклась, была серьёзна, искренне восхищена. «Смотри, поверхность холста вскипает, будто каша булькает». А что, — подумал, — очень точно сказано! И Стах, который всегда забывал о времени, когда попадал в Эрмитаж, вдохновился, увлёкся, стал сравнивать и разбирать... Тоже разговорился.

Зачем-то — сдуру, наверное? — привёл её к Родену. Любил стоять перед «Амуром и Психеей» — казалось, эти двое так похожи на него с Дылдой: тот самый миг... когда заносишь колено, опираясь на локоть... Дурак, держал бы при себе свои драгоценные тайные радости.

— Выразительно, — проговорила Анна, скользнув по скульптуре взглядом. — Хотя очень натуралистично.

Она вела себя вполне корректно, ни к чему он не мог придраться. Почему же тогда его колотило и корёжило рядом с ней? Что с тобой происходит, спрашивал себя, чуть ли не в бешенстве. Ну приехала... ну может человек приехать в Питер: белые ночи, то, сё?.. И обратиться за помощью к родственнику может... В чём же дело? Чего тебя так трясёт?!

И только в гардеробе, помогая ей надеть этот летучий плащ, вдруг понял: запах! Вот он: родственный запах сестёр! От плаща Анны, от лёгкого шарфика, от руки, под которую он её подхватил, когда она споткнулась перед дверью в зал Родена, всякий раз до него доплёскивало волной неповторимого запаха Дылды... *моей Дылды*... И всякий раз он бесился до смешного, готовый обвинить её сестру в плагиате... Его тонкое чувствилище,

324 его чуткое обоняние, с детства привыкшее плыть в родном запахе любимого существа, ежесекундно сбивалось, кружило, входило в штопор, обескураженно зависая в пустоте, в подмене жеста, слова, взгляда — всего облика!.. Нет, он не готов был находиться в поле этого запаха рядом с совсем другим его источником!

(Да-да, мудрая моя Вера Самойловна, я помню: «И всё это произойдёт с тобой». Старая добрая Библия, проклятая матрица, чёртов Солярис: одни и те же, бесконечно возрождающиеся истории. Тьма веков, объятия на ощупь, судьбоносные подмены... Нет уж: мы живём в другое время, и с освещением у нас полный порядок!)

Они так долго бродили по Эрмитажу, что для Русского музея уже не осталось сил. Да и припозднились порядочно. И потому просто погуляли по центру — прошли часть Невского, вышли на Дворцовую, на Неву... День выдался прохладным, но не хмурым, и призрачное небо цвета тусклого жемчуга разлилось, как по заказу, над крышами, мостами, конями и всадниками, демонстрируя то самое, сотни раз описанное «смутное очарование белой ночи»... Надо признать: жемчужный плащ Анны, её воздушный шарфик, её бесплотные глаза удивительно шли этому питерскому антуражу.

Он вспомнил, что дома-то жрать, как обычно, нечего, а в магазинах — шаром покати. Чем гостью питать будем? С «кулинариями» ныне всё обстояло паршиво, как и со всем остальным. В знаменитой «кулинарии» Елисеевского иногда всплывали печёночный паштет или рубленая селёдка, но эти деликатесы обычно *выкидывали* с утра, очередь лепилась мгновенно в монолитную шеренгу, кружила вокруг прилавков... Куда ж податься за куском хлеба? Гастроном на Миллионной, на углу Мошкова переулка, должен быть ещё открыт! Они прошли за спину Атлантов («кстати, можешь загадать желание, но, бога ради, не терзай их членов, это необязательно») и вошли в подвальчик, тесноватый, как трёхкомнатная «хрущёвка». Продавщицами здесь работали приветливые пухлые тётеньки в белых халатах и высоких шапочках, всегда улыбались. И в бакалее пахло сладким, сразу хотелось жрать. Впрочем, ему всегда хотелось жрать. Стах довольно часто сюда наведывался: до дома на Жуковской хорошего шагу минут двадцать. Иногда здесь можно было добыть какую-нибудь изысканную фигню, типа заливного мяса или тонюсеньких, как папиросная бумага, ромштексов в сухарях. Бывали и фруктовые торты, украшенные скользким куском персика из компотной банки.

Однажды он купил здесь три банки китайской тушёнки. Когда с ликованием открыл одну перед Гинзбургом, выяснилось, что тушёнка — псевдоним очередного безродного космополита: в банке оказалась морская капуста под омерзительным оранжевым соусом. И пахнуло из неё чем-то... знакомым... Гинзбург невозмутимо вывалил на тарелку содержимое банки и принялся есть. Стах глядел на него с ужасом. «Гинзбург! Вы отравитесь... Это невские водоросли в формальдегиде!» — «Херня, — отозвался довольный Гинзбург. — Чаем запьём... Включи агрегат». Электрический чайник он обожал, называл «агрегатом» и включал иногда просто так, вхолостую — любоваться, как в окошке бурлит голубой вулкан.

В гастрономе они разжились пирожками с печёнкой, банкой кильки в томате, песочным печеньем и половиной вчерашней — о чём честно предупредила знакомая продавщица — курицы. «Как могла драгоценная курица остаться со вчера?» — «Кто-то заказал на поминки», — меланхолично улыбаясь, объяснила продавщица, и Стах подхватил: «Но покойник некстати ожил...» И Анна звонко рассмеялась его дохленькой остроте. Заметила, что под такую закусь и выпить полагается.

— У Гинзбурга в тумбочке имеется полбутылки какого-то пойла, — неохотно отозвался он. Вот уж бухать с ней совсем не входило в его планы. Ему назавтра нужна была абсолютно ясная голова.

Но Анна, как выяснилось, привезла с собой бутылку настоящего армянского коньяка — «в подарок зятю». Торжественно выставила на стол, так что пришлось благодарить и устраивать застолье серьёзное: то есть заимствовать у отсутствующего Гинзбурга тарелки, два блюда и даже салфетки, вышитые пятьдесят лет назад кузиной Бетти, богиней пищеблока номер два.

Про кузину Бетти он рассказал, выпив вторую рюмку коньяка: «Бетя, или ты выходишь отсюда моей женой, или мы не выходим отсюда оба!»

Заодно познакомил Анну с Дорой: приволок этот тяжеленный комод, и минут пять безуспешно пытался выманить из панциря ужасную древнюю башку. Анна даже вскрикнула, увидев это мезозойское чудище, поверить не могла, что черепахе столько лет. Пришлось рассказать и эту, вполне романтическую, хотя и грустную *историю из серой тетради*: черепашонка бабушке Доре оставил в наследство мальчик Ростя, сотрудник Зоопарка, тоже попавший в сорок первом по разнарядке на рубку леса. Потом его призвали на фронт, где он и сгинул, а черепашонок всю зиму проспал в кармане Дориного морского бушлата (тоже подарок кого-то безымянного, унесённого в ледяную неизвестность блокады)... Короче, Дора спасла Дору, и с тех пор черепаха сопровождала её по жизни, и осталась в наследство *Зови-меня-Гинзбургу*...

— ...который оставит её в наследство тебе, а ты — своим детям... и так далее, до скончания веков.

Он смущённо хмыкал: Дора — о да, это залог нашего будущего благосостояния — если наконец решиться брать небольшую плату за знакомство с этим выдающимся экземпляром питерской фауны.

Минувший день уже казался ему вполне сносным: в конце концов, чем плохо лишний раз пробежаться по Эрмитажу? И оживлённый ненатужный разговор, и долгая прогулка без дождя, и белая, вернее седоватая ночь, томительно затекающая во все щели и окна этого города...

Они и не заметили, как дружно умяли курицу и пирожки и уговорили бутылку коньяка — причём Анна почти не пила. Зато Стах приналёг на хороший алкоголь, расслабился и... захорошел. Перешёл в непременную алкогольную стадию: из него попёрли шедевры «Декамерона неотложки».

328   Так и сыпались истории одна за другой — под коньячок да под куриную пожилую ножку.

В последнее время он насобачился в жанре устного рассказа, и в компаниях, куда, впрочем, попадал не часто и, в основном, в Лёвкином фарватере, приобрёл даже некоторую популярность: образ — «суровый доктор», расхожие шуточки типа «ужасно боюсь врачей, особенно однокурсников»...

Рассказывал он серьёзно, с лицом оскорблённого в лучших чаяниях мудака, сохраняя выражение нерушимой веры в справедливое устройство мира. На фоне нынешних криминальных реалий и изумительно диких деяний разнообразных современников это выглядело эстрадным номером. (Мама — вот кто одобрил бы его полностью: «Не бойся быть смешным. Люди обожают клоунов!»)

Анна тоже хохотала до слёз.

— Смеёшься? А ведь это ужас что такое, — подхватывал он с обречённо-мрачной физиономией, отчего рассказ получался ещё смешнее.

— Взять недавно: вызов, ДК Ленсовета. За сценой — мёртвый человек. Приезжаем, и в общем всё понятно: острый инсульт, внезапная мозговая смерть. С нами в бригаде новая девица, так что я, бывалый медик, желая покрасоваться, объясняю ей, стоя над простёртым на полу покойником: вот, мол, наблюдайте, типичная картина. Один зрачок сужен, другой расширен...

И так далее. Лекция мэтра... Мимо проходит рабочий сцены, я его — цап за халат: «Не расскажете, как это произошло?» — «Да нет, — говорит, — я ничего не видел. Прихожу — а он уже лежит. Я его и не знал, вообще-то. Знал только, что глаз у него стеклянный...»

Она и хохотала очень похоже на Дылду, его аж в жар бросало — ну да, конечно: сёстры... сёстры. Какого дьявола она тут припёрлась: благоухать?!

— Или вот ещё случай... Есть у нас специальная гематологическая машина — громоздкая, со сложной аппаратурой; кликуха «Аврора», так как практически никогда не выезжает, стоит на вечном приколе, как легендарный корабль. А тут — вызов в Купчино: *выпадение матки*. Ну, это штука страшная, так что в кои веки садимся в «Аврору», едем... Прибываем в кошмарное Купчино. Лифт не работает, тащимся с носилками на восьмой этаж. Попадаем в совершенно пустую, ободранную квартиру — вонь сивушная столбом. И сидит над бутылкой водяры какой-то ханыга в слезах и соплях. «А где пациентка?» — спрашиваем, тяжело отдуваясь. И он нам плаксиво: «Матка моя мыла окно и выпала-а-а-а...» Ах, чтоб ты сдох, пьянчуга!

И как бывало в компаниях на пике веселья, ему внезапно стало... тошно. Он вспомнил руки Дылды, — истерзанные бесконечной стиркой белья. Господи, подумал, что это я подрядился развлекать эту расфуфыренную паву, в то время как моя любимая пашет за всю свою жутко занятую семейку!

И как рукой сняло всё веселье, всю лёгкость и ненатужность этого симпатичного застолья. Помнится, и у бати такое бывало: разом менялось настроение. Мама всегда чувствовала и ждала этот момент, и быстро «сворачивала шарманку»: под-

330 нималась и начинала составлять в стопку грязные тарелки.

Теперь, главное, не приняться на пьяную голову за выяснение отношений с этой... родственницей. И потому просто иди спать.

Он поднялся и стал убирать со стола. Его ощутимо покачивало. Многовато вылакал, кавалер ты хренов! Значит, и завтрашний день — насмарку.

— Ладно. Так можно и до утра трындеть. — буркнул он. — У меня послезавтра *мáгна эст вéритас эт прэвалéбит.*

— Это что — латынь? Что означает?

— «Велика истина, и она восторжествует».

— Ух ты!

Он принёс из своей комнаты чистое бельё (носил в прачечную раз в неделю), бросил стопку на матрас железной панцирной койки Гинзбурга, сказал:

— Устраивайся и цени: это нары четырежды беглого зэка. Туалет и ванная — направо в конце коридора, мой рулон бумаги — пятый от двери. В ванной тебя стошнит, но вода там имеется, а чёрные пятна на эмали — это от времени. До завтра!

Вышел, плотно прикрыв за собою дверь.

У себя в комнатушке быстро разобрал кровать, задёрнул шторы, разделся, мрачно похваливая себя за *правильный родственный день — ты можешь мною гордиться, Огненная Пацанка!* — повалился на кровать и вырубился буквально за минуту: усталость, хороший коньяк, и — в чём бы он никогда себе не признался — изрядное нервное напряжение.

...Обычно он подманивал эти сны, когда выпадала ночь без дежурств. Это была его игра, его заветная рыбалка. Иногда получалось... Тут надо было подстеречь миг, когда балансируешь на грани сна, но ещё в состоянии направить желание по манящему следу.

Рисовал её в воображении — там, на Острове, в шатре старой серебристой ивы, в ту ночь, когда впервые после его таборных скитаний они оказались предоставленными своей любви...

«Веранда», их славное плавучее корыто, уже завершила летние рейсы, и они взяли на причале лодку на всю ночь (это стоило недорого, бутылку водки) — а в семь утра должны были её вернуть. Впервые в жизни Дылда соврала папке: мол, подруга собирает на ночь девичник; пока плыли, терзалась по этому поводу — что-то бубнила, каялась, даже всплакнула (моя честняга!) ...

Она сидела на корме, пламенея в сумерках своей неопалимой купиной (потеряла заколку, пока возились на причале), а Стах на неё смотрел, — просто смотрел, наваливаясь на вёсла, и это равномерное движение всё больше овладевало обоими, натягивая сквозь их тела высоковольтную струну: он её увозил, увозил, увозил... как в своих безумных снах, — он утаскивал добычу! И эта мысль сотрясала его мелкой дрожью.

Приплыли, вместе вытянули лодку на песок, перенесли в шатёр одеяло и тайком от мамы стащенный из прихожей полушубок, перешитый Вадим Вадимычем из тулупа со склада Клавы Солдаткиной. Пока занимались всем этим устройством, чувствовали себя сообщниками, чуть-чуть преступниками; взрослыми...

332   *А потом взошла чистая холодная луна, выковала
реке металлические доспехи, и Остров явился грозным, покинутым... и незнакомым. Всё стало странным до оторопи: блеск речного песка, чёрный в ночи
грибок, «кабинка Робинзона» и облитая серебром их
старая ива, под беспокойным ветерком волочащая
подол ветвей.*

*И сами они, с детства прогулявшие здесь мно-
жество безалаберных летних дней, сейчас, внутри
своего шатра, стоя на коленях друг перед другом,
казались себе незнакомцами, пустившимися в первое головокружительное плавание из отважных
касаний, горячей кожи, губ, языка... — и лепест-
ков, раскрывающих собственные, алчущие любви
губы...*

Во сне она всегда возникала в облаке своего запаха. Сначала — запах...

Она сидела, будто задумалась — обняв руками приподнятые колени, положив на них голову,
так что каскад изумительных тёмных — в дроб-
ном свете стеклянной луны — волос падал на
лицо и грудь, и он видел только спину, начало
впадинки, разделяющей ягодицы, и длинное бедро — бедро пловчихи... Она будто не замечала
его присутствия и была так совершенна, что колотилось сердце: ведь то, что должно было сейчас произойти, происходило с ними *впервые после табора*, и он знал теперь всё, и умел — всё,
и потому не торопился. У них впереди была целая
ночь.

«Моя любовь...» — говорил он во сне, осторожно отводя её волосы за спину, а она всё отво-

рачивала лицо, ибо впервые была перед ним совершенно обнажена, — ведь никто, никто не мог здесь их вспугнуть! Он чувствовал такое благодарное волнение и нежность, что это даже перебивало и чуть ли не уничтожало само желание. — «Моё счастье... — говорил, — моя любовь...»

«Почему она такая маленькая...» — вдруг мелькнуло у него, — «щуплая такая... странно... и в рубашке?..» И тут же накатил волной любимый запах, — конечно, это была она, она! — он обнял её, мягко перекатывая на спину...

Но, слегка отстранившись, она сказала чужим игривым голосом:

«Ну уж нет; я предпочитаю вести...» — ладонью бесцеремонно отсылая его навзничь...

После чего сон покатился по незнакомым путям и незнакомым прикосновениям. Она оказалась слишком лёгкой, егозливой, слишком быстро, слишком жадно оседлала его, слишком жёстко двигалась, будто погоняя себя, его... Она была чужой! Она была странно чужой... но — невозможно веки разлепить! — он уже вошёл в её ритм, уже задыхался, нагонял её, боясь отстать, почему-то боясь открыть глаза... боясь увидеть что-то... кого-то... уже не в силах остановиться! И когда оба взорвались и он проснулся окончательно, и понял, что это не сон, не сон! НЕ СОН!!! — когда услышал чужой удовлетворённый голос: «...вот и познакомились по-настоящему...» — ...он испытал такой тошнотворный ужас, что остался лежать, как раздавленный.

Анна уже уходила — маленькая, грациозная, насмешливая... — подлая подмена, выманившая его из крепости его любви, из норы его сновидения. Перед тем как скользнуть в дверь, проговорила с тихим заговорщицким смешком:

— Только не делай вид, что ты этого не хотел. «Велика истина, и она восторжествует» — так, что ли? Будет наш маленький секрет, зятёк! — и аккуратно притворила за собою дверь.

Он лежал в вязкой тишине ночной квартиры, будто упал с большой высоты и расшибся, и не может самостоятельно подняться на ноги. Потом кто-то ходил в коридоре, кто-то шаркал по кухне — скорее всего, старуха Ксения Филипповна заваривала свой полуночный чай против запора... Со двора донёсся тягучий пьяный женский стон: «Нее-е, не-е-ет, сука, по-твоему не вы-ы-ы-й-дет...»

Наконец — сколько прошло: час? полтора? — он медленно сел и какое-то время сидел на кровати, бессмысленно глядя в щель между задёрнутых занавесей, сквозь которую в комнату затекала сукровица белой ночи. Полное бесчувствие последнего часа сменилось у него лихорадочным обдумыванием фантастической возможности каким-то образом вернуть и заново прожить это время; и тогда: дождаться, когда гадина вкрадчиво заползёт в приоткрытую дверь, и щелчком, как жучка, её вышвырнуть. Да нет, ещё раньше: просто отказаться встречать её на вокзале, прогуливать её и развлекать. Да: он просто не пошёл на вокзал, к сожалению, был слишком занят — приношу свои извинения...

Так и сидел на постели, бормоча как придурок: «не пошёл... не встретил... Ничего не было...»

В конце концов поднялся, натянул старый халат Гинзбурга, поплёлся в ванную и долго стоял там под холодной водой, ни о чём не думая и ничего не чувствуя, кроме гулких шлепков воды по голове и плечам. Одевшись, тщательно собрал рюкзак, не забыв учебники, конспекты, очки, сигареты, деньги и даже паспорт... — будто, оставь он привычно в своей комнате что-то из личных вещей, его бы обчистил враг. Или некто заразный, взяв в руки, перенёс бы на них споры смертельной проказы. «Проказы... — повторял шёпотом, — проказы...» — и его передёргивало. Никак не мог перескочить через обрывки каких-то фраз, что крутились в мозгу, срываясь и вновь всплывая, — как под иглой на заезженных пластинках его детства.

За стеной, на кровати четырежды беглого зэка Мусы Алиевича Бакшеева, спала маленькая грациозная гадина, хамелеон с запахом любимого существа. Почему-то в его воображении она вилась и испарялась, будто не человеческой плотью была, а газообразным веществом, и нужно просто открыть окно и проветрить комнату, и она исчезнет, развеется... — навсегда. Её ещё можно задавить, подумал он вдруг. Задушить! — и забыть это нереальное родео.

Он подкрался к двери, прислушался (внутри стояла умиротворённая тишина), и, как в длящемся сне, мягко нажал на ручку... Сердце колотилось, бешеное. Никогда в жизни он не был так близок к тому, чтобы убить человека.

Но сразу и отпрянул, мысленно крикнув себе: «Ты спятил, идиот?!» — и бросился от греха подальше по коридору, чуть не сбив с ног Понурина, выползшего из своей комнаты — отлить.

Выбежал из квартиры, запер за собою дверь, сбежал по лестнице... Но в вестибюле вдруг повернулся и снова взлетел по ступеням наверх. «Ладно, не убивать, пусть живёт, — бормотал лихорадочно, — но надо умолить её — забыть! Умолить, в ногах валяться!!! Затоптать проклятый сон, ведь это — неправда, это дрянь, дерьмо, я был пьян, устал, и уже ничего не помню!»

Но он помнил, увы. Он всё прекрасно помнил: лёгкость её извивающегося тела, напор, столь похожий на насилие, её кавалеристскую осанку с подскоком, и чуть ли не вожжи в руках. Он помнил всё, и главное — запах, предательскую подставу! Никогда отныне, целуя и обнимая свою Дылду — свою жену, свою венчанную жену! — он не сможет отвязаться от картины этой подлой случки, этой загоняющей его погони. Уже не сможет забыть холодную хищную похоть женщины с пустыми глазами сибирской хаски.

Минут пять ещё он стоял перед дверью квартиры, опустив руку в карман куртки, нервно перебирая там ключи. Со свистящей скоростью летел в разинутую бездну.

Да нет, ты уже долетел, это ты — всмотрись хорошенько... — это ты лежишь там, на самом дне: раздавленная лягуха.

Катастрофа, произошедшая в его жизни, была чудовищной, необратимой, необъяснимой; главное, не-объяснимой, даже если бы он, сойдя с ума, решился признаться во всём Дылде. Он даже представить не мог её лица в тот момент, ког-

да, заикаясь и подбирая слова, он принялся бы
вдруг *объяснять*...

Нет. Нет!!! Никогда и ни за что. Поступить
с этим следовало только так: сжечь и затоптать.
Залить негашёной известью и закопать на страшную глубину, чтобы никогда не вырвалась вонь из
поганой могилы...

Он повернулся и стал спускаться — медленно,
обречённо перебирая ногами ступени.

Можно было перекантоваться в общежитии
у Лёвки.

Можно было уехать на дачу к Гинзбургу. И при
любом раскладе: в ближайшие дни он не собирался сюда возвращаться.

* * *

Болел папка тяжело, а умер как ангел: отлетел.
Перед самым концом очнулся (хотя уже неделю
был практически без сознания) и они даже пого-
ворили, вернее, посмотрели друг на друга — так
ясно, так прощально. «Ангел мой... — прошеле-
стел папка. — Как же это...»

— Подожди! — вскочила она, обрадованная,
что *папка в себе*. — Погоди, вот киселика пару ложек...

Только отвернулась за чашкой... две-три секунды... а он уже был далеко — лёгкий, спокойный,
нездешний...

Слёз у неё не осталось. Она тихо посидела рядом, гладя его морщинистую иссушенную тёплую
руку, понимая, что это уже не горе, это свобода

пришла — и его, и её свобода, — совершенно не стыдясь этого чувства, благостно ощущая, что совершила это, прошла этот путь вместе с папкой и должна теперь проводить его, а потом... потом...

Аристарху она даже не позвонила — незачем. Он бы сорвался, конечно, примчался на похороны, а к чему это? У него сейчас сессия, самое трудное время: экзамены и зачёты один за другим, пропустить что-то означает провалить весь год. Он даже не звонил последние несколько дней — видимо, совсем замотался. Ничего, она справится.

Семья, конечно, вся собралась (за исключением Димочки, бедного): приехали оба брата, и Кирилл, и Богдан. Само собой, и Люба, и Аня... Так что папку проводили задушевно, возле мамы положили, как он и хотел. А уж поминки сделали прямо роскошные. «У себя дома, где же ещё! — приговаривала Люба. — В нашем общем родном-любимом гнезде». (Накануне похорон Надежда слышала, как, расхаживая по комнатам второго этажа, Люба с Анной обсуждали его продажу — потом, конечно, потом, спешить некуда, и главное, не продешевить: вон на сколько частей надо денежки делить.)

Она не стала входить в мастерскую, где сёстры стояли у папкиного стола и обсуждали насущное наследство; её замутило, она повернулась и сбежала по лестнице вниз.

Наготовили еды «на полк гренадёров», как мама, бывало, говорила, как в былые времена выкатывали на праздники полный стол. Одних пирогов было: капустный, курник и с луком-яйцом. И сидели так хорошо и дружно, и плакали хорошо, и улыбались в конце: каждый вспоминал какую-то папкину поговорку или привычку: «Детки мои, ангелочки мои...»

«Учись, мой сын, учись!» — гаркнул Богдан. — «О, как сладок плод ученья!» — Кто сказал?» И все они за столом дружно пропели: «Бори-ис Годуно-ов!»

Надежда чувствовала себя опустошённой, лёгкой и, несмотря на почти постоянную тошноту, странно и непривычно свободной. Завершилась прежняя жизнь: окончилась школа, ушёл любимый папка... Вставал перед ней совсем иной период — новый, прекрасный, желанный. Наверное, трудный, — с институтом, видимо, придётся погодить.

Ребёнок! Она незаметно, маленькими шажками приноравливалась к этой, ещё непривычной, ещё странной, но уже тёплой мысли: как интересно, что в одном существе соединятся их гены, что это новое существо может оказаться рыжим, а может — и черноволосым: природа играет в орёл-или-решку?..

Аристарх, не зная ещё *новости*, от всех вопросов и опасений отмахивался, повторяя: «Всё будет отлично. Не морочь себе голову, я всё возьму на себя». Главное, они наконец опять будут вдвоём, как всю жизнь; так и будут ходить друг за другом паровозиком. А в конце июля распишутся.

Странным образом Надежду этот самый официальный штамп в документе уже совсем не волновал. Они же были венчаны! Они были венчаны перед Богом! — что может быть важнее и значительней этого?! Их сияющий *законный церковный* брак представлялся ей куда более прочным и настоящим, чем все эти казённые: «объявляю вас мужем и женой...»

На поминках она даже позволила себе бокал вина, уже немного плыла и была так благодарна всем, кто пришёл, кто съехался сюда — и родным, и соседям, и особенно директору музея Николаю Сергеевичу Скорохварову, который явился с супругой и так сердечно и много о папке говорил, и на кладбище, и на поминках... Вот он вновь поднялся — неужели хочет что-то добавить? — обстоятельно высморкался, достал из внутреннего кармана какую-то бумагу, попросил тишины и сказал:

— Друзья мои, пришло время вам, в присутствии давних друзей и знакомых, выслушать волю и завещание отца, которое он мне доверил хранить до его кончины, а затем донести до сведения детей.

За столом стало тихо, только сосед, дядя Толя, договаривал что-то жене... Кирилл хмыкнул и неестественно бодро произнёс:

— Интересно послушать! Что там такого папка накопил...

Собственно, завещание было кратким, внятным и таким типично «папкиным», что никаких сомнений в подлинности ни у кого не вызвало. В интонации его так и рисовался папка: трогательный, чуток назидательный и...

— «...потому как старшие дети, и мои, и воспитанные мною дети жены моей Татьяны, все уже в своей жизни устроены и разъехались, — медленно и даже торжественно зачитывал Николай Сергеевич, — то наш дом я завещаю исключительно дочери нашей Надежде, не только затем, что она остаётся одна в таком юном возрасте, а по справедливости закона человеческой благодарности, потому как единственная все свои силы и свою благородную душу положила на уход за слабеющим отцом. Надюшка, ангел мой, за всеми детьми буду Бога просить там, где мы с мамой встретимся. Но за тебя, Дочь, так и знай, просить буду особенно. Дружите, мои детки, всю жизнь. Ваш отец Петр Игнатьевич Прохоров...»

— Ну, дальше даты и подпись с паспортом, — хрипло закончил Николай Сергеевич и снова высморкался.

За столом все молчали... Наконец Богдан тряхнул чубом и проговорил:

— А что, и правильно! Надюха заслужила, разве нет? Разве не она отцовы подштанники стирала?

Остальные молчали по-прежнему.

— Выходит, так он чувствовал... — заговорил старший, Кирилл, — что мы все его бросили. Но ведь я предлагал... звал его... Я ведь не мог из такой дали... работу бросить не мог, семью... Это ж... не очень как-то... справедливо.

Тогда Люба прокашлялась и бодрым своим, начальственным голосом главного бухгалтера произнесла:

— Завещал и завещал. И хватит! Такая воля отцовская, и нам это нужно понять и принять.

Надежда резко поднялась из-за стола и шмыг-
нула в кухню — в уютный закуток с плитой, раковиной и холодильником, который папка отделил
когда-то от просторной столовой оригинальной
деревянной решёткой, с синими и зелёными стеклянными ромбами, окрашенными цветной ту-
шью по его собственному методу. Принялась составлять в раковину глубокие тарелки с остатками
супа.

Она была ошарашена, сбита с толку... Решительный и в каком-то смысле безжалостный поступок отца показался ей таким обидным по
отношению к остальным детям. В то же время
этим поступком отец раскрылся ей с новой стороны — волевой, справедливой. Она не могла не
восхититься, и сейчас вспомнила его — в Москве, на трибуне ипподрома, разбойно сви-
стящего в обе руки на последних метрах дис-
танции, преодолеваемой летящим Крахмалом.
Какой он был тогда молодой, широкоплечий,
рыжий — как она сама, и такой родной! Папка,
где ты, где ты, куда ты исчез?! Закопали... Мысли её метались, голова горела, как в температуре.
Машинально она соскребала в мусорное ведро
остатки еды, протирала тарелки, перед тем как
составить их в раковину. «Папка, папка, зачем
ты это сделал?! Перессорить всех нас захотел?
Ну, написал бы, что я тут имею право жить, пока не...»

За спиной она уловила лёгкие шаги — так только Аня ходила, почти бесшумно. Не оборачиваясь,
чтобы сестра не видела её слёз, её смятения, она
торопливо проговорила:

— Ты не думай, я дом на всех поделю, потом, когда... Просто папка страдал, измучился и...

— Нет, почему... — мягким, почти безмятежным голосом проговорила сестра. — Ты у нас законная наследница, *ангел мой*... Пользуйся. Нам всем, конечно, деньги за дом очень бы пригодились — каждому на своё, — но папка... Если уж он собственноручно прописал — кто у него в любимчиках ходит...

Надежда вспыхнула, воскликнула:

— Да я всё равно здесь не останусь! После сессии приедет Аристарх, заберёт меня в Питер, всё давно решено, и мы...

— Ре-ше-но? — улыбаясь, проговорила Анна, заходя так, чтобы видеть лицо сестры. Руки она сплела на груди, красивые бледно-голубые глаза мерцали, как у кошки. Они всегда у неё мерцали в моменты бешенства.

— Это кем решено — тобой? А я бы тебе посоветовала умнее быть, с твоим-то синеглазиком, не слишком верить, не слишком на совместное будущее вдохновляться. Больно кудрявый он, глазастенький такой и... о-очень шустрый на баб.

— Ты!!! — придушенно выдавила Надежда. — Что ты несёшь, дура неблагодарная! Аристарх, он... Он посреди экзаменов согласился тебя принять, дорогое учебное время на тебя тратил, по музеям водил...

— Водил, — с той же улыбкой подтвердила Анна, словно бы любуясь гневом младшей сестры, словно бы с интересом её рассматривая и раздумывая — что бы ещё такого забавного той рассказать... какой ещё полешек в этот костёр под-

344 бросить... — И в музей повёл, и ночью развлёк. — Она в упор продолжала смотреть на сестру своими мерцающими, чуть сощуренными глазами. Наслаждалась моментом. — Развлёк, понимаешь, с превеликим своим удовольствием.

Кровь отхлынула от лица Надежды. Она откачнулась, переступила с ноги на ногу, прислонилась спиной к кухонной раковине. Глухо, спокойно и убеждённо проговорила:

— Ты лжёшь, гадина.

— ...родинки, конечно, перечислять не стану, — так же лукаво улыбаясь, продолжила Анна, — темно было, но кое-какие интимные привычки могу напомнить. Он перед тем, как кончить...

Надежда крутанула горячий кран, схватила Анну за шею, с силой проволокла к раковине, и сунула её голову под струю кипятка. Та дико завизжала, захлёбываясь, суча ногами, обвиснув на раковине... Тут же в столовой грохнули стулья, кто-то крикнул, охнул... Ворвались братья, возникла Люба... кухня вдруг стала маленькой и тесной, заполненной кричащими людьми. Кириллу пришлось сильно ударить Надежду, отшвырнуть прочь, так что она отлетела к плите и больно ударилась спиной, иначе он не мог освободить Анну из её стальной хватки.

Люба кричала высоким бабьим голосом:

— Господи, поминки, поминки!!! Дряни бесстыжие! На поминках отца!

А Богдан, нервно приплясывая — и только мяча под ногами ему не хватало, — частил перед ней:

— Это Анька затеяла, точно тебе говорю. Анька! Простить не может, что отец Надюхе дом завещал...

И крутились, схлёстывались голоса, Кирилл волок куда-то красную подвывающую Анну, визгливо на всех кричала Люба, а Богдан что-то успокаивающе и как-то даже усмехаясь, объяснял соседям, которые деликатно, бочком, по одному или парами исчезали за дверью, в проёме которой всякий раз открывалась каменная неумолимая луна.

Глава 7

ОБРЫВ

Последней она вымыла кладовку первого этажа. Тщательно, добросовестно, руками и *внаклонку* — мама дочерям говорила: «Не филоним, а любим свой дом!» Дом она любила...

В доме *пакостить* было нельзя, в нём ещё люди жить будут. Какие люди, когда — её это уже не занимало. Её уже вообще ничего не занимало. Даже мысли вяло шевелились, как подбитые зайцы в туманном поле. И только сквозная дорожка боли вела сквозь запёкшееся сердце, вспыхивая внизу живота, где лежал, и давил, и крутил камешек... — день и ночь; она не спала третьи сутки.

Она уже не плакала, не кричала, не думала; не вела вслух лихорадочных разговоров с собой и с Аристархом, — всё это накатило в первые дни и отхлынуло, оставив гулкую пустоту.

А телефонной трубки не поднимала с того утра, когда, оставшись одна после разъезда родных, впервые сама набрала его питерский телефон. (Прежде никогда не звонила, суеверно боялась помешать: его учёбе, мыслям, свободной минутке... — вообще, любому его занятию и чувству.) Набрала номер и, попав на старушечий голос, окоченелыми губами попросила позвать...

«Пойду, гляну, здесь ли его высочество...» — сказала старуха и канула.

А Надежда разбежалась и прыгнула с высоченного утёса...

И летела вниз с такой режущей силой, будто кто точил ножи у неё внутри, и только Аристарх мог спасти — подхватить её, подбежав к телефону со своим ликующим: «Дылда!!!» — как ни в чём не бывало...

Но он так долго шёл... Он так мучительно долго влачился к телефону, что она всё поняла и всему поверила; и долетела, и разбилась, и осталась лежать — там, среди серых валунов на непроглядном дне.

Затем он всё-таки взял трубку. И со дна своей пропасти она жадно слушала его прерывистое дыхание, слушала робость его, стыд и тошнотворное желание немедленно смыться...

Смерть была на том конце провода... Её смерть.

Если бы он издал хотя бы звук, хотя бы голос подал каким-нибудь неуверенным «алло?..» Если б пытался умолять, объяснить... Если б взорвался каким-нибудь пошлым рыдающим «прости!», если бы... Если б она могла понять — что произошло, что *с ним и в нём* случилось! Но на том конце провода зависла тишина абсолютного униженного предательства. И с каждой минутой длящегося молчания, с каждой минутой этого распухавшего молчания, становилось всё невозможней его преодолеть.

Он молчал, и она не могла произнести ни звука...

Сердце внутри ворочалось острым куском льда, изрезая грудную клетку в мелкие лохмотья. Когда пухлое, червивое это молчание выросло до небес и полезло изо всех щелей и дыр, из ноздрей и ушей; когда невыносимо стало дышать, она сказала:

— Не ищи. Меня больше нет. — И опустила трубку.

И сразу поняла — что следует делать.

Гулкая боль затекала в глазницы, пульсировала в висках и в затылке; трассирующая боль прожигала нутро. Интересно, может ли умереть ребёнок в её проклятой утробе под этой лютой канонадой?

О ребёнке забыть. Он кончился, как кончилось всё. Он ещё неизвестно кто, и исчезнет вместе с ней, о нём никто никогда не узнает, ибо он несовместим с жизнью.

«Несовместимо с жизнью» — любимая была мамина фраза. Когда шарфик не шёл к плащу или к куртке, или сапоги не хороши были с пальто, она весело припечатывала: «Не-совместимо с жизнью!»

Надежда всё продумала. Идея пришла в голову ночью и весь день её занимала, а сейчас всё так правильно оформилось в голове, несмотря на туман, так последовательно и ясно встало: она умеет прыгать, и это не страшно и привычно, — когда в воду. Это — быстро. Выше по течению на берегах Клязьмы есть вертикальные откосы, и вода под ними глубокая, и омуты с водоворотами. Она знала эти места, сто раз бывала там с... т-сс! *Того имени больше нет*. Ничего уже нет, а скоро вообще ничего не будет. Главное: оборвать эту непереносимую боль.

Она наклонилась, крепко выжала тряпку, расстелила её у порога. Вылила из ведра грязную воду, сполоснула его чистой водой, поставила в кладовку швабру и ведро.

Готово. Она — свободна...

Перед тем, как выйти и запереть дверь, она обернулась и оглядела родное приветливое пространство дома. В полутьме — оставила гореть настольную лампу, чтобы дом не казался мрачным — доска на стене слепо темнела, словно и Мать, и Дитя смущённо прятали свои лица, отводили глаза от её ввалившихся глаз: что ж, бывает, недоглядели...

Вот бы с кем поговорить. Поинтересоваться: на такое ли её благословляли. Подойти и спросить: «Ты на *это* меня благословила?»

Но сейчас меньше всего хотелось с кем бы то ни было выяснять свою судьбу. Судьба закончилась...

Автобусы ещё не ходили, да и не могла она встречаться глазами с людьми — обязательно кто-то из знакомых попадётся. Многие уже наверняка судачат о скандале на поминках; ещё и поэтому в последние дни Надежда не выходила из дому и никому не открывала.

Повернув с улицы Киселёва на центральную площадь, она быстро и сосредоточенно пошла вдоль стены Преображенского монастыря, стараясь держаться в тени. Редкие фонари разливали убогие лужицы света на мокром асфальте, лёгкие шаги издавали умиротворяюще влажный звук: «чпок, чпок» — кроссовки были старыми, позапрошлогодними... Она вообще вся оделась в чуланное тряпьё (мамина закваска: себя ты, положим, хочешь *выкинуть*, а к чему ещё и вещи портить?).

Она шла, всё ускоряя шаги — торопилась: надо всё закончить к рассвету. Когда добралась до «Текмашдетали», слегка запыхалась. Миновала несколько улиц и вышла на берег. Здесь был один из венцов, но он не годился, — пологий, да она и так знала, куда идёт. Ускорила шаги, и над оврагом прошла до деревеньки Петрино, за которой тянулись сенокосные луга колхоза.

А на краю луга вздымался обрыв, — тот, что *для дела* подходил как нельзя лучше: русло тут крутит-вертит, водоворотов тьма... Унесёт её или затянет, и дело с концом. Лучше бы затянуло, чтоб уже и не опознать. Она села в траву над обрывом, обняла колени — согреться (*смешно: тебе — согреться?!*) — и сидела с полчаса, почти бездумно повторяя: «и дело с концом... и дело с концом...» Ни молиться, ни говорить с собой или с мамой ей уже не было нужно. Наговорилась, нажаловалась за эти три дня, сидя на кровати, качаясь и воя, как маленькая-ушибленная: «Папка, папка, па-а-апка!» Хорошо бы совсем не нашли, подумала опять без единой слезинки; хорошо бы исчезнуть без следа. Чисто и беспамятно.

От сырых лугов тянуло остро-медовым запахом, и крикуны-коростели вторили каким-то ночным птицам, может, перепелам... Свежесть рассветного воздуха нежно оглаживала шею, струилась по лицу, затекая в широкий ворот старой футболки, пробираясь к груди, где чудовищным кровоподтёком запеклась её душа.

Небо над противоположным берегом Клязьмы уже бледнело и поднималось. На пологом берегу там горел костёр, выстилались луга, и смутно, сонно передвигались кони. Одна лошадь белой была, такой белой — аж светилась в темноте.

Вот и белая лошадь...

Ну, довольно! Где твоя воля к победе!

Решительно и даже бодро вскочив на ноги, Надежда отбежала чуток назад, глазами вымеряя нужный разбег. И как всегда, когда прыгала с вышки, сосредоточилась и легко, воздушно *помчалась к победе...*

Переполох и крики речных стрижей, гнёзда которых испещряли отвесную стену обрыва, и привлекли внимание Михи. Уж очень сильно кричали, стрижи-то, и плеснуло сильно — грузно так. Странно, ему казалось, что он задремал...

Миха вскочил на ноги, оглянулся на остальных двоих парней. Цыгане сюда часто водили лошадей в ночное.

— Там кто-то прыгнул! — крикнул старший брат Николай, тоже поднявшись на ноги. — Не упал. Прыгнул!

Миха подбежал к ближайшей лошади и вскочил на неё (это Майка была, лошадь его брата Цагара), и погнал к воде. Светало, и ниже по течению он ясно увидел, как в блескучей от луны речной волне кого-то несёт и крутит; как исчезает человек в воде и появляется вновь... Течение здесь было быстрым, водовороты могли и мель нанести, так что тот, кто прыгнул, мог и разбиться. Скорее всего, он уже мёртв, но — человек же, надо вытащить. Миха направил Майку в воду и поплыл, крича что-то братьям по-цыгански. Николай тоже вскочил на лошадь и пустил её по берегу.

Девушку (Миха видел только длинные волосы, залепляющие лицо) несло и несло вниз очень быстро, нагнать её удалось минут через пять, только у «Текмашдетали». Он дождался, когда её вновь вынесет на поверхность, наклонился, схватил за волосы, накрутил мокрый их жгут на руку и, перехватив под мышками тело, стал тащить — ох и тяжёлая оказалась! — вытащил, перебросил животом поперёк лошади — может, проблюётся? — и повернул к берегу. Майка, умница, терпеливо и надёжно плыла под двойным грузом: девушка была то ли без сознания, то ли уже без жизни.

Выгреб Миха на берег у рощицы под Фатьяновской поляной, где его Николай и нагнал. Это было в самый раз: молодёжь здесь ночами гуляет, всегда кто-то на гитаре бренчит, всегда — люди. Есть кого послать к телефону-автомату вызвать «скорую»...

* * *

В самых страшных снах потом её преследовали эти звуки: мерзкий свист падения и заполошный крик вспугнутых стрижей. Она помнила чёрные отверстия их гнёзд, будто кто бутылкой провертел дыры в глинистом скосе обрыва. Неужели за две-три секунды, пока летела, это могло отпечататься в сознании?

Удара она не поняла, и после удара уже ничего о себе не знала, но видела, как внизу в реке кого-то безжалостно крутит течение; видела, как в рассветном небе гаснут огоньки звёзд, как на спине белой лошади переплывает реку парнишка, правой рукой придерживая безвольный куль, переброшенный поперёк лошадиной спины, со свисающими в воду густыми тёмными волосами...

Потом картины нижней жизни стали меркнуть и проявлялись как фотоснимки: возникая частями, осколками предметов и лиц, слов и целых фраз. Она видела зал, залитый белым светом ламп, двух мужчин и девушку. Все — в масках, в белых халатах... очень странные. Подумала: «законопаченные». Они возились над простёртым внизу чьим-то телом, будто — очень похоже — мясники разделывали тушу. И один из них отрывисто проговорил: «Без шансов...» Потом всё высилось, крутилось... длилось-улетало-таяло... Но упорно возвращалось в тот же зал. Пожилой в маске — у него была такая аккуратная лысина, как стрижиное гнездо в глинистом обрыве, — вдруг поднял голову и сказал девушке:

«А Ашотыч ушёл? Ну-ка, беги, кликни, может, ещё здесь...»

И та выскочила за дверь, сорвала маску и побежала куда-то, крича тонким смешным голоском:

«Степанашотыи-ич! Степанашоты-и-ич!!!»

Затем она удивилась, что, оказывается, по-прежнему взлетает на шине-качелях всё выше, всё выше, над берёзами-свитками, над кружевом голых ветвей, над разливом, подёрнутым сизоватым паром... «...матку придётся убрать... таз затампонируй... дождёмся Ашотыча...» Слишком высоко,

354 *слишком опасно взмывает, боясь улететь за пределы видимого горизонта... «...перевязываем артерии...» Долго летала над лодочкой, в которой стоял и смеялся... Потом-потом слёзы полились, кто-то грубо потащил её вниз, она сопротивлялась, она хотела ещё летать, совсем улететь... но огрузла, тяжело распласталась на катящейся куда-то тряской плахе. Потолок над ней бежал длинной дорогой, а лампочки — пунктиром, как верстовые столбы...*

Её везли мерным ходом, и мужской голос с лёгким акцентом произнёс где-то наверху: «Ну что ж: кажется, мы живы? Кажется, обошлось...» — после чего она опять ушла в тёмную тину речного водоворота... — надолго.

Но не навсегда.

Часть третья

РАЗРЫВ

Глава 1
ЗАБЫТЬЁ

А помнишь, помнишь, как **после табора** три дня подряд каждый вечер ты приходил к двери дома на Киселёва и стоял, как приколоченный, дожидаясь, когда она покажется на углу улицы... Стоял, провожал глазами и не смел приблизиться. И она проходила мимо тебя, поднималась на крыльцо, отпирала дверь и входила в дом, сразу же запираясь. А ты стоял и стоял, изнемогая от тоски, от вины... пока, на четвёртый день, не поднялся на крыльцо и не стал колотить в дверь кулаком, и орать что-то несусветное, жалкое, окаянное, не заботясь о том, что кто-то тебя увидит — такого...

И она вдруг рванула дверь, будто стояла там всё время, втащила тебя в дом и стала наотмашь бить — по лицу, по плечам, в грудь и в живот... — плача в голос... Била яростно, по-мужски, отчаянно, вкладывая всю душу, всё горе, всё своё — за эти месяцы — одиночество.

А ты смирно стоял под градом её ударов, мотая головой после каждой оплеухи, стараясь удержать-

ся на ногах. Дожидался конца экзекуции и, умирая от счастья, повторял, как заведённый:

«Для тебя... для тебя... для тебя... для тебя...»

* * *

Здесь было другое.

С той самой секунды, когда в дверь просунулась голова Ксении Филипповны, с её дурацким венчиком на затылке, и масляным говорком старуха произнесла: «Вами, молодой человек, интересуется чей-то тихий голос...» — с той самой секунды он понял всё: тихий голос. Просто он всегда её чувствовал, как и она его, даже на расстоянии — потому и боялся звонить. К тому же она никогда не звонила сама; её деликатность выстраивала китайские церемонии: Аристарх *занимается*, он *готовится к экзаменам* (его профессия венчала их обоюдное будущее сияющими чертогами).

На две-три секунды он даже застрял в дверях комнаты — ему привиделось немыслимое: что он не помнит — где телефон. Шёл по коридору к *тихому голосу* — на эшафот. *Его тихий голос* должен был произнести «Здравствуй!..», но не смог, сбежал куда-то внутрь живота.

Стах пытался и не мог выговорить ни слова: горло, самую грудь ему забили мокрым песком. Пытался позвать её — как в детстве, в страшном сне, бывало, силился звать маму жалобным плачем — и не мог ни звука выдавить: ни простонать, ни провыть. Он тонул... Его скрутила судорога; его утягивало на дно.

Если б она произнесла хотя бы слово, если б обрушилась на него с упрёками, проклятьями, со слезами, или... с чем там ещё обрушиваются на предавших любимых обычные нормальные люди?.. Тогда бы и он вскрикнул, и он, может быть, заплакал, и тоже стал укорять, и тоже горячо проорал бы ей, как измучился без неё, как в беспамятстве сна повёлся на родной запах, слетел с катушек, обезумел!.. Но шли минуты, и она молчала, и бесконечно длилась эта казнь.

Её неумолимое молчание поднималось как разлив реки и захлёстывало всю их жизнь: их детство, рябиновый клин, их поцелуйный колодец на улице Школьная, их Спасо-Евфимьев монастырь с семнадцатью колоколами; их Остров с шатром серебряной ветлы, в глубине которой её тело светилось, как лампа — всё было залито, утоплено, уничтожено её тяжким молчанием, а он оказался не в силах его разрушить — ибо то страшное, что она собиралась над собой сотворить, он уже не успел бы предотвратить...

Через полчаса *Зови-меня-Гинзбург* вошёл в комнату с листом капусты для Доры. Увидев Аристарха, лежащего на кровати лицом к стене, опешил, тихонько подошёл и заглянул тому в лицо. Фраерок лежал очень тихо, с открытыми глазами.

— А ты... разве не ушёл? — осторожно спросил старик. — У тебя ж экзамен, не?

Стах молчал, обхватив себя руками и как-то съёжившись, будто ему было очень холодно или очень страшно. Будто он защищался от порывов ледяного ветра или потоков холодной реч-

360 ной воды. *Зови-меня-Гинзбург* отступился, вышел из комнаты и сразу вернулся со своим шерстяным шотландским пледом. Подойдя к кровати, сноровисто забросил его и вытянул вдоль ног Аристарха. Постоял ещё минуту-другую, переступая с ноги на ногу. Наконец покладисто проговорил:

— Ну и ладно. Кемарь, ежли охота. Нехер волноваться. Пересдашь!

Нет, не пересдал фраерок своего экзамена. Он просто... уснул, видали вы такое? Просто уснул, в сон ушёл, закатился в берлогу...

Зови-меня-Гинзбург на вторые сутки понял, что дело нехорошее: фраерок не хотел просыпаться — эт что за болезнь такая?! Что его укусило — муха цеце? Вроде такие только в Африке водятся?

Он вызвал участкового врача. Хороший доктор Саша, хаять не будем, всегда заботливый, если что — сам даже кровь возьмёт. И лишний раз стетоскопом простучит, и лекарство принесёт, и укол в жопу засандалит, — хороший доктор.

Саша пришёл, постукал-послушал, похлопал по щекам, сунул ложку в молодую пасть... Сказал, что полная чепуха: юноша здоров как бык, гоните его на работу-учёбу, Муса Алиевич.

Какая там учёба, куда гоните, если человека в уборную по стеночке везём? Гинзбург задумался... Раза два за свою богатую жизнь он видел подобные невероятные случаи в лагерях: человек умирал, потому что хотел умереть. Уползал человек в непроглядный сон, остывал там и коченел, оставляя этот мир к ебеням...

Через три дня Саша-доктор вновь пришёл по настоятельному вызову.

Паренёк, казалось, лежал в той же позе, в какой он его оставил.

Хм-м... Саша вновь осмотрел больного, добросовестно прослушал, простукал, прощупал... Озадаченно поскрёб в затылке.

— Знаете, Муса Алиевич, — наконец произнёс он, — ни черта я не понимаю. Это похоже на так называемую... «горячку», как её красиво описывали классики русской литературы. Но это, извините, скорее с женщинами случается. А тут здоровый бугай. Никаких симптомов. Лёгкие — чистые. Ну, небольшая температура, ну, горло чуток красное... Ведь это даже смешно.

— Зато мне не смешно, — прорычал Муса Алиевич. — Я его на себе в отхожее место волоку. Он мослами не шевелит. Доктор, ёж твою в брошь, сделайте что-нибудь с пацаном, пока концы не отдал.

Доктор помолчал, задумчиво разглядывая костяк лица больного, мосластые руки, бессильно протянутые поверх одеяла. Да, за неделю парень превратился в настоящие мощи, а это не симулируешь. И от того, что больной перед приходом врача был чисто-начисто выбрит стариком, создавалось полное впечатление, что на кровати лежит готовый покойник. Может, это мононуклеоз у него так протекает, подумал Саша. Но тут нечего делать — перележать, перетерпеть, надеяться на молодой организм.

Когда вышли в коридор, Гинзбург дружески намотал на кулаки отвороты докторского халата, подтянул к себе Сашу и сказал:

— Она его бросила.

— Кого? — в замешательстве спросил доктор, чувствуя себя лошадью в упряжи.

— Моего, — тот мотнул головой в сторону комнаты. — Фраерка.

— Кто — она? — попытался уточнить Саша, безуспешно стараясь высвободиться из мёртвой хватки Мусы Алиевича.

— Девчонка, — ответил тот, понурившись, но кулаки не разжимая. — Имени нет, только кликуха: Дылда. Боюсь представить это счастье... Поверь мне: он хочет сдохнуть, и к этому идёт очень быстро.

— Ну что за глупости! — воскликнул Саша с досадой. — Люди так просто не умирают.

— Пацан, — процедил старик. — Что ты знаешь о смерти. Я видал, когда умирали очень просто.

— Ладно, — проговорил доктор Саша, отцепившись наконец. — Пришлю Катю, медсестру, поколет она ему витамин B12. И заварите-ка ему имбиря, что ли. Ну и... клюкву бухните в крепкий чай... Выкарабкается, ничего. Будем надеяться.

Глава 2
ОТКРЫТАЯ КНИГА

— Послушайте, Надежда, не стоит ли сообщить кому-то, что вы... э-э-э... здесь, у нас?

— Нет, — тихо ответила она.

— В смысле, что... у вас нет родственников?

— Нет. — Очень тихо.

— Ну-у... вы же где-то... жили? С кем-то. Вы — школьница? Студентка?

Она молчала... И в этот день больше не произнесла ни слова.

Корпуса клиники были разбросаны по огромной территории и отделены друг от друга массивами сосен, и потому из окна любой палаты больные видели красноватые стволы прекрасных старых деревьев, а терпкий смолистый дух соснового бора проникал в любое помещение сквозь приоткрытые форточки.

Корпус, куда поместили Надежду — самый дальний, окружённый лесом, — предназначался для начальства и тяжёлых больных.

364   Заведующего хирургическим отделением звали Степан Ашотович.

Лысоватый, плотный, среднего, с натяжечкой, роста, с голубоватым от неугомонной щетины лицом, — был «Ашотыч» горячо и восторженно любим всем персоналом, от коллег до последней санитарки. Когда впервые вошёл в палату и заговорил с Надеждой, она узнала этот голос с лёгким акцентом — тот, что окликнул её *после смерти*: «Кажется, мы живы?» — будто вместе они летели мимо круглых стрижиных гнёзд в глинистой стене обрыва, вместе колотились меж валунами в реке, а затем вместе выползали куда-то к белому потолку, струившемуся над ней длинной дорогой...

У доктора были тёмно-карие сумрачные глаза и волшебные руки. Он присаживался на койку, брал её вялые руки в свои, всегда горячие, нащупывал какие-то точки, сосредоточенно давил. Это было больно, но зато потом сразу становилось как-то свободней дышать, и немного стихал колокол в затылке, и кровь быстрее бежала по телу.

Она смотрела на эти руки и равнодушно думала: вот они копались во мне, сшивали мои печень-селезёнку... или что там ещё...

— Я останусь... калекой? — почти утвердительно произнесла она. Собственные слова били изнутри молоточками в уши. Голова кружилась, плыла, и кто-то неутомимый там, внутри, исполнял на барабанах громкую пьесу. Но за ночь — а это была первая ночь наедине с собой — Надежда пробежалась по лабиринтам своего «сотрясённого» мозга и уже знала: ничего её мозг не растерял, она помнит даже параграфы из учебника физики за восьмой класс.

Первый *нормальный* разговор со Степаном Ашотовичем: она отвечала на некоторые его вопросы, а он быстро, спокойно и исчерпывающе отвечал на её. Слова из неё выползали медленно и трудно, выдавливались, как тесто сквозь игольное ушко; глухое эхо вибрировало в голове после каждого произнесённого слова, будто она переводила с чужого голоса.

— Калекой? Нет, Надежда, — просто ответил Степан Ашотович. — Надеюсь, вы даже хромать не будете... со временем. Мы постарались на совесть склепать ваши кости. Но у вас перелом лодыжки и костей таза, так называемый: «open-book pelvic fracture», «перелом открытой книги».

— Смешное... название... — пробормотала она под грохот барабанов.

— Именно... и большая кровопотеря... и, в общем, были ещё кое-какие проблемы... Пришлось мне поработать. Я даже пропустил кукольный театр, давно обещанный сыну, «Али-Бабу и сорок разбойников». Так что с вас должок. И вот ещё что... — он посмотрел ей прямо в глаза своими прекрасными шоколадными, как у лошади, глазами и дружески улыбнулся:

— Надеюсь, вы поимеете уважение к моей работе и не пустите её под очередной откос.

Взгляд был мягким, даже просящим, а лицо — из-за постоянной щетины — мрачноватым. *Да ты и сам: Али-Баба и сорок разбойников...*

На другой день он принёс апельсин. Присел на койку — от него приятно пахло каким-то суховатым мужским одеколоном, — надрезал ножичком вертикальные линии на шкурке и ловко принялся раздевать плод, раскрывая по кругу аккуратные лепестки. Образовался цветок, внутри которого сидел ватный шар апельсина.

Дразнящий цитрусовый аромат разлился в палате, и Надежда удивилась, что не утратила способности чуять запахи, видеть оранжевый солнечный цвет и даже испытывать желание ощутить во рту кисловато-сладкий сок. Таким же точным движением Степан Ашотович вынул из шара дольку, медленно поднёс к губам Надежды и терпеливо ждал, когда они раскроются. Вкус тоже оказался оранжевый, восхитительный, нежный... и тоже — впервые после смерти. Она жевала кисловатую мякоть, а Степан Ашотович педантично и невозмутимо опускал в её рот апельсиновые дольки одну за другой, наполняя палату запахом цитрусовых рощ...

...какими потом она любовалась в окрестностях Сорренто, куда три года подряд вывозила оздоровлять на зимние каникулы Лёшика, очень склонного к простудам. И удивлялась, вспоминая: как это одиночные дольки апельсина в больничной палате могли благоухать сильнее, чем целая роща на склоне горы?

* * *

Когда в голове постепенно унялась барабанная дробь, в приоткрытое окно палаты ворвались голоса птиц. С рассвета и до ночи за окном нараста-

ла, опадала, ширилась, неслась и разливалась громокипящей волной птичья жизнь: ореховый треск
неугомонного дятла, пронзительные завихрения
свиристелиевых высверков, суховато-отрывистый
чирк трясогузок, лукавое «чик-чак-чак-чак» сини-
чек, заполошные всплески галочьих и воробьиных
разборок. А по ночам, в зарослях жимолости —
пьяняще, жалостно, ликуя и звеня, — отжигали
неистовые соловьи.

Спустя три недели Степан Ашотович переса-
дил Надежду в инвалидное кресло, что заставило
её вновь почувствовать свои руки: слабые вначале,
неумело и вразнобой они пытались катить колёса,
но уже к концу первого дня приноровились и ос-
воились. Как ни крути, она была пловчихой: ко-
ординация движений.

На второй свой «транспортно-независимый»
день впервые, через пролом в заборе, выбралась
в мир — в гигантский мир соснового бора. И это
тоже оказалось *Открытой книгой*. Катила по широкой тропе, с усилием посылая вперёд колёса,
останавливалась, отдыхала, подолгу рассматривала переплетения корней, выползающих из земли.
Ты хотела быть... там, среди корней? — впервые
спросила себя, и уже поверить не могла, что — хотела, хотела...

Нет: никогда, ни за что, — пока есть эти сосны, пока внизу причудливо сплетаются корни,
а вверху сплетаются и звенят голоса птиц, пока
можно каждый день видеть эти закаты — а здесь
ежевечерне воспламенялись, бушевали и медленно гасли огненные закаты, незнакомые и тоже не-

истовые, соловьиные; они тоже были: *Открытая книга*.

И хотя нижняя часть тела оставалась беспомощной и малоподвижной, Надежда поверила, что следующий рубеж — костыль — скоро будет взят.

Спустя ещё три недели, как-то утром Степан Ашотович вошёл, торжественно потрясая в воздухе костылём, как хоккеист — клюшкой. За ним маячил Игорь, молчаливый санитар из мужской палаты.

— Вперёд, на покорение Эвереста! — объявил Ашотыч, и оба они вздели Надежду, вознесли, подставили под мышки деревянные козлы и осторожно поплыли вместе по палате, охая, постанывая и пыхтя в унисон... — в *Открытую книгу*.

— Неплохо... — пробурчал Степан Ашотович, отирая лоб. Она же была в отчаянии: тело не слушалось и, казалось, никогда уже не будет ей подчиняться.

— Спорим, — сказал он, — через два месяца ты будешь скакать!

Интересно: он говорил ей «ты», только когда чувствовал её отчаяние, тоску или вдруг заставал её торопливо вытирающей слёзы. В более спокойные минуты, в те дни, когда дежурил и она приползала к нему в кабинет, и они кофейничали («Кофе — это восток, — говорил он, — это Кавказ»), он переходил на академическое «вы», шутил, покровительственно называл её «Надюшей» и находил отвлечённые светские темы для разговоров: книги, кино... музыка. «Никогда не мог понять: как они назначают — «драматический тенор» или «лирический тенор»? Репертуар — штука расплывчатая. Я понимаю: диапазон. Но голос, если это настоящий талант, — разве можно его втиснуть в эмоциональные рамки?»

Никогда не приближался к тому обрыву, с которого она вылетела в своём душераздирающем прыжке; никогда не интересовался её семьёй, но и своих утрат не касался... Лишь однажды, как бы шутя, проговорил:

— Я думаю, вам надо выйти замуж, Надюша. Хоть и за меня, к примеру. Правда, у меня ребёнок, мальчик девяти лет. Но он забавный приятный пацан.

— Степан Ашотович...

— ...кукол делает, как это ни смешно. Там у них кукольный кружок, и он...

Повернулся к ней спиной, отошёл к тумбочке и стал сосредоточенно ссыпать на тарелку печенье «Дружба» из пачки.

Она с трудом проговорила в его крахмальную спину:

— Не выйдет, Степан Ашотович... Мне любить... нечем.

— Надюша, — возразил он, не оборачиваясь. — Я ведь о сердце.

Она сглотнула и проговорила:

— И я о нём же.

* * *

В один из таких вечеров он спросил, впервые нарушив свои правила:

— А вы, Надюша, куда вернётесь — домой?

— Нет, — сказала она. — Мне домой нельзя вернуться. Дом я продам и уеду в Москву.

— В Москву? — он поднял брови. Когда задирал брови, он становился похож на одного разбитного актёра из старинной музыкальной комедии «Аршин мал-алан». — А что там делать?

— Учиться, — просто сказала она. — Поступлю на вечерний в Полиграф или в универ, буду работать. Я же вам рассказывала: хочу книжки делать.

— Книжки... — он задумчиво смотрел на неё, медленно потирая лоб. Вдруг вспомнился двоюродный брат Гриша, к сожалению, покойный, и его жена Инга — та была связана с чем-то таким... газетно-издательским, бумажным. Если, конечно, она ещё...

— Послу-ушайте... — протянул он. — А я ведь могу помочь, как это ни смешно. Если только... постойте-ка... Это было бы гениально!

Бросился искать в записной книжке номер телефона, нашёл, обрадовался, но набрал его не сразу, а дождавшись, когда Надежда уйдёт к себе в палату. И вскоре уже с восклицаниями, виноватыми вздохами и шутками... налаживал прерванную связь с женой двоюродного брата, с которой года три не общался из-за какой-то идиотской размолвки. Застал её в добром здравии и отличном настроении (только что вернулась из парикмахерской), к тому же при служебном повышении, о котором он не знал, и это было в самое яблочко.

Инга обрадовалась звонку, крикнула: «Наконец-то, выпендрёжник!» — и оба жадно друг на друга налетели с вопросами, перебивая, вспоминая знакомых, ереванских друзей и родственников. В общем, всё правильно и быстро сложилось, как это бывает только в книжках, где автор экономит на трепотне. Вернее, трепотни тоже было много, новости всякие-разные (хотя покойный брат и Инга детей не завели, а какой армянский разговор может долго длиться без обсуждения детей!).

Минут через двадцать оживлённой беседы он проговорил, понизив почему-то голос и переходя на армянский:

— К тебе огромная просьба, извини, дорогая. Тут у меня одна прекрасная девочка выздоравливает. Очень грамотная... Её надо устроить. Поверь: дело жизни и... жизни! Она тебе страшно понравится.

Инга засмеялась:

— Узнаю брата Стёпу. Ты, как всегда, кого-то куда-то устраиваешь. Откуда знаешь, что она «грамотная»?

— Да ты сама увидишь, — горячо сказал он. — На неё насмотреться невозможно. Помоги ради памяти Гриши!

Она сказала:

— Ну-ну, только без запрещённых приёмов. Ладно, дай девчонке мой телефон, посажу её на письма, что ли, — если правда толковая. Может, и в общежитии договорюсь... Только, Стёпа! Ты же понимаешь: это не Москва, это — Люберцы. Своя бандитская специфика, особенно в последние годы...

— Да один чёрт! — радостно перебил Степан Ашотович.

* * *

Анна увидела сестру, когда та, опираясь на костыль и подволакивая ногу, медленно заворачивала в свою палату. То, что Надежда в больнице, да ещё под боком, во Владимире, Анна узнала случайно: соседка её Маргарита работала здесь нянечкой. Недели три назад остановила Анну на дорожке к дому, сказала:

— Сочувствую... с сестрёнкой-то... беда какая.

Тут она и узнала новости. То, что пациентка — та самая сестрёнка, соседка поняла, убираясь в реанимации. Сначала не узнала, да там и узнать невозможно — трубки, провода, нога на вытяжке, забинтованное лицо, заплывшее от внутривенных вливаний... Через неделю девчонка очнулась, тихо лежала, молчала... Смотрела в потолок. Потом Кристинка, другая сердобольная молодая нянечка, всегда ей больше всех надо, вымыла девчонке голову (её ведь вроде из Клязьмы выловили?) — и ка-а-к засверкали эти солнечные волосья, так Маргариту прям поленом огрели: то ж сестрёнка Анина, что когда-то с молодым человеком приезжала. Господи, да что ж с девчонкой стряслось?! Врачи не особо распространялись, к самой Маргарита не решалась подступиться. Вот и остановила Анну — любопытно же. А та, оказывается — вот те на! — совершенно не в курсе. Разве это по-человечески? Это что ж за сёстры такие...

Ещё недели две Анна выжидала, готовясь к встрече: мысленно произносила монологи, обличала, защищалась... — укрепляла позиции. Её позиции, видит бог, тоже пошатнулись по некой

весомой причине. Но нехорошее, страшное-свер-
шённое она учуяла сразу, ещё когда оставляла
Аристарха в комнате — неподвижно лежащего,
как мёртвого. А позже, когда в тишине ночной
квартиры услыхала шаги под дверью, почему-то
съёжилась в кровати, забилась поглубже, натягивая на голову одеяло, и лежала, не дыша, пока шаги не удалились... Тогда лишь выдохнула.

Ей в те мгновения было очень страшно. Она
даже не пыталась дать себе отчёт в причине этого
внезапного провидческого страха. То, что Аристарх ушёл той же ночью и не явился ни наутро,
ни позже, испугало её по-настоящему. Господи,
да что такого особенного между ними произошло:
ну перепихнулись, делов-то — он что, совсем чок-
нутый? Но разбираться с этим ей уже не хотелось.
Отпуск был испорчен...

Она быстренько собралась и смылась: кто
знает, что у него в голове, у этого Надькиного —
смешно! — *мужа*.

Ромочка ужасно обрадовался, он же прелесть.
Спросил: «Что, лялька, не впечатлил тебя город
на Неве?» — и она с облегчением рассмеялась,
и повисла на нём, ладошкой поглаживая лысин-
ку-пятачок на затылке. Ромочка — это было своё,
родное. Кой чёрт её подзуживал попробовать
Надькиного высокомерного дятла — как в детстве
всегда хотелось откусить от её пирожка или кон-
феты; в руке у сестры всё казалось вкуснее. Мама
покойная всегда говорила: «Аня, уйми свой глаз
завидущий!» Да ла-а-а-дно!

А потом... Ох, что пришлось пережить за последние недели... Думать об этом тошно!

Издали увидев сестру, ковыляющую в палату на костыле, — худую, ссутуленную, похожую на подбитую мальчишками саранчу, — она запнулась и застыла, хотя и готовилась к зрелищу «специфическому»: Маргарита ситуацию описала, насколько могла. И всё одно, у Анны прямо душа в пятки ушла. Она не представляла, не предполагала, какая Надька окажется — покалеченная... Не думала, что та *такое* с собой сотворит.

«Господи, скелетина-то!..»

И ещё минут пять собиралась с силами, чтоб пойти за сестрой.

Повезло, что палата маломестная: разговор предстоял сложный, не для посторонних ушей. Одна из коек вообще была пустой, со снятым бельём: то ли пациентка на выписку ушла, то ли отправлена совсем в другую сторону. На койке у противоположной стены тихо стонал какой-то куль, весь в бинтах — ну, эту вообще можно не принимать во внимание. И Надежда...

Та стояла лицом к окну, вглядываясь в совершенную темень, будто могла там что-то различить, или просто придумать кого-то... В окне она и увидела отражение Анны — когда та сухо и громко поздоровалась. И осталась стоять — спиной к сестре, крепко вцепившись в перекладину костыля.

В палате висела больничная шероховатая тишина, вечерняя-сонная, прошитая пунктиром коротеньких мучительных стонов с койки.

— Не хочешь разговаривать... Ладно! — Анна отыскала глазами стул возле койки с голым клеёнчатым матрасом, подошла, придвинула его по-хозяйски ногой, села... Надо брать быка за рога. Чего тут рассусоливать, обе в говне.

— А я ведь к тебе с подарочком... — проговорила она. — Тут дело такое... Я беременна. От этого твоего раздолбая... Безмозглый, блин! Накидал зародышей... Только он мне на фиг не сдался, ни сам он, ни его потомство. Но аборт я делать не собираюсь, боязно: мне ещё Ромке детей рожать.

Она выждала паузу... не дождалась от сестры ни слова, ни малейшего движения, и продолжала уже спокойней и настойчивей:

— С Ромкой я поговорила, всё начистоту выложила: ошибка, бывает, виновата — это честнее всего. Я Рому уважаю и обманывать не собираюсь, так и сказала. И он простил! — Последнюю победную фразу Анюта отчеканила, почти выкрикнув. Переждала несколько секунд в тягостной тишине и вызывающе продолжала:

— Кстати, в пятницу расписываемся, обстоятельства подгоняют, теперь уже не до диссертации. Тебя, конечно, не приглашаю, и поздравлений не жду. Но я вот к чему: Роман условие поставил — никакого ребёнка. Чужого, говорит, воспитывать не желаю.

— Убирайся, — тяжело дыша, проговорила Надежда. Рот у неё высох, как репей, язык — наждак, а сердце колыхалось, грозя вывалиться горькой рвотой.

— Пошла. Вон. Отсюда.

— А, ну да, ты — безутешная вдовица. Но я сейчас с врачом говорила, с тем армянином, Ашотовичем, — на правах близкой родственницы. Ты же бесплодной осталась, верно? Взгляни правде в глаза: это на всю жизнь, и окончательно. В пустоте детей не вынашивают... Так вот, я тебе шанс даю. Ты обдумай, не торопись. Понимаю, дело непростое. Захочешь — бери ребёнка, он твой, я тебе его выношу.

Вновь рвотный спазм подкатил к сердцу.

— Убирайся! — крикнула Надежда.

Анюта поднялась, погладила живот, пока ещё плоский. Сказала:

— Как знаешь. Мне он не нужен, у меня свои будут, с Ромочкой. Мы уже всё обговорили: уедем рожать куда подальше, и *этого* я в любом случае в роддоме оставлю. Дома скажем, что умер. Это бывает: «синдром младенческой смерти».

Она постояла ещё с минуту, наблюдая, как в тёмном окне мучительно корёжится лицо отвернувшейся сестры. Сказала в сердцах, как плюнула:

— Ну и дура же ты, Надька! Рехнуться, что наделала: и парня сломала, и себя покалечила... А сейчас на безрыбье от дармового ребёнка отрекаешься. От своего единственного шанса! Если подумать: он разве тебе чужой? И кровь родственная, и Аристарха гены... — Помолчала, глазами рыская в тёмном окне, нащупывая отражение сестры. Вздохнула: — Ну, как хочешь. Выходит, быть ему сиротой. Каменная же ты: ни себе жизни, ни близким — жалости.

Она уже взялась за ручку двери, потянула её на себя.

— Постой... — Надежда обернулась от окна, — бледная, тощая, вот уж точно: «краше в гроб кладут». Сглотнула так, что горло дёрнулось. Навалилась на костыль, сжав руку — аж костяшки пальцев побелели. И обе замерли, застыли, глядя в глаза друг другу через всё пространство палаты, простёганное редкими стонами той страдалицы в бинтах.

— Бумагу официальную... — тихо, как полумёртвая, выговорила Надежда. — У адвоката. В мою пользу.

— Конечно! — воскликнула Анна, немедленно всё поняв; облегчение прохладной волной хлынуло в сердце, остужая клокочущие внутри страх и тоску. Она шагнула к сестре, и только сейчас стало видно, как похудела Анна, как пожелтели её глаза... — Сделаю всё, что скажешь!

— И расписку о неразглашении... Навечную, до самой смерти.

Надежда и сама сейчас не понимала, что имеет в виду, что за расписка, дают ли вообще такие расписки, — всё это было неважно. Две женщины, две сестры понимали друг друга, как никогда прежде: ни в детстве, когда спали, обнявшись, в одной кровати, ни в юности, когда, обнявшись, шептались на кухне, прыская со смеху, — две женщины, две дочери одной матери.

— ...и до конца жизни...

— ...господи, да само же собой! — выкрикнула Анна торопливо.

— ...не приближаться к нам...

— ...да-да! Да! Конечно! Не сомневайся...

Она обвела глазами палату, опустилась на стул у ближайшей кровати, словно разом силы ушли, словно кто ноги ей подрубил. Откинула к стене растрёпанную голову, измученно выдавила:

— Спасибо...

И вдруг заплакала взахлёб:

— Прости, Надя... прости... — Сидела так, качаясь, как бабка на похоронах, словно вот только сейчас оплакивала их общее сиротство, а заодно и смертное сиротство нерождённого ребёнка сестры, и сиротство своего будущего ребёнка, обречённого прожить незнакомым ей всю её, да и его жизнь. Плакала, мотала головой, по-деревенски утирая ладонями сопли и слёзы, повторяла исступлённо, гнусаво и горестно:

— Прости меня, Надя! Прости меня... Прости-и-и!!!

* * *

С этого дня Надежда решительно и быстро пошла на поправку. По-настоящему: очень скоро отказалась от костыля, стала делать какие-то упражнения; и есть стала тоже по-настоящему, съедая скудную больничную порцию, требуя добавки каши и принимая с благодарностью всё, что приносил ей с рынка Степан Ашотович. Ещё целый месяц в обход всех правил и законов тот держал Надежду в больнице.

...За это время, спасибо всё той же родственнице Степана Ашотовича, нашлись покупатели на дом: какой-то московский искусствовед с женой, специалисткой по художественной керамике. Та, как увидела дубовые балки потолка — медовые своды, как взошла по лестнице на второй этаж, как брызнули ей в глаза жёлто-красные, арлекинные выплески солнечных окон веранды... — аж

зашлась, заалела щеками, заблестела испариной...
А увидев огромный рабочий стол в папкиной мастерской, и поторговаться мужу не дала. Кричала:

— Аркаша, я тебя убью!!! Немедленно подпи-
сывай бумаги!

А ведь цену Надежда заломила немаленькую,
искусствовед всё крякал, лысину ладонью под-
метал; бурчал, что не рассчитывал... Но и он понимал, что не должен такой дом — такая ценность! — мимо проплыть.

Деньги Надежда попросила частями: кое-что
наличными, что-то на сберкнижку, что-то в дол-
ларах — тогда уже появились первые обменники.

*Она как-то отвердела внутри, потеряла ту
пресловутую «деликатность», которую в ней всегда отмечали учителя и соседи. Продажу дома,
и — позже, по приезде на новое место, — покуп-
ку двухкомнатной квартиры в Люберцах провела
так толково, так не по возрасту цепко и жёстко, что сама себе втайне удивлялась: считала, что
это проснулись в ней материнские гены. Да нет,
даже не материнские, а бабкины: это «Якальна»
торговалась так на рынке, и властно вела хозяйство, и зорко смотрела за тайными, как ей казалось, побуждениями собеседника. Это «Якальна»,
помнится, с иронической гордостью называла себя
«торгашкой». Словом, Надежда совершенно преоб-
разилась, будто тот прыжок с обрыва, тот удар
о воду напрочь вышиб какие-то черты её прежней
личности и всю её перетасовал, перетряхнул и —
прости, Господи! — заново отлил в каком-то особо
прочном металле.*

И лишь одна она знала, чего ждёт, — считая недели, крест-накрест зачёркивая их в своём календарике. Ей всё надо было успеть, ко всему подготовиться...

* * *

Когда прощались со Степаном Ашотовичем, Надежда, разумеется, произнесла все слова благодарности — все, какие полагается произнести, понимая, что никогда больше не встретишь человека, который спас твою жизнь, сшивал твоё тело, вправлял твои кости и знает тебя изнутри и снаружи лучше, чем знали собственные родители.

— Ну, ладно, ладно, — повторял он, церемонно пожимая руку Надежды, но не выпуская её. — Не нужно плакать. Человек с человеком встречается, пока все живы. Главное, береги себя...

И что-то ещё говорил такое, что положено говорить, расставаясь навсегда. Понимал, что ни за какие сокровища она не вернётся в родные места, вот уж не ступит больше в ту реку, что несла её и била, и калечила...

Душа у него болела за эту девушку.

— Иди, а то на поезд опоздаешь. Там внизу Игорь с машиной, отвезёт на вокзал, посадит, а Инга встретит. Тяжести пока не таскай, не хорохорься. Ты всё собрала? А что за доска в багажнике, тяжёлая такая?

— Это... нужное, — ответила Надежда.

Из дому она забрала только Казанскую Божью Матерь, которую за все прошедшие ночи, глядя то в белый, то в тёмный потолок палаты, в конце концов простила. Душевно разговаривать с ней расхотелось, но и чужим людям оставлять её было нельзя.

Незнакомая ей волшебница Инга, родственница Степана Ашотовича и её будущая начальница, заочно помогла со всем, буквально со всем — вот на кого хотелось молиться! — и Надежда готова была служить ей всю жизнь.

— Ещё просьба, Степан Ашотович... — Два-три мгновения она будто силы собирала, прежде чем выговорить: — Если вдруг кто-то явится... вызнавать тут, искать меня...

— Не волнуйся. — Он кивнул. — Я тебя понял.

Она повернулась и пошла, хромая. Но в дверях кабинета вновь остановилась... помедлила. Выговорила с трудом:

— ...поклянитесь!

— Э-э, Надюша! — он усмехнулся. — Клятва — дело священное. Для жизни, для смерти... Я тебе честное слово даю. Поверь, этого достаточно.

Она кивнула, всё ещё медля в дверях...

Степан Ашотович думал: «Какое лицо! Какая благородная линия лба. Икона!» — И по-армянски: *«Макур агджик. Гпарт агджик...»* («Чистая девочка. Гордая девочка».)

Когда он думал о своих женщинах — о маме, сёстрах, о покойной жене и несчастной племяннице, инвалиде детства, — Степан Ашотович в мыслях всегда переходил на армянский язык, ибо, по его твёрдому убеждению, прекрасней армянских женщин никого на свете и не было.

Глава 3
ПОИСКИ

Что и говорить, витамин B12 — штука отличная, во всяком случае, навредить никому не может. А вот что в конце концов помогло, так это — антидепрессанты, которые выписал молодой стремительный психиатр, привезённый Лёвкой из Пскова. Был молодой психиатр китайцем по имени Донгэй Куан Прозоровский, родился тридцать три года назад у псковской телефонистки и китайского студента. Студент года через три смылся на родину, в Тибет, но сыночка не забыл, и когда тот вырос...

Стах молча слушал, глядя в стенку.

История оказалась длинной, увлекательной, вилась, как тропка по Тибетскому хребту... — в общем, одна из Лёвкиных безумных историй, которые слушаешь-слушаешь, ухмыляясь, а они вполне могут и чистой правдой обернуться. И точно: через неделю китаец Прозоровский возник перед ним телесно, и оказался телесно прекрасным — высокий и тонкий брюнет, с раскосыми зелёными глазами.

(Комментарий *Зови-Меня-Гинзбурга*: «Глядит те в зенки, как гадюка на аптеке».)

Так суть-то в чём. У китайца, который якобы изучал на Тибете какие-то тамошние методы извлечения мёртвых из гроба, была своя метода: он лечил какой-то волшебной сигарой — прижигал ею нужные точки на пятках. Весь Псков и окрестности, доложил Лёвка, ломится к нему вперёд ногами. И Прозоровский всех поднимает из мёртвых, почище твоего Иисуса. Хотя он-то сам и есть, между прочим, — дипломированный психиатр, заодно и хилер, и те пять евангельских хлебов отрабатывает за три минуты.

(Комментарий *Зови-Меня-Гинзбурга*: «Да срать-пердеть, колесо вертеть!»)

Однако увидев бледные мощи, простёртые в комнатке-пенале, Прозоровский забыл, что сильно торопится и что к вечеру должен вернуться в Псков к пациентам. Долго осматривал больного, щупал его, ворочал, крутил и постукивал, лез пальцами в глаза, вынюхивал что-то под мышками. Сказал, что случай очень интересный: *ментальный*. Свои лечебные сигары и вообще свою китайскую программу быстренько свернул; просто выписал таблетки, в которых больной явно нуждался.

И недели через три таблетки стали действовать.

В институте пришлось взять академический отпуск, ибо ещё два месяца Стах тихо курсировал, почему-то прихрамывая, от кровати по коридору и вновь к кровати. Эти медленные маневры напоминали ему «Зинаиду Робеспьер» в устье Тезы.

Во всяком случае, в уборную уже поднимался сам, а не ехал на закорках у старика.

По настоянию татарина Гинзбурга он перебрался сидеть у большого прекрасного окна в его комнате, откуда просматривалась улица Чехова, и даже знаменитый дом Суворина. Вообще, жизнь там, снаружи, как-то двигалась и пошумливала, куда-то звала — в отличие от безнадёжной жёлтой стены, в которую упиралось окно его собственной комнатки-пенала.

Потом наступил день, когда Лёвка насильно вытащил его на улицу. Издевательским тоном приговаривая: «ножками, ножками!» — чуть не на себе волок до ближнего чахлого скверика, где пожелтелые деревья медленно облетали на белые скамьи, а бюст Маяковского на постаменте пугал прохожих советским решительным лицом — довольно страхолюдным, если б не трогательный жёлтый лист, прилипший к щеке.

Так прошли ещё три недели. Когда — слава китайцу Прозоровскому! — пол под ногами перестал качаться штормовой палубой, он собрал рюкзак и поехал в Вязники...

* * *

Ниточка шла от младшего братишки Цагара, Михи. Но прежде всего, разумеется, Стах наведался к дому на улице Киселёва. Открыла ему полная дама в брезентовом фартуке и в берете, насаженном на голову по самые уши, как шапочка хирурга. Дама сказала, что у неё остывает глина, поэтому — два слова, и точка.

— Я ищу Надежду, — сказал он.

Дама подмигнула ему и посоветовала «искать подальше отсюда», только она понятия не имеет — где именно. «Девушка странная, — сказала она. — Какая-то больная, хромая... и несколько более сумрачная, чем сейчас модно. Но считает хорошо. А вам она очень нужна?»

«Очень», — сказал он ровным тоном. Всему, что почти весело поведала брезентовая женщина, не удивился — он это знал; знал и то, что Дылда сейчас, как и он, подволакивает ногу, и что качает её от малейшего ветерка. Знал, что она жива, как и он. *Жива, потому что он её выболел...*

— Не припомните ли, может, она говорила, куда собирается переехать, может, в разговоре...

— Да какой там разговор! — воскликнула повелительница глины. За её спиной просторно распахивались знакомые стены, виднелись знакомые вещи, светили знакомые лампы... (*Значит, жизнь продала всю, под корень...*) — Я ж говорю: ни здрасте, ни до свиданья. Ой, остывает, остывает! — воскликнула она и захлопнула дверь перед его носом.

Он сошёл с крыльца, извлёк из кармана пачку сигарет и закурил.

Значит, оставался Миха... Что нам известно?

Тот сидел с лошадьми в ночном *и кого-то спас...* — так выразился Цагар, и стоит только удивляться, что он сохранил или запомнил телефон коммуналки, нацарапанный Стахом на прошлогоднем проездном, — когда они расставались после венчания.

Позвонил Цагар сразу, и звонил постоянно, ибо верный себе мизантроп Гинзбург только рычал в телефон: «Нету его! Спит он! При смерти он!» Но Цагар, тоже верный себе, был настойчив, звонил примерно раз в неделю, интересоваться — не выспался ли его друг, в конце-то концов?..

В конце концов дозвался медведя из берлоги. Услышав незнакомый тусклый голос, удивления своего не показал, а спокойно доложил: Миха выловил девушку из реки. Думал, мёртвая... вот. Но здесь никого не хоронили, а в доме на Киселёва живут другие люди. Просто имей в виду.

В сущности, Миха и сам не знал, кого выловил, — с Дылдой он не был знаком. Наивно думать, что девушка примерно её возраста с примерно тем же цветом волос (да и кто распознал бы в рассветном тумане рыжий оттенок в мокрых волосах?) окажется именно Дылдой. Но ниточка существовала и вела во Владимир, в больницу, куда девушку увезла «скорая» — это всё, что Миха доложил брату.

Во Владимир Стах и поехал.

Однако в регистратуре этой огромной клиники никакой Надежды Прохоровой не значилось. Была совпавшая по дате поступления некая Надежда Суровцева. Но одновременно с ней здесь находились на лечении ещё с десяток Надежд. Имя довольно распространённое.

Выспрашивать у персонала было непросто, незаконно, никто не обязан, да и не имеет права отвечать. Но Стах с самого начала взял верный тон — вежливый и терпеливый: я всё понимаю, сам учусь на врача, работаю на «скорой», очень буду благодарен: родственница... Совал по карма-

нам халатов пятёрки и трёшки нянечкам да мед-
сёстрам, и наконец повезло с одной душевной,
разговорчивой.

Да-да, помнит её, а как же: рыженькая, очень
тихая, всё время молчала, необщительная. Была
такой тяжёлой, такой тяжёлой — прям, думали,
и не вытащим. Но потом ничего, пошла на поправку. Нет, она здесь ни с кем не откровенни-
чала... Кое-кто из девочек попервоначалу даже
думал, что она немая. А знаете, вам бы лучше
поговорить со Степанашотычем, он-то ей и делал операцию, и потом очень заботился, прям не
казённо так, душевно, как родной. Он сегодня
с четырёх — подождите его, погуляйте по парку...

В парке по дорожкам гуляли больные — в пальто и куртках поверх халатов и пижам. Дни уже стояли прохладные и ветреные, мало кто сидел на ска-
мьях, две пожилые женщины крошили булку воро-
бьям, устроившим из-за неё оглушительный гвалт.
Заметив пролом в заборе, Стах подошёл туда, наклонился, нырнул... и очутился в сосновом бору,
полном сумеречных теней и смолистой благодати.

Ветра здесь не чувствовалось, небо за высо-
ченными кронами казалось далёкой свинцовой
дорогой, а широкая тропа была будто вывязана
вылезшими на поверхность корнями деревьев, от-
полированными подошвами больных и колёсами
инвалидных колясок.

Он долго шёл, сначала по одной аллее, потом
свернул и долго шёл по другой, мучительно пытаясь унять сердцебиение, — в надежде на удачный
разговор с «неказённым доктором». Все последние

388 недели он думал о бабушке Доре: как она искала свою дочь, как рассылала запросы, как срывалась с места и ехала в любую дыру, если возникала надежда. Надежда... Неужели ему уготована та же участь? Снова куда-то шёл, шёл... Вдруг вышел к пруду, окружённому теми же соснами — высокими, как на Кщаре, — и долго стоял, вновь преодолевая минуты, стараясь не думать ни о чём, ни на что не надеяться — обмануть судьбу...

Внезапный дождь налетел и рассыпал по воде крупные дробины; проволок по серому озеру дымный свой подол — шумя и кому-то угрожая, но не решаясь расширить свои границы в глубину густого бора.

* * *

«...Так вот ты какой. Вот, значит, из-за кого девушки вроде Надежды сигают вниз головой с обрыва».

Впрочем, сказал себе Степан Ашотович, не раздражаться, не вникать, ты вообще не знаешь, что там меж ними стряслось. Ты ей слово дал, и с этим — всё!

Молодой человек сидел на стуле у стены (совпадение: выбрал тот самый стул, на котором обычно сидела Надежда), намертво сцепив обе руки в замок, лишь иногда вытирая лоб ладонью и вновь закрываясь. Может, и безжалостно было перечислять ему все повреждения (утаил лишь потерю ребёнка, что-то удержало от последней этой подробности).

Перед глазами Степана Ашотовича была Надежда, какой он впервые увидел её на операционном столе: просто искалеченное тело очень юной девушки, практически безнадёжной. Что сейчас заставляло его так скрупулёзно — «Вы говорите, учитесь на медицинском? Ну, вам будет интересно», — в профессиональных терминах описывать все адские муки, через которые она прошла? Странная какая-то горечь, что ли...

Излагал медленно, обстоятельно, вглядываясь в лицо посетителя.

Был тот коротко, чуть не под корень, по тюремному стрижен и как-то нехорошо, крахмально бледен. Время от времени глубоко переводил дыхание, безуспешно пытаясь поглубже вдохнуть. «Да тебя самого бы на обследование, — подумал хирург. — Бледный какой, худющий — ужас. Одни глаза истошные на лице».

Когда тот заикнулся об адресе: «хотя бы зацепка крошечная... хоть направление, где мне искать... Был бы вам так признателен...» — Степан Ашотович внутренне вздыбился и про себя огрызнулся: «Засунь свою признательность знаешь куда! Где тебя раньше-то носило, когда она тут чудом не загнулась?!»

Вслух же мягко повторил:

— Поймите, я не могу вникать в намерения и планы каждого больного. Откуда мне знать, куда ваша... э-э-э... родственница направилась после выписки? Видите, она и фамилию другую назвала, когда очнулась. Значит, пыталась скрыться.

«От тебя скрыться, голубчик, от тебя», — мысленно добавил он.

(Степан Ашотович и сам не подозревал, насколько решительно постаралась его хрупкая пациентка замести следы, полностью отсекая от себя своё происхождение, семью и всю свою прежнюю жизнь. По приезде в Люберцы она «потеряла паспорт», вновь изменив *позывные* — на сей раз взяв фамилию «Якальны» — Авдеева. Поищите, кто желает, Надежду Авдееву на просторах нашей огромной державы, — сколько там их тысяч, вернее, десятков тысяч наберётся?)

— Я... понимаю, — выдохнул юноша. — Просто надеялся, что, может, в каком-то разговоре она случайно обронила...

— Поймите, у нас областной центр, тысячи больных в год, — решительно перебил Степан Ашотович, стараясь поскорее свернуть разговор, будто себе не доверял: уж слишком явно на костистом опрокинутом лице молодого человека читалось отчаяние, уж как-то совсем безнадёжно сцеплял он руки в замок, зажимая их между колен. Господи, да этот и сам — как из заваленной штольни выполз... А вдруг что-то у них бы выправилось, — подумал мельком, — у двух этих страдальцев? Вдруг вот сейчас из-за меня их навсегда и раскидает друг от друга?

Он не знал никаких подробностей, но — мужская солидарность, что ли? — отчего-то ему стало жаль этого парня с лицом великомученика.

Но вспомнил Надежду, — как обернулась она уже у самой двери, как потребовала: «Поклянитесь!» — и твёрдо повторил:

— Сожалею. И сочувствую... Но ничем не могу помочь.

Глава 4

РОБЕ́РТОВИЧ

Через три недели после продажи дома она уже сидела в отделе писем и объявлений газеты «Люберецкая правда», умудряясь заниматься кучей текущих дел: просматривать почту, отвечать на неё, принимать объявления, торговаться с рекламодателями, быть на подхвате у корректора и ответсекретаря. А когда спецкор Юлик Рудный, слетав на велосипеде в канаву, сломал правую руку, Надежду вместо него послали брать интервью у известного писателя-детективиста, озарившего своим выступлением культурную жизнь города Люберцы.

Она расшифровала с диктофона и накатала за ночь не только пространное интервью с мэтром отечественного детектива (в котором кумир читающей публики выглядел куда большим интеллектуалом, чем в жизни) — но и привела там же «отзывы читателей», присутствовавших на встрече в городской библиотеке. Материал вышел на двух полосах, и приятно удивлённый автор позвонил Инге Тиграновне: сказал, что это интервью — лучшее у него за последние годы.

Та выписала Надежде Авдеевой премию — копейки, но всё равно приятно; не говоря уж о том, что интервью долго красовалось на доске «Лучшие материалы месяца».

После этого *прорыва в настоящую журналистику* авторитет Надежды в газете неизмеримо вырос. Учитывая пенсионный возраст ответсекретаря Геннадия Ивановича и грядущие подвижки в штатном расписании газеты, ближайшие месяцы могли бы значительно изменить её судьбу.

* * *

Однако судьбу её изменили не интервью с целой галереей местных деятелей и не красочные отчёты о ярмарках народных промыслов («Что твой Тургенев», — заметила Инга Тиграновна с одобрительной усмешкой), и даже не поступление на вечернее отделение филологического факультета МГУ, — а визит в редакцию одного придурка, лабуха, явившегося наутро после пьянки — дать объявление о своём пропавшем тромбоне.

Он сидел напротив Надежды в закутке приёма посетителей, расслабленно развалившись на специальном стуле — обшарпанном, но очень крепком, с ручками типа таких перилец в инвалидной коляске, — ибо люди приходили разные, в разной степени опьянения и психической устойчивости, редко когда могли сидеть прямо, не сбиваясь на сторону. Кстати, пустое оцинкованное ведро на всякий случай стояло тут же, у Надежды под столом. Бывало, пригождалось.

— Представляш... — говорил тромбонист и крутил головой, словно не веря себе самому или пытаясь сбросить пчелу, запутавшуюся в чубе.

Был он типичным поджарым лабухом, время от времени икал, деликатно извиняясь; Надежде говорил «душа моя»; рассказывая, вытаращивал голубые, в красных прожилках, глаза и порывисто жестикулировал.

— Представляш, оставил его там в гардеробе. Чё с ним таскаться, верно? Выпили-похавали... расслабуха после халтуры. Слуш, я вот думаю: кому на хер сдался тромбон, душа моя?! Это ж не Страдивари.

— Ну почему, — дипломатично отозвалась Надежда. — Инструмент всё-таки...

Лабух ей чем-то был симпатичен, хотя разило от него — через стол — какой-то невероятной сивухой, она даже голову опустила, чтобы защититься от этих неаппетитных волн. Он поминутно приподнимался и вновь валился на стул; выстукивал по столу сложный ритм двумя указательными пальцами, как барабанными палочками; тряс чубом под неслышную мелодию и, не закрывая рта, нёс околесицу.

— Думаю, дам объявление, пообещаю возместить преступление баблом... Сколько посулить, душа моя, — как считаешь?

— Не знаю... — рассеянно отозвалась она. Через три минуты начинался обеденный перерыв, позавтракать она не успела, но прихватила с собой два бутерброда с яйцом и паштетом, а чай и кофе имелись в редакции. Лабуха надо было срочно спроваживать. — Не знаю: рублей триста?

394 — Пиши: тысячу!

— Ты очумел? — спросила она, поднимая голову.

Он приоткрыл рот, глядя на неё во все глаза.

— Слуш... Ты такая красивая, жуть! Не хочешь поужинать с нами? Мы тут вечером в одном шалмане... ничего такого, чуваки почти все семейные, руки — на голову...

— Нет, — вежливо и кратко ответила Надежда без объяснений, — как отвечала всегда и всем: коллегам-журналистам, посетителям, депутатам горсовета и даже своему участковому врачу, известному книголюбу-любодеву. — Давай-ка писать объявление. У меня перерыв через минуту. Только сумму нормальную обещай, иначе никто не поверит.

— Почему не поверит?

Лабух полез в карманы блескучего приталенного пиджака, в накладные и внутренние, и стал вынимать оттуда деньги: пачками, стопками, в мятых конвертах, просто тугими комками... Надежда молча смотрела на этот иллюзион. Сказала:

— Ну хватит. Пишем: триста рублей. Это очень много для нормального вора. Диктуй — имя, куда и что, хотя... не уверена в успехе мероприятия. А бабки запихивай обратно, не мусори тут.

— Калинин, Сергей РобЕртович.

— Робертович, — машинально поправила она, выводя его имя.

— Не-а! Не угадала. Меня все поправляют, блин, как будто я своё имя не знаю. У меня папа не Роберт какой-то там, а Роберто, с ударением на «е». Его бабушка так назвала, итальянская коммунистка. Они с дедом сюда припёрлись из Америки, дураки такие, в тридцать первом году. Ну и так далее...

— Что — далее?

— Далее — гигнулись оба в лагерях, а папа Роберто вырос в детдоме в Калинине, что видать по фамилии. И так далее.

— Понятно, — сказала Надежда. Обеденный перерыв летел к чертям свинячьим. Она достала из большой своей сумки оба бутерброда, один взяла себе, второй выдала РобЕртовичу, и тот вдохновенно его захавал.

— Слуш, — промычал он, языком подхватывая с нижней губы мазок паштета. — Никому ещё не говорил, а тебе скажу, душа моя. Я чё психую: не знаю, куда бабки девать.

— А, — отозвалась она, — сочувствую. Но это поправимо. — Поднялась из-за стола, включила чайник, открыла тумбочку и достала из неё жестяную банку импортного кофе из спецпайка главного редактора. Инга Тиграновна баловала своих подчинённых. — Тебе сколько сахару?

— Три. Нет, ты чё думаешь — вот эти вот башли, да? — он презрительно кивнул подбородком на лацкан собственного пиджака. — Деревянные, да? Не-е-ет, я о других, изумрудных-прекрасных... со святым ликом дядечки такого лоснистого...

Запихнул остаток бутерброда за щёку и промычал:

— Слуш, они меня тут разыскали... Инюрколлегия. Я чуть не рехнулся от страха. Такое дело: дедушкин брат там скончался. В Сиэтле — в смысле. Кошмарный миллионер, шо-та по кранам... по

396 унитазам. Миллионов... я столько цифр не знаю.
Так эти — чё, наши-то: предлагают сюда перевести, вы-вес-ти активы... выдать мне в деревянных... вроде наш курс мне здесь выгодней и они, типа, обо мне позаботятся... А я, слуш, душа моя, пересрал так, что не сплю совсем... Эт получается, как в том стишке: «Белая лошадь купила галоши...»

— «Глупая лошадь», а не белая, — машинально поправила она и вдруг резко подняла голову.

Рука её с ложкой, размешивающей сахар в гранёном стакане с кофе, дрогнула; кто-то невидимый переключил временное реле, медленной дугой выплеснул на стол кофейный плевок. Лабух медленно придвинул к себе стакан, медленно отворилась скрипучая дверь избы, баба Устя прошептала-простонала: «Белые лошади... белые лошади...»

Этот РобЕртович, с его украденным тромбоном, пегим чубом и указательными пальцами, отбивающими ритм о край стола, должен был сыграть в её жизни какую-то значительную роль. Сыграть. Значительную роль. А какую, она пока не знала... Но то, что его *привели сюда* не просто так, чуяла своим отбитым нутром.

Опустившись на стул против Сергея РобЕртовича, она подалась к нему и, пересиливая отвращение от запаха перегара, проговорила тихо и внятно:

— Никаких коллегий! Смойся на время, исчезни, потеряйся... Пить прекрати. Тромбон — к чёрту. Пробейся в посольство, свяжись с американским адвокатом деда напрямую, тот, безусловно, существует. Первый шаг: сделать доверенность. Все деньги оставить там, на счету. А потом...

(Она хотела сказать: «А потом мы с тобой будем делать прекрасные книжки!» — но удержалась, чтобы не пугать тромбона раньше времени.)

Лабух заворожённо смотрел на эту потрясающую девушку. Она почему-то побледнела, и только горячие золотые глаза, так волшебно отзывавшиеся золотым бровям и волосам, стянутым на затылке в тугой конский хвост, — ярко светились чертовским умом. А ведь она, при всей своей внешней суровости, выглядела совсем-совсем юной.

И почему-то верил он сейчас только ей, вот этой девушке, которую видел впервые в жизни. Если б она позволила, он остался бы рядом и всюду таскал за ней её большую сумку, потому как заметил, что она хромает. Вот кто даст ему понастоящему толковый совет, кто поведёт по этой запутанной жизни; кто защитит, убережёт, уймёт безотчётный страх, грызущий его три недели — с той минуты, когда дома раздался звонок и бесцветный голос обрушил на него эту страшную многомиллионную новость. Тогда и проклюнулся, с каждым днём распухая всё больше, страх, что его грамотно оберут и убьют в подворотне. И хрен бы с ними, деньгами, — жизни жалко. Жалко его интересной, классной-запойной жизни, ежевечерних кабаков, забойной музыки, клёвых девочек... А его несчастный тромбон, уведённый вчера прямо из ресторанного гардероба, — кто знает, чьих рук это сноровистое дело! Значит, как там она сказала — посольство, американский адвокат?..

— Дай запишу... — проговорил он хрипло, потянувшись через стол за ручкой. — Диктуй по тактам, душа моя...

Глава 5

АРИСТАРХ БУГРОВ — АРИСТАРХУ БУГРОВУ

К весне дом потребовали освободить. Да и на том спасибо: долгонько не торопили, видимо, в память о родителях. Новый начальник станции был мужичком вредным, но — батин выученик, натасканный им по всем статьям, — уважительно отнёсся к семье. Однако и честь надо знать: Стаха разыскали, прислали официальное письмо; формально имели право, дом-то ведомственный. И вообще, дело житейское.

Вот только не было у него ни малейшего желания приезжать, раздавать родительское имущество, вязать тюки, встречаться с соседями, отвечать на разно-всякие вопросы... Да он бы и не смог: время опять было сумматошное, опять сессия, сплошные дежурства на «скорой», где его повысили до фельдшера.

Но неожиданно разбором вещей согласилась заняться сестра Светлана. Он и не рассчитывал, просто позвонил сообщить: так, мол, и так, родные пепелища, отечески гроба, так сказать. И Светлана охнула, помолчала...

Трудно это вообразить, но, может, шевельнулось что в её душе, воспели заветные струны? Всё же в этом доме и она родилась...

Вдруг сестра заявила, что не прочь забрать кое-что из родительских вещей, пересмотреть что-то из маминых платьев... («Знаешь, издалека всё иначе вспоминается. Мама, помню, кружева любила. А сейчас, когда всё кувырком и такая всюду разруха, хорошие кружева, они о-о-очень в цене».)

Словом, пожертвовала отпуском, приехала на целых две недели.

В один из вечеров она позвонила — Стах уже выбегал из дому, опаздывал на дежурство — и сказала:

— Слушай, ты бы всё-таки появился хотя бы дня на два.

— Да ну!.. — буркнул он. При любой случайной мысли о доме, о станции, об улицах родного города сердечная его мышца сокращалась, выбрасывая мощную струю боли, и долго эта ноющая боль металась в груди, медленно растворяясь, впитываясь в каждую клетку тела.

— Нет уж, пожалуйста, выдели хотя бы денёк! — раздражённо воскликнула сестра. — Тут есть непонятные вещи. Не знаю: выбрасывать их? Коробка какая-то... помнишь, ещё той старухи смешной, дирижёрки? И этот твой английский рожок...

Неожиданно для себя он крикнул:

— Не смей трогать! Оставь. Я приеду...

Позвонил другу Лёвке, договорился о подмене на «скорой», перенёс пару встреч, отпросился у препода по химии... В общем, выкрутил для поездки целых три дня.

Ещё в поезде он решил, что коробку «по заказу Его Величества Наполеона» передаст в музей, а вот пачку листов из-за плюшевой обивки оставит себе — всё ж таки память. Может, и прочитает когда-то, одолеет и бледный шрифт машинки Веры Самойловны, и тот дореволюционный бегучий, почти выцветший почерк на жёлтых листах. Да и могилы надо бы навестить, хотя сейчас, в марте, ничего там особо не сделаешь, всё под снегом...

Он суетливо толковал сам с собой о разных неотложных делах и заботах, с завершением которых намеревался распроститься с домом, с Вязниками, с детством и юностью. При этом даже мельком — ни мысленно, ни шёпотом — не произносил любимого имени. Просто знал, что она жива, — если уж он пока жив.

Ни с кем из друзей-приятелей не собирался встречаться, но — так уж получилось, — едва вышел из вагона, нос к носу столкнулся с Цагаром. И тот ужасно обрадовался, и даже не упрекнул: мол, как же ты не предупредил! Пришлось сделать вид, что их встреча непременно подразумевалась.

Цагар провожал дядьку куда-то в Краснодар, принялся подробно объяснять: они сейчас затевали семейный бизнес с лошадьми. Цагар поправился, заматерел и будто даже ещё вырос.

— Так неуж не выпьем?! — повторял с обидой,

хлопая Стаха по спине, — Зазнался ты, мартышка *грёбанатваврот*!

И они перешли через мост — там, на фабричной стороне посёлка была пивнушка, где пиво продавали с нагрузкой: заветренный бутерброд с листиком слёзно-картонного сыра, — и засели с кружками.

Цагар с гордостью доложил, что женился, жена — русская, Полина, украл её по цыганскому обычаю — тесть с тёщей даже в милицию заявляли. А потом — ничего, притихли. Сейчас знаешь какое время — половина населения на цыган работает. Старшой наш, барон, значит, умер... то-сё, время покатило такое смурное. Другого старшого не выбрали... Цыгане теперь — каждый за себя. А он, Цагар, встал на ноги, получил квартиру от конторы Заготзерно и обменял её на дом в Поповке... Чем занимаемся? Лошадок разводим... Майку помнишь? Со мной, со мной, красавица. Полина сильно помогает, молодец, но сейчас ей не до того. Вот скоро крёстным будешь. Будешь?! Приедешь из своего Питера моего сына крестить, а?!

Вообще, Стах был ошарашен изменениями ландшафта его детства: водонапорную башню, краснокирпичный незыблемый замок его детских игр, порушили, фонтан «Три щуки», батино детище, снесли, в парке и Комзяках подлесок поднялся в человеческий рост, и никто его не расчищал...

Цагар обронил, — мол, города не узнаешь: фабрики гонят брезент вместо тонких полотен, всё обшарпано, дома обветшали. Один только Музей песни, памяти поэта Фатьянова, торчит на центральной площади, как нарядный жених среди пьяных гостей... А из краеведческого музея — ты читал в газетах? — украли семь картин! Директор, как доложили ему, прямо там, на месте, инфаркт и схлопотал...

Они бы так и сидели до вечера, и видно было, что у Цагара много новостей в запасе. Одного только он не касался, верный дружище: ни разу не спросил Стаха: а ты, мол, — как? живой? или так только, представляешься?

В общем, Стах еле отмотался от старого дружка. Обещал завтра к обеду нагрянуть в Поповку, познакомиться с Полиной... Твёрдо обещал: Цагар дважды переспрашивал.

А вот сестра, Светлана, неожиданно произвела на него отрадное впечатление. Она прекрасно выглядела: коротко и стильно стриглась, как-то помолодела и... что-то сделала с ушами, что ли? Он стеснялся спросить. Уши больше не парусили. В её профессиональной жизни тоже всё изменилось. С химико-технологиями было покончено, да и куда с ними сунуться, когда *распалась связь времён*. Ныне сестра возглавляла в своем Новосибирске какой-то ею же созданный кооператив психологов, чьей специализацией было (Стах даже переспросил, не поняв) «улаживание производственных конфликтов». Учитывая, что по стране и производств-то осталось с гулькин нос, непонятно — что там за конфликты могли возникать. Разве что из-за невыплаченных зарплат.

Тут в разговоре и выяснилось, что муж Светланы Виталик, с *его допуском*, как раз и приватизировал одно из таких, в прошлом военно-промышленных, а ныне изнасилованных и разграбленных предприятий и наладил там выпуск чего-то такого (Стах при всём желании не смог заставить себя вслушаться — чего именно). Так что, слава богу, жизнь покатилась по совсем иной, увлекательной колее. В денежном смысле — тоже... Вот приехал бы ты на нашу новую дачу! На берегу озера её построили, прямо в лесу. Какая баня у нас, какая сауна! А рыбалка — божественная! Помнишь, как батя... Он за рыбалку душу бы отдал.

Судя по дорогим сапогам и собольей шубке в прихожей, сестра, с её коллегами-психологами, блистательно улаживали производственные конфликты.

Родной дом показался пустым, чужевато-раскатистым — наверное, потому, что почти всю мебель Светлана *ликвидировала*. Сказала: налетели соседки, как сороки, — всё подмели. Из-за половника ссорились. Помнишь, мамин половник, «фраже»? — она его обожала.

Далее, помолчав, сестра заметила, что *в наше время тотального дефицита... могли бы и продать кое-что*.

— Да брось, — отозвался он. — Кому — продать? Тёте Маше, которая до приезда «скорой» маму одеялами на полу грела?

— Тётя Маша забрала шифоньер и стол со стульями, — торопливо вставила Светлана. — Ты прав, я с неё копейки не взяла.

Значит, с кого-то взяла. Психолог ты наш.

404   Из маминых вещей он выпросил у Светланы только серебряную длиннозубую «испанскую» заколку. От бати же остались: орден Трудового Красного Знамени, медаль «За доблестный труд» и какие-то юбилейные цацки, которыми после войны ублажали ветеранов. Батя был к ним равнодушен, не носил никогда; в обязательных торжественных случаях только орденскую колодку прикалывал. Сташек в детстве играл его медалями, какие-то, может, и потерялись.

Он вспомнил о случае, который батя любил рассказывать в праздничных, *военно-юбилейных застольях*... На Сортировочной это было, в самом начале войны. Ворвались на блокпост к нему два полковника. У каждого в одной руке — начальственный приказ, в другой — пистолет. У каждого — состав, который должен немедленно двинуться дальше. И тот и другой, изрыгая отборный мат, требуют немедленной отправки именно его состава, а не то... твою-пере-твою-етти-же-пассатижи! Батя только усмехнулся и говорит: «Хлопцы! Ну грохнете вы меня — кто ж вас отправлять-то будет?» Вояки маленько присмирели, остались рядом стоять: просто наблюдали за адской батиной работой. Отправил он, в конце концов, оба состава... И позже от обоих полковников пришло представление на награждение Семёна Аристарховича Бугрова боевой медалью «За отвагу». Не наградили, куда там: не положено. «Начальство лучше нашего знает, — завершал пьяненький батя свой рассказ, — кто геройски достойный, а кому... сосать».

Все его, как он их называл — «цацки» уместились в его любимом перламутровом портсигаре.

Кое-какая мебель, уже подаренная (или проданная), ещё осталась в доме до их отъезда: кровать в родительской спальне; надёжный, на века сколоченный краснодеревцем Ильёй Ефимычем топчан в берлоге Сташека, кухонный стол с табуретками. И, возможно, оттого, что слова гулко разносились в почти пустом доме, эти двое ощутили непривычную сиротливо-детскую близость, и разговорились, чего не случалось практически никогда, и задушевно посидели вечером на кухне, за чаем со станционными пирожками.

— Ты такой не семейственный, — упрекала сестра. — Никогда не приедешь, с днём рождения не поздравишь... Ты ж племянников с детства не видал!

— Света, оставь, — отвечал он беззлобно. — Ты же знаешь: я — равнодушное говно.

— Нет, ты неправ! — с особой *психологической убедительностью* возражала она. — В тебе всегда была какая-то стойкая верность своим... ну, тем, кого ты *назначал* своими. Та твоя невероятная детская любовь... Прости, молчу! молчу...

Она проговорила застенчиво и тихо, и это так странно звучало у взрослой бабы:

— Знаешь, я ведь ужасно ревновала к тебе родителей. И отца, и особенно маму... Ты родился как-то... вдруг! Нелепо! Тебя никто не ждал, а я уж меньше всех. Я в семье была принцесса, единственная. И вдруг — какой-то орущий младенец, совершенно мне не нужный. А отец... Мы с ним вдвоём забирали вас с мамой из роддома, и, когда он взял тебя на руки, у него было такое лицо... такое... растерянное и торжественное. И сказал,

406 как припечатал: «Аристарх!» А мама, робко так: «Я думала, назовем его Аркадий». Отец глазами сверкнул и весело: «Что за Аркадий! Зачем нам в семье чужое имя! Аристарх Семёныч, как положено! Точка!»

Хотела назвать в честь своего отца, подумал Стах с неожиданной горечью, в честь моего расстрелянного деда. Значит, не знал, батя-то, не знал ничего. Прожила ты всю жизнь наедине со своей тайной, мама. И только сыну... перед смертью...

У него перехватило горло, он поднялся, проговорил:

— Надо бы чуток поспать.

Завтра утром они собирались на кладбище.

— Я тебе там постелила, на твоём топчане.

— Спасибо...

Перед тем как выйти он спросил:

— Свет... ты сделала пластику?

Она смутилась, заправила прядь за изящное ушко, сказала:

— Взгляд профессионала, да?

— Нет-нет, — торопливо проговорил он. — Извини. Просто хотел сказать, что ты прекрасно выглядишь...

И хотя устал он изрядно и вначале вроде даже как вздремнул, но уже минут через сорок безнадёжно пялился в тёмное окно, пытаясь защититься от нахлынувшего бурана мыслей, выстроить преграду воспоминаниям.

За окном опять несло вихревые снежные тучи, как в ту метельную ночь после маминой смерти, когда в дверь постучали, и — морозная, колкая, в красной шапочке — его любимая, объятая снежным парусом, встала на пороге с лыжами в руках, в очередной раз его спасая.

«Всё, прекрати! — цыкнул он на себя. — Спи давай!»

Ничего не помогало...

Перед глазами плыли её рябиновые под лампой волосы, рассыпавшиеся из-под снятой шапки, ледяная щека, ледяные губы, прерывистое дыхание...

Он отбросил одеяло, встал, натянул спортивные бриджи и свитер... Надо было чем-то себя занять, чтобы не спятить.

Да! Коробка! Его наследство: старинная коробка с мини-оркестриком: «A.Jarde Paris 1805 Fait sur commande spéciale de l'Armée de Sa Majesté l'Empereur Napoleon Ier» — «По специальному заказу армии его императорского величества Наполеона», а также та самая диссертация, стоимостью в двадцать лет старухиных лагерей... Ну, это просто: коробку завтра же — в музей, а диссертацию...

Тихо, чтобы не разбудить Светлану, он поплёлся в прихожую.

В пустой уже, прибранной кладовке лежала легендарная музейная коробка сгинувших двести лет назад наполеоновских лабухов, а поверх неё — футляр с английским рожком. Сколько же лет он к нему не прикасался? Надо подарить кому-то из настоящих оркестрантов. Это по Лёвкиной части. Коллега Квинт имел знакомства в самых разных сферах питерского общества. Он как-то умудрялся быть в курсе самых неожиданных вещей и событий. Его постоянно сменяющиеся девочки вноси-

408 ли в их компанию нечто свежее, бойкое, даже, как говорил Лёвка, — *образовательное*. Вот так, говорил, лежишь ты в постели, отработав... Отчего не отвлечься на познавательное? И действительно, время от времени поражал Стаха внезапными и одиночными высверками знаний: то выпалит название какого-нибудь балетного фуэте, то назовёт имя современного культового художника или композитора...

Он снял коробку с полки, расстегнул тугие потрескавшиеся, задубелые от времени кожаные ремешки, откинул крышку.

Все части старинных инструментов укромно спали в своих тесных могилках — уже навечно. Вряд ли кто из мастеров сможет возродить их к исполнению живой музыки. Да и зачем? *Дела давно минувших войн...* Музей города Вязники — вот достойное пристанище данного бродячего раритета, — ежели его оттуда не сопрут. Нужно с утра позвонить Николаю Сергеевичу и занести коробку в музей.

А вот и рожок, старый приятель... Мой рожок, дудочка Орфея.

Он вспомнил, как впервые увидел на столе в комнате Веры Самойловны странную дудку, обвитую металлическими трубочками, с грушей на конце, похожей на клизму. Вспомнил, как тёмное тело рожка тосковало в корсете заклёпок и всё равно — парило, светилось изнутри, звало прикоснуться.

Он открыл футляр, собрал, свинтил инструмент, — удивляясь тому, как руки помнят скупые и точные движения; помнят как бы отдельно от

самой памяти. Надел трость на эс... проверил кла-
паны. Трость, конечно, рассохлась...

Тихо шаркая тапочками, в туалет прошлёпала
Светлана. Он дождался, когда она выйдет, позвал:

— Свет!..

— А!

— Не спишь?

— ...Да что-то... странно так... в пустом доме, — глухо отозвалась она. — Лежу как в склепе.
Мысли разные... Чудится, родители из каждого
угла смотрят, укоряют: не сохранили, вот... всё
размотали...

— Ну, брось... Слушай, можно я поиграю?

— Го-осподи... — она протяжно вздохнула. —
Ночью? Удивительный человек...

Он облизнул трость, извлёк первый хрипловатый, никуда не годный звук... тихо засмеялся: вот
бы сейчас ему всыпала Вера Самойловна! Вдох-
нул, и — первая протяжная нота «Мелодии» из
«Орфея и Эвридики» повисла в воздухе, откати-
лась от стен пустого дома, робко завибрировала.

За окном метался, бесился мартовский снег,
Орфей безнадёжно окликал Эвридику, а она — на
лыжах, в красной шапочке — уходила всё дальше,
убегала, уносилась в снежную замять, бежала по
краю оврага...

*Ты права: не оглядывайся, не оглядывайся на ме-
ня, мёртвого, любовь моя... Ты осталась в живых,
так — беги!*

Он оборвал игру, уставился в полное мельтеша-
щим снегом окно, и долго сидел так, прислушиваясь к тихой, сладкой, пронзительной боли в груди.
Что в ней слилось, в звуках этой плывущей мело-

дии? Образ старой учительницы? Облик его возлюбленной, его венчанной жены, его потерянной Эвридики, что летела в снежный Тартар, в бурный поток, трепеща обожжёнными крыльями...

Он аккуратно разобрал инструмент, тщательно сложил части в футляр; трость — в коробочку из-под маминых духов, из которой едва слышно тянуло нежным призраком ландышевой опушки. Довольно, будем считать, попрощались... Теперь какой-нибудь ленинградский мастер... то есть, прошу прощения, *петербургский* мастер (никак не привыкнуть, и потому: Питер, питерский, по-питерски — оно как-то проще и удобнее) — сможет привести инструмент в порядок. Если к тому времени музыка ещё понадобится стране, трясущейся в зоне турбулентности...

Ну-с, а что там тайник преданной кузины Бетти, опустошим его? Вряд ли имеет смысл оставлять эту никому не нужную заначку в музейном экспонате.

Он поддел ногтем когда-то прихваченный им на живульку шов, тот лопнул, и Стах едва успел подхватить выпавшую диссертацию и ворох желтоватых листов. Присев на корточки, стал составлять на полу, прихлопывая и выравнивая, пачку. Диссертация Веры Самойловны была отпечатана на стандартных листах и сброшюрована, а вот другие — те старые листы, её архивная находка, — были размером побольше, бумага на ощупь гладкая и плотная, но вот почерк... Нет, тут надо отпуск брать и в неотложке, и в институте, чтобы сидеть-разбирать мудрёные вихри этого письма...

А может, и разбирать ни к чему? Может, когда у него появится крупица свободного времени, эти чернила окончательно и выцветут? В общем — мимо, мимо... В другой какой-нибудь жизни.

Прежде чем добавить старые листы к пачке старухиной диссертации, обернуть всё газетой и перевязать бечёвкой, чтобы не распались в рюкзаке, — он не удержался: отогнул уголок одного листа, зацепился взглядом за: «*...неисторжимо... из моей тоскующей груди...*» Да: работка. Но — вполне по теме. Вполне по теме нынешнего дня.

Он помедлил ещё, не торопясь отложить удивительно приятный на ощупь, плотно заполненный рукописной вязью лист старой бумаги. Подумал: если мысленно перепрыгивать через все эти яти, еры и прочие завитки и околичности... разобрать кое-что можно. Вновь поднёс к глазам лист, пытаясь разобрать слова в самом верху: «*...трупы неаполитанских велитов я распознавал по богато расшитым, великолепным мундирам... ужасный конец отборной конной гвардии Императора... Весь путь от Москвы до Немана — все эти восемьсот вёрст — напоминали поле боя... Кучи тел лежат в сожжённых деревнях. В одной из них, в каком-то доме я видел среди трупов одного ещё живого, раздетого до рубахи... «Сударь, — сказал он, — спасите меня или прикончите, я офицер, как и вы...» Но чем я мог помочь этому несчастному! С ужасным чувством я оставил его там, где ждала его скорая смерть...*»

Ага, вот уж и трупы... Интересно... Выходит, это и есть записки того адъютанта-переводчика, венецианца, француза или чёрт его знает кого на самом деле, которые перед смертью вольным слогом пересказывала непобедимая Вера Самойловна. Значит, вот они — спустя лет пятьдесят после того, как она спёрла их из архива, — записки того чувака, кто, вполне возможно, приходится тебе... как бы тебя ни корёжило от этой мысли...

Ну-ну, сказал он себе, что там у него дальше?

«...весьма скоро прочувствовал я насмешку судьбы, пославшей меня в Смоленск с неслыханными сокровищами «для сохранения их во благо Франции»... Уже к концу третьего дня менее всего меня заботило благо Франции, ибо положение моё было безнадёжным: белая кобыла, подаренная мне Son Altesse для осуществления моей задачи, не будучи подкованной — как следует зимою в этих краях, — стала скользить, спотыкаться и наконец рухнула и покатилась, едва не придавив меня собою. Восстав на обледенелом своём пути, с ужасом убедился я, что у бедного животного, моего единственного товарища, сломана нога. Я остался один на дороге, в объятиях холода, обременённый увесистой сумой, набитой сокровищами...

И тогда я впервые подумал: уж лучше бы эта сума оставалась там, где была мною найдена: в полости каминной полки, в изысканной зале великолепного дворца в предместье Москвы, отведённого нам для постоя...»

Медленно, не выпуская из рук тощей стопки листов, Стах опустился на табурет. Здесь было холодно, в прихожке, — хорошо бы на плечи накинуть куртку... Но он уже не думал о холоде, не чувствовал его, продолжая медленно и упорно продираться сквозь завитки и закорючки, за которыми, как водится, вставала судьба.

«...безлюдье и брошенность. В обширнейшем поместье, покинутом хозяевами, бродили только несколько слуг, оставленных присматривать за добром во дворце и в имении. Сюда свозили и складывали, сортируя и пакуя, особый императорский обоз; здесь был лишь специально отобранный груз великолепных ценностей: вызолоченные блюда, редкая мебель, медные и бронзовые, искусной работы вещи, картины великих мастеров (поначалу я даже вздрогнул, узнав в одной — руку земляка моего, Якопо Бассано, а в другой — неподражаемую кисть гениального Тициана! Затем уже перестал удивляться). Здесь собирались драгоценные меха, персидские и венецианские ткани; святые образа, украшенные серебряными пластинами, драгоценные каменья, а также отлитые в плавильных печах золотые слитки — сказочные сокровища русских церквей... И всё это было затем безвозвратно утеряно, раскрадено, загублено — словно сама природа и климат, сами просторы этой неохватной неслыханной страны, дружно поднялись непреодолимою преградой к тому, чтобы великое богатство русской знати и русского духовенства изъято было нашествием чужаков... Народу же, несчастному народу сей страны, ничего не принадлежит и никогда не принадлежало. Рабский с рождения, не разбирающий письма, не читающий книг, и даже со Священным Писанием знакомый лишь в толкованиях какого-нибудь сельского попа, — в любую минуту по прихоти просвещённого

414 *господина (с усердием собирающего столь утончён-*
ные творения европейских гениев) сей раб может
быть оторван от жены и от детей и продан совсем
в иные земли... Будучи толмачом на допросах плен-
ных, я слыхивал такие душераз...»

Чёрт подери, а у старого хрыча весьма недурной
слог. Неужто за годы жизни в России настолько
отточил свой русский? А может, это сын его, Си-
мон-Семён, гениальный картёжник, гроссмейстер
тройки-семёрки-туза, прошёлся своей, уже вполне русской, рукой по корявым отцовым высказываниям — так же, как прохаживался по колоде
карт?.. Да: недурной слог и вроде сострадательное
сердце. Жаль только: ни один лист не следовал за
другим по порядку. Они даже не были пронумерованы, и потому сцены этой военно-авантюрной
эпопеи, и без того невероятные, в отрыве от ста-
новой линии повествования казались просто фантастическими, сочинёнными в бреду.

«...несла меня проклятая судьба, вспоминаю те
дни и часы с ясностью необычайной. Император,
гвардия и интендантская служба обосновались
в Кремле, который охраняли гренадёры и пешие
гвардейские стрелки. Дважды в тот день я скакал
по поручению Son Altesse к господину Ларибуазьеру,
генеральному инспектору пехоты, и к государствен-
ному секретарю господину Пьеру Дарю, и пока ехал,
любовался великолепными видами этого великого
города. Сентябрьское солнце сияло в золотых и се-
ребряных куполах церквей, колокольни высились на-
подобие минаретов, каменные и деревянные храмы

несли на себе отпечаток Востока, зато роскошь садов, дворцов и террас, вполне европейских, поражала живое воображение...

Вместе с тем нечто странное, цепенящее было в пустых улицах и площадях... Я заглядывал в окна домов и... не находил там ни единой живой души. Наши кавалерийские полки мчались по улицам во весь опор, никого не находя. Это был город мёртвых; это был брошенный жителями город...

...Однако уже к вечеру сего дня в нескольких местах столицы занялись пожары. Большой пожар начался в купеческом квартале Китай-городе: там и тут вспыхивали пакгаузы и амбары. Вначале казалось, что возгорания эти — всего лишь следствие небрежения опьяневших от обилия еды и попоек солдат Великой армии... Меж тем бедствие всё ширилось: один за другим занимались дома, огонь кидался в разные стороны, распластывая крылья над крышами, плеща в окна своею вулканической стихией... Пожар распространялся от склада к складу тем паче, что вечером поднялся сильный ветер. И одновременно с пожарами начались грабежи... Пытаясь тушить рвущийся на ветру огонь, солдаты настигали и арестовывали десятки поджигателей с факелами в руках. Это всё были душегубцы и воры, выпущенные из тюрем русскими властями перед тем, как они оставили город. Тушение пожаров оказалось делом труднейшим, почти невозможным ещё и потому, что вместе с войсками русские вывезли из города все пожарные насосы... Так стало очевидным, что спалить прекрасную древнюю столицу задумал сам генерал-губернатор Москвы Ростопчин, который и озаботился осуществить сей бесчеловечный замысел.

К ночи я вернулся на место нашего постоя со-
всем в ином, тревожном и подавленном настроении.
Ужасные предчув...»

...Да-да, Вера Самойловна любила повторять,
что «в дымящихся развалинах Москвы зародилось
спасение России». Чеканная фраза, красивый образ...

Интересно, почему австрийцы не палили свою
Вену, а итальянцы — Рим, Флоренцию, Венецию
и Равенну? Почему свирепые испанцы не сровняли
с землёй свой Мадрид, а португальцы — свой Лис-
сабон? Они — что, больше ценили богатства своей истории или больше любили свою страну? Или
они понимали, что завоевания проносятся сквозь
и над великими городами, оставляя нации вековые
творения её гениев?.. (А на наших гениев нам, как
всегда, насрать: гори, Москва, подпалённая своим
же генерал-губернатором, своими же «душегубца-
ми»! Выкуси-на, Бонапарт, *грёбанатваврот!*)

Он всё-таки поднялся, снял с гвоздя старый,
ещё отцовский железнодорожный тулуп, накинул
на плечи. Вновь уселся на табурет. Кто б подумал,
что его так зацепит! Впрочем, Вера Самойловна
говорила, кажется, что «Вальтер Скотт — первоклашка, по сравнению...»

Так что там дальше-то...

«...видное из окон дворца, на чёрном пламенеющем
небе расползалось дымное зарево пожаров... Уже
не было сомнений, что вся Москва тонет в океане
огня... Дворцы, театры, деревянные храмы, лавки
и конюшни обратились в горы пепла... Между тем

здесь, в предместье, солдаты и даже офицеры, найдя в погребах имения вдоволь отличного вина, издали наблюдали это грандиозное аутодафе... и, казалось, не отдавали отчёта в великой трагедии, творящейся на их глазах. Вскоре меня вызвал в свои покои *Son Altesse*. Впервые я видел его столь обескураженным и хмурым.

Я доложил обо всём, чему был свидетелем несколько времени назад. Заметил, что пожары, скорее всего, — не случайность, не небрежение разгульных солдат, потому что схвачены и казнены уже десятки поджигателей. И что армия сейчас занята безуспешным тушением пламени.

— Кремль не задет? — спросил вице-король. Я сказал:

— *Votre Altesse*... воздух над городом раскалён и люди дышат огнём и дымом, а жар обжигает глаза. Всюду летает горячий пепел. Есть улицы, где люди идут меж двумя стенами огня, как племя Моисея шло по дну Чермного моря меж стенами воды.

— Да... — пробормотал он. — Сейчас бы нам не помешали эти водяные валы.

— Скорее всего, — добавил я, — наутро Император покинет цитадель...»

«...тот вечер мой взгляд был прикован к камину, вернее, к каминной полке белого мрамора, поддержанной дорическими мраморными же колоннами. Я смотрел и смотрел на этот камин, знакомый мне с детства, — ибо точно такой был в венецианском доме моего отца, в маленьком овальном зале, где отец пил кофий с друзьями и благодарными исцелёнными... Я просто глаз не мог отвести от *этой каминной полки! На ней стояли часы с двумя медведями, отбивающими золотыми молоточками каждую четверть часа, а также несколько фарфоровых безделушек изящной работы, совсем как у нас дома, — обычные каминные украшения, вероятно, привезённые путешественниками или купцами из края моего детства.*

Один из офицеров, лейтенант Бартье, изрядно набравшись вина, спросил меня: на что я, к чертям, уставился, и что такого увидел в этом чёртовом камине, кроме чёртовых часов... Обычно я старался показать ему, что меня не задевают его грубые замечания, и, бывало, вообще ему не отвечал... Но тут ответил, как во сне: «Эта полка... Она должна быть изнутри просторной и полой».

Да: ведь полка нашего камина изнутри оказалась полой!

Я обнаружил это тринадцати лет от роду. Будучи изрядным повесой (хотя и схватывал любое учение с какой-то дьявольской лёгкостью), я слишком часто навлекал своими отвратительными поступками недовольство моего дорогого отца. Однажды, дождавшись, когда отец отбудет на визиты к больным, я тайком стащил и раскурил его pipa, трубку из белой глины, привезённую голландскими купцами из Гауды. Давно посматривал на эту вещицу: изящная, с длинным тонким мундштуком и приёмистой чашкой, она так славно ложилась в руку, — мне лишь бороды и усов не хватало, чтобы, глядя на себя в зеркало, видеть в нём важного кавалера. Итак, раскурив любимую отцову трубку, я сначала вдоволь налюбовался на себя, отводя в сторону руку и важно восклицая: «Синьор Бугерини! О, синьор! Не желае-

те ли, синьор Бугерини...» — и кланялся, и высоко-
мерно улыбался — словом, валял дурака, за что меня
следовало бы высечь, кабы не доброта моего отца...
Затем прогуливался перед окнами, наблюдая, как
рыбаки разгружают гондолы на причале небольшого
mercato di pesce, рыбного рынка под нашими окнами.

(Утренние часы разгрузки рыбачьих барок были
моим любимейшим наблюдением! Когда солнечный
луч скользит по упругой плоти полных изобильного
улова плетёных корзин, в которых блещут: Anguela,
серебристая рыбка лагуны, — её божественно жа-
рила наша кухарка, подавая с полентой; Barbon,
розовая барабулька, а ещё Bisato, угорь из лагуны,
что в копчёном виде совершенно неотразим (ах, как
его коптили в соседней Кьоджи!). В других корзинах
горой навалены Caparozzolo, ракушка-венерка и, ко-
нечно, Cievolo, lotregan, verzelata... — попросту ке-
фаль; в зависимости от возраста у нас её называют
по-разному. В огромных корзинах сверкает перламу-
тром Folpo, осьминог polipo, и вся его рать — мелкие
осьминожки москардини, которых жарят в венеци-
анских остериях так, что пальчики оближешь! До
сих пор в минуты печали я говорю себе: чикето! —
и душа моя наполняется благодатью.)

Один из подручных, мальчик примерно моего воз-
раста, сделав слишком узкий шаг, оступился, взмах-
нул руками... и плетёная корзина, полная плескучей
золотисто-серебряной рыбы, накренилась и сколь-
знула с его плеч, опроставшись в воду. Ох, надо было
видеть, с какими проклятьями, с кулаками набро-
сился на него рыбак — быть может, отец его, а мо-
жет, хозяин... Крики бедного ребёнка доносились сю-
да, мешаясь с криками потревоженных чаек...

Потому я и не услышал, как вернулся отец. Его голос и его шаги раздались на лестнице, почти у самой двери. Я в ужасе огляделся и нырнул в камин — слава богу, не зажжённый по летнему времени; а больше спрятаться было негде. Отец строжайше запрещал мне курить из-за моей, как считал он, слабой груди.

И вот там, прячась в камине, схватившись рукой за какой-то выступ, я нащупал довольно просторное отверстие внутри каминной полки. С тех пор она превращена была мною в славный тайник, где я прятал украденные у отца pipa, portotabacco (как трогательно в памяти всплывают слова родного языка, опережая другие); я имею в виду: кисет с табаком и ту глиняную трубку, с которой долго не расставался и которую потерял в заснеженном аду зимней России... Но до сего дня моё сердце сжимается от вины и любви к отцу, а в ушах звучит его гневный голос, отчитывающий слугу, безуспешно разыскивающего по всему дому любимую pipa отца.

«Она должна быть полой, — повторил я вслух, — и в ней весьма удобно устроить тайник».

«Так лезь и проверь, — отозвался лейтенант Бартье, с трудом шевеля языком. — Возможно, тебя ждёт там подарок от... графа? или князя? Ше... Че... метье?.. или кому там принадлежит это поместье, никогда не мог произнести их невозможные имена!» Он расхохотался, довольный своей шуткой. Лейтенант Бартье никогда не упускал случая как-то унизить меня — за мою молодость, за мой чужеземный акцент, но главное — за благосклонность вице-короля, которой я удостоился. Этот издевательский смех и сейчас звучит в моих ушах, он был оскорбителен,

*однако я вскочил с кресла и подошёл к камину. Ото-
двинув на вид изящный, а на деле тяжёлый кованый
экран, привычно согнув спину, я ступил внутрь этой
мраморной пещеры. Признаю, рисковал я только...»*

«*...почти не слыша голосов снаружи из-за гром-
ких ударов сердца, полусогнутый, я стоял внутри
камина и, трепеща, ощупывал кожаную суму, глубоко вдвинутую внутрь сего тайника... Под пальцами
моими внутри неё перекатывались какие-то камни,
твёрдые дуги и кольца, а также целые груды крупных на ощупь горошин, плотно сидящих на длинных
нитях... Обо что-то острое, что проткнуло кожу
сумки, я даже поранился... Пальцы мои чувствовали
пыль или сажу, они погружались в пыль, перебирали
пыль, как шёлковую ткань... Что это значит, думал
я лихорадочно: может ли статься, что кто-то забыл здесь мешок, припрятанный много лет назад? —
ибо этот схрон не мог быть недавним! И что за
тайна хранилась этим великолепным дворцом, и чья
судьба была прервана, до того как...*

«*Ну, что клад твой, Бугеро? — крикнул снаружи
Бартье. — Нашёл?»*

*Я молчал, слыша одни лишь удары собственного
сердца.*

«*Пусто...» — глухо отозвался я и выбрался наружу, стряхивая с рукавов и манжет камзола сажу
и пыль. Лейтенант Бартье пристально смотрел на
меня. Я отвёл глаза, не желая показать, что...»*

— Э-эй, чай будешь? — позвала из кухни сестра.

Он поднял голову. Крошево снега по-прежнему
клубилось в жёлтом свете тусклого фонаря за ок-

ном, безмолвно взрывалось под ветром, рассыпая снежные искры.

— Да, спасибо...

— Тебе чёрный, зелёный?

— М-м... горячий.

— Ты во что там уткнулся? Сидишь, к табуретке прилип...

— Да так, тут... — отозвался он, — приключения... вроде «Острова сокровищ».

Светлана вышла из кухни, зашла брату за спину, глянула через плечо:

— Как ты всё это разбираешь! Дикий почерк: кружева, хвосты, росчерки... И бледно так — что ты там видишь?

— ...привыкаешь, если читать подряд.

— Это — что, наследие старой каторжанки?

— Э-э... в общем, да. Архивные её находки. Всадник без головы. Рукопись, найденная в Сарагосе.

— А она не могла всё это сама навалять? — спросила Светлана. — Так, для кайфа?.. Знаешь, в психологии есть такое понятие, как...

Стах поднял голову, с интересом уставившись на Светлану, и она почему-то осеклась.

— Чернила... — сказал он негромко, — из коры дуба. В середине девятнадцатого века в них стали добавлять окись железа, но они всё равно выцветали...

Светлана отмахнулась: она никогда не вслушивалась в те доводы, которые нарушали её концепцию. Пересказать ей эти странные отрывки? Вслух кое-что почитать?.. Нет, не стоит. Не было у него никакой охоты к объяснению с сестрой. Её мнения, интересы, вся жизнь были настолько далеки от его интересов и его жизни; куда дальше, чем покойная старуха Баобаб, со своей диссертацией и припрятанным архивным трофеем; и уж точно дальше, чем умерший полтора века назад его рисковый предок.

— ...Нет, правда: она же была с ба-а-альшими тараканами, а? — добавила сестра. — Взяла и накатала — пофорсить. Могла ведь?

— Вполне, — спокойно отозвался Стах.

Он поднялся, принёс из кухни приготовленный Светланой чай и вновь опустился на табурет, осторожно отслаивая листы один от другого, перебирая их, тасуя, сравнивая и сопоставляя начала и концы фраз... Связной истории не выходило; словно кто-то позаботился о том, чтобы жизнь юного Бугеро, вернее, её описание, было разбросано, растащено и разорено... Чтобы спустя два века никто не смог воссоздать одно из поразительных приключений той давней войны.

«...и поверить не мог, что французский дворянин запятнает себя гнусным разбойничьим намерением украсть находку, принадлежащую другому... Могу лишь благодарить странную свою привычку всегда спать в полглаза... А может быть, тревога и ожидание, пока разбредутся из залы по своим покоям офицеры, держала меня в напряжении, хоть я и задремал в кресле, сторожа момент тишины и безлюдья. Но и Бартье, оказывается, сторожил тот момент, наблюдая за мной из-за портьеры и дожидаясь, пока меня сморит сон...

...Я стоял над телом злокозненного лейтенанта, по-прежнему сжимая в кулаке рукоять каминной

424 кочерги — первого, за что инстинктивно схватилась моя рука, — с ужасом и раскаянием глядел на обширную лужу крови, вытекшую из раны в его голове, на его обнажённый палаш — свидетельство самой скверной алчности... Собирался ли он, в случае удачи его замысла, свалить мою смерть на одного из тех несчастных слуг, кто забился по углам имения?

«Нет! — подумал я тогда. — Не нужны мне эти проклятые сокровища, спрятанные в камине чьей-то, возможно, давно истлевшей рукой, — если они могут соблазнить и увлечь на разбой человека благородного происхождения». Во мне окрепло решительное намерение передать богатства в императорскую казну... Мог ли я подумать, мог ли предположить в ту минуту, что кучка драгоценностей намертво свяжет мою жизнь с этой страной; мог ли представить, какой страшный путь придётся проделать мне во имя сохранения зловещего богатства и какие ещё беды, какие преступления уготовит оно моему несчастному потомст...»

Странное чувство: почему его так задевает этот обрывистый рассказ? Почему он торчит в холодной прихожке, с листами на коленях, мучительно продираясь сквозь этот безумный полуслепой почерк?.. И главное: почему его ничто не удивляет в поступках этих давным-давно сгинувших людей?

Старуха Баобаб частенько повторяла: «Люди, Аристарх, ни черта не меняются. Они всегда одни и те же. Если будешь держать это в уме, сможешь понять и просчитать любые их действия. Просто всегда ставь себя на место любого человека: исторического деятеля, убийцы, монаха, развратника, гения... — неважно, ибо людьми движет только одно: страсть. Вот страсти — они, конечно, разными бывают. Но всегда и во все времена: погоняют, терзают и безжалостно треплют человека — помни это!»

«*...тому, что ночи уже были очень холодны... И хотя пленные, которых мне довелось допросить, уверяли, что столь ранние холода здесь крайне редки, мне казалось, что так оно и должно было статься: ибо сама природа восстала против нас. Провизии по окрестным деревням уже не найти, соломы не хватало на прокорм лошадей. Ночью мы спали на ней, утром скармливали нашим животным. А хлеб, когда удавалось достать его, был плохо замешан и так плохо испечён, что если бросить его в стену, то он приклеивался.*

Земля была покрыта инеем, солдаты изнемогали от холода и усталости, а лошади дохли сотнями — их расчленяли и жарили на костре... И это не говоря уж о беспрестанных нападениях казаков и вооружённых крестьян. Отчаяние — вот что было написано на лицах... Наш обоз продолжал своё движение к Смоленску, хотя уже не однажды Son Altesse говорил мне, что двигаться далее будет всё затруднительней...

Ночь с 9 на 10 ноября будет мне памятна до конца моих дней. Он вызвал меня к себе в палатку и... больно вспоминать: это была последняя встреча и последний разговор с моим благодетелем, моим наставником, одним из лучших людей, которых послала мне судьба. «Аристарх, — проговорил он, не оборачиваясь. — Не думаю, что нам удастся сохранить всё,

426 *что мы везём. Лошади истощены, не подкованы, вокруг казаки... Ты последуешь дальше один с частью ценностей. И будет только справедливым, если ты возьмёшь то, что добровольно отдал в императорскую казну...» — «Votre Altesse, — спросил я, помолчав мгновение, — когда я должен ехать?» — «Сейчас же, — ответил он. — Ночь — лучшее время пути. Завтра мы форсируем Вопь, а ты должен направиться в обход, по берегу, в сторону Ульховой Слободы, затем — на Смоленск...» Он повернулся ко мне. Он был спокоен и даже не слишком бледен, только светлые глаза в сетке лопнувших сосудов (из-за бессонницы) казались ещё светлей. «Возьми мою Атласную». — «Вашу кобылу, Votre Altesse?! — вскричал я. — Но...»*

Он поднял руку, останавливая меня: «Иначе тебе придётся туго. Не думаю, чтобы...»

«...очнулся я на земле — не знаю, сколько времени спустя, — в луже крови... Первое, о чём вспомнил: счастливая мысль — оставить суму с драгоценностями припрятанной в зарослях на берегу — сослужила мне отличную службу. Если, конечно, я не умру до того, как...

До наступления темноты я лежал недвижимый в камышах, притворяясь мёртвым, сдерживая хриплое дыхание и стоны. За это время по дороге проскакал ещё один казачий разъезд. Я изнемогал от боли в плече, где рана по-прежнему сочилась кровью. Неподалёку от меня лежал труп убитого француза, судя по жёлтому воротнику мундира — пехотинца, вольтижера, да ближе к камышам скорчился в смертном окоченении какой-то бедолага, русский ополченец. И вот поднялась луна, необычайно яркая, какой она бывает в ясные и холодные ночи; светила точно стеклянная лампа. В озёрных камышах слышался невинный шорох и плеск, а поодаль, вероятно с другого берега, тянуло дымом и слышались дальние невнятные голоса — видимо, там и стояли лагерем казачьи части Платова.

Наконец стемнело, и я решился: подполз к мёртвому французу (боль, пульсирующая в плече, доставляла невыразимые муки!) расстегнул и вытянул из-под него ремень — я уже знал, как употреблю его в исполнение моих намерений. Что касается другого убитого, русского... о, вот кто помог мне ещё лучше, и бог весть — как бы я мог скрываться в моих ужасающих странствиях без его молчаливой и вполне безучастной помощи.

Подползши к нему, я с ужасными страданиями от физических усилий целый час стаскивал с мёртвого бедняги его драный зипун из грубого домотканого сукна. Затем уже стаскивал с себя — одна лишь рука моя действовала — свою рубаху и армяк из овечьей шерсти, которые прежде казались мне надёжным прикрытием, а всё-таки обнаружили во мне чужака... Свою рубаху я разорвал на полосы, действуя зубами и одной рукой, и, как смог, сам перевязал себе плечо, так что вскоре кровь перестала течь. Затем, сдерживаясь, чтобы не кричать от боли в ране, натянул на себя сей маскарадный костюм — увы, изрядно прохудившийся. Подобрал и шлык мертвеца — он откатился и валялся у самой воды — и нахлобучил себе на голову. Ещё я снял с его окоченелой шеи простой образок на бечёвке и повесил себе на шею. И если вспомнить, что с начала пути я перестал бриться, меня можно было принять за крестьянина...»

«...так что в воде и ремень, и сумка должны были сохраняться изрядно долго... К тому времени, я надеялся, трагический ход кампании будет переломлен, сокровища, доверенные мне, извлечены из этого озерца... или даже озера? — в темноте я не мог осознать границы берегов. Как зверь с перебитым хребтом, скрываясь за кустами и деревьями, я пополз туда, где оставил под корягой свой груз... Вода... — боже мой, она была как предвестие того адского холода, который пришлось мне пережить в следующие недели, — ледяная вода у берега обжигала так, что пресекалось дыхание, и я поневоле глухо вскрикивал. Не помню, сколько времени ушло у меня на то, чтобы привязать под водой проклятую суму к проклятой коряге — это была вечность! Но поскольку всё шло к тому, что ещё день-два — и озеро схватится неумолимым льдом, за свой тайник я мог не беспокоиться. Оставалось лишь довериться моей счастливой звезде, которая до сего дня вела меня, оберегая, не на неё ли я надеял...»

Вот, собственно, и всё... Вот и всё, приятель.

Он разогнулся на табурете, обеими руками растёр затёкшую шею...

Похоже, какими-то листами, явно пропавшими (из тех, чьё содержание помнила и пересказала Вера Самойловна) — всё-таки растапливали печку.

Перебрав все листы, Стах так и не нашёл описание счастливого спасения прапрадедова «петушка» его будущей женой, как и историю водворения в его новую семью трёхлетнего Симона... Зато здесь была история каминной находки, о которой Вера Самойловна вовсе не упоминала. Забыла?

Посчитала неинтересным?.. И ни словом старуха не обмолвилась ещё о двух отсутствующих листах, пожалуй, самых важных во всей этой истории:

«К запискам сим прилагаю перечень драгоценностей — не всех, а лишь наипервейших, — дабы составить понятие о грандиозном наследии, чьим хранителем я поневоле оказался в череде трагических и многоликих случайностей в чужой стране, где судьбой и роком мне положено было остаться и доживать свою неприкаянную жизнь. Присовокупляю также завещание на изъятие и унаследование сих колоссальнейших средств моими потомками, по предъявлении коего завещания, а также Реестра драгоценностей, выдано долженствует быть всё от владетелей оного банка в руки Бугровым, Аристарху, либо же Симону».

И — никакого «перечня драгоценностей»! И никакого завещания в тощей стопке прапрадедовых листов. А если бы и были...

«Если бы и были? — Стах мысленно усмехнулся. — Тогда, это даже забавно: явиться полтора века спустя в некий банк с завещанием некоего Аристарха Бугрова, с паспортом на имя уже иного Аристарха Бугрова... Интересно, значился ли среди списка драгоценностей тот «царский» перстень, положенный на образование маленького мальчика, сироты, но украденный *хорошей роднёй?»*

Из родительской спальни доносилось уютное похрапывание уснувшей наконец сестры.

Стах сидел над листами, некогда вынесенными Верой Самойловной из какого-то там архива, пытаясь мысленно выстроить и пройти всю цепочку невероятных просто-не-могущих-быть-совпадений в этой истории; объяснить себе с точки зрения логики абсолютно необъяснимые вещи. Описать странствия, так сказать, вот этих листов, которые сейчас ты — да-да, можно рехнуться! — именно ты держишь в своих руках.

«Ну уж признайся: ты потрясён? Ещё бы... А ведь каждый поворот истории этой находки можно довольно просто объяснить — если взяться за дело с «разумных позиций».

С разумных позиций?!

Да если б его, сугубого атеиста, усмехавшегося при словах «чудо», «провидение», «высшая сила» и прочее... уже повидавшего, что происходит с человеческим телом после смерти, уже резавшего трупы и пока не обнаружившего ни следа того, что в стихах и прозе называют «душой»... — если бы кто-то сейчас принялся его уверять, что эти листы, исписанные рукой одного его предка под диктовку другого его предка, были *случайно* обнаружены и *случайно* сохранены старухой Баобаб, *случайно* сошедшей с поезда именно на станции Вязники... Если бы кто-то сейчас принялся ему доказывать, что, спрятанные кузиной Бетти, эти листы были *случайно* найдены им за обшивкой оркестровой коробки, а сегодня, чёрт бы вас всех побрал, *случайно,* от тоски им прочитаны...

Словом, если бы кто-то посмел уверять его, что всё это не более чем «стечение обстоятельств»... — он бы попросту плюнул тому «логику» в физиономию.

Вдруг вспомнился разговор с Верой Самойловной — один из бесконечных разговоров, которые всегда заканчивались у них перепалкой. Они ещё выходили гулять по больничному двору, сидели на скамье под липами. В один из этих ясных осенних дней старуха, блаженно рассматривая небо сквозь мощные сплетения ветвей, отпустила какое-то замечание по поводу «невероятного разнообразия божьего замысла...».

— Ах, бо-о-ожьего, — отозвался он исключительно из привычки непременно ей возразить. Хотя липы и в самом деле были высоки и благодатны и так дружно возносили к небу могучие разветвлённые кроны, с ещё не облетевшими листьями... — Божьего, серьёзно? А где ваше сознание историка-материалиста? Где приверженность, понимаете ли, э-э-э... дарвинизму?

— Это вроде того, что все мы как-то случайно выползли из червей? — уточнила старуха и немедленно выдала одну из притч — персидских, суфийских или хасидских, — которыми до отказа была напичкана её память.

— Довольно изящная история, вот послушай. Поспорили как-то учёный и поэт о причинах возникновения Вселенной. Учёный, в отличие от поэта, был материалистом до мозга костей, приверженцем как раз... червяков. Тогда поэт предъявил ему лист бумаги с некой поэмой, которую тут же вдохновенно и зачитал. Поражённый красотой и мощью стихов, ученый спросил — кто автор этого замечательного произведения? «Я *случайно* задел склянку с чернилами, — ответил поэт. — Она опрокинулась на лист, чернила разлились и *случайно* образовали вот эти строки». Учёный насупился и сказал: «Вы издеваетесь надо мной!» — «Нисколько, — отозвался поэт. — Я лишь пытаюсь изложить свою веру в существование Всевышнего методами вашей логики. Странно, что вы, столь незыблемо уверенный в случайности возникновения нашего изумительного и непостижимого мира, отказываетесь верить в случайность возникновения нескольких строк на бумаге...»

И Стах, лениво прищурясь на холодное осеннее солнце, одобрительно заметил:

— Отличная байка!

Помнится, там, неподалёку от скамейки, росла единственная, но высокая и густо-рассыпчатая рябина, уже присыпанная лёгким ранним снегом.

На пунцовой грозди сидел и лакомился свиристель — круглая, дымчато-серая птаха с клоунским хохолком и клоунскими жёлто-чёрными полосками на крыльях и коротком хвосте. Осторожная пичуга — свиристель, вспугнуть его можно, просто вынув руку из кармана пальто. Фр-р-р-р! Юркнул, порхнул — поминай, как звали...

А рябина — она по-настоящему сладкой становится к Николе зимнему.

Глава 6

ЛЕДНИК

Поповка, небольшая слобода между Текмаш-деталью и татарским кладбищем, была, по сути, обычной деревней: две-три улицы частных домов. Здесь строились и селились те, кто жил разведением скота. Дома, огороды, дворы и хозпостройки выглядели как и по всем деревням. А добираться просто: от центральной площади города на автобусе номер два.

Дом Цагара он отыскал сразу: пузатая восьмёрка была аккуратно выведена синей краской и на заборе, и на калитке, и над дверью дома — основательность его друга с возрастом приобретала какой-то начальственный размах. На электрическом столбе рядом с калиткой висел на монтёрских когтях и что-то чинил электрик; стайка глазеющих на него детишек в разноцветных вязаных шапках — издали, на белом снегу да на фоне тёмных заборов — выглядела горсткой рассыпанных бусин.

А на крыльце стоял сам хозяин, ревниво и строго посматривая вокруг, гортанно покрикивал на ребятню, попутно давая указания электрику. Заметил Стаха, радостно замахал руками...

434   Сначала они с Цагаром навестили Майку — та стояла в зимней конюшне с тремя другими лошадьми и по-прежнему была прекрасна. Увидев Стаха, вскинула голову, тряхнула своей жемчужной гривой, весело переступила ногами...

— Неужели узнала! — растроганно удивился он. Выдал гостинец — две сушки и пару кусочков рафинада, — который та благосклонно взяла тёплыми замшевыми губами. Погладил её по чудной морде, поцеловал... Если б не Цагар рядом, он бы ей многое сказал, зеленоглазой красавице. Но сейчас всё внутри у него было скручено, всё заперто на семь замков.

— Это ведь она?.. — только и выдавил. — Это Майка тогда... в ночном?

И Цагар молча кивнул, и не стал ничего ни спрашивать, ни добавлять. Всё же удивительной внутренней деликатностью обладал этот грубоватый цыган.

Да и о чём там спрашивать: в прошлый приезд Стаха они скупо перебросились несколькими фразами, из чего Цагар, и без того потрясённый видом своего друга — его лица, незнакомого и исхудалого настолько, что крупная нижняя челюсть, туго обтянутая кожей, казалась приставленной с чьей-то чужой головы, — понял, что тема закрыта. Ну что ж, подумал, бывает такое у некоторых вдовцов, бывает. Кто-то по умершей жене всю жизнь слёзы льёт, а кто-то даже имени не поминает и другим поминать не даёт. И поди разбери, который больше горюет. Странно: ведь Цагар знал, что Надежда выжила. Почему же мысленно и в душе он считал Стаха *вдовцом,* иногда так про себя и называя — тут же суеверно сплёвывая?

Здесь, в конюшне, чудесно пахло: ухоженными лошадьми, конским волосом, сеном, отрубями... Стах стоял и молча смотрел на лошадь, которая вынесла из реки, из смерти его любимую, и только тяжело сглатывал, представляя эти минуты.

Наконец Цагар легонько хлопнул его пятернёй по спине, добродушно проговорил:

— Ладно, пошли в дом, там уже Полина стол накрыла.

Не сказать, чтобы дом был большим, но внутри он выглядел уютным, и даже по-цыгански роскошным: прихожая, две большие комнаты, просторная кухня с печью, с водопроводом и газовой плитой. И вокруг богато поблёскивало: обои с крупными золотыми узорами, шторы красного бархата с кистями и мебель импортная, полированная, — тоже с какими-то кручёными, с золотцем, вензелями. Ну и всюду, разумеется, ковры, как без них.

Видимо, Цагар был здесь, в посёлке, кем-то вроде добровольного старосты: похвастался, что для жителей провёл телефонный кабель, что добивается асфальта на дорогу — «уже сколько лет по раздолбанной ездим!». Сын барона, он считал себя *старшим*, ответственным за людей.

Полину Стах представлял себе такой же высокой и жилистой, как Цагар, а она неожиданно оказалась маленькой, кругленькой (на седьмом месяце) и уютной птахой; чем-то напоминала свиристеля в своём полосатом платочке на плечах. И такая же юркая, несмотря на живот.

436   Стол по нашим тощим временам потрясал воображение: маринованные огурчики, солёные грузди, свиные отбивные, пирог с капустой и жирный борщ, который Полина сама, отвергая помощь, носила в глубоких тарелках из кухни, держа тарелку обеими руками и сосредоточенно семеня, чтобы не расплескать.

— Не голодаем... — со сдержанным удовольствием проговорил Цагар, внимательным взглядом прослеживая жену от дверей кухни до стола, будто оберегая. — Почти всё своё.

Стах купил в каком-то подозрительном ларьке на станции бутылку водяры и вручил её Цагару, предварительно заметив, что не даёт гарантии качества.

— Да ладно те — гара-а-антия! — воскликнул Цагар. — Нанюхался столиц. — И ловко разлил водку по рюмкам.

Стах всё ещё думал о Майке — так она тронула его своей памятливостью. Мало гостинцев принёс, думал. Мало благодарил...

Цагар тем временем разговорился, вспоминая общих знакомых, докладывая — кто в армии, кто вернулся и спился, кого подрезали в драке, кто за что сел лет на пять. Барак не пустует: понаехало много пришлых цыган, хотят закрепиться и осесть. И никаких костров уже нет, и кибитки исчезли, как не было.

А в области плохо, как и по всей стране. Зарплат не выдают, поезда все почти — мимо, станция хиреет. Всей промышленности — фабрика Розы Люксембург и депо. Что едят? Работяги-то? Да что попало. Вот — отруби. Остались от живности, варят их и едят. Главное — запах чем-то перебить.

А что делать, особенно весной, когда до ягод-грибов далеко, а картошку за зиму схомячили.

Цагар рассказывал... и панорама городка разворачивалась во всём своём криминально-хозяйственном развале.

— Есть ещё тут промысел, знаешь — «421-й километр». У нас человек пятьсот по округе туда ездит. Ежедневно.

— Что за километр? — спросил Стах, нанизывая на зубец вилки солёный рыжик. — Это за Дзержинском?

— Ну. Нижегородская свалка. Едут искать — и находят, что душа пожелает.

— Что находят?

— Да всё: еду, одежду... Это ведь целый город. Я был там однажды. Огромная свалища с пятиэтажный дом. Километра два кругом-бегом. При мне два «КамАЗа» вывалили помидоры — магазины выбрасывают. Капуста всегда есть, даже апельсины — гнилые, но можно выбрать. А уж одежды, обуви... — этого до хрена. Что у кого от умерших осталось, что богатые купили, не подошло — выбрасывают... Там радиоприёмники люди находят. Автозапчасти, радиодетали... Телевизоры случаются, между прочим — цветные. Ну, положим, чинить то-другое всё равно приходится. Так и что: люди и себе набирают, и на продажу. Выпивку найти вообще не проблема — вон прошлой весной там ящики с «Изабеллой» выкинули...

— А не опасно? — спросил Стах. — Промысел-то...

— Ну, во-первых, люди, случалось, проваливались: там слой мусора метров двадцать, не выка-

438 рабкаться. И бульдозеры поверху ползают, утрамбовывают... Вполне могут вывалить на голову пару тонн.

Когда Полина в очередной раз вышла на кухню, Цагар подался к Стаху над столом и тихо проговорил:

— Хорошая у меня жена, верно?

Стах одобрительно кивнул, не понимая, почему, собственно, это надо сообщать столь таинственным тоном, а Цагар добавил:

— Я давно решил, что на русской женюсь... ещё когда с Настей, с сестрой, то горе случилось... Я тогда думал-думал... и решил: нет, по-другому хочу. Не буду свою жену гнобить-заставлять, не буду её ни в чём неволить...

В этот момент появилась Полина с блюдом пирожков, и Стах ахнул и руками развёл, мол — да сколько ж можно метать?! И Цагар, довольный произведённым эффектом, закончил уже в полный голос:

— У меня и дети будут учиться. По-настоящему. Не как я учился... В школу будут ходить, как положено. Потом — техникум, всё без дураков. Хватит бегать, Полинка! Сядь давай, сама поешь.

И пузатенькая птаха-свиристель уселась, посматривая на мужа блестящими любящими глазами, тоже кругло-птичьими, взяла пирожок двумя пальчиками и, переведя взгляд на Стаха, проговорила:

— А я вас знаю! Я соседка ваших родных.

— Моих родных? — удивился Стах, мысленно перебирая Южскую улицу, давние лица соседской ребятни, дружков и подружек его летних месяцев.

— Я ведь из Гороховца...

— А, — отозвался он не сразу.

— Наш дом прям-таки соседний с Матвеевыми... огород в огород. И я вас отлично помню, хотя вы с вашим папой не часто наезжали.

— Ну-у... да... — бормотнул он, не зная, что ещё сказать. Меньше всего ему сейчас хотелось калякать о гороховецкой семейке.

— Моя мама была на тех поминках по деду Назару. Она рассказывала, как вы круто врезали Пашке! Ему потом губу пришлось зашивать, а шрам так и остался, и Пашка, когда психует, его облизывает.

— Полинка! — негромко окликнул Цагар, мельком бросив взгляд на друга. — У нас есть о чём поболтать, кроме как об этом говнюке.

Но Полинка и ухом не вела. Вот тут, подумал Стах, мы и видим, кто кем в семье командует и кто на самом деле «старшой». Она отмахнулась пухлой ручкой, взялась за следующий пирожок.

— А мы с девчонками так радовались! — выпалила она доверчиво. — Радовались, что хоть кто-то его проучил, не стушевался. Мы же боялись его, с этой его кодлой. Как идут по улице, мы — бегом по домам. Помню, ходили слухи: они втроём снасильничали Розу Снегирёву. Она месяц синяя была, вся избитая... из дому носу не казала. Её мать сначала в милицию заявила. Она одна её воспитывала, отца там не было. Ну, эти и распоясались: наказать-то некому. Потом дядя Виктор, Пашкин отец, откупался — целых двести рублей заплатил Розиной матери, чтобы та заявление забрала. И как-то сразу Пашку в армию загребли. Видно, дядя Виктор подсуетился спрятать поганца.

— Я... не знал этой истории, — проронил Стах. — Мерзкое дело!

— Ещё бы, — вставил Цагар. — Они деньгами все рты позатыкали. У кого есть деньги, тот и прав.

— А у них и щас денег полно! — воскликнула Полина. — Пашка такой богатый из армии вернулся, да на «волге»... Дядя Виктор, он у нас сидел выпивал, рассказывал: Пашка, мол, здорово заработал в армии, прям, чуть не мильён...

— Да ладно тебе болтать, — добродушно перебил жену Цагар. — Мильён, тоже мне. Кто это в армии так богатеет, особенно щас — всё разваливается, и армия тоже... Пашку вон выперли.

— Нет, дядя Виктор сказал: он сам демобилизовался, приехал со страшенными деньгами, и во Владимире зарегистрировал свою охранную фирму. У него там двадцать мордоворотов по разным бизнесам, все при стволах. Так что всё им нипочём. Всю область держат в страхе. Виктор говорил — Пашка сам себе закон, с такими шишками корешится! С губернатором вась-вась... Да что: Пашка на собственного отца руку поднимает. Недавно морду ему начистил — прилюдно.

— Отцу?! — не поверил Стах.

— Ну, а что. Одной рукой держал его, пьяненького, за шиворот, другой так и хлестал по морде, а сам: «Не болтай, блять, не болтай. Не болтай!!!» И всё — на людях, прям стыдоба. Тётя Людмила бегала вокруг, кричала: «Пусти отца, сволочь, поганец, отпусти отца!» Ну и прочее... А вы почему салат так плохо едите? — кокетливо спросила она. — Невкусно?

— Вкусно... — проговорил Стах, будто очнулся. — Очень вкусно... — Поднёс вилку ко рту и, не попробовав, снова опустил в тарелку:

— А за что это Пашка на отца набросился?

— Да ни за что, за глупость какую-то, пьяную трепотню... Дядь Виктор... он же на пенсии, делать ему нечего, ну и спился, конечно, по нулям. Сидит днями в пивнушке, пока тёть Людмила не придёт и не вытащит его. Так и волочит на себе до дому — своё не бросишь... И вроде он в пивнушке хвастался, что Пашка из армии золото привёз.

— ...Золото? — усмехнувшись, повторил Стах.

— Золото, ага! — подхватил Цагар. — Как раз в армии его щас выдают. Килограммами. За верную службу.

— Да, золото! — вспыхнула птичка. — Вернулся же он на «волге», с каких это шишей? Дядь Виктор говорил — прямо куски золота привёз в чемодане, кус-ки!..

— Слитки? — серьёзно уточнил Стах.

— Вроде так... Чёрт его разберёт. А ещё Виктор хвастался, что где-то за границей у них есть сейф.

Цагар рассмеялся, протянул руку и ласково поиграл кудряшками жены.

— Сейф?! За границей?! Вот это шикарно...

Она упрямо дёрнула головой, выскальзывая из-под его руки:

— Да, говорил: настоящий сейф в каком-то банке, французском или там ещё каком... Семейный клад, какого-то старинного предка залежи. И что у них, мол, ключ от сейфа есть и завещание — всё по закону. И Пашка скоро поедет его забирать. Раньше, мол, было не выехать, а нынче Пашка куда хочь может забуриться... Сидит, знач, трындит свои ля-ля... а тут Пашка с матерью. И пьянчуги наши: «Эй, Паш, поделился бы старинным кладом, отсыпал бы землякам чуток брыльянтов...» Пашка и сорвался и ну отца мордовать...

Вот ещё одна случайно возникшая поэма из опрокинутой чернильницы. И почему — сегодня? Закон парных случайностей? Надо бы спросить у сестры-психолога... Значит, ключ и завещание. Стоп, тут надо сообразить. Возможно, дед, умирая, передал Назару не только «царский перстень», но и всю рукопись, все записки старика Бугрова? Так сказать, семейное наследие для пацана, сколько там лет бате было, — девять? Ну а Матвеевых всегда интересовали вещи практичные: ключ, бумага-завещание, список драгоценностей, помещённых в сейф... Остальное — что там? Бумажки? чепуха, болтовня стариковская... — наверняка бросили за ненадобностью.

Значит, сейф, «клад старинный»?.. Неплохо... Ну, тут тебе, Пашка, надо бы имя поменять. Аристарх Бугров — Аристарху Бугрову...

Он ещё посидел, почти не вслушиваясь в ласковые препирательства Цагара с женой, размышляя о фантастических вензелях нынешнего странного налёта в родной город. Взять эту историю. Не столкнись он на станции с Цагаром — задумался бы над словами, прочитанными сегодня ночью? А сейчас: если б не разговорчивость Полины — подбросило бы его при упоминании о каком-то там ключе? — ведь сколько лет прошло с последнего батиного дня, с последнего их разговора!.. Так кто же, скажите на милость, подгадал *случайную* встречу двух друзей, которых жизнь уже раскатила в разные стороны? Кто заставил его, Стаха, не махнуть рукой на вчерашнее, за выпивкой данное обещание — заглянуть в гости, посмотреть на дом, познакомиться с женой? Вот, познакомились... Доволен?

А Полинка никак не могла слезть с темы. В её кудрявой головке много накопилось разных соображений о соседях.

— ...А теперь, знач, они дом продают... А нам-то не всё равно, кто купит: забор в забор, огород в огород... Мало ли кого принесёт, мы с Матвеевыми всё же столько лет рядом.

— Они дом продают? — Стах встрепенулся, отставил рюмку.

— Пашка заставляет... Тёть Людмила прям воет: вся жизнь здесь, подруги, могилы родных... Да и Виктору тоже неохота — тут все его пивнушки наперечёт. А Пашка — нет, и всё! Рвётся уехать, где его не знают. То ли во Владимир, то ли прям в Москву.

Стах поднялся из-за стола, машинально обхлопал карманы пиджака...

— Ты что? — спросил Цагар, тоже поднимаясь. — Чего сполохнулся, куда?

— Поеду... Надо навестить тут... кое-кого...

Они вышли на крыльцо... Монтёр уже слез со столба и чинил электричество на другом столбе, дальше по улице. Кажется, их на всей улице было два. Малышня теперь кучковалась там.

— Погоди, — проговорил Цагар негромко. — Я верно усёк, что ты в Гороховец понёсся? Тебе чего там? Эт тебя Полинка вздрючила?

— Да нет... — неохотно отозвался Стах. — Тут другое... Мне кое-что осталось выяснить, должок там, с детства... Надо с роднёй потолковать.

Цагар, сощурясь, внимательно смотрел на дружка.

— Брось, — обронил. — Брось эту затею. Нехорошие у тебя глаза, Стах. Ты зачем...

— Ничего-ничего... — торопливо пробормотал Стах, отворачиваясь. — Я так, на два слова...

По-хорошему им бы обняться, понял он. Неизвестно, когда ещё увидимся. Скорее всего — никогда.

Он подался к Цагару, обнял его. Сказал:

— Молодец! Всё правильно сделал. И жена правильная.

Но Цагар вцепился, обхватил его, не отпуская. Проговорил в ухо:

— Басалык не прихватишь?

— Что? — не понял Стах.

— Ну, гасило, кистень. У меня есть отличный. Возьми на всяк случай. Пашка шутить не станет.

— Да ты что, — усмехнулся Стах, отпрянул, хлопнул друга по плечу и стал спускаться. На последней ступени обернулся:

— Я по тюряге не тоскую. Я ж не убивать его еду. Так, поговорить...

...А вот поговорить и не удалось.

С той минуты, когда, свернув на знакомую улицу, Стах увидел у дома деда Назара грузовик с брезентовым верхом, а на заборе крупными буквами написанное «На продажу», он понял, что в сегодняшнем пасьянсе событий вот этой карты как раз и недоставало. Продали Матвеевы дом или ещё не продали, а только уезжают они как раз сегодня. Торопится Пашка — куда бы? Вот мы и подоспели, сказал он себе, сейчас Буратино разберётся с золотым ключиком...

Он обошёл грузовик — пока пустой внутри, — двинулся по дорожке к дому и уже собирался взбежать на крыльцо, постучать... как за углом, за кустами смородины, отделявшими двор от огорода, краем глаза заметил мелькнувшую чью-то спину.

Он свернул туда, почему-то стараясь ступать бесшумно.

Спина могла принадлежать кому угодно, но, скорее всего, была Пашкина: плечи широкие, шея налитая. Вряд ли спившийся и постаревший Виктор мог так вольно ступать и так быстро двигаться.

Завернув за угол дома, он и увидел Пашку. Тот раздетый, в одной рубахе, направлялся к сараю в углу двора, свободно и расслабленно шагая; в руке — топор, которым, может, подправлял что-то в доме, а может, окна заколачивал.

И — будто кто под руку его толкнул, будто кто окликнул — Павел вдруг обернулся и застыл. Две-три секунды молча смотрел на стоявшего в десяти шагах от него Стаха... Медленно облизнул шрам на губе... и молниеносным точным движением, почти не замахнувшись, запустил в него топором.

За секунду, пока тот летел, Стах успел и ужаснуться, и восхититься, метнулся в сторону — топор скользнул по рукаву куртки — и молча ринулся на Пашку. С размаху врезался в него, двинул локтем в шею, но, поскользнувшись, не устоял на

446 ногах — оба упали на заснеженные грядки и покатились, сцепившись.

Пашке сподручнее было драться — раздетым, Стаху в куртке и тесно было, и жарко, но он ничего не чувствовал — просто бил куда попадал, пытаясь выпростаться из-под тяжёлого Пашки и оседлать его... Но тот навалился, подмял под себя, сомкнул лапы на шее и стал душить, колотя головой Стаха о землю... Где-то на обочине кроваво плывущего зрения возникла на заднем крыльце фигура, крикнула голосом тёти Людмилы:

— Господи, кто это?! Аристарх?!! Да что ж это?!! Витя, беги скорей, он его убива-ает!!!

Выскочил Виктор на крыльцо, мгновение-другое всматривался в клубок двух тел на снегу, испятнанном кровью... и, облапив жену, стал заталкивать её в дом. Та голосила из-под его рук, и последнее, что услышал задыхающийся под Пашкиными лапами Стах, был её голос, глухо вопящий где-то в доме:

— Братья!!! Бра-а-атья!!!

...Минут через десять Павел рванул на себя дверь заднего крыльца и вошёл в кухню. Пошатываясь и отирая ладонью разбитое лицо, открыл до упора холодный кран и, содрав с себя окровавленную рубаху, долго плескал в лицо и на грудь пригоршни воды — весь пол залил. Потом набрал воды в кружку и так же долго, жадно пил...

В дальней комнате выла мать. Виктор неподвижно сидел на табурете, уставясь в пол.

Павел допил воду, повернул к отцу разбитое лицо и внятно, злобно отчеканил:

— Чего расселся, как... Собирайте манатки! Через полчаса выезжаем.

— А где... этот... — неверными губами спросил отец.

— Ушёл... — спокойно ответил Павел. — Утёк... с концами.

И тихо рассмеялся, оскалив разбитый рот.

* * *

...Ледяные валы поднимались со дна карьера, добирались до пояса, охватывали грудь, заливали макушку. Его сорвало с обрыва и несло одинокой щепкой в ледяной воде, крутило, погружая с головой в гибельный мрак. Судорога свела не ноги одни, а всё тело. Он погибал... погибал...

— Надя... — шептал, — Надя...

Но она не могла к нему пробиться сквозь глыбы льда и печали, она и сама боролась с ледяною тьмой... И, в последний раз выныривая на поверхность, он сейчас лишь одного хотел: чтобы вместе они, сцепившись в последнем объятии, погрузились в конечное забытьё — в клубящуюся стылым туманом ледяную пасть Аида...

Когда в другой раз очнулся в полнейшей тьме — от невыносимого холода, — первым делом выплюнул осколки во рту... зубы? Под головой стыла какая-то жижа — кровь, понял, моя кровь. Где я... что за склеп... Где я?!. Острый его нюх даже сквозь кровавую юшку в носу ощутил смутно знакомое слияние нескольких запахов: мёрзлое мясо, речной лёд, струганое дерево... дух копчёных колбас.

Он шевельнулся в попытке нащупать границы пространства вокруг себя — правая рука, перебитая, не поднималась. Да и левая не была геройской рукой. Грудь и бока болели при каждом вздохе: значит, и рёбра повреждены... Передавленная гортань хрипела и всхлипывала.

Он вспомнил всё, до последней минуты, — до того момента, когда Виктор запихивал Людмилу в дом — руками, коленом заталкивал внутрь, хоть так пособляя сыну... Родственнички... Но где же я... Нет, не лежать так! Двигаться... Двигайся, чёрт!

Он с трудом перекатился на живот и щекой ощутил сухое душистое крошево... опилки! Что это, где, куда его завезли — на лесопилку? И, господи, почему ж так нечеловечески холодно... Он вновь тяжело перекатился на спину. Высоко над собой в полнейшей тьме различил узкое лезвие тёмно-синего неба с крошечным огоньком звезды: щель где-то... в потолке?

И вдруг всё понял.

Ледник!!! Он лежал на полу в знатном леднике Матвеевых, к тому же раздетый лежал, в одной рубашке и в трусах. Значит, портмоне с паспортом, а заодно пиджак и куртку, забрал братец. (Логично: Аристарх Бугров — Аристарху Бугрову...) А ведь Пашка наверняка считает, что прикончил его. Или почти прикончил. Уверен, что холод ледника завершит дело. Дурак ты, Пашка! Вот холод меня и спас. Сколько было случаев, когда мёртвые с виду алкаши приходили в себя в морозильниках морга.

А сейчас — двигаться! Выползти отсюда любой ценой!

Кричать, звать на помощь он пока не решался. Неизвестно, где сейчас Матвеевы. Хорошо, если уехали... Да и кричать вряд ли он сможет при такой боли в сломанных рёбрах, в передавленной Пашкиными лапами гортани. К тому же рана в голове принялась опять кровоточить, стекала струйкой по лбу. Плохо: одной действующей рукой порвать рубаху и сделать себе перевязку вряд ли получится. *Но ведь у твоего предка получилось?*

Опершись на левую руку, он попытался подняться, но лишь замычал от боли. Полежал ещё, стараясь припомнить географию этой проклятой могилы. Где-то тут должны быть ступени наверх, к щели между створами дверцы, к той звёздочке, что так весело к нему заглядывает. *Ступени, по которым ты рёбрами и проехался, когда Пашка скинул тебя вниз.*

Он медленно перевернулся на живот, подтянул колени, постоял так... и пополз по направлению к предполагаемой лестнице. Наткнувшись на неё, страшно обрадовался. Следующие минут двадцать с трудом и мучительной болью подтягивал себя со ступени на ступень, пока наконец не вполз наверх.

Здесь, у выхода, тоже было холодно, но не могильным мёртвым хладом, а живым снежным мартовским морозцем, уже напоённым предвкушением весны. Он потянулся к створе люка, толкнул её... и понял, что заперт снаружи.

Что ж, глупо было надеяться...

Он полулежал на ступени ледника, стиснув зубы и тяжело дыша, пытаясь постичь мысли и намерения Павла. Продали они дом? Судя по запаху остатней убоины в леднике, ещё нет. *Каким идиотом надо быть, чтобы думать, что Пашка не навесит замка — на всякий случай.* И от посторонних, и, значит, не был уверен, что закончил работу. Может, родителей торопился вывезти: зачем ему трепливые и нервные свидетели. А ледник за несколько дней уж точно прикончит кого угодно, даже вполне здорового мужика. Скорее всего, Пашка собирался вернуться сюда ночью дня через три-четыре, один или с подручными бугаями, — выволочь наружу тело брательника и вывезти куда-нибудь в лес. *Не закопает же он меня тут, в огороде.*

Ну, теперь ползи вниз... Да-да, вниз, болван, ищи что-нибудь, что выбьет петлю замка. Замок у них всегда был надёжным, а вот петли старые и расхлябанные. Так что — ползи... ползи, если ты такой дурак недальновидный. Нащупывай... ищи. А воспаление лёгких... — ничего, полечим антибиотиками.

Ещё через полчаса, сползши к подножию лестницы, он нащупал в темноте кабанью ногу — тяжёлую, чёрт, совершенно каменную! Ползти с ней наверх было в сто раз труднее... Но он отдыхал на каждой ступени. Кровь из раны на голове к тому времени прекратила течь, а вот силы как-то убывали. И только боль и бешенство держали на плаву, отрезвляли, не давали потерять сознание.

Крепко ухватив левой рукой кабанью ногу, упершись обеими пятками в узкую ступень лестницы и стараясь удержать равновесие, он поднял свой диковинный снаряд и ударил им в створы дверцы. И вскрикнул от боли.

— Ничего... — прошептал себе. — Ничего. Ещё разок... Ты же не собираешься... тут остаться...

Размахнулся сильнее, вновь ударил. И, уже не обращая внимания на боль, мерно размахивался и бил, размахивался и бил... *Она поддастся — бах! — эта створа... — бах! — эта стерва... — бах! Не может быть, что-бы! — бах!!!...*

Вдруг... снаружи... это что — скрип шагов по снегу?!

Он не мог ошибиться: это шаги. Это Павел вернулся — добить?! Стах замер, прислушиваясь. Крепче перехватил за лодыжку кабанью ногу, напрягся: та секунда, когда Павел отопрёт замок и откинет дверцу... — оглушить, резко двинуть в горло, пока тот не ожидает...

Но в морозной тишине снаружи прямо в щели пыхнул свет фонарика, и знакомый гортанный голос негромко позвал:

— Стах! Ста-а-х...

Он вскрикнул, застонал, заходясь от боли в грудине, выхаркнул сгусток крови и выронил кабанью ногу... Та с грохотом поскакала пересчитывать ступени.

Цагар припал к дверцам ледника, так что в щели закурился парок изо рта, быстро заговорил:

— В доме темно, он заперт... Никого нет! Потерпи, я за Михой щас... Он тут, на углу, в мотоцикле... не хотели шуметь... Слышь? Терпи, я щас... Терпи, дурак, кому говорю!!!

Те пять минут, за которые Цагар привёл Миху и они кистенём сбивали замок, показались Стаху самыми длинными в жизни. Когда откинув свободные дверцы, братья подхватили его под мышки и потянули наверх, от боли он потерял сознание...

452   ...и пришёл в себя уже в Поповке: Цагар с Михой вытаскивали его из коляски мотоцикла — цыганского фаэтона, уже другого, вполне приличного. И он мычал и тянулся, стараясь как-то помочь, но идти не мог... Подхватив его под мышки, Цагар командовал Михой, державшим его ноги. Они заволокли Стаха на крыльцо и потащили в дом, а навстречу уже катилась Полинка — в ночной рубахе, в тёплом платке на плечах, семеня ножками в меховых тапочках. Она дрожала и вскрикивала:

— Живой?! Живой?!

— Полинка, жизнь моя, — пыхтел Цагар, — отойди, *грёбанатваврот*... Грей воду... и простыни давай чистые!.. Тряпки любые тащи... И никому ни слова, слышь?! Убью!

...И Стах, лёжа на полу, на расстеленном старом одеяле, блаженно уплывал в боль, в тёплое марево жизни, в запахи дома... пытался что-то выговорить... и не мог. Губы разбиты были, гортань болела... Слёзы лились обильнее, чем кровь — непослушные, горячие... Он покорно терпел, когда промывали рану на голове, и вновь потерял сознание «от ничего», едва голову перевязали. Последнее, что слышал, был голос Цагара:

— Говорил я ему: «Возьми басалык!» Всегда был нахалом...

Глава 7

ОБРЕТЕНИЕ ЛЁШИКА

...В роддом она примчалась на такси. В зале выдачи младенцев уже сидел сосредоточенный и деловитый Рома; у ног его стояла большая клетчатая сумка, в какой «челноки» перевозят товар. Рома явно нервничал и минут через пять достал Анину шубку, развернул и заботливо раскинул на стуле — готовился встретить жену. Потом всё же свернул и сидел, баюкая на коленях песцовый свёрток.

Увидев Надежду, он отвернулся. Так и сидели в разных концах зала, друг на друга не глядели, оба уставились в кафельный пол: он — с шубкой жены на коленях, она — прямая, с пустыми руками, словно готовилась к рукопашной.

Наконец вышла Анюта, за ней — медсестра с «конвертом» на руках. Та отыскала глазами Рому, двинулась к нему:

— Поздравляю, папа, с сыночком...

— Не ему! — оборвала её Анюта и кивнула в другую сторону: — Вон ей, это — её.

454 Надежда поднялась и пошла: ноги-руки чужие, лицо застыло, губы сведены гримасой: была готова ко всему. Осторожно приняла «конверт» из рук оторопевшей медсестры, всё ещё не веря, не чувствуя ни веса ребёнка, ни своих ног... Попятилась, повернулась и вдруг — бросилась бежать.

Прижав к себе ребёнка одной рукой, второй с силой распахнула дверь на тугой пружине, вывалилась на улицу... Заметив впереди пустого частника, дежурившего у роддома в ожидании счастливых пассажиров, замахала ему, закричала, кинулась, ввалилась внутрь и выдохнула адрес облаком пара. День был морозным.

— Ну, мамочка! Ну, врезали вы кросса! — Водитель покрутил головой, мельком глянул на неё в зеркальце заднего вида. — Это разве полезно после родов?

Надежда не ответила, тяжело дыша. Уголка «конверта» так и не отвернула; никакого любопытства к «личику», никакого умиления в ней не было; страсть была, ненависть; накопившаяся за эти месяцы звериная готовность загрызть живьём любого, кто встанет на пути. Пока ехали, всё время оглядывалась: казалось, за ней непременно погонятся — отнять; не могла поверить, что так запросто отпустили: ведь невозможно отдать нутро — выношенное, брыкливое-тёплое, вытуженное с кровью, с дикой болью — *своё нутро!..*

У подъезда щедро расплатилась с водителем и высадилась, по-прежнему намертво прижимая к напряжённому животу и груди столбик с младенцем. Поднявшись на свой этаж, отворила

дверь, вошла и надёжно заперла её на оба замка.
Теперь ни единый таран не смог бы пробить её
крепость. Хрен вы нас достанете, вражины!

*Да те и не знали адреса; передачу прав написа-
ли на её материнскую фамилию, не подозревая, что
она снова её изменила. Недаром с полгода она бес-
сонными ночами придумывала план. Свою квартиру
в Люберцах сдала, сняла в Москве, в Замоскворе-
чье. И опять повезло: хозяйка её маленькой съёмной
квартиры на Ордынке, Раиса Павловна, оказалась
председателем коллегии адвокатов. Надежда в первый же день сухо, в коротких деловитых фразах об-
рисовала ей ситуацию, и та сказала: «Не тужите,
Надежда, есть ещё в этой стране порядочные люди.
В обиду вас не дадим».*

...и лишь тогда положила лёгкий свёрток на
кровать, стала медленно, дрожащими руками раз-
ворачивать-распелёнывать, *разбирать своего мальчика...*

Вокруг — на полках, на комоде, в ящике под
детской кроваткой, в давно приготовленной доро-
гущей коляске лежали стопки пелёнок, распашо-
нок, ползунков. Рядком стояли приготовленные
бутылки, баночки с детским питанием, присыпка,
детские кремы и шампуни. В шкафу висела кро-
хотная шубка, лежали разных размеров пинетки,
сандалики-ботиночки... Каждая пара в своей коробке. С заделом года на три брала — мало ли что
ещё здесь может произойти, в этой стране. У чел-
ноков покупала, те привозили всё из Германии, из

Финляндии. За долгие месяцы ожидания, наплевав на приметы, она неустанно строила высокие стены своего материнства, своей маленькой — навсегда и навечно — семьи.

Послезавтра из подмосковной деревни приезжала няня, рекомендованная Раисой Павловной — дальняя её родственница.

Сосредоточенно и жадно, всё так же прерывисто дыша, Надежда осматривала своего ребёнка: шёпотом пересчитала пальцы на руках и ногах; осторожно перевернув на животик, легко прошлась по выпуклым позвонкам, вобрала в ладонь хрупкий затылок с густым чернущим вихром утробных волос, нежно прощупала шёлковую мошонку, проверила ушки — крохотные, прозрачные-восковые. И пальцы были прозрачными, с восковыми ноготками. Чистый, не худой, приятный ребёнок. Три восемьсот, всё правильно.

Её не обвесили, не обжулили. Товар оказался качественным...

Мальчик закряхтел и панически вскинул обе руки, дрожа ими, отмахиваясь, отталкивая ножками воздух, головой поводя в стороны, будто осматривался. Глаза открылись: бессмысленные-светлые, контрастные тёмным волосам.

Надежда как подкошенная повалилась на колени перед кроватью, упала на пелёнки головой и страшно, на разрыв горла крикнула:

— Ари-ста-а-а-а-а-арх!!!

Глава 8

БЕГСТВО

В хорошей компании, да за хорошей выпивкой он любил рассказывать о своей работе на «скорой» в начале чумовых девяностых.

Легендарное было времечко: у врачей к обычным диагнозам добавились огнестрельные и ножевые ранения, обдолбанные наркотиками мальчики и девочки из приличных семей и — повседневный бич — отравления алкоголем. Повырастали ларьки-поганки, где мутные личности торговали подозрительным пойлом, разлитым в грязную тару по вонючим подвалам. А продавали отраву всем, кому попало, будь ты хоть юный пионер — только бабки гони. Страну трясло и колотило; люди не могли прокормить и одеть-обуть детей; разваливались **НИИ** и заводы, процветали чёрные риелторы, гуляла — торговала навынос стволами и боеприпасами нищая армия... А шальные деньжищи родимой грабиловки уже летали по небу, сбиваясь в *первоначальные капиталы*, в грозовые тучи, откуда, погромыхивая взрывами, сверкали огнестрельные молнии.

Ох и наперевозили в те годы по «скорой», наперетаскали разного-всякого народу... Много было пришлых-деревенских, кто ехал в Питер в надежде на лучшую жизнь, а попадал в разборки, в непонятки, в леденящие душу истории, или уж сразу — под шальные пули. Баб несчастных подбирали без счёту — обманутых, голодных, отравленных алкоголем или наркотиками; вытаскивали полумёртвых из сугробов, из грязных шалманов, подбирали на вокзалах, на ступенях пивных рыгаловок, из-под обоссанных подъездных батарей...

На что те надеялись, устремляясь в Питер? На симпатичную свою мордашку? На отличный аттестат поселковой школы? На какое-то звёздное везение, высмотренное в голливудской бодяге?..

Некоторых спасённых команда «скорой» дня по три держала прямо там, на подстанции, — отмывали, перевязывали, лечили, подкармливали... Потом сбрасывались по денежке и отправляли своей дорогой. Разве что мораль не читали. Врачи-то в основном — мужики, слабый пол — какая там, к чёрту, мораль.

Так на их подстанции появилась Люся. Эту не смогли отправить восвояси, некуда было: такую измордованную привезли её с Московского вокзала — жуть! — а в больницу везти бесполезно. Выходили, что делать... Она оказалась ласковой, очень честной и умелой. Едва очухалась, притаранила откуда-то электрическую плитку (Оксана Борисовна уверяла: украла). Может, и украла, а только с тех пор всегда что-то горяченькое на станции было. Прискакал между вызовами, сосиску заглотнул — беги дальше. И убирала, и простыни-халаты штопала — мировая девка оказалась. И как-то так она случайно... забеременела. От кого — не знала, ласковая была. Благодарная. Ну, куда её девать? С новорождённым мальчиком Серёжей привезли всё на ту же Первую подстанцию Петроградского района, где те и продолжили жить: мать, блин, и дитя. Мальчишка, сын полка, тоже славный оказался, и в теме: целыми днями сидел на широком подоконнике, играя с машинками. Во что играл? В «скорую», конечно. «Сорок пять двадцать три! — покрикивал басом. — Кардиологический коллапс! Живей, живей, ябтву мать!!!»

На вызовы по пулевому или ножевому ранениям команда «скорой» ехала безо всякой милиции, да и где её взять, ту милицию?! — ехали на свой страх и риск, и бывало, на месте к горлу врача приставляли нож или пистолет: спасай, доктор, не то пожалеешь.

Так однажды они с Оксаной Борисовной выехали вдвоём на вызов в один из спальных районов. Прибыли по адресу. В лифте ездит куча говна, так что — пешочком на пятый этаж. Там в квартире на полу труп лежит, давно истёкший кровью. А вокруг него — целая толпа соплеменников: глаза, как угли, все дышат огнём, все при качественном оружии. Дагестанцы или чеченцы, или кто-то вот такой. И тот, что постарше, «барон» ихний — седая щетина на щеках и круглая седая башка, — помахивая пистолетом, кричит Стаху:

— Давай, живо переливай ему свою кровь, не то пристрелим!

Этот их мёртвый соратник на полу, или, скажем, родственник... лежит, практически готовый к погребению. Но банда вся под кайфом, или просто дикие — не с кем говорить.

Стах обернулся на Оксану Борисовну: та побледнела, озирается по сторонам, и чудо, что на ногах ещё держится.

— Хорошо, — говорит он, — сейчас, немедленно приступим. Только надо *больного* срочно везти в стационар, у нас тут нужного оборудования нет, понимаешь? Здесь никак не получится...

Ты, мужик, может, и с пукалкой, но я таких «баронов» видывал у себя в посёлке Нововязники.

— Едем!!! В... сцацинар!!! — рычит атаман, размахивая своим пистолетом. — Живо!!! Убью обоих!!!

Пока грузят труп в машину, Федя — молодчага! — по движению брови Стаха умудряется передать информацию диспетчеру.

И едет с ветерком в больницу такой вот интересный кортеж: «скорая» мчится оживлять труп, вокруг неё справа-слева бандитский конвой на джипах; а уж за теми на некотором отдалении возникает группа бойцов ОМОНа. Его тогда только создали, и он рад потренироваться.

Приезжаем. Каталку с трупом — в приёмный покой, оба доктора под дулами — за каталкой, следом врывается вся бандитская шобла, а уж за теми вламывается ОМОН. «Всем на пол! — кричат наши бравые парни. — Руки вверх! Бросить оружие!» И Стах сбивает с ног Оксану Борисовну и валится на неё сверху — прикрыть...

В этом месте рассказа он всегда закладывал паузу и доливал себе из бутылки. Ждал вопроса, ибо самой эффектной была концовка эпизода.

— И что?! — нетерпеливо спрашивали его.

Он губами брал глоток виски, несколько секунд катал его на языке и спокойно отвечал:

— Ничего... Встали, отряхнулись. Поехали по следующему вызову.

...Да, пронзительные истории случались, как говорится: сюжеты для небольших рассказов. Однажды приехали по вызову: квартира в доме на Адмиралтейской набережной. Дверь открыта, хозяев не дозваться... А сама квартира — немыслимая дворцовая роскошь, Версаль; и окна — на Неву. Мебель вдоль анфилады комнат — всё барокко, классицизм... Полное обалдение в наше-то нищее время, да на наше изумлённое зрение. И в спальне, на умопомрачительной барочной кровати лежит в алькове молодой человек лет тридцати; в ногах — огромный чёрный дог. Дог подпускает врачей, но следит за каждым движением, глаз не сводит. У юноши сильные боли в грудине, стонет он, еле губами шевелит. Словом, инфаркт по всем признакам. Но в машинах и кардиографы не всегда были. Уговорили его — в стационар, повезли... Там подтвердили острый инфаркт и стали оформлять госпитализацию: три недели полного покоя минимум.

— Вы с ума сошли? — говорит больной. — У меня контракт, у меня бизнес, через три недели меня закопают!

Встал и вышел из приёмного покоя. Дошёл до ворот и упал...

Случай, конечно, печальный, но бывало и не такое. А Стах всё успокоиться не мог: человека — оно понятно, закопали, и даже раньше, чем тот опасался, — а вот собака, элегантный аристократический дог, подозрительно следящий за руками врачей? Стаха тянуло наведаться, разузнать: забрал ли пса кто-то из родственников? Всё казалось — тот так и остался в квартире и ждёт хозяина...

Были, однако, случаи, о которых Стах никому не рассказывал, и сам старался забыть. Не забывалось... Самым страшным было: пострадавшие дети. Замученные, истощённые, беспризорные... Забытые самой жизнью.

Тот день, когда на всех парах они мчали в приёмный покой девчонку лет четырёх, он долго не мог забыть. Она глотнула какого-то зелья — то ли сама стащила, то ли взрослые, ублюдки, подшутили... Потом, когда даже этим гнидам стало не смешно, они решились вызвать «скорую». Малышка выгибалась в руках у Стаха, билась в конвульсиях, кричала всю дорогу — её мучали кошмары. Стах обнимал её, не умолкая ни на минуту, уговаривал: нет, она не в болоте с крокодилами, нет, её не укусят, нет-нет, её ручки-ножки на месте!

И весь тот день не мог прийти в себя, работал, сцепив зубы, — мысленно матерился... Весь тот проклятый день думал о маме, вспоминал, как Наталья кричала ему: «...да Сонечка и не хотела помнить правды!!! Боялась — назад, в темноту, в грязь, в поезда!»

Поздно вечером позвонил Лёвке: не знает ли тот, как отнимают детей у наркуш... если по закону?

(*Девочка была рыженькой, не выходила из головы.*)

— В смысле... удочерить? — уточнил Лёвка, спокойно выслушав поток его горячечной речи. — Не сходи с ума, идиот, куда тебе ещё ребёнок! Кто за ней смотреть будет; пока ты вкалываешь — Гинзбург, Муса Алиевич? Так он чуть не круглый год на даче сидит и рехнулся окончательно...

* * *

О, дача! Дача... Это отдельная глава питерского житья-бытья.

Стах появлялся там время от времени, если вдруг выпадал свободный денёк. Там можно было завалиться на старый топчан, и выспаться. Можно было напиться с Гинзбургом не только чаем. Можно было выйти во двор, присесть на ступеньку крыльца, закурить, закуклиться... Сидеть под бегущими облаками, вспоминая дом, мамины грядки, цыгана «Хурды-мурды» с его телегой, запряжённой в крылатую лошадь...

Кстати, в устном репертуаре Стаха рассказ «об имении» занимал своё достойное место.

Дача находилась на станции Дунай — что само по себе смешно, ибо в окрестностях там не только Дунай отсутствовал или, скажем, озерцо плоховатое. Там даже карьера никакого не было — нырнуть разок. До Ладожского километров пятнадцать, что по тем временам расстояние не-оборимое — без машины-то.

Место непрестижное, дачный посёлок, дома и дома. Именно там Лазарь, брат татарина Гинзбурга, много лет назад выбил участок. Там на старости лет *Зови-меня-Гинзбург* живал месяцами — больше, чем в собственной комнате на Жуковского. Возможно, потому, что в строительстве данного семейного объекта принимал самое деятельное участие, хотя семья уже тогда старалась оградить его от соприкосновения с людьми и окружающей фауной. В семье уже тогда его считали абсолютно чокнутым.

Вот типичный эпизод из его жизни.

Поскольку дачу братья строили из всякого бросового дерьма, *Зови-меня-Гингзбург* с огромным рюкзаком ездил по окрестным деревням в поисках стройматериалов. Ездил-ездил... и однажды пропал на трое суток. Вся родня бросилась его искать: решили, что он, как обычно, ввязался в какую-нибудь драку, что его прибили, сбросили в овраг, в болото... Лазарь осунулся, колесил, как безумный, на велосипеде по окрестным лесам — искал растерзанный труп брата...

И вдруг тот нашёлся: Зови-меня-Гинзбург сидел в местном КПЗ.

— Что случилось?! — возопил воскрешённый Лазарь. Да ничего особенного: купил за наличку старые доски без документов, менты задержали в поезде и забрали к себе — может, в надежде выручить пятёру-другую: жить-то надо.

— Но ты ведь... ты бы мог попросить позвонить... — пытался понять Лазарь, когда старик уже сидел дома, попивая свой чай, по которому соскучился в КПЗ. — Мог ведь как-то нам сообщить?

— Не хотел тебя беспокоить, — отвечал *Зови-меня-Гинзбург*, обстоятельно размешивая мёд в стакане. — Там тепло, светло, кормят. Ну сидел... это ж не повод кого-то беспокоить... Пусть гои горят в аду.

Словом — дача. Дом как дом, как все возведённые *народом* послевоенные деревянные халабуды: две комнаты и застеклённая веранда. Ну, печка ещё была, и неплохо грела — с условием, что зимой в доме всё-таки надо было сидеть в «душегрейке».

А вот кухню братья решили строить сами, гораздо позже — в восьмидесятых.

Вообще, для кухни люди просто покупали списанные где-то строительные вагончики. Но эти два братца-всех-умней решили возвести свой особый вагончик. Лазарь до пенсии был заместителем начальника ленинградского «Фасадремонта» и в семье считался авторитетом в вопросах строительства.

Далее в повествовании Стаха «О даче» следовала вставная новелла:

— Тут надо слегка отвлечься на почву, — говорил он. — На неё когда-то и Пётр Великий отвлекался. Данная местность, она понятно какая: болото. Дёрн, под ним — вода. Полуглина, полугрязь. Строить в таких местах нельзя, да и зачем? Широка страна моя родная. Чтобы здесь строить, надо многое учитывать; надо нестандартно мыслить. Скажем, сваи вбивать. Извольте-ка на пятьдесят метров в глубину болота засандалить сваи, а на них уже возводить свой ампир. Способ безумный, конечно. А куда деться? Взбрело же Петру, а за ним и другим идиотам возводить в этих бесчеловечных краях человеческое жильё. Словом, два Гинзбурга, сыновья полоцкого *шойхета*, достойные продолжатели дела Петрова... выкапывали яму, вбивали туда столб метра на три... и пошёл: один, другой, третий... Тринадцать тонких, по заказу отлитых бетонных столбов были вбиты точнёхонько в болотную тину.

Дело в том, что и место на участке выбрали максимально удачное — подальше от дома, поближе к уборной, но главное: *на плавуне*, о котором многократно предупреждал братьев сосед их, Захар Титч. А плавун — тоже местная реалия, характерная для питерских болот: это неустойчивый пласт почвы, который всё время меняет свое местоположение.

У Захар Титча у самого дом плавал уже лет двадцать. Но Моисей и Лазарь отвечали соседу (что характерно — на идиш, ибо белорусский пацан Захарик некогда был воспитан в еврейской семье), что всё это — фигня, и что *срать-пердеть, колесо вертеть*... И проект века начался.

Повторимся: люди попроще покупали на стройках списанные вагончики, где по выходным жарили себе котлетки и варили макароны. Но Лазарь, великий строитель, передовик «Фасадремонта», разработал вагончик рукотворный: с виду это был такой курятник, склёпанный из разного скупленного по окрестным стройкам, недоукраденного дерьма, покрытый тяжеленными листами железа, тоже купленными по дешёвке с разбора домов. Весили эти неподъёмные листы столько, что впоследствии рассказы о строительстве пирамид Стаха не удивляли. В листах этих, к тому же, оказалось множество дырок, через которые все годы внутрь вагончика затекала вода.

И конечно, сразу же вагончик стал путешествовать по участку, иногда забредая к соседу. Он съезжал со столбов, кренился, норовил рассыпаться. Каждый год все наличные в семье мужчины: оба братца Гинзбурги, Горик с отцом, а потом и приблудный Стах — если удавалось вытащить его из Питера — водворяли вагончик обратно: поддомкрачивали, подсовывали брёвна — способ, известный ещё в Древнем Египте. Всё это продолжалось из года в год... пока семья и сама не покосилась, не стала разваливаться и разбредаться, *съехала с советского плавуна* по разным направлениям.

Просто, случилось это уже после смерти Зовименя-Гинзбурга, ибо никто и с места тронуться не смел, пока тот был жив. А умер он глубоким старичиной, аж в девяносто шестом, спустя год после отъезда Аристарха. Так что хотя бы *Зови-меня-Гинзбурга*, татарина Гинзбурга, Мусу Алиевича Бакшеева, Стаху не пришлось хоронить.

Умер тот шикарно.

Брат его Лазарь так и говорил всем и каждому на похоронах: «Моисей умер шикарно!» — что, впрочем, не мешало ему обливаться слезами.

468   Произошло это на той же даче, где старенькая стиральная машина, шестьдесят восьмого года производства, дала наконец серьёзную течь.

— Эта манда косорылая течёт уже без стыда, без совести, — заявил внуку *Зови-меня Гинзбург* и пошёл прикрутил какую-то заржавелую шайбу — рукой.

— Понимаешь, он прикрутил шайбу... — рассказывал Аристарху Гораций спустя пару лет. Они сидели в закусочной на улице Бен-Иегуда в Иерусалиме, и Горик впервые пробовал местную шварму, лучшую в городе, и даже в стране, по утверждению Стаха. — Прикрутил он ту чёртову шайбу и был очень доволен. Сказал: «Это навечно, Гораций. Вечность — на меньшее мы не согласны!» Пошёл и прилёг. Я думал, он отдохнуть хочет. Я его и не беспокоил... Через час заглянул, а он уже остыл.

Вот тут Стах и услышал рассказ (впоследствии ставший каноническим, как Нагорная проповедь) про то, как Горик, мастер спорта по вольной борьбе, плоскогубцами откручивал завёрнутую дедом шайбу. Ту самую, что дед завернул рукой. Рукой, понимаешь?! За пять минут до смерти.

* * *

А Лёвка Квинт уехал в конце девяносто четвёртого и вовсе для Стаха неожиданно. Впрочем, коллега Квинт всегда был человеком загадочным и сюрпризным: внезапным, налётно-ослепительным. Он и женился, как Стаху казалось, с бухты-барахты, на совсем неприметной девчонке — это после всех-то красавиц Кировского кордебалета, после длинно-туманной любви аспирантки универа, дважды глотавшей из-за него барбитураты... Словом, Эдочка как-то выпадала из блистательной череды его сногсшибательных дев. Но поразительно соответствовала самому Лёвке: коротышке с ухватками и зубастой улыбкой обаятельного Робин Гуда. Оба они просто на редкость друг другу подходили. Стах въедливо пытался выяснить: это любовь?! Пока не узнал о приготовлениях друга к отъезду.

— А ты что — еврей? — спросил Стах, ошарашенный известием, что вот буквально через две недели... Да они на свадьбе-то отгуляли чуть не вчера!

— Я-то нет, — легко отозвался дружок. — Ты мою родословную знаешь: французский мародёр, подаривший сей мощный генетический импульс грядущим поколениям. Хотя чёрт нас всех разберёт. Кто и за что может поручиться в этой густой монголо-французской каше. Но! Какой же русский не любит быстрой езды... в данном случае за границу? А у Эдочки по данному пункту всё тип-топ, ну а врачу всегда найдётся кого резать и зашивать — при тамошних постоянных войнах.

— Зачем... — растерянно повторял Стах. Ужасно, горестно не хотелось терять Лёвку. — Зачем, ёлы-палы?!

Зато в предотъездной Лёвкиной карусели Стах свёл полезное знакомство: разбитная израильская девушка Ципи работала в местном Сохнуте, «ворочала историей», отправляя людей на Святую землю целыми самолётами. При первой встрече в толкотне Лёвкиной съёмной квартирки Стах спросил её: а Святая земля, она как — не прогнётся под нами? — И Ципи захохотала.

С ней было легко, и он очень это ценил: она не интересовалась ни его странным обручальным кольцом, ни его странной отсутствующей женой.

К тому времени он легко сходился с разными экземплярами противоположного пола. Дамы прикипали к нему с первой встречи: суровый доктор с хорошим чувством юмора, не жадный, не зануда, не алкаш; неутомимый и деликатный любовник...

Примерно через месяц дама пыталась нащупать возможности к более тесному жилищному сближению. И тут наступал момент, огорошивающий каждую женщину. Он, будто ожидал начала атаки, будто готовился к ней загодя, обрывая первые же разведывательные подходы одной-единственной коротенькой фразой:

— Я женат.

Дама, видавшая его в компаниях (всегда одного), проводившая с ним ночи (и никто не беспокоил его звонками из дому!), ошарашенно умолкала, не решаясь углубляться в матримониальную тему. Уж такое было лицо у этого доктора: не располагающее к выяснению отношений. На этом связь, как правило, чахла и угасала. Стах понимал это: кому из женщин хочется чувствовать себя пристяжной. Понимал, и просто переставал звонить.

Вот и с Ципи они по-товарищески переспали раза два, и та сказала ему:

— Сделай гостевую визу, пригодится. А насовсем уезжать... — она хмыкнула и пожала плечами: — Зачем? Здесь так интересно!

Визу он сделал месяца через три — Лёвка прислал приглашение, а к тому времени Стах так по нему соскучился, что подумал: почему бы не смотаться на недельку: здесь грязь и дожди, там солнце и море. По телефону друг его звучал неплохо: новые репатрианты Квинты сняли квартиру где-то в центре страны, Эдочка устроилась мыть полы в какой-то стоматологической клинике, Лёвка на курсах учил иврит (Лёвка! учил! иврит?!), готовясь к экзамену «на врача»; а пока что вкалывал санитаром в больнице Рамбам.

Хм-м... Рам-бам... Бим-бом... Тум-бала-лайка... Чёрт знает что!

За гостевой визой он съездил в Москву, выстоял кошмарную очередь в израильское посольство на Ордынке. Очередь была взбудораженной, напористой, ругливой... и одновременно подобострастной. Накануне прошёл дождь с первым снегом, под ногами чавкала грязь, перемешанная ботинками и сапогами. Он стоял, уткнувшись в книжку, медленно продвигаясь к пластиковому барьеру, за которым поджарые чернявые люди сноровисто сортировали всю эту пёструю алчущую паству в строгую очередь.

Вдруг ему под ноги подбежал — как подкатился — пацан лет четырёх. Сунулся кудрявой башкой между коленей, словно хотел пробраться

472 в глубину толпы или высматривал кого-то своего. Стах присел на корточки — разглядеть налётчика. Мальчишка оперся о его колени обеими руками, подпрыгнул и невозмутимо уставился синющими глазами: промытый дорогим шампунем, заласканный, наверняка заваленный игрушками, непуганый ребёнок.

— Ты что, потерялся? — спросил Стах, любуясь забавной мордахой. И сразу откуда-то сверху женский голос крикнул: — Лёшик, Лёшик?! Ты куда побежал, засранец?! Ты почему... — и запыхавшаяся пожилая женщина врезалась в Стаха, разобралась с его коленями, вытаскивая пацана за руку. — Куда, а?! Чего ты здесь потерял?!

— Я думал, тут мама... — сказал пацан, уволакиваемый бабушкой или няней, или кто там она ему была.

— С ума сошёл?! Здесь одни только чужие дядьки и тётьки... А мама на складах! Вот я ей позвоню, пожалуюсь, какой ты неслух ужасный!

Поволокла...

Прежде чем завернуть за угол, пацан обернулся и встретился глазами с чужим дядькой. Стаху почему-то не хотелось отводить глаз от маленькой фигурки в явно импортной дорогой курточке, в синих сапожках... Неслух ужасный. А вот шапку на эти кудри надо бы надеть, а то простудится. Дура ты нерадивая, бабка или нянька, или кто ты там есть... при такой занятой мамаше — «на складах»! Что за склады, винные, что ли...

— Пройдите сюда, — сказал ему посольский охранник, слегка раздвигая пластиковый барьер.

А дальше — что: собирался в гости, угодил в жизнь. В совсем другую, новую-странную, не по размеру и не по понятию — очень, очень долго *не свою жизнь*.

Когда лет через десять-пятнадцать он рассказывал кому-то историю своего молниеносного *отбытия из совка*, на него смотрели недоверчиво, переспрашивали и уточняли... Улыбались, хотя особо забавного в этой истории было мало. Весь рассказ — а Стах по-прежнему был хорошим рассказчиком — он уложил в несколько фраз, которые произносил весело-отрешённым тоном: ну да, бывает и так.

...Пил вечером чай с татарином Гинзбургом, когда зазвонил телефон — аппарат тогда уже стоял у старика в комнате. Это мог быть сын Гинзбурга, его невеста Рива, внук Горик, в то время уже мастер спорта по вольной борьбе. Стах нехотя поднялся с кружкой чая в руке и, прихлёбывая горяченького, снял трубку. Вежливый мужской голос *представился райвоенкоматом* и поинтересовался: не угодно ли *Бугрову Аристарху Семёновичу* стать пушечным мясом? Ну, немного иначе, конечно: не хочет ли Аристарх Семёнович послужить на южных рубежах нашей родины. Как-то так.

Чай пошёл у него носом. Год был девяносто пятый: разгар первой чеченской войны.

В две минуты он уложил свой бывалый, объезженный, в двух местах уже драненький рюкзак: пару белья, тёплый свитер, кое-что по мелочи,

474 вроде электрической бритвы и зубной щётки...
Напоследок взял с подоконника серую тетрадь со
своими давними записями. Прощание с соседями
посчитал излишним.

Зови-меня-Гинзбургу сказал:

— Муса Алиевич, моё почтение! — типа «я тут
на минутку» (не обнял, чтобы не пугать и не рас-
страивать, и потом это мучило всю жизнь).

Короче, вышел из дому и — исчез с радаров.

Пару дней, пока активная и вездесущая со-
хнутовская Ципи доставала ему билет, он про-
кантовался у неё в квартире. Валялся на диване,
смотрел телевизор, много и тяжело спал... Ципи
по-прежнему уговаривала его остаться, повторяя:
здесь так интересно, куда ты, что ты там будешь
делать?

Накануне отъезда он вдрызг напился у неё
на кухне. Она тоже поддала будьте-нате; сидела,
обхватив красивой ухоженной рукой с голубым
маникюром бутылку виски, блаженно грустила...
и, в полном противоречии со своими служебными
задачами, бубнила:

— Ты — русский человек, понимаешь? Посмотри на себя: твоё место здесь!

Через час уже надо было выходить под про-
ливной дождь, ловить машину в аэропорт. Где-то
в спальне звонил телефон; умолкал и вновь принимался звонить, но Ципи, не двигаясь с места,
всё пыталась рассказывать Стаху про переселение
народов: Вавилон... Навуходоносор... Ассирия...
Когда-то она закончила историческое отделение
МГУ. История древнего мира. Хорошая девчонка.

Телефон всё звонил, практически не умолкая.

— Международный, — наконец заметил Стах, когда ему осточертел этот трезвон.

И лишь тогда Ципи поднялась и побрела в спальню. Минут через пять вернулась — с залитым слезами пьяным лицом. Заплетающимся языком сказала:

— Рабина убили!

— Ножевое, пулевое? — спросил он спокойно, сливая остатки виски в чайную чашку... — И кто это, ради всех ассирий?..

* * *

В Бен-Гурионе приземлился днём.

Башка трещала как сухая ветка в костре; две таблетки баралгина, сжёванные им как особо изысканный деликатес, боли не сняли, а лишь добавили туману и гулкого безразличия ко всему вокруг.

На плоском экране телевизора в зале прибытия бесконечной каруселью крутились кадры вчерашнего убийства премьер-министра Ицхака Рабина: окей, значит, здесь тоже интересно, здесь тоже убивают.

На экране вращалась и вскипала запруженная народом площадь, — мутная в свете жёлтых прожекторов. В студии новостного канала сменялись лица политиков и комментаторов. Все перебивали друг друга, каждый что-то запальчиво выкрикивал. Все дико жестикулировали, все были очень подвижны лицом...

Нервное общество, подумал он.

Глазами отыскал указатель к маршрутным такси и направился к выходу.

На пути у него, в проходе, присев на корточки перед коляской, папаша застёгивал сандалик на ноге сына. Сползший от натяжения пояс его брюк обнажал безмятежную мясистую поясницу с ложбинкой, разделявшей ягодицы. Ну что ж, и здесь люди живут, и здесь всё те же задницы.

Аристарх обогнул препятствие, подтянул на плече лямку рюкзака и вышел в слепящее местное солнце.

В его калёную жарь.

Во влажную взвесь густого, как цыганская похлёбка, воздуха.

Конец второй книги

Оглавление